악녀는 변화한다 3

악녀는 변화한다

III

누노이즈 장편소설

마카롱

차례

14

반전

"이게 대체 어떻게 된 겁니까!"

로벨리아에 눈이 내리기 시작했다. 국왕은 제정신이 아닌 것 같았고, 왕궁에는 상상조차 하고 싶지 않을 만큼 끔찍한 무언가가 나타났다. 일의 시초부터 이상했다. 왕이 갑작스럽게 설치한 기계 장치. 로벨리아의 귀족들은 어떤 가설을 세우고 있는 상태였다. 아마릴리스의 황제가 에너지석 기술을 독점하는 데는 이유가 있는 것이 아닐까. 왕궁에 나타난 붉은 머리의 소년은 에너지석 가공 장치가 있는 방에서 나타났다. 귀족들의 분노는 한 사람을 향했다. 남성 귀족이 고함을 질렀다.

"뭐라도 말해보시지요, 크로커스 공작!"

크로커스 공작은 죄인처럼 고개를 숙이고 있었다. 할 말이 없었다. 리리엘 크로커스에 관한 이야기는 묻혀버렸다. 왜냐하면 이것은 더 심각한 사태였으니까. 눈보라가 로벨리아를 완전히 에워싸 아무도 로벨리아에서 벗어날 수 없었다. 다른 나라와의 교류는 끊겼다. 귀족들은 뒤늦게야 에너지석 가공 장치에 대해 더 자세히 알아보지 않은 것을 후회했다. 모든 이들은 에너지석과 관련된 테러 집단이 있다고 확신하고 있었다. 붉은 머리칼의 소년, 헬이라는 이름의 마법사는 그 집단에 속한 사람이리라.

"국왕 전하는 처음부터 테러 집단과 손을 잡았던 게 아닙니까? 그렇지 않다면 에너지석을 어디서 구한단 말입니까!"

흥분했으나 질문만은 날카로웠다. 크로커스 공작도 그 의견에 동의하고 있었다. 리리엘을 향한 사랑이 공작 자신마저도 망쳤다. 공작의 사랑은 리리엘을 망쳤다. 너무도 쉽게 언니의 남편을 사랑한다는 말을 하는 리리엘을 보며 공작은 그 사실을 깨달았다. 리리엘은 마치 괴물 같았다. 타인의 감정에 공감하지 못하는 괴물. 공작 자신도 다를 바 없을지도 모른다. 그의 동조가 로벨리아를 완전히 망쳐놓았다.

로벨리아는 본래 따뜻해 결코 겨울이 올 일이 없는 곳이었다. 그런 로벨리아의 이상 기후는 충격적인 소식이었다. 그리고 요하네스. 크로커스 공작은 잠시 눈을 감았다. 요하네스가 인질로 붙잡혔다. 그러나 그와 아내는 자식을 버리고 도망쳤다. 죽음의 공포가 자식을 잃는다는 두려움보다 더 중요했던 것이다. 그들이 정말 인간이란 말인가. 젊은 영애가 말했다.

"저는 왕궁에 나타난 테러 마법사와 요하네스 크로커스가 함께 있는 것을 보았어요. 이 사실을 알지 못하신 건가요, 아니면 테러 집단에 대해 알고 계셨던 건가요?"

"제가 아는 건⋯. 폐하가 에너지석을 이용해 로벨리아를 강성하게 하겠다고 한 것뿐입니다. 저는 에너지석 가공 장치에 대해 어떤 말도 나오지 않도록 입을 막는 역할을 맡았습니다."

"그래서 아마릴리스 사절단이 오기 전까지 어떤 정보도 알려지지 않았군요. 우리가 그들과 내통할까 봐."

공작은 고개를 숙였다. 요하네스. 크로커스 공작은 지금까지 자식들을 차별 없이 사랑한다고 생각했다. 물론 리리엘에게 더 관심을 가지기는 했으나 심하지는 않다고 생각했다. 그러나 막상 요하네스와 관련된 문제가 터지자 뭐라 말할 수 있는 것이 없었다. 그는 요하네스가 테러 마법사와 어울렸다는 사실조차 몰랐던 것이다. 그러나 공작은 여전히 비열했다. 공작이 로벨리아 귀족들의 모임에 나오기 전, 리리엘은 바들바들 떨고 있었다. 미워도 리리엘은 공작이 가장 사랑하는 자식이었다. 공작은 물었다.

"리리엘. 왜 그러느냐."

리리엘은 말없이 겁에 질린 얼굴로 떨고 있었다. 리리엘은 남의 눈치를 전혀 보지 않았다. 그렇기에 리리엘을 충격받게 한 요인은 약혼식에서 일어난 일이 아닐 것이다. 리리엘은 여전히 대공을 사랑한다고 고백한 것이 뭐가 잘못되었느냐고 묻는 아이였다. 성인이 된 지 훌쩍 지났는데도 자라지 못한 그의 딸. 사람들 앞에서 겪은 망신과 엘쟈네스를 향한 충격 때문에 리리엘이 떨고 있는 것일지도 모른다. 그러나 리리엘은 지나치게 두려워하고 있었다. 공작은 리리엘의 어깨를 잡았다.

"리리엘."
"절 잡으러 왔어요…."
"뭐라고?"

공작은 세상에서 가장 해괴한 소리를 들었다고 생각했다. 그러나 티내지 않고 부드럽게 리리엘을 달랬다. 리리엘이 무언가를 알고 있을지도 몰랐다. 이내 리리엘은 어린아이처럼 훌쩍이며 말했다.

"저를 잡으러 왔어요. 왕궁에 있던 마법사는 저를 잡으러 온 거예요."
"얘야. 그게 대체 무슨 말이냐."

공작은 리리엘의 어깨를 붙잡았다. 이후 리리엘의 입에서 나온 이야기는 놀라운 것이었다. 시작에는 리리엘이 있었다. 이것은 20년 전쯤부터 시작된 일이었다. 이 이야기를 반드시 해야만 했다. 특히 대공 부부에게는 더더욱. 하지만 공작은 겁쟁이였다. 그는 모든 것을 잃고 싶지 않았다. 리리엘을 위해서가 아니었다. 공작 자신을 위해서였다. 그는 지독한 이기주의자였다. 극한적인 상황 앞에서 깨달았다. 사람들은 공작의 대답을 듣는 것을 포기했다. 결국 귀족 하나가 말했다.

"아마릴리스 사절단의 회의에 참가해야겠습니다. 지금 이 사태를 해결할 방법은 그것뿐이니."

마침 윈터나이트 대공 부부가 회의에 참가할 것을 권유하러 찾아온 상태였다. 긍정적인 답을 들은 윈터나이트의 마차가 나갔다. 바깥의 눈은 그치지 않고 내리고 있었다. 서민들의 거리는 북적거렸다. 눈이 내리기 시작했기 때문이다. 아룬델의 마법은 사람들을 둔하게 만들었다. 곳곳에서 마차 사고가 일어났다. 자유롭게 움직일 수 있는 것은 북쪽의 양식대로 만들어진 윈터나이트의 마차뿐이었다. 너무 추워 약간 남아 있는 농작물이 얼어 죽는 사태도 일어났다. 그러나 지금은 가을이었다. 수확물들을 모두 추수했기에 굶어 죽을 염려는 없었다. 사람들은 아무것도 모른 채 갑자기 일어난 날씨의 이변을 즐기고 있었다. 모든 사람들이 어린아이처럼 들뜬 상태였다.

"받아라!"

"어이쿠! 도망가자!"

이미 성인이 된 사람들이 눈 뭉치를 손에 든 채 어린아이처럼 웃으며 뛰어갔다. 몇몇 솜씨 좋은 이들이 빚은 눈 조각들이 이질적으로 자리 잡았다. 하얀 눈을 생전 처음 만져본 사람들은 눈이 녹을 때마다 신기한 얼굴을 감추지 못했다. 윈터나이트의 마차가 지나가는데도 누구도 주목하지 않을 정도로 사람들은 눈에 깊이 빠져 있었다. 사람들의 눈동자에는 초점이 없었다. 아이처럼 구는 어른들의 모습은 기묘하게만 느껴질 뿐이었다. 로벨리아 사람들은 추위도 잊은 채 밖에서 시간을 보냈다. 그러나 모두가 즐거워하는 것은 아니었다. 젊은 여자의 품에 안겨 있던 어린아이가 울음을 터뜨렸다.

"으아!"

아이의 울음소리는 절규나 발악에 가까웠다. 아이의 어머니는 갑작스러운 상황에 놀라 아이를 달래기 바빴으나 소용은 없었다. 젊은 여자는 난색을 감추지 못했다.

"착하지. 뚝! 죄송합니다. 이 아이가 평소 이렇게 우는 편이 아닌데….."

"괜찮소! 아이가 좀 울 수도 있지."

아무것도 아닌 말에 사람들이 들떠 마구 웃었다. 회색빛 하늘이 불길하게 으르렁거렸다. 비정상적인 마력이 요동쳤다. 아이는 공포로 눈을 크게 뜬 채 자지러지게 울부짖었다. 결국 젊은 여자는 아이를 어르다 집으로 다시 들어가고 말았다. 길거리에는 어린아이가 없었다. 아이들이 거리에 나오자마자 번번이 울음을 터뜨렸던 탓이다. 모두 말을 하지 못하는 어린아이들이었다. 마차는 창밖의 풍경을 담으며 크로커스 공작가로 향하고 있었다.

"어린아이라 순수하고 예민한 것 같습니다."

렌이 말했다. 아이들은 이변을 본능적으로 눈치채고 울음을 터뜨리는 것 같았다. 아룬델이 왕궁에 모습을 드러낸 날, 겨울을 본 모든 귀족들은 발이 부르트는 것도 모른 채 맨발로 마차를 타고 서둘러 저택으로 향했다. 그들은 저택의 문을 굳게 걸어 잠그고 병력을 늘린 채 벌벌 떨었다. 순식간에 수도의 고위 용병들이 동이 났다. 평민들은 갑작스럽게 온 눈에 들떠 귀족들의 행동을 주의 깊게 살피지 않았다. 눈에는 사람을 매료시키는 아룬델의 마력이 가득 깃든 상태였다. 엘쟈네스가 흘려보낸 파괴의 마력이 창밖의 공기를 약간 갈랐다.

"수도가 지배되었어요."

수도를 뒤덮은 아룬델의 마력이 엘쟈네스의 마력을 짓눌렀다. 엘쟈네스는 무수한 아룬델의 마력을 보면서 아룬델의 강력함을 실감할 수 있었다. 또한 리리엘의 영향에 대해 깨달을 수 있었다. 아룬델의 마법이 이렇게까지 효과적으로 자리 잡을 수 있었던 것은 리리엘이 로벨리아의 거의 모든 사람들을 매료시켰기 때문이다. 20년간 지속되고 완성되어온 마법이다. 쉽게 깰 수는 없었다. 황궁이 얼어붙어 갈 곳이 없어진 아마릴리스 사절단은 별채에 머물고 있었다. 마차는 환호하는 거리의 사람들을 지나쳐 크로커스 공작가의 뒷문으로 향했다. 이내 마차가 도착했다. 초조해하며 서 있던 사절단 귀족들이 윈터나이트 대공 부부를 반겼다.

"대공 각하! 대공비 각하!"

"일은 어떻게 되었습니까!"

"로벨리아의 귀족들도 회의에 참여하겠다고 했습니다."

"역시, 승낙했군요!"

일주일 중 이틀이 지났다. 크로커스 공작은 로벨리아의 귀족들이 모인 곳과 크로커스 공작가를 오가느라 초췌해졌다. 그는 양쪽 모두에게 입을 열지 않았다. 로벨리아의 귀족들은 자존심 때문에 아마릴리스 귀족들에게 도움을 청하는 것을 거부했으나 이제는 어쩔 수 없었다. 로벨리아에 찾아온 겨울에 대해 누구도 설명할 수 없었던 것이다. 아마릴리스의 귀족들이 에너지석에 대해 더 잘 알 것이라는 게 그들의 의견이었다. 엘쟈네스의 친우인 세영애는 엘쟈네스를 위로했다.

"엘쟈. 좋은 소식이 들릴 거예요."

"로벨리아의 여정이 이렇게 길어질 줄은 몰랐어요. 그리고 이렇게 큰일이 있을 줄도 몰랐죠. 유진이 방법을 찾아보고 있어요. 유진은 유능하니까….

괜찮아질 거예요.”

“맞아요. 빨리 리리엘 크로커스 영애에게 정식 항의서를 넣어야죠.”

세실리아는 농담을 건넸다. 우울해졌던 영애들 사이에 잠시나마 웃음이 돌았다. 약혼식은 엉망으로 끝났다. 영애들은 농담처럼 약혼식이 엉망이 되어 리리엘 크로커스는 좋겠다는 말을 건넸다. 본래라면 리리엘 크로커스는 처벌을 피할 수 없었을 것이다. 첫 번째로 그녀는 대공비인 엘쟈네스를 모욕했고, 두 번째로는 대공을 모욕했으며, 세 번째로 신성한 약혼식을 깨뜨렸다. 항의할 것들이 너무 많아 세기도 어려운 참이었다. 엘쟈네스는 아마릴리스에서 가장 사랑받는 여자일 것이다. 사람들은 젊은 윈터나이트 대공비를 사랑했다. 그랬기에 로벨리아의 모독을 견디지 못하는 사람도 많았다. 아마릴리스 귀족들은 단지 참을 뿐이었다. 당장 로벨리아인들과 마찰을 빚어봐야 좋을 것이 없었기 때문이다. 그때 화이트 기사단원 하나가 전했다.

“로벨리아의 귀족들이 도착했습니다.”

그들은 반나절도 지나지 않아 서둘러 찾아온 것이다. 회의장의 문은 열려 있었다. 로벨리아의 귀족들이 들어왔다. 아마릴리스 귀족들과 로벨리아 귀족들이 회의장에 앉았다. 회의는 곧바로 시작되었다.

“우선 말해봅시다. 요지만 말하자면 우리는 왕궁을 지배한 마법사를 에너지석과 관련된 테러 집단 소속이라고 생각하고 있습니다. 맞습니까?”

로벨리아의 귀족들이 차례차례 들어섰다. 그 뒤로 한나절 사이 폭삭 늙어버린 듯한 크로커스 공작이 나타났다. 엘쟈네스와 공작의 눈이 마주쳤다. 먼저 눈을 피한 것은 크로커스 공작이었다. 곧 시녀들이 차를 날랐다. 인원이 많았기에 몇몇 이들은 다른 방에서 가져온 의자에 앉아야 했다. 렌은 대답했다.

“아마릴리스는 결코 부정부패를 저지르지 않습니다. 황제 폐하께서 에너지석을 금지시킨 데에는 이유가 있을 겁니다.”

"그런데 왜 에너지석을 독점하려고 합니까?"

빼딱한 로벨리아의 귀족 하나가 말하자 날카로운 웃음소리가 터졌다. 아마릴리스의 귀족들은 불쾌감으로 얼굴을 붉혔다. 아마릴리스의 귀족들은 로벨리아의 비리와 부정부패에 대해 지적해 똑같이 모욕으로 되갚아주는 대신, 침묵을 택했다. 엘쟈네스는 말했다.

"인신공격을 하지 말아요. 지금 우리가 모인 것은 왕궁을 지배한 마법사 때문이 아닌가요?"

대공과 대공비에게 기가 눌린 귀족은 눈을 피했다. 그는 대공에게 말대꾸한 것을 후회했다. 엘쟈네스는 크로커스 공작을 지목했다.

"공작, 이번 사태에 대해 말해주세요."

"할 말이 없습니다. 여러분이 아시는 대로입니다. 크로커스 공작가와 로벨리아 왕실은 손을 잡고 에너지석 프로젝트를 실시했습니다."

크로커스 공작은 눈을 감아버렸다. 수긍의 말이 내뱉어지자 아마릴리스 귀족들이 잠시 짧게 술렁거렸다. 명백한 로벨리아의 배신이었다. 아마릴리스 귀족들은 이내 입을 다물고 윈터나이트 대공 부부가 입을 열기를 기다렸다. 렌이 크로커스 공작에게 물었다.

"언제부터였습니까."

"비 각하께서…. 아마릴리스로 떠난 후부터였습니다."

그날의 기억이 스쳐 지나갔다. 겨울이 지나고 봄이 찾아올 때쯤에 국왕이 보여준 낯선 기계. 에너지석. 그리고 동참하지 않겠냐는 그의 제의. 왕은 처음에 제정신처럼 보였다. 그는 진중한 얼굴을 했고, 로벨리아의 국력을 늘릴 수 있어 좋다며 미소를 짓기도 했다. 그러나 많은 것들이 이상했다.

"국왕 전하는 '그분'이 에너지석을 주었다고 말씀하셨습니다. 저는 에너지석을 공급한 이가 누군지 잘 모릅니다. 그리고 어떻게 에너지석이 나는 곳을 발견했는지도 모릅니다."

로벨리아에서 에너지석이 난다는 사실이 발견된 것은 우연한 기회였다. 아마릴리스의 조사원이 정말로 우연히 섬의 주변에 갔다 알게 되었다. 그가 그곳에 간 이유는 로벨리아의 암석을 채굴하기 위해서였다.

"시간이 지날수록, 국왕 전하께서는 에너지석에 집착하기 시작했습니다."

국왕은 크로커스 공작을 대면할 때마다 에너지석을 가공할 때 발생되는 무한한 마력에 대해 끊임없이 떠들어댔다. 그것을 손에 넣기만 한다면 로벨리아는 강국이 될 것이다. 그렇게 말하는 국왕의 눈빛은 탐욕으로 번들거렸다.

"그러나 전하도 에너지석을 가공한 추출액을 어디에 써야 할지 알지 못하는 것 같았습니다. 그랬기에 아마릴리스에 사람을 투입시킨 것이니까요. 에너지석에 많은 에너지가 있다는 사실을 알지만, 그것이 무엇인지조차 알지 못합니다."

왕이 꺼내는 말들은 허황되기 그지없었다. 결국 아마릴리스 황제는 스파이를 바로 잡아내지 않았던가. 크로커스 공작은 힘없이 웃으며 말했다.

"전하는 제게 리리엘을 안정적인 왕세자비로 삼겠다고 약속해주셨습니다. 이것이 전부입니다. 에너지석 프로젝트에 깊게 관여했지만 에너지석이 무엇인지에 대해서는 자세히 알지 못했습니다. 설마 에너지석이 이토록 위험한 물건일 줄은…."

윈터나이트에게는 잘된 일이었다. 이 일이 잘 해결된다면 아마릴리스는 남쪽의 에너지석도 별문제 없이 받을 수 있을 것이다. 에너지석을 노리는 집단이 있고, 그들이 위험하기에 아마릴리스의 황제가 관리하겠다는 말은 그럴듯하게 들렸다. 그때 한 청년이 손을 들었다.

"염치없는 질문이지만, 묻겠습니다. 아마릴리스 측에서는 로벨리아 왕궁에 있는 붉은 머리 청년의 마법에 대처할 방법을 알고 있습니까?"

"황실 측에서는 알고 있을 겁니다. 지금 해줄 수 있는 말은 그뿐이군요."

엘쟈네스 윈터나이트. 크로커스 공작은 차분히 말하는 자신의 첫째 딸을 바라보았다. 그의 기억 속 엘쟈네스는 조용하고 내성적인 아이였다. 자란 뒤의 인상은 잘 생각나지 않았다. 크로커스 공작의 업무가 바빴고 엘쟈네스가 어느 정도 자란 후에는 업무에 관한 용건이 없으면 대화를 하지 않았기 때문이다. 그 사무적인 대화마저도 엘쟈네스가 아카데미에 들어간 이후에는 거의 단절되다시피 했다. 엘쟈네스와 리리엘의 사이가 좋지 않아서였다. 리리엘은 언니가 자신을 미워한다며 눈물을 보였다. 크로커스 공작이 아는 것은 엘쟈네스의 질투심이 심하다는 사실이었다. 아카데미에서 둘이 싸웠을 때에도 엘쟈네스가 뺨을 때렸다고 하지 않았나. 자세한 것은 몰랐다. 리리엘과 엘쟈네스 사이의 싸움에 끼어들지 않았기 때문이다. 그랬기에 크로커스 공작은 엘쟈네스가 낯설었다. 엘쟈네스가 정말로 리리엘을 무조건적으로 미워할 사람인가. 엘쟈네스는 리리엘과 다르게 현명하고 사려 깊었다. 또한 어른스러웠다. 어느새 한 나라의 대공비가 된 그의 딸이 말했다.

"이곳에 오기 전, 아마릴리스에서 로벨리아로 보낸 사람의 소식이 끊겼어요. 공작, 국왕 전하가 이상해진 시기는 올해 봄부터였나요?"

"그렇습니다."

공작은 존댓말을 쓰면서도 어찌할 줄을 몰랐다. 그는 상석에 앉아 모든 귀족들에게 우아한 말투로 명령을 내리는 엘쟈네스의 모습에 적응하지 못했다. 엘쟈네스는 로벨리아에서 늘 자신을 적대시하는 이들에 둘러싸여 있거나 혼자 있었다. 사교성이 없는 이이가 아니었던가. 아니었다. 그는 갑작스럽게 깨달았다. 사교계의 귀부인들은 엘쟈네스에게 호의를 가졌다. 그들은 엘쟈네스를 진심으로 좋아했다. 그랬기에 로벨리아의 젊은 귀족층이 엘쟈네스를 무시했지만 엘쟈네스는 사교계의 거물로 자리 잡을 수 있었다. 엘쟈네스를 경멸하는 무리들마저도 엘쟈네스 앞에 서면 눈을 내리깔고 조용히 고개를 숙이고는 했다.

성격이 나쁘다고 막연히 생각했었는데. 그는 딸아이를 바라보았다. 윈터 나이트 기사단은 엘쟈네스를 존경의 눈으로 바라보았고 북쪽 귀족들은 엘쟈네스를 깊이 흠모했다. 대공의 시선도 엘쟈네스에게 닿을 때만은 어떠한 온기를 담고는 했다. 그가 알던 것과는 너무나도 다른 모습이었다.

"왕궁에 있는 존재는 일주일을 주었습니다. 일주일 안에 가져간 것을 돌려달라고 말하더군요."

렌은 왕궁에 남아 있는 붉은 머리 소년이 일주일의 기한을 주었음을 알렸다.

"그는 대체 무엇을 원하는 겁니까?"

"우리도 알 수 없습니다. 황제 폐하와 연락이 끊긴 상황입니다. 로벨리아는 격리되어버렸습니다."

"하. 대체 이게 다 무슨 일인 거야."

사람들은 이것저것 방법을 떠올려냈으나 모두 쓸모없는 것들일 뿐이었다. 저녁 무렵이 되자 사람들의 얼굴이 어두워졌다. 하루가 그냥 지나가버린 것이 아닌가. 눈치 없는 귀족 하나가 말했다.

"그렇다면 결국 별다른 수확은 없는 거군요."

사람이 많아지자 다소 분위기가 누그러진 상태였으나 눈치 없는 귀족의 말로 분위기가 냉랭해졌다. 사람들은 애써 희망을 찾으려고 했었다. 그랬기에 분위기가 심하게 침체되어버렸다. 회의를 열었는데도 달라진 것은 없다. 상황이 상황이었기에 사람들은 예민해져 있었다. 몇몇 귀부인들은 싸늘한 표정을 가리기 위해 부채로 입가를 가렸다. 한 귀부인이 신경질적으로 물었다.

"벌써부터 그런 이야기를 해야 하나요?"

"수확이 없을 수도 있지요. 너무 예민하신 것 아닙니까?"

"상황이 절망적이라는 건 우리도 알아요. 하지만 굳이 지적할 필요는 없어요."

"저는 그 말에 반대합니다. 다수의 분들이 아직 이 상황에 대해 체감하지 못하는 모양인데, 로벨리아의 안위가 달린 문제입니다. 현실을 보지 않고 희망만 찾으려는 분들은 현재 심각함을 느끼지 않는 모양입니다."

"무례하시네요."

귀부인은 벌떡 일어서 밖으로 나가버렸다. 사람들의 신경은 곤두설 대로 곤두섰다. 그랬기에 사소하고 작은 이야기 하나마저도 용인하지 못하고 있었다. 회의는 엉망이 되었다. 중간에 나간 사람들은 무지한 자들과 같은 자리에 있고 싶지 않다는 말을 건넸다. 남은 사람들은 애써 희망을 얻기 위해 노력했지만 성과는 없었다.

그대로 사흘이 지났다.

로벨리아의 수도 바깥까지 눈이 퍼지기 시작했다. 로벨리아의 영토 중 수도를 포함해 절반 이상이 매서운 추위와 눈으로 뒤덮였다. 로벨리아 전체가 얼어붙어가고 있었다. 로벨리아 국민들은 여전히 환호성을 지르며 즐겁게 눈을 맞이하고 있었다. 그들은 얼어 죽는 순간까지 행복한 얼굴을 했다. 아룬델의 마법은 사람들을 무감각하게 만들었다. 죽는 사람들의 수가 점차 늘어났다.

바깥의 들뜬 열기와는 달리 크로커스가에는 침울한 분위기만이 감돌고 있었다. 아무런 수확이 없자 회의에 불참하겠다는 소식을 전하는 귀족들이 많아졌다. 며칠 후, 회의는 열리지 않았다. 엘쟈네스와 렌은 응접실에 앉아 있었다. 엘쟈네스는 렌에게 기대어 눈을 감았다.

"결국 아무것도 얻지 못했어요."

"괜찮을 겁니다."

렌은 엘쟈네스의 어깨를 감쌌다. 렌이 무언가를 말하려던 순간이었다. 펑

온은 오래가지 않았다. 바깥에서 시끄러운 소리가 들려온 탓이다. 큰 소리로 실랑이를 하는 소리가 들려오는가 싶더니 여자들의 목소리가 가까워졌다.

"말하렴! 어서!"

"그러고 싶지 않아요!"

이내 응접실 문이 세차게 열렸다. 엘쟈네스는 문을 열고 들어오는 이들을 바라보았다. 화이트 기사단이 제재하지 않았다는 것은 두 가지를 뜻했다. 불청객은 화이트 기사단이 쉽게 건드릴 수 없는 귀족 중 하나라는 것. 또한 크로커스 공작가의 일원 중 하나일 가능성이 높다는 것. 그랬기에 굳이 누가 왔다고 보고하지 않은 것이리라. 예상대로였다. 무례하게 들이닥친 것은 리리엘과 크로커스 공작 부인이었다. 공작 부인은 리리엘을 억지로 잡아끌고 있었고 리리엘은 화를 내고 있었다. 두 사람의 분위기는 좋지 않아 보였다.

"저 여자가 여긴 왜 온 거래."

망나니 조제프가 말했다. 대공과 대공비를 공식 석상에서 모욕하고, 대공에게 구애한 미친 여자가 왜 이곳에 온 것일까. 아무도 리리엘과 공작 부인의 방문을 반기지 않았다. 공작 부인은 울 것 같은 얼굴을 하고 있었다. 리리엘은 고집스럽게 입을 다물고 끌려가지 않기 위해 저항했다. 엘쟈네스는 자리에서 일어나지 않았다. 그들을 손님으로 대우할 필요성을 느끼지 못했기 때문이다. 공작 부인이 리리엘을 잡아당겼다.

"자, 말해!"

"싫어요!"

윈터나이트 사람들은 그 모습을 방관했다. 공작 부인을 돕거나 두 사람에게 말을 서는 이는 없었다. 다음 말이 아니었다면 계속해서 두 사람을 무시했을지도 모른다. 공작 부인은 울부짖었다.

"네가 원인이라는 것을 어서 말하란 말이야!"

화이트 기사단은 대부분의 일에 초연한 편이었다. 겨울의 땅에는 작은 엘쟈가 실재했고, 정령인 늑대가 있었다. 별일을 다 겪었는데 무슨 일이 또 놀라울 수 있겠는가. 그런 화이트 기사단마저도 리리엘을 질린 눈으로 바라보았다. 기사단원들이 알렉에게 하소연할 정도였다.

"미치려면 곱게 미쳤으면 좋겠어. 왜 여기 와서 이러는 거야? 또 무슨 일일까?"

"저 여자가 원인이라잖아. 아차. 크로커스 공녀지, 참."

알렉은 의도적으로 삐딱하게 비꼬았다. 화이트 기사단원들의 말은 들리지 않았다. 공작 부인은 다시 울부짖었다. 예민한 청력을 가진 화이트 기사단원들은 귀를 막았다.

"리리엘! 이제라도 솔직히 말하렴. 모두에게 용서를 구하란 말이야!"

"저는 이런 대우를 받을 이유가 없어요! 제 잘못이 아니에요! 이건 부당해요!"

크로커스 공작 부인은 언제나 리리엘을 사랑하고 아껴왔다. 그녀는 리리엘을 모시다시피 키웠다. 그랬기에 엘쟈네스는 크로커스 공작 부인과 리리엘이 다투는 광경을 단 한 번도 본 적이 없었다. 크로커스 공작 부인은 늘 리리엘의 의견을 따르고 리리엘에게 져주었기 때문이다. 그런 크로커스 공작 부인이 리리엘을 억세게 붙잡고 있었다. 리리엘의 드레스와 손목을 꽉 쥔 공작 부인의 주먹이 힘으로 인해 새하얗게 보였다. 두 사람의 눈에 들어오는 것은 서로의 모습뿐인 것 같았다. 크로커스 공작 부인은 울고 있었다.

"왕궁에 일어난 일이 너 때문일지도 모른다는 거잖니!"

"제 선택이었지만 그것을 언니에게 말할 의무는 없어요!"

화이트 기사단원 중 한 명이 두 여자의 다툼을 보며 질린다는 얼굴을 했다.

엘리나가 귓속말로 바깥의 상황을 전했다. 리리엘과 공작 부인은 차를 마시며 대화를 나누는 중이었다고 했다. 그러다 리리엘의 말을 듣던 공작 부인이 갑작스레 새파랗게 질렸다는 것이다. 부인은 당장 기사들을 불러 리리엘을 끌고 별채의 응접실까지 왔다. 그것이 조금 전까지의 상황이었다.

바깥에 선 크로커스 기사단원들은 화이트 기사단의 눈치를 보느라 응접실 주변에는 얼씬도 하지 못하는 상태였다. 그들이 시녀라고 비웃었던 신비한 외모의 여기사를 본 순간 그들 모두 두려워하는 안색으로 자리를 피하고 말았다.

엘쟈네스는 두 사람이 조용해지기를 기다렸다. 다행히도 두 사람이 조용해지기까지는 오래 걸리지 않았다. 크로커스 공작 부인이 렌을 보고 얼른 예를 갖췄기 때문이다. 부인은 대공을 무서워하고 있었다. 렌은 물었다. 크로커스 공작 부인은 겁을 먹은 기색으로 대답했다.

"다급한 일입니까."

"저… 그건…."

"제게 있는 특별한 힘에 대해 이야기한 것뿐이에요."

렌에게 작게 대답한 것은 리리엘이었다. 리리엘 역시도 렌을 두려워하고 있었다. 약혼식 이후 렌을 본 것은 며칠 만이었다. 그래서일까. 리리엘은 자신에게 있는 특별한 힘에 대해 이야기하고 말았다. 그것이 가장 어리석은 짓이었다는 것을 리리엘은 몰랐다.

"어머니는 가만히 계세요. 저에게는, 어릴 적부터 특별한 힘이 있었어요. 이 마법 때문에 사람들은 저를 사랑했어요. 하지만 이 마법 때문에 늘 몸이 아팠어요. 저희 가문에 내려오는 치유의 마법과 이 마법이 부딪쳤으니까요."

리리엘은 자신의 이야기에 심취해 있었다. 엘쟈네스에게는 없는, 리리엘만의 것이라고 생각했던 마법이었다. 리리엘은 크로커스 공작 부인이 이렇게까지 화를 내는 이유를 알지 못했다. 어쩔 수 없는 선택이었다. 또한 꼭 리리엘이 한 일 때문에 국왕에게 문제가 생겼을 것이라는 법은 없지 않은가.

"저는 남들과 달라요. 제 몸은 두 개의 마법을 담아내지 못했어요. 한 가지 마법을 선택하고 한 가지를 버려야 하는 상황이었어요. 아룬델이라는 사람이 찾아왔어요. 그리고 아룬델은 말했어요. 국왕 전하에게 약을 먹이면 저를 낫게 도와주겠다고. 그러면 두 가지 마법을 모두 사용할 수 있을 거라고. 대신 자신이 다시 오면 제가 가진 특별한 마법을 달라고 말했어요."

아룬델이라는 이름에 귀를 기울였던 화이트 기사단 몇은 리리엘의 말에 변하려는 표정을 다잡았다. 아룬델이 리리엘과 계약했다. 그리고 리리엘은 크로커스가에 흐르는 아룬델의 마법을 주기로 했다. 아룬델이 로벨리아에 온 것은 리리엘의 마법을 빼앗으려고가 아닌가. 엘쟈네스는 차분하게 물었다.

"그게 언제부터니?"

"열 살 전부터였어요, 언니."

로벨리아 왕실과 크로커스 공작가는 혈연으로 활발한 교류를 해왔다. 어릴 적 천사 같은 외모를 지녔던 리리엘은 왕실 사람들에게도 사랑받고는 했다. 또한 리리엘은 칼레스 왕자가 열렬히 구애하는 대상이기도 했다. 리리엘이 왕에게 약을 먹일 수 있었던 것은 그런 지위 덕분이었을 것이다. 그 사람을 알고 있어도 그 사람의 깊은 속까지는 모른다는 말이 있다. 엘쟈네스는 리리엘을 보며 그 말을 떠올렸다.

"그렇다면 사람들이 네게 매혹되는 이유가 마법 덕분이었다는 걸 알고 있었겠구나."

"저는 아주 어릴 적부터 특별한 힘을 지녀왔으니까요."

리리엘은 자기 자신에게 심취해 꿈꾸는 듯한 얼굴로 고개를 끄덕였다. 엘쟈네스는 리리엘이 눈부시게 아름다운 외모를 기지고 사람들에게 사랑을 받는 밝은 미녀라고만 생각했다. 고집이 세고 의무 대신 권리만을 취하려는 경향이 강했지만 나쁜 마음을 가지고 있지는 않았다. 혁명을 부르짖는 것도, 자선 사업을 하는 것도 다른 사람들에 대한 순수한 선의와 호의에서 우러나오는 것이라고 생각했다.

리리엘이 그런 자신의 모습에 만족감을 느낀다는 사실은 알고 있었지만, 이 정도이리라고는 생각하지 못했다. 로벨리아의 많은 사람들이 엘쟈네스에게 왜곡된 시선과 편견을 씌워 엘쟈네스를 바라보았듯 엘쟈네스도 리리엘에게 그런 시선을 보냈을지도 모른다. 공작 부인이 다시 울부짖었다.

"아가, 그건 반역이야! 아무리 우리가 왕가와 가깝다지만 그런 짓을 해서는."

"어머니. 제가 그런 일을 했기 때문에 국왕 전하가 이상해졌다고 생각하는 건 아무 근거도 없이 사람을 몰아붙이는 일이에요. 입을 다물면 알려질 일은 없어요."

"왕가가 무너지면 우리도 무너져! 크로커스의 기반은 왕가로부터 나와. 너도 알잖니."

"그렇게라도 이 낡은 나라가 혁명의 길로 들어선다면 무엇이라도 할 수 있어요. 어머니는 늘 말씀하셨어요. 제 자신의 빛을 잃지 말라고. 제게는 그게 특별한 힘이었어요. 어머니가 왜 그렇게 화를 내는지 모르겠어요. 그리고 언니. 언니에게 묻고 싶어요. 언니가 가진 힘은 제가 가진 특별한 힘과 같은 거죠? 저는 지금까지 이 마법을 가진 사람을 저밖에 보지 못했어요. 언니가 제 힘을 훔쳐간 건가요? 제 자리가 특별하기 때문에? 아니면 대공 각하 때문에?"

"엘쟈. 가만히 있지 말고 제발 무슨 말이라도 해주렴! 리리엘이 잘못된 길을 가려고 하고 있잖니."

크로커스 공작 부인이 습관적으로 엘쟈네스에게 애원했다. 공작 부인은 리리엘의 길이 처음부터 어긋나 있었다고 생각하지 못했다. 남들이 들었다면 기가 차 웃었을 것이다. 선조가 아룬델의 힘을 빼앗았고 그 후손은 아룬델과 계약해 분수에 맞지 않는 아룬델의 힘을 쓰게 되었다. 크로커스 공작 부인은 여전히 심약했다. 아니, 비겁한 쪽이라고 해야 맞을 것이다. 부인은 엘쟈네스에게 매달리고 있었다. 예전이었다면 엘쟈네스는 그 말에 따랐을 것이다. 혹은 리리엘의 말도 안 되는 말에 제대로 대답했을 것이다.

엘쟈네스는 잠시 두 사람을 바라보았다. 두 사람은 엘쟈네스의 대답이 돌아오지 않자 큰 소리로 서로의 이야기를 하고 있었다. 엘쟈네스는 크로커스 공작가가 평범하다고 생각했다. 모든 가족들이 화목하다고 생각했다. 그러나 정말로 그랬을까. 엘쟈네스가 거의 평생을 살아온 크로커스가는 비틀려 있었다. 그 안에 있을 때는 알지 못했다. 정확히는 비틀렸다는 것을 알면서도 너무 익숙해 제대로 인지하지 못했다는 것이 옳을 것이다. 엘쟈네스는 더 이상 그 틀 안의 사람이 아니었다. 엘쟈네스는 우아하게 두 사람을 향해 말했다.

"나가세요. 공작 부인. 영애."

"네?"

공작 부인은 놀라 자신도 모르게 존댓말로 말하고 말았다. 엘쟈네스는 무심한 여왕처럼 두 사람을 바라보았다. 리리엘의 조잡한 매혹과는 비교도 되지 않는 기품이 실려 있었다. 로벨리아에 있을 당시와는 달리 이제는 완벽한 위엄이 느껴졌다. 리리엘과 공작 부인은 자신들도 모르게 압도당하고 말았다. 엘쟈네스의 권태로운 손짓 하나에마저도 시선이 갔다. 엘쟈네스는 직설적으로 말했다.

"부인. 이 시간부터 제게 한 번이라도 더 하대를 한다면 가만히 있지 않겠어요. 제 혈육일지라도 부인에겐 제게 무례할 권리가 없어요."

두 사람의 이야기는 엘쟈네스에게 이제 그렇게 큰 영향을 미치지 못했다. 엘쟈네스는 더 이상 두 사람에게 연연하지 않았다. 가족인 두 사람에게 이제는 아무런 감정도 남아 있지 않았다.

"제가 윈터나이트의 사람이라는 것을 잊지 말아 주셨으면 좋겠네요."

엘쟈네스는 말했다. 리리엘에게서 얻어낸 것은 일의 전말과 리리엘이 자신이 가진 아룬델의 마법에 대해 알고 있었다는 사실을 안 것뿐이었다. 정보는 모두 얻어냈다. 두 사람은 엘쟈네스가 있는 응접실에 당연하다는 듯 문을 박차고 들어왔으며, 끝까지 변하지 않았다.

화이트 기사단은 크로커스 공작 부인과 리리엘을 바깥으로 에스코트했다. 명백한 축객령이었다. 두 사람이 나간 후 엘쟈네스는 렌에게 다시 기대었다. 렌의 낮은 목소리가 엘쟈네스를 위로했다.

"어떤 선택을 하든 제가 엘쟈의 곁에 있을 겁니다. 다른 이들이 등을 돌려도 저만은 그렇게 하지 않을 겁니다."

"제가 잘한 건지 잘못한 건지는 모르겠어요. 그래도 마음은 홀가분하네요. 고마워요, 렌."

엘쟈네스는 렌을 향해 웃어 보였다. 그녀는 힘이 없어 보였다. 로벨리아 사람들은 엘쟈네스를 끊임없이 무시했다. 렌은 로벨리아를 내버려둘 생각이 없었다. 준비는 이루어지고 있었다.

남은 기간이 지나간 것은 순식간의 일이었다. 일주일이 되던 날, 로벨리아의 귀족들은 모든 것을 포기한 채 각자의 성문을 걸어 잠그고 안에 칩거했다. 포기하지 않고 방도를 찾는 자들은 아마릴리스 귀족들뿐이었다. 회의에 참석한 로벨리아의 귀족 몇몇은 이제 모든 것을 놓아버린 사람처럼 소리를 지르고 있었다.

"다 틀렸어! 다 틀렸다고!"

"당신들을 믿었더니 일이 풀리지 않았소. 나는 이 회의에서 빠져야겠소."

"어차피 죽을 목숨. 대체 왜 이런 자리를 가지는 건데? 어차피 다 죽을 거잖아!"

"죽지 못하게 되어 안타깝게 되었군."

그들의 하소연 같은 커다란 소리에 대답하는 냉소적인 목소리가 들려온 것은 그때였다. 냉랭하고 낮은 중년 남성의 목소리는 건조했다. 사람들은 어느새 응접실 문이 열려 있었다는 사실을 깨달았다. 바깥의 차가운 공기와 함께 들어온 것은 두 남녀였다. 중년의 남성 귀족은 윈타나이트 대공과 닮은 얼굴을 하고 있었다. 다른 점은 그의 표정 변화가 더 적다는 점이었다. 그 옆에 서 있는 사람은 아내로 보이는 중년의 작은 여성이었다. 두 사람을 알아보지 못한 로벨리아 귀족들은 눈만 깜빡였지만 두 사람을 아는 아마릴리스 귀족들은 벌떡 일어났다. 갈색 머리를 가진 중년의 여성은 엘쟈네스를 보며 방긋 웃었다.

"미안해요, 엘쟈. 우리가 조금 늦었죠?"

"아니에요, 멜리사."

"오는 길이 조금 험난하더라고요. 그래도 덕분에 늦지 않게 잘 온 것 같네요."

"전대 윈타나이트 대공 부부…!"

아마릴리스 귀족 몇몇은 숨을 삼키고 몇몇은 그들을 반겼다. 르윈스키 윈타나이트와 멜리사 윈타나이트. 현재 대공인 루카르엔 윈타나이트의 부모이자 유명한 전대 윈타나이트 대공 부부였다.

"자, 그러면 일은 어디까지 진행되었나요?"

갈색 머리를 한 중년의 작은 여성, 멜리사는 사람들을 둘러보며 말했다. 모든 사람들이 침울해 있는데 반해 멜리사는 밝았고 표정 역시도 어둡지 않았다. 전대 대공인 르윈스키는 그런 멜리사를 보며 못 말리겠다는 듯 고개를 저었다. 멜리사의 말에 대답한 것은 렌이었다.

"에너지석의 폭주로 인해 겨울이 찾아왔고, 아마릴리스에서 쫓는 자가 그 힘을 얻었습니다. 그러나 로벨리아를 바로 무너뜨리지는 않았습니다. 오늘이 우리에게 주어진 일주일 중 마지막 날입니다."

"자세한 것은 두 사람과 이야기를 해보아야겠네요. 대공 각하, 그러면 조금 조용한 방으로 우리를 안내해주겠어요? 이왕이면 따뜻하면 더 좋고요.

오는 내내 추위에 시달렸거든요."

그녀가 눈을 찡긋했다. 전대 대공 부부와 대공 부부가 잠시 자신만의 시간을 가진다는데 말릴 사람은 없었다. 반절 이상의 사람들은 막연한 희망을 가졌고 나머지 사람들은 전대 대공 부부가 와 분위기가 밝아졌다는 사실에 감사했다. 크로커스 공작가에 머물며 건물 내부의 지리에 능숙해진 엘리나가 네 명을 조용한 방으로 안내했다. 완벽하게 방음 처리가 된 작은 기밀 회의용 방이었다. 그곳에 도착하자마자 자리에 앉은 멜리사가 엘쟈네스에게 물었다. 중년 여성의 얼굴은 언제 웃었냐는 양 진중하게 가라앉아 있었다.

"우리는 겨울의 땅에서 아룬델들의 잔해를 보았어요. 짧게 요약할게요. 집사에게 말해서 아룬델 공작가의 저택을 강제로 열었어요. 그리고 겨울의 땅에 다녀왔죠. 아룬델은 서로를 먹어 치우며 성장해요. 지금 로벨리아에 존재하는 아룬델이, 배양관 안에 들어 있던 아룬델들을 모조리 먹어 치웠죠. 엘쟈, 그가 원하는 것은 무엇인가요?"

"크로커스가 가져간 마법을 돌려달라고 말했어요. 이름은 헬이고요."

"이런. 우리가 들은 것은 리리엘 크로커스 영애의 약혼식이 아주 엉망이 되어버렸다는 것뿐이에요. 그리고 우리가 추측한 것은, 렌과 엘쟈가 만났다는 베스 아룬델이라는 여자가 미끼였다는 것이죠. 베스 아룬델이 인질극을 벌이는 그 틈에 아룬델이 윈터나이트에 숨어들어 겨울의 땅까지 가게 된 거예요."

"맞는 말일 거예요, 멜리사."

"확실하지는 않으니 들어두기만 해요. 이곳으로 오는 내내 많은 말을 들었어요. 에너지석 가공 장치 이야기를 들었을 때는 기가 막혔죠."

"지금 새로운 사실이 드러났습니다."

"뭔데, 렌? 말해보렴."

렌은 리리엘 크로커스의 방문에 대해 설명하려다 처음부터 말하기로 했다. 렌이 물었다.

"한 번에 정리해도 됩니까."

"그렇게 해라. 렌."

르윈스키의 대답에 렌은 설명을 시작했다.

"20년 전, 리리엘 크로커스 영애는 아룬델을 만났습니다. 경로는 알 수 없습니다. 그녀는 아룬델이 찾아왔다고 했습니다. 아룬델은 리리엘 영애에게 국왕에게 약을 먹일 것을 지시했습니다. 대신 아룬델의 마법을 사용할 수 있게 될 거라고 했습니다."

"어째서니, 렌?"

"그녀는 아룬델의 마력을 쓸 만한 그릇이 되지 않습니다. 또한 크로커스에 전해져 내려오는 치유의 마법을 가지고 있다고 합니다. 두 개의 마력이 충돌해 몸이 아팠다고 말했습니다."

"그래서. 설마 영애가 정말로 약을 먹였니?"

"그렇다고 합니다. 그녀는 특별한 힘을 얻으려고 한 것이 왜 잘못이냐고 하더군요. 어쨌든 20년이 지났고, 리리엘 크로커스 영애는 아룬델의 마법으로 로벨리아를 지배했습니다. 그녀는 그 힘을 그저 특별한 마법이라고 생각한 것 같습니다. 그리고 작년 가을, 아룬델 무리가 윈터나이트에 나타났습니다. 어머니와 아버지의 말대로라면 그때 순혈의 아룬델이 윈터나이트에 도착한 그해 겨울에 옛 아마릴리스에 있는 아룬델의 저택에 가 아룬델들을 먹어 치우고 강해진 것이 됩니다."

"그리고 봄이 되자마자 아룬델은 로벨리아에 와 국왕 전하를 지배하고 에너지석 가공 장치를 설치했죠. 그게 올해까지의 이야기예요."

엘쟈네스는 말을 마무리 지었다. 그 순간 엘쟈네스는 떠올리고 말았다. 크로커스의 국왕에게는 특별한 능력 한 가지가 있었다. 엘쟈네스는 곧바로 말했다.

"국왕 전하는 완고하고 고집이 세셔서 정신 지배 마법에 걸리는 일이 없다고 알고 있어요."

"마법에요?"

"네. 아버지가 말씀해주신 적이 있어요. 전하가 마법에 걸리는 일은 절대 없을 거라고."

"아룬델이 먹인 약의 정체를 알 것 같네요."

멜리사가 말했다.

"사람의 마법 저항력을 장기간에 걸쳐 깎아내는 약이 있어요. 오래전에 만들어진 약품이기에 얼마 없죠. 저는 고고학을 전공했어요. 그 약에 대한 논문을 쓴 적이 있죠. 20년 전부터 아룬델은 크로커스가의 마법을 노렸던 거예요."

20년이 지나 순혈의 아룬델은 로벨리아를 손에 쥐는 데 성공했다. 왜 에너지석 가공 장치를 설치했는지는 알 수 없었지만, 모든 것이 치밀할 정도로 완벽하게 연결되어 있었다.

"엘쟈."

엘쟈네스는 갑작스러운 멜리사의 말에 그녀를 바라보았다. 멜리사는 작고 따뜻한 손으로 엘쟈네스의 손을 꼭 쥐었다. 르윈스키는 냉랭해 보이는 얼굴로 엘쟈네스를 바라보고 있었으나 시선에 약간의 우려가 담겼다는 것을 잘 알 수 있었다.

"시간이 없어서 길게 말하지는 못하겠지만, 이곳에 와 많은 것을 느꼈어요. 로벨리아의 사람들은 편견에 갇혀 엘쟈를 제대로 보지 못하죠. 사람들은 엘쟈를 악녀라고 불렀다고 했어요. 엘쟈가 악녀라면, 환경이 엘쟈를 악녀라고 낙인찍고 몰아간 것이라고 생각해요. 엘쟈는 잘 자라주었어요. 그리고 잘해왔고요. 정말로 고마워요."

이들은 엘쟈네스의 새 가족이었다. 엘쟈네스는 렌이 가정에서 많은 사랑을 받고 자랐다는 것을 느낄 때마다 어색함을 느끼고는 했었다. 그러나 이제는 아니었다. 렌을 만나고, 윈터나이트에서 살아가며 엘쟈네스는 변화했다. 엘쟈네스는 가슴이 따뜻해짐을 느끼며 말했다.

"고마워요."

"내 말은 진심이에요. 아차, 이럴 때가 아니지. 엘쟈, 엘쟈에 대해 말해줄 것이 있어요. 차기 집사가 아룬델의 마력에 대해 연구하다 알아낸 사실이에요."

"내가 말하도록 하지."

전대 대공인 르윈스키가 나섰다. 그는 렌과 엘쟈네스를 바라보며 말했다.

"아룬델은 상대를 먹어 치워 능력을 자신의 것으로 만든다. 육체를 먹어 치울 수도 있지만, 강한 아룬델의 경우 마력만을 흡수하는 것도 가능하다고 하더군."

로벨리아 수도의 바깥에는 아룬델의 악령들이 이리저리 돌아다니고 있었다. 아룬델이 먹어 치워 완전히 자신의 것으로 만들었어야 할 혼들이었다. 그러나 아룬델은 그것들을 먹지 못한 것 같았다. 그렇지 않다면 저런 에너지원을 그냥 내버려두는 것이 설명되지 않았다. 엘쟈네스와 렌은 르윈스키의 설명을 들었다. 왕궁에 있는 아룬델은 굳이 모든 것을 물리적으로 먹어 치웠다. 그것은 이 아룬델에게 마력만을 먹어 치우는 힘은 없다는 것을 뜻했다. 어쩌면 엘쟈네스는 그것을 할 수 있을지도 모른다. 르윈스키의 설명은 간결했고 빨랐다. 엘쟈네스는 고개를 끄덕였다.

"해보도록 할게요."

"그리고 엘쟈, 이것도 확실하지 않은 거지만요."

"말해봐요, 멜리사."

"저는 어쩌면 아룬델이 마법 전쟁과 같은 일을 벌일지도 모른다고 생각해요."

"마법 전쟁과 같은 일요?"

"에너지석 가공 장치는 폭발할 수도 있어요. 그게 마법 전쟁 전 인류를 멸망시킨 원인이죠. 만일 아룬델이 그것을 많은 사람들이 있는 자리에서 폭발시킨다면 어떻게 될까요. 어쩌면. 다 죽을지도 몰라요."

멜리사의 얼굴은 진지했다. 그녀의 눈에는 그림자가 드리워진 상태였다.

"에너지석을 사용한 전쟁으로 인해 과거의 인류가 멸망하고, 대륙 가운데에 죽음의 땅이 생겨났으며, 동물과 식물들이 과거와 다른 형태를 띠게 되었어요. 무서운 힘이죠. 아룬델은 윈터나이트를 없애기 위해 무슨 짓이라도 할 거예요. 꼭 유의하기를 바라요. 내가 과민 반응을 하는 걸지도 모르지만. 예감이 좋지 않아요."

멜리사가 무언가를 더 말하려는 순간이었다. 그러나 엘쟈네스는 멜리사의 말을 마저 듣지 못했다. 왜냐하면.

"엘쟈!"

멜리사가 비명을 질렀다. 갑작스럽게 붉은빛이 엘쟈네스의 발밑에 나타났다. 원 모양으로 시작되어 기하학적인 무늬를 그리며 순식간에 완성된 마법진은 렌과 엘쟈네스를 순식간에 삼켜버렸다. 붉은빛이 엘쟈네스를 덮치기 전 렌은 엘쟈네스를 안았다. 마법진은 화이트 기사단마저도 삼켜버렸다. 멜리사와 르윈스키는 다가가서 빛을 밟았으나 그것은 화이트 기사단을 삼킨 것을 마지막으로 사라져버렸다. 르윈스키와 멜리사는 발밑을 바라보았다. 르윈스키는 검을 들었다.

"닫혔군."

"르윈스키…"

두 사람이 오는 동안 수많은 마법적 장애물들이 있었다. 얼음 장벽이 그들을 가로막기도 했고 눈보라 속에서 튀어나오는 악령들이 그들을 죽이려 들기도 했다. 한 치 앞도 볼 수 없을 만큼 밝은 빛이 보이기도 했다. 두 사람이 로벨리아에 무사히 도착할 수 있었던 것은 르윈스키가 전대 윈터나이트 대공이었기 때문이었다. 멜리사는 언제부터인가 이 자리에 존재하는 결계를 느끼게 되었다. 보이지 않는 벽이 두 사람을 막고 있었다. 르윈스키는 검은 공간을 베어냈다. 무엇이 나온다 해도 베어버리면 그만이다.

❋

로벨리아의 수도 각지에 흩어져 있던 귀족들이 모조리 한자리에 모이게 되었다. 모든 이들의 발밑에 붉은빛이 생겨났고 사람들은 그토록 두려워하던 홀에 오게 되었다. 요하네스 크로커스가 토해낸 두려운 그것을 떠올린 사람들은 홀을 보며 벌벌 떨었다. 꿈을 꿀 때도 그것이 나왔다. 이 세상의 어떤 단어로도 설명할 수 없었다. 형체가 없었으나 존재했고, 탁했으나 투명했다. 가장 큰 특징은 그것이 불길했다는 것이다. 그것을 바라보는 것만으로도 본능적인 공포와 두려움이 밀려왔다. 온몸이 떨렸다. 사람들은 벌벌 떨고 있었다.

홀의 앞자리에 앉아 있던 헬은 턱을 괸 채 사람들을 바라보았다. 진회색의 눈동자는 이제 유리알처럼 맑은 청색을 띠고 있었다. 그것이 기묘해 소름이 끼쳐왔다. 헬은 눈동자를 움직였다. 모든 이들이 도착했다. 리리엘 크로커스의 약혼식을 축복하기 위해 참석했던 이들이었다. 화이트 기사단을 함께 초청한 것은 재미를 위해서였다. 헬은 떨고 있는 사람들을 보다가 공간을 움직였다. 약간의 손장난만으로도 헬의 목소리는 홀 전체로 퍼져 나갈 수 있었다. 헬은 오늘의 주연인 윈터나이트 대공 부부와 화이트 기사단, 크로커스 공작가의 일원들을 바라보았다. 헬은 웃었으나 미소에 감정이 전혀 담겨 있지 않아 고장 난 인형처럼 보였다. 조용한 홀에 헬의 목소리가 전달되었다.

"안녕? 난 헬이야. 지금부터 내 것을 돌려받으려고 해. 자, 리리엘 크로커스. 약속을 지킬 때가 왔어."

사람들의 시선은 모두 순식간에 리리엘에게 쏠렸다. 조용한 가운데 불안감이 감돌았다. 경악의 눈으로 자신을 바라보는 리리엘 크로커스에게 헬은 덧붙였다.

"내 것을 돌려줘야지."

꿈같던 시절이었다. 어린 리리엘은 늘 침대에 누워 있었다. 크로커스가 고유의 치유 마법은 리리엘을 살려냈고 특별한 마법은 리리엘을 아프게 했다. 리리엘은 눈물을 뚝뚝 흘리고는 했다. 리리엘은 늘 되뇌었다.

'왜 이렇게 내가 아파야 해?'

어른들은 리리엘의 말을 듣지 않았다. 그들은 리리엘이 아프기에 자신의 병을 특별한 마법이라고 부른다고 생각하는 눈치였다. 리리엘을 알아주는 이는 없었다. 유일하게 리리엘의 말을 들어준 것은.

"자, 리리엘. 거래를 하자."

요하네스가 태어나 가문이 떠들썩했던 날이었다. 리리엘은 마법을 끌어 올리려다 피를 토했다. 누구도 오지 않았다. 끈을 당기면 시녀가 올 테지만 그렇게 하고 싶지 않았다. 시야가 흐릿해져갔다. 그때 리리엘에게 누군가가 말을 걸었다. 키가 큰 남자였다.

"남자…? 아기…?"

어린 리리엘은 중얼거렸다. 남자의 품에 안겨 있는 것은 붉은 머리칼의 아기였다. 요하네스가 저 크기일까. 리리엘은 갓난아기인 요하네스를 본 적이 없었다. 혹여나 리리엘에게 있을지도 모르는 병 때문이었다. 사람들은 후계자의 탄생을 축복하며 리리엘을 방치해두었다. 리리엘은 고통을 참으며 특별한 마법을 움켜쥐었다. 그런 리리엘에게 아기가 은근한 목소리로 속삭였다.

"그 힘을 가지고 싶지 않아?"

아기였나. 아니면 어른이었나. 리리엘은 지금까지 그 목소리의 주인이 어른이라고 생각해왔다. 갓난아기가 리리엘의 마음을 꿰뚫어보기라도 한 듯 속삭일 수는 없을 테니까. 기묘한 풍경이었다. 리리엘은 손을 뻗었다. 이걸 얻기 위해서라면 무엇이든 하겠어. 소년을 본 리리엘의 동공이 확장되었다. 리리엘은 믿을 수 없어 중얼거렸다.

"20년 전의….."

소년은 아기의 반들거리던 청회색 눈동자와 붉은 머리칼을 그대로 가지고 있었다. 리리엘은 아룬델이 키가 큰 남자라고 생각했다. 그런데 정말로 아기와 계약한 것이었다. 리리엘은 놀라 입을 막았다. 사람들은 에너지석과 관련된 테러 마법사와 리리엘 크로커스가 엮였다는 사실에 놀라고 있었다. 귀족들은 비명을 지르듯 대화를 나누었다.

"리리엘 크로커스 영애가 반역 시도를 한 걸까요?"

"크로커스 영애 혼자만이 아닐 거예요. 요하네스 영식도 있잖아요. 어쩌면 크로커스가 전체가 반역자들과 엮인 걸지도 모르죠….."

"혁명 사상을 외칠 때부터 이상하다고 생각했어요."

"그러면 지금 저 사람이 뭘 돌려달라고 하는 거죠?"

수많은 말들을 흘려들으며 리리엘은 입을 막았다. 소년은 아룬델이 다시 세상에 돌아오는 날 빌려준 마법을 되돌려달라고 말했다.

"이걸 너에게 빌려줄게. 나는 아직 불완전하니까. 대신 너는 국왕에게 이 약을 먹이는 거야."

"좋아. 언제 돌려줘야 하는데?"

"내가 아룬델로서 돌아오는 날."

손이 닿는 순간 소름 끼치도록 차가운 무언가가 스며들어왔다. 리리엘은 주인을 만나자 마구 날뛰는 마법을 억눌렀다. 몸속에 깃든 매혹의 마력이 제멋대로 일렁거리고 있었다. 싫어. 돌려주고 싶지 않아. 이를 악문 리리엘은 심장 위에 손을 올린 채 고개를 저었다. 절대 줄 수 없었다.

"비 각하, 어떻게 할까요?"

화이트 기사단원 하나가 엘쟈네스에게 의견을 물었다. 아룬델의 마력에 대해 잘 아는 사람은 엘쟈네스뿐이었다. 엘쟈네스는 리리엘의 그릇에 맞지 않는 거대한 마력 덩어리를 보고 있었다. 그것들은 아룬델을 먹어 치운 헬이 다가오자 춤추듯 요동치고 있었다. 엘쟈네스는 단호하게 말했다.

"어떤 개입도 하지 말고 내버려두렴."

엘쟈네스는 리리엘을 바라보았다. 한때는 리리엘을 미워한 적이 있었다. 미워하지 않았다면 거짓말일 것이다. 아카데미 시절 리리엘이 엘쟈네스의 보석함을 마음대로 가져다 팔아 치운 이후 한동안 리리엘을 미워했다. 그때 리리엘의 비상식적인 행동들이 눈에 들어오기 시작했다. 엘쟈네스가 리리엘에게 신경조차 쓰지 않게 된 것은 그럴 만한 가치가 없다고 느꼈기 때문이었다. 리리엘은 도를 넘었다. 리리엘의 행동을 지켜보는 것은 엘쟈네스의 마지막 선의였다. 리리엘이 어떤 행동을 하느냐에 따라 엘쟈네스의 태도가 달라질 것이다.

헬은 유리알 같은 눈동자로 리리엘을 보며 빙그레 웃고 있었다. 사람들은 리리엘 크로커스의 입모양을 보며 신경을 곤두세웠다. 다음 순간 리리엘은 눈을 감았다.

"난… 모르는 일이야."

"이런, 리리엘. 기억하고 있잖아. 자, 이걸 봐."

헬은 창백하게 질린 채 눈을 감고 있는 요하네스 크로커스를 마법으로 들어 올렸다. 검은 악령들이 요하네스의 손과 발을 칭칭 감았다. 잿빛 연기가 죽음처럼 요하네스를 감쌌다. 헬은 리리엘에게 물었다.

"내가 요하네스의 숨결을 앗아 가더라도?"

"나는 몰라."

리리엘의 맑은 목소리가 떨렸다. 헬은 고개를 천천히 옆으로 기울이더니 크로커스 공작 부부를 들어 올렸다. 헬의 의지에 따라 땅 밑에서 솟아오른 저세상의 것들이 크로커스 공작 부부를 옭아맸다. 크로커스 공작 부부는 절규하듯 비명을 질렀다. 헬은 리리엘에게 다시 물었다.

"내가 네 부모를 먹어 치우더라도?"

"나는 줄 수 없어…."

헬은 세상에서 가장 기묘한 것을 보듯 리리엘을 바라보았다. 리리엘은 자신이 허락하지 않는 한 헬이 특별한 힘을 마음대로 가져가지 못한다는 사실을 알고 있었다. 사람들은 헬이 리리엘 크로커스에게 무언가를 요구한다는 사실을 깨닫고 있었다. 그리고 리리엘이 자신의 가족과는 상관없이 그것을 줄 수 없다고 외친다는 사실 또한 알고 있었다.

"그렇다면 리리엘 크로커스."

사람들은 붉은 머리칼의 소년이 견딜 수 없을 만큼 매혹적이라고 느꼈다. 소년의 진회색 눈동자에 푸른빛이 감돌고 있었다. 그것이 깨져나간 것은 한 여자의 찢어질 듯한 비명 소리 때문이었다. 이 세상 존재가 아닌 것이 홀의 사람을 먹어 치우기 위해 거대한 입을 벌렸다. 헬은 홀 안의 모든 귀족들을 들어 올린 채 리리엘을 바라보았다.

"요하네스는 네가 성녀라고 말했지. 여기 네가 소중히 여긴다는 사람들이 있어. 이 모든 인원들이 죽을 거야. 이 귀족들이 죽으면 네가 사랑하는 로벨리아도 제대로 돌아가지 않겠지. 이제 너는 어떻게 할 거지?"

허공에 떠오른 귀족들이 비명을 질렀다. 생지옥이었다. 사람들은 죽음의 위협 앞에서 몸부림쳤지만 강력한 마법에 저항할 수 없었다.

렌과 엘쟈네스는 마법을 베어내려는 화이트 기사단을 제재했다. 어설프게 나서다 아룬델을 자극할 수 있었기 때문이다. 요하네스는 늘 헬에게 둘째 누님이 성녀와 같이 상냥한 내면과 다른 사람들을 위한 올곧음을 가졌다고 말해왔다. 그러나 헬이 겪은 리리엘은 달랐다. 리리엘은 혈육마저도 무시하며 귀를 막았다. 그렇다면 모든 귀족들을 한꺼번에 걸면 어떨까. 헬은 리리엘의 대답을 궁금해하고 있었다. 로벨리아의 귀족들은 울부짖었다.

"크로커스 영애! 제발 그것을 돌려주시오!"

"크로커스 영애! 살려주세요! 제발…."

"리리엘!"

"이거 놔! 살려주세요! 아악!"

리리엘은 고통받는 사람들을 침울하게 올려다보았다. 로벨리아의 귀족들은 리리엘이 약혼식에서 기상천외한 모습을 보였으나 여전히 선량할 것이라고 믿고 있었다. 리리엘은 사람들을 그냥 지나치지 않을 것이다. 타인을 돕는 따뜻한 마음씨를 가졌으니까. 사람들의 시선에는 일말의 기대감이 섞여 있었다. 그것이 완전히 산산조각 나버린 것은 리리엘의 대답 때문이었다.

"…상관없어."

"마법을 주어노 상관없다는 이야기야?"

"아니."

리리엘은 입을 굳게 다물었다. 분홍빛 입술은 다물린 채 떨어지지 않았다. 영롱한 녹색 눈은 귀족들을 외면하고 있었다. 사람들의 기대감이 완전히 사그라져버렸다. 많은 이들이 리리엘을 적개심 어린 눈으로 보고 있었다. 헬은 고개를 좌우로 까딱거렸다. 고장 난 목각 인형처럼. 헬은 먹어 치운 아룬델의 지식과 다른 현재의 상황을 이해하지 못하고 있었다.

"어째서? 사람들이 소중하다고 말하지 않았어? 여기에는 네 약혼자인 칼레스 왕자와 네가 사랑한다고 했던 윈터나이트 대공도 있어."

"듣고 싶지 않. 그런 말로 내 마법을 빼앗아 갈 순 없어. 모든 사람들이 죽더라도 내 대답은 같을 거야. 이 힘은 내 것이야. 절대로 줄 수 없어. 그 사람들을 죽여도 좋아."

모든 이들이 리리엘 크로커스의 얼굴을 보았다. 그녀가 과연 그들이 생각했던 것과 같은 성녀가 맞는가? 마법을 돌려주지 않기 위해서라면 많은 목숨이 사라져도 된다고 말하는 영애는 그들의 리리엘 크로커스가 아니었다. 정의롭고 다른 사람들에게 따뜻한 선의를 베푸는 사람이 아니었다. 오히려 일그러진 그 얼굴은 성녀보다는….

"그만하는 게 좋겠구나, 리리엘."

사람들을 구한 것은 윈터나이트의 기사들이었다. 대공의 지시를 받은 화이트 기사단원들이 저세상의 것들을 베어내고 사람들을 지키고 있었다. 귀족들이 넋을 잃은 채 그 모습을 바라보았다. 북방의 대공은 악령과도 같은 것들을 베어내었다. 그리고 그 옆에는 엘쟈네스 윈터나이트가 있었다. 리리엘 크로커스의 추악함과는 대조적인 모습이었다. 엘쟈네스는 리리엘에게 말했다.

"물러나렴. 다칠지도 모르니."

혼란스러운 남쪽에서 파괴의 마법은 살상용으로 쓰이기 쉬운 것이었다. 남성이었다면 모를까, 여성이 파괴의 마력을 지닌 것은 크나큰 흠으로 여겨졌다. 사람들은 무엇이든 파괴하는 엘쟈네스의 마력을 들어 악과 같다고 표현했다. 그러나 푸른빛을 내며 요하네스 크로커스와 크로커스 공작 부부를 묶은 것을 없앤 것은 바로 그 파괴의 마력이었다. 리리엘은 눈을 크게 떴다.

엘쟈네스는 어떤 확신을 얻은 상태였다. 헬은 결코 리리엘의 마력을 강제로 빼앗아 갈 수 없었다. 왜냐하면 리리엘에게 있는 아룬델의 마력이 헬의 것보다 강력했기 때문이다. 사람들은 엘쟈네스의 뒷모습을 멍하니 바라보았다. 리리엘은 입술을 깨물었다.

"저도 싸우겠어요."

"너는 저것을 상대하지 못해."

"언니는 항상 그런 식이죠. 저를 미워하고 제가 하는 모든 일에 부정적인 말만 하셨어요. 언니의 말은 듣고 싶지 않아요."

"리리엘."

리리엘은 검을 들어 헬에게 달려들었다. 엘쟈네스의 말이 끝나기도 전이었다. 헬은 무감정한 눈으로 리리엘을 바라보았다. 리리엘 크로커스를 그냥 죽인다면 리리엘 크로커스에게 깃든 아룬델의 마법이 어딘가로 흩어져버릴 것이다. 헬에게는 그것을 흡수할 능력이 없었다. 헬이 리리엘을 죽이지 못하는 이유는 그래서였다. 리리엘이 달려든 것과 헬이 시험 삼아 리리엘의 심장 부근으로 마력을 보낸 것은 동시에 이루어졌다. 검은 헬에게 닿지 못했으나 헬의 마법은 정확하게 리리엘에게 파고들었다. 환한 빛이 터져 나왔다.

"아!"

리리엘은 심장 부근을 부여잡고 주저앉았다. 아파서가 아니었다. 무언가가 사라졌다. 헬의 마법이 일어나며 튄 파편이 리리엘의 얼굴을 볼썽사납게 긁어버렸다. 리리엘은 그것이 치유되기를 기다렸으나 상처는 그대로였다. 피는 계속해서 흐르고 있었다. 리리엘은 얼굴을 매만졌다.

"어째서…?"

엘쟈네스는 리리엘을 담담히 바라보았다. 엘쟈네스의 만류를 듣지 않고 앞으로 나간 것은 리리엘의 선택이었다. 헬의 마법은 리리엘을 파괴하려고 했으나 중간에 가로막혔다. 대신 소멸해버린 것은 리리엘의 치유 마법이었다. 리리엘은 더 이상 본인을 치유할 수 없을 것이다. 관리하지 않아도 아름다웠던 머릿결과 피부를 유지할 수 없을 것이다. 노화를 늦출 수도 없을 것이다. 리리엘은 치유의 마력이 자신을 자연스럽게 치유해주리라고 믿고 늘아무렇게나 다쳐 왔다. 그러나 이제 얼굴의 자흔은 사라지지 않았다. 리리엘은 망연자실해서 주저앉았다. 그제야 오기로 인해 자신의 마법이 영원히사라져버렸다는 사실을 깨달은 것이다.

"안 돼…."

리리엘은 말했다. 사람들은 술렁거렸다. 화이트 기사단은 실내에 있는 악령들을 베어내고 있었다. 헬은 일이 마음대로 되지 않는 것에 대한 짜증을느꼈다. 그의 표정은 섬뜩해졌다. 엘리나가 요하네스를 구해냈다. 리리엘크로커스에게 깃든 아룬델의 마력은 그를 방해했고, 엘쟈네스 윈터나이트는 지나치게 위협적이었다. 사람들을 쉽게 인질로 잡을 수도 없었다. 화이트 기사단은 귀족들을 잘 지켜내고 있었다. 헬은 리리엘 크로커스와 윈터나이트의 일원들에게 물었다.

"왜 나를 방해하는 거야?"

그의 물음은 진심이었다.

그 순간 헬의 눈동자에 기묘한 빛이 스쳐 지나갔다. 헬은 곧바로 마력으로 자신에게 달려드는 남자를 잡아채 들어 올렸다. 그는 화이트 부기사단장인 원이었다.

"이렇게나 악한데."

헬이 원을 죽이기 전, 렌이 구해냈다. 윈터나이트 대공과 직접적으로 맞붙는 것은 좋은 선택이 아니었다. 헬은 원을 가볍게 포기했다. 악령들의 수가 줄어갔다. 헬이 삼키지 못해 내버려둔 에너지들이 허공에 흩어지고 있었다. 아까운 일이었다. 헬은 손짓했다.

"까아아아!"

한 영애의 발밑이 움푹 꺼졌다. 에너지를 많이 쓰는 것은 사양이었다. 헬에게는 남은 에너지가 그렇게 많지 않았다. 리리엘 크로커스가 약속을 지켜 그에게 마력을 주었다면, 누구도 그를 막지 못했을 것이다. 리리엘 크로커스의 고집 덕에 홀 안의 인간들이 살아남을 수 있었다. 헬은 거대한 마력으로 얼음들을 만들었다. 사람들은 비명을 지르며 뛰어다니고 몸을 움츠렸다. 얼음 파편들이 칼날처럼 쇄도했다. 이것은 단지 화풀이에 불과했다. 큰 마력을 쓸 수는 없었다. 아룬델의 마력을 되찾지 못했으니까. 오래 대치하는 상황은 헬에게도 좋지 않았다.

"비 각하, 제가 아룬델을 치겠습니다."

"리나."

엘리나의 눈은 곧았다. 그녀는 엘쟈네스를 신뢰 어린 눈으로 보고 있었다. 언제나처럼. 엘리나가 한쪽 무릎을 꿇었다.

"가장 신뢰하는 동료 둘이 아룬델의 시선을 끌 겁니다. 그때 저는 아룬델을 찌르겠습니다. 실패 가능성은 적습니다. 화이트 기사단 중 제가 가장 강하니까요."

"위험한 일이야."

"아닙니다."

엘리나는 헬을 바라보았다. 엘리나의 말과 달리 헬을 정말로 죽일 수 있는 가능성은 없었다. 다만 엘리나는 버틸 것이다. 더 이상의 인명 피해는 막아야 했다. 또한 조금 전부터 아룬델의 눈빛이 심상치 않았다. 그는 엘쟈네스를 바라보고 있었다.

헬은 실제로도 엘쟈네스를 죽일 것인지 그냥 내버려둘 것인지 고민하는 중이었다. 그는 자신이 볼 손해와 자신이 얻을 이득을 계산하고 있었다.

엘쟈네스가 위험했다. 헬의 시선을 끌기에는 엘리나가 제격이었다. 화이트 기사단원 중 누구도 엘리나처럼 강하고 빠르지 않으니까. 엘리나는 고개를 숙였다.

"제게 명해주십시오."

"허락하지 않을 거란다."

"비 각하."

죄송합니다. 동시에 엘리나는 알렉과 조제프를 찾았다. 알렉은 방어에 특화된 검술을 가졌고, 조제프는 변칙적이었다. 세 사람은 아룬델이 눈치채지 못하게 달렸다. 알렉은 한숨을 쉬며 말했다.

"우린 지금 죽으러 가는 거야."

"죽으면 술이 가득한 천국으로 갔으면 좋겠다."

"네가 천국에 갈 수 있을 것 같으냐. 안 그래, 엘리나?"

"미안하다."

"왜 그래?"

"이 미친 짓에 끌어들여서. 미안하다."

"그럴 리가 없잖아. 넌 내 파트너인데."

"엘리나. 아직 잘 모르는구나. 윈터나이트 기사단이 이길 수 없는 상대가 어디 있어. 난 우리가 이긴다는 데 두 배로 건다."

두 동료는 대답했다. 엘리나는 말을 잇지 못했다. 그들이 아룬델에게 이길 가능성은 없었다. 윈터나이트 대공인 렌조차도 이기지 못하는데 아룬델을 어떻게 이기겠는가. 엘쟈네스와 렌이 이 상황을 타개할 방법을 찾을 때까지 시선을 끌어야 했다. 혹은 아룬델을 한계점으로 내몰아야 했다. 헬에게는 숨겨진 패가 있을 것이다. 엘리나는 금속 부품들이 맞물리는 소리를 들었다. 이런 상황에서도 에너지석 가공 장치는 계속해서 돌아가고 있었다. 저것을 아룬델이 가져왔다고 했다. 그는 저 기계 장치를 왜 아직도 돌아가게 하고 있는 것일까. 조제프가 도약했다. 헬은 마법으로 받아쳤다.

"으아!"

조제프는 엉뚱한 소리를 내며 몸을 틀었다. 허술해 보이는 몸짓과는 달리 조제프는 검은 마력을 완전히 갈라버렸다. 조제프는 전혀 다치지 않았다. 별거 아니네. 조제프는 그렇게 말하듯 어깨를 으쓱했다. 순간 알렉이 다급하게 외쳤다.

"뒤!"

"뭐?"

조제프는 뒤를 돌아보다 본능적으로 마법을 찔렀다. 헬이 보낸 마법이 조제프에게 다시 돌아온 것이다. 마력은 완전히 소멸했다. 조제프는 나지도 않은 식은땀을 훔쳤다. 알렉은 나서지 않았다. 그가 빛을 발하는 때는 동료들을 지킬 때였다. 조제프는 헬을 도발했다.

"아룬델도 별것 아니네."

"…"

그를 향하는 유리알 같은 눈동자가 섬뜩했다. 헬은 들어주겠다는 듯 조제프를 바라보았다. 그 모습이 감정 없는 인형처럼 보였다. 상대가 화가 나 이성을 잃게 하는 법이 어디 없을까. 헬이 저렇게 침착함을 유지한다면 개죽음을 당할 것이다. 조제프는 생각했다. 그는 머릿속으로 방법을 찾아냈다. 아룬델이 정말로 증오할 말. 그것은.

"세상은 결코 얼어붙지 않을 거야."

그 순간 헬의 얼굴이 소름 끼칠 정도로 기괴하게 일그러졌다. 일단 먹힌 것 같다. 이번에는 정말로 식은땀이 났다. 조제프는 이어서 태연한 척 말했다.

"얼어붙어 죽는 사람도 없을 거야. 여기서 너는 죽고, 윈터나이트는 겨울을 베어내겠지. 마침내 겨울이 없어져 모든 사람들은 얼어붙어 죽을 위험 없이 평화롭게 살아가게 될 거야. 네가 바라는 세상은 결코 오지 않는다고."

헬은 고요했다. 그 순간이었다. 쾅—! 굉음과 함께 조제프의 몸이 완전히 나가떨어졌다. 조제프를 받아낸 것은 알렉이었다. 알렉은 무시무시한 마력 덩어리를 검으로 받아냈다. 조제프는 쿨럭쿨럭 피를 토했다.

"뭐 저렇게… 세냐."

"멍청아. 적당히 도발해야지."

말하면서도 알렉의 눈은 조제프에게서 떨어지지 않았다. 내상을 입었으나 생명에 지장이 있을 정도는 아닌 것 같았다. 알렉은 안도하며 조제프가 의식을 잃지 않도록 계속 말을 걸었다.

"어떡할 거야. 너무 화난 것 같은데."

"이렇게 잘 먹힐 줄은… 몰랐지…."

조제프가 씩 웃었다. 그의 입가에는 피가 가득했다. 알렉은 말했다.

"이제 엘리나가 나설 거야."

"그래? 다행이네…."

조제프가 눈을 감았다. 죽은 것은 아니었다. 알렉은 엘리나와 조제프가 죽기 전, 두 사람을 구할 것이다. 알렉의 특기는 동료를 지키는 것이었다. 헬의 마력이 조제프를 노렸다. 그러나 마법은 조제프에게 닿지 않았다. 알렉의 검은 그것들을 막아냈다. 강하지는 않으나 결코 밀리는 법이 없었다.

엘리나는 두 사람을 바라보았다. 생각보다 희생이 적었다. 헬은 분노하는 것처럼 보였다. 동시에 엘쟈네스에 대한 생각을 잊어버린 것 같았다. 두 동료는 잘해주었다. 이제는 엘리나의 차례였다. 엘리나는 헬의 뒤쪽에서 나타났다. 기적 없이 조용했기에 헬마저도 엘리나를 눈치채지 못했다. 아니, 헬이 분노에 사로잡혀 눈치채지 못한 걸지도 모른다. 엘리나의 검은 곧바로 헬의 손목을 향했다. 목을 베어낼 자신은 없었다. 몸에 입힌 상처는 금방 나을지도 모른다. 엘리나의 검날이 헬의 손목을 잘라냈다.

툭. 헬의 손이 바닥에 떨어졌다. 손을 움직이려던 헬은 손이 있던 자리에 아무것도 없다는 사실을 깨달았다. 여기사와 헬의 눈이 마주쳤다. 헬의 마력이 순식간에 빠르게 쇄도했다. 차가운 눈보라가 일었다. 엘리나가 있던 자리에 무수한 마법들이 날아들었다. 헬은 무감정하게 그 자리를 바라보았다. 죽었나. 그러나 아니었다. 엘리나는 살아 있었다. 윈터나이트 대공만큼이나 강한 기사였다. 헬은 말했다.

"성가셔."

엘리나의 검은 본능적으로 움직였다. 사람이 낼 수 있는 속도가 아니었다. 헬의 마력은 날아들었고, 엘리나의 검은 그것을 베어냈다. 극한의 검의 경지에 다다른 이만이 할 수 있는 검술이었다. 엘리나를 움직이게 하는 것은 엘쟈네스였다. 엘리나가 쓰러진다면 아룬델은 다시 엘쟈네스를 죽일지 살릴지에 대해 고민할 것이다. 왜냐하면 헬에게 필요한 것은 리리엘 하나뿐이니까. 헬은 엘리나를 죽일 수 없었다. 아니, 죽일 수 있었으나 그만큼의 에너지를 쓰고 싶지 않았다. 헬은 엘리나를 순순히 포기했다.

믿을 수 없는 상황에 엘리나의 눈이 크게 떠졌다. 헬의 마력에 홀의 뒤에 있던 기계 장치가 끌려 나오기 시작했다. 푸른빛을 내는 에너지석이 빛을 발하고 있었다. 헬은 결정했다. 귀찮아질 바에야 이곳에서 모든 것들을 죽이겠다고. 화이트 기사단원 하나가 사람들에게 외쳤다.

"저것이 폭발하면 우리는 모두 죽습니다!"

그는 전대 대공 부부가 하는 말을 가까이에서 들은 이였다. 사람들의 얼굴에 공포가 드리워졌다. 헬의 마력이 떠올랐다. 육안으로도 보일 만큼 강한 마법이었다. 그것은 기계 장치를 박살냈다. 커다란 금속 파편들이 튀었나. 유리 조각들이 이리저리 튀었다. 사람들은 끝없이 절규하고 비명을 질렀다.

공포의 향기에 헬의 분노가 누그러졌다. 마침내 에너지석이 드러났다. 액화되고 가공되다 만 것들이었다. 헬은 이것을 어떻게 폭발시켜야 할지 잘 알고 있었다. 마법 전쟁 직전의 지식이지만 이만큼 확실한 것은 없으니까. 헬의 마력이 에너지석을 감쌌다. 거대한 파동이 느껴졌다. 사람들은 에너지석의 위압감을 느끼며 공포에 떨었다.

리리엘은 아무것도 하지 못하고 공포에 사로잡혀 눈앞에서 일어나는 일들을 보고 있었다. 싸우겠다는 다짐은 사라졌다. 리리엘이 아는 영역이 아니었다. 많은 사람들은 죽음을 직감했다. 아예 주저앉아 죽는 순간만을 기다리는 이도 있었다.

헬의 마력이 에너지석을 놓았다. 그 순간, 에너지석이 폭발했다. 꽝음과 함께 로벨리아 왕궁의 지붕이 날아갔다. 사람들은 눈을 감았다. 에너지석의 빛이 퍼져 나갔다. 그러나 그들은 죽지 않았다. 부드러운 목소리가 들려왔다.

"수고했다. 리나, 조제프, 알렉."

사람들은 그녀를 악녀라고 불렀다. 파괴의 마력을 기피했고, 그녀를 헐뜯었다. 엘쟈네스 크로커스. 피도 눈물도 없는 여자. 그 엘쟈네스의 마력이 에너지석을 감싸고 있었다. 에너지석은 폭발했다. 그러나 폭발이 퍼져 나가기 전 파괴의 마력이 막은 것이다. 누구도 이렇게 거대한 마법을 보지 못했다. 마법을 쓸 줄 아는 이들은 경이로운 장면을 눈에 담았다.

엘쟈네스 윈터나이트. 엘쟈네스가 쓴 거대한 마력이 에너지석의 에너지들을 소멸시켜갔다. 여전히 눈이 내리는 하늘에 푸른빛이 퍼져 나갔다. 귀족들은 눈이 부셔 눈을 감아버렸다. 동시에 맑고 시린 기운이 퍼져 나갔다. 마지막 순간을 기다리며 주저앉아 있던 사람들은 위를 멍하니 바라보았다. 밝은 빛과 빛이 충돌했다. 그리고 사방에 적막이 찾아왔다.

고개를 숙였던 이들은 고개를 들고 눈을 감았던 이들은 눈을 떴다. 사람들을 지키는 것도 잊은 채 거대한 마력의 향연을 보고 있던 화이트 기사단은 검을 고쳐 들었다. 엘쟈네스는 몇 발자국 앞으로 나갔다. 이제야 알 것 같았다. 엘쟈네스는 곧바로 헬을 향했다. 헬은 엘쟈네스를 바라보았다. 엘쟈네스는 말했다.

"내 선조가 가져온 마법은, 같은 아룬델을 지배할 수 있는 종류야. 아마도 그렇겠지."

엘쟈네스가 해야 할 일은 하나였다. 엘쟈네스는 손을 들어 올렸다. 엘쟈네스는 화이트 기사단원들이 시간을 끌어주는 동안 악령들의 에너지를 흡수했다. 그들은 전대 아룬델의 가주들이었다. 헬에게 육체를 먹혔지만, 그들의 에너지만은 여전히 존재했다. 엘쟈네스는 그것들을 모두 흡수하고 강력해진 상태였다.

엘쟈네스는 손을 뻗었다. 아룬델만이 할 수 있는 것. 엘쟈네스가 해야 할 일. 헬이 자신도 모르게 뒷걸음질 쳤다. 엘쟈네스가 하려는 행동을 눈치챘기 때문이다. 엘쟈네스는 말했다.

"이 자리에서, 나는 네 마력을 먹어 치울 거야."

헬은 대답조차 하지 못하고 엘쟈네스의 마력에 저항하고 있었다. 사람들에게는 어려웠던 상대였던 헬이 너무나도 손쉬웠다. 헬의 육체는 완벽하지 않았다. 엘쟈네스처럼 강한 마력의 그릇을 가지고 있지 않았다. 또한 건강하지도 않았다. 엘쟈네스의 마력은 헬의 마력을 끌어당기기 시작했다. 헬은 마법을 쓰기 위해 마력을 끌어올렸으나 도리어 엘쟈네스에게 마력을 빼앗길 뿐이었다. 평범한 사람의 눈으로 볼 때 헬은 강했으나, 아룬델의 눈으로 볼 때는 아니었다. 헬은 끌려가지 않기 위해 저항했지만 엘쟈네스의 마력이 그를 끌어당겼다. 아룬델의 마법이었다.

"내가 아니었다면 네 계획은 성공했을지도 모르겠구나."

우연으로 시작된 일이었다. 리리엘이 괴물과 결혼하지 못하겠다며 부린 변덕에 많은 것들이 달라졌다. 이 자리에 리리엘이 있었다면 헬을 막지 못했을 것이다. 오히려 헬에게 마력을 빼앗겼겠지. 헬의 표정은 기괴하게 변해갔다. 반면 엘쟈네스의 표정은 차분하고 담담했다.

많은 로벨리아의 사람들이 넋을 잃고 엘쟈네스를 보고 있었다. 파괴의 마력. 그들이 악녀에게 어울린다고 조롱했던 것. 그들은 파괴의 마력 덕분에 살아남았다. 그리고 악녀라고 조롱했던 이에게 목숨을 빚지고 있었다.

그들이 찬양했던 리리엘 크로커스는 그들을 죽음으로 몰아갔고, 그들이 홀대했던 엘쟈네스 윈터나이트는 그들을 살렸다. 이런 일이 있을 것이라고 예상한 사람은 단 한 명도 없었다. 헬의 마력이 조금씩 흡수되기 시작했다. 마력 간의 싸움에서 밀린 것이다. 아룬델의 가주는 가지각색이었다. 나이와 성별은 상관없었다. 가장 강한 마력과 마력을 담기에 유리한 육체를 가진 사람이 다른 아룬델을 잡아먹고 가주가 되었다.

헬에게서 결코 나지 않을 것 같던 식은땀이 흐르기 시작했다. 헬은 더 이상 괴물처럼 보이지 않았다. 엘쟈네스 앞에서 그는 너무나도 초라해 보였다. 헬에게서 새어 나가는 마력의 양이 눈에 띄게 늘어났다. 엘쟈네스는 물었다.

"네 육체는 누군가가 인공적으로 만든 것이니?"

헬은 대답하지 않았으나 사실인 듯했다. 순혈의 아룬델은 르윈스키와 멜리사의 손에 모두 죽었다고 했다. 갑작스럽게 멸망한 순혈의 아룬델이 되살아날 리는 없을 것이다. 헬의 육체는 누군가가 고의로 만든 것이었다. 엘쟈네스는 헬의 마력을 보며 알아냈다. 헬에게는 자연적으로 태어나는 사람에게 있을 법한 생명력이 없었다.

헬은 단 한순간을 기다리고 있었나. 제 마력이 많이 빠져나갔을 때, 그는 반격할 수 있을 것이다. 엘쟈네스는 아무런 반격도 하지 못하는 헬을 보며 방심한 것 같았다. 헬은 고개를 숙인 채 때를 기다렸다. 엘쟈네스가 말했다.

"네가 죽는다면, 모든 아룬델이 멸망하겠구나."

헬이 그녀를 노려보았다. 살기 어린 시선에도 엘쟈네스는 아랑곳하지 않았다. 남아 있는 아룬델은 헬 혼자인 것 같았다. 그렇기에 이런 거대한 판을 벌인 것이리라. 리리엘의 강대한 마법을 무너뜨리기 위해 그녀의 이미지를 추락시킬 판을 짰고, 윈터나이트를 죽이기 위해 왕을 움직여 약혼식을 앞당겼다. 모든 것이 순조로웠을 것이다, 엘쟈네스가 아니었다면. 이제 아룬델은 사라질 것이다. 남는 것은 윈터나이트의 이름뿐이다. 모든 것을 얼어붙게 해 죽이겠다는 아룬델의 일념도 허망하게 사라지는 순간이었다.

그때였다. 엘쟈네스의 몸에서 힘이 빠진 것을 놓치지 않은 헬이 거대한 마법을 날렸다. 엘쟈네스는 아무런 대비도 하지 못하고 있었다. 아룬델의 마력은 순식간에 엘쟈네스에게 돌진했다.

그러나.

"두 번 같은 실수를 반복할 수는 없지."

여기사의 검이 헬의 마력을 베어냈다. 엘리나 블루벨은 헬의 얼굴이 일그러지는 것을 바라보았다. 추악하고 괴상한 얼굴이 그녀를 노려보았다.

엘리나의 검은 엘쟈네스를 지켜냈다. 베스 아룬델이 엘쟈네스를 죽일 뻔했던 그날 밤을 기억했다. 엘리나의 눈이 문득 멀리에 있는 알렉과 마주쳤다. 그는 성장한 자신의 파트너에게 눈인사로 격려를 해주었다. 잘했어, 엘리나.

헬은 순식간에 시들어갔다. 아룬델의 모든 마력이 엘쟈네스에게로 향했다. 엘쟈네스가 싱그러워질수록 그는 메말라갔다. 헬의 눈에는 독기가 형형했다. 헬이 무언가를 하려는 순간이었다. 그가 베스 아룬델처럼 저주를 퍼붓기 전, 렌의 검이 헬의 심장을 뚫었다

헬은 아무 말도 하지 못하고 풀썩 쓰러졌다. 사방이 고요했다. 모든 귀족들이 이 싸움을 보고 있었다. 왕궁을 장악했던 테러 마법사가 죽었다. 이긴 것은 이쪽이었다. 사람들이 그 사실을 깨닫기까지는 꽤 시간이 걸렸다. 엘쟈네스가 마력을 갈무리할 때에야 환호의 소리가 들려왔다.

"살았어!"

"죽지 않았다고!"

그들은 살아남았다. 사람들은 눈물을 흘리고 감격했다. 서로를 안기도 하고 삶의 기쁨을 다시 한 번 체감하기도 했다. 왕과 요하네스는 눈을 뜨더니 상황을 파악하지 못해 사방을 두리번거렸다. 바닥에 허탈하게 주저앉아 있는 것은 리리엘 하나뿐이었다. 엘쟈네스는 리리엘에게 다가갔다. 그때 크로커스 공작 부부가 뛰어나왔다.

"엘쟈! 아니… 대공비 각하!"

"이 아이에게 제발 선처를 베풀어주세요."

아룬델의 힘을 흡수하자 알 수 있었다. 공작 부부는 리리엘에게 매혹된 것이 아니었다. 이토록 리리엘을 애틋하게 챙기는 것은 그들의 의지였다. 공작은 엘쟈네스에게 고개를 숙였다. 공작 부인은 울음을 터뜨리며 무릎을 꿇었다. 아룬델을 죽인 엘쟈네스가 리리엘을 죽일 것이라고 생각한 걸까. 알 수 없었다. 이제는 알고 싶지도 않았다. 엘쟈네스는 차분하게 말했다.

"늘 그러셨어요. 제게는 참으라고, 가진 것을 다 주라고 말했죠. 저는 늘 리리엘 다음이었어요. 제가 악녀라고 불리고 손가락질을 받을 때도 두 분은 나선 적이 없었죠."

"그건…!"

"이젠 됐어요. 저는 이 자리에서 공식적으로 말하겠습니다. 크로커스 공작. 크로커스 공작 부인. 저는 크로커스가와 절연하겠어요."

대공비의 선언이 퍼져 나갔다. 부부는 생각지도 못한 엘쟈네스의 말에 아연한 기색을 했다. 그러나 엘쟈네스의 눈에 서린 단호함은 변하지 않았다. 두 사람은 뒤틀렸다. 엘쟈네스가 크로커스 공작 부부에게 반드시 인정받고 이해받거나 사랑받을 필요는 없었다. 엘쟈네스는 이제 더 이상 크로커스와 관련되고 싶지 않았다.

"이 시간 이후 저는 크로커스 공작가와 사적으로 연락하지 않을 것이며, 크로커스가를 혈연으로 생각하지 않겠습니다. 그리고 리리엘."

리리엘은 믿을 수 없는 말을 하는 자신의 언니를 떨며 올려다보았다. 무슨 짓을 해도 엘쟈네스는 가족을 버리지 않았다. 단 한 번도 가족을 등진 적이 없는 여자였다. 분명히 엘쟈 언니가 말을 정정하려고 부른 거야. 리리엘의 마음속에는 정체 모를 희망이 솟아올랐다. 그것은 버려진다는 불안감에서 온 것이었다. 엘쟈네스는 손을 뻗었다. 크로커스 공작 부부는 말릴 생각도 하지 못한 채 엘쟈네스를 바라보았다. 그리고 엘쟈네스는 말했다.

"네게 있는 매혹의 마법을 앗아 갈 거란다. 게다가 지금 네게는 치유의 마법이 존재하지 않지. 네 삶은 달라질 거야. 사람들은 더 이상 너를 일방적으로 사랑하지 않을 거야. 또한 네가 지금까지 해온 일들의 대가를 치르게 되겠지."

"안 돼요! 언니! 싫어요!"

리리엘은 울면서 엘쟈네스의 발목을 붙잡으려고 했지만 이미 늦은 후였다. 엘쟈네스는 리리엘의 마력을 회수했다. 정확하게. 리리엘에게 있던 매혹의 마법이 걷혔다. 그 순간 왕궁의 홀에 적막감이 흘렀다. 리리엘에게 매료되었던 사람들은 리리엘의 추악한 꼴을 보았다. 세상에서 가장 추악한 여자가, 악녀가 그곳에 있었다. 리리엘은 사람들의 시선에 울며 비명을 질렀다.

"왜! 어째서 나를 그렇게 보는 거야!"

엘쟈네스는 대답 없이 천천히 뒤돌아섰다. 더 이상 누구도 리리엘 편을 들지 않았다. 칼레스 왕자마저도 이제는 리리엘을 외면하고 있었다. 리리엘에게 주어진 것은 많았다. 그리고 그것들을 거부한 것은 리리엘 스스로의 선택이었다. 사람들은 성녀와 악녀가 뒤바뀌는 장면을 보았다.

아니, 애초부터 악녀도 성녀도 없었다. 모든 것은 사람들이 덮어씌운 편견에 따라 다르게 보인 것에 불과했다. 한 여자가 있었다. 아룬델의 마력에 지배당한 사람들에 의해, 그리고 사람들의 편견에 의해 악녀로 불리던 여자가 있었다. 엘쟈네스의 삶은 악녀라는 틀에 갇혀 있었다. 엘쟈네스는 잘 웃지 않았으며 위축되어 있었다. 그녀의 삶에는 트라우마가 가득했다. 엘쟈네스 자신을 가장 괴롭힌 것은 그녀 자신이었다. 엘쟈네스는 리리엘에게 얽매여 있었다. 엘쟈네스의 삶을 좌우한 것은 리리엘과, 악녀라고 불리는 자신의 상황이었다. 원하지 않는 많은 일들을 하고 일부러 리리엘과 다르게 살아왔다. 엘쟈네스는 나쁜 상황들을 곱씹고 곱씹으며 괴로워했다. 그러나 이제는 아니었다.

엘쟈네스는 걸었다. 이제 이것들은 엘쟈네스에게 있어 지나간 과거의 흔적일 뿐이었다. 엘쟈네스는 더 이상 과거의 나쁜 기억들에 얽매이지 않았다. 엘쟈네스에게는 렌이 있었다. 엘쟈네스를 사랑하는 많은 사람들이 있었다. 모두 엘쟈네스 스스로 이루어낸 것들이었다. 악녀는 변화한다. 악녀라고 불리는 상황에 괴로워하며 자신을 억압했던 여자는 변화했다. 사람들은 어느새인가 변화한 그녀를, 숨조차 쉬지 못한 채 바라보고 있었다. 엘쟈네스는 손을 내밀었다.

"렌."

엘쟈네스가 렌의 곁에 있듯, 렌이 엘쟈네스의 곁에 있었다. 두 사람은 서로를 성장시켰다. 이제 엘쟈네스는 미래를 향해 걸어갈 것이다. 누구도 엘쟈네스를 막을 수 없었다. 로벨리아 사람들은 이제 엘쟈네스에게 아무런 의미도 없는 사람들이었다. 렌은 엘쟈네스의 손을 잡았다.

✕

"날씨가 좋네요, 르윈스키."

로벨리아를 뒤덮었던 겨울이 사라졌다. 맑은 가을 하늘을 올려다보던 전대 대공비 멜리사는 남편의 팔짱을 꼈다. 부부가 도착한 것은 모든 일이 끝난 후였다. 천장이 날아간 왕궁의 홀에 사라진 귀족들이 있었다. 아룬넬은 보이지 않았다. 멜리사의 눈에 가장 먼저 들어온 것은 엘쟈네스를 붙잡으려고 하는 크로커스 공작가의 사람들이었다. 리리엘 크로커스는 흐느끼고 있었고, 크로커스 공작과 크로커스 공작 부인은 엘쟈네스를 향해 애타게 외치고 있었다. 멜리사와 르윈스키가 나타나자 사람들의 시선이 집중되었다. 멜리사는 단번에 사람들의 시선을 끌어모았다. 멜리사와 르윈스키는 많은 사교계 경험을 가지고 있었다. 그들의 이목을 끌어당기는 것쯤은 어렵지 않았다.

"이게 무슨 일인가요?"

물론 멜리사는 상황에 대해 어느 정도 파악하고 있었다. 눈앞에 모습이 보이는데 어찌 알아보지 못할 수 있겠는가. 엘쟈네스는 그들을 외면했고, 크로커스 일가는 엘쟈네스에게 매달리고 있었다. 크로커스 공작 부인은 전대 윈터나이트 대공비인 멜리사의 질문에 쩔쩔매며 대답했다.

"비 각하가…. 크로커스가와 의절한다고 하기에…."
"어머나. 잘됐네요."
"예?"

되묻는 크로커스 공작 부인에게 멜리사가 빙긋 미소 지었다. 다정한 인상으로 웃는 작은 귀부인을 크로커스 공작 부인이 얼떨떨한 얼굴로 바라보았다. 그녀의 입에서 나온 말을 믿을 수가 없었기 때문이었다. 그녀는 곧 멜리사에게 핑계를 대고 사정을 미화하기 시작했다. 그것이 실수였다. 멜리사는 공작 부인의 말에 숨겨진 진실을 모조리 간파했다. 멜리사는 리리엘 크로커스에게 다가갔다. 엘쟈네스는 착했다. 멜리사와는 달리. 작은 체구와 유순한 얼굴과 어울리지 않게 멜리사는 창술에 능했다. 아니, 아마릴리스에서 제일가는 창기사라고 해도 좋았다. 큰 소리와 함께 리리엘 크로커스의 고개가 돌아갔다. 멜리사의 악력은 성인 남성을 웃도는 수준이었다. 그녀는 엘쟈네스에게 웃어 보였다.

"정신을 차리지 못한 것 같기에요. 아, 엘쟈. 먼저 들어가 있어요."

엘쟈네스를 내보낸 후에는 본격적인 일이 펼쳐졌다. 물리적 폭력이 들어간 일은 아니었다. 르윈스키는 굳이 그 일들에 대해 떠올리지 않기로 했다. 렌은 자신의 아내를 모욕하고 짓밟으려 했던 사람들에게 완벽하게 복수했다. 멜리사의 마무리는 화려했다. 차라리 그들은 물리적 폭력을 당하는 편이 좋았을 것이다. 로벨리아와 아마릴리스는 새 조약을 썼다. 로벨리아가 한 번 더 에너지석을 탐낸다면, 그들은 멸망하리라. 르윈스키는 말했다.
"당신은 죽지 않았더군."
"당신도 마찬가지잖아요, 르윈스키."
멜리사가 웃었다. 르윈스키는 새 가족에게 해를 끼친 이들을 그냥 내버려두지 않았다. 로벨리아 귀족들은 그의 강렬한 눈빛에 압도당해 고개를 숙였다. 그러면서도 다행이라고 생각하는 눈치였다. 르윈스키의 아들이었지만 렌은 놀랍도록 무서울 때가 있었다. 렌을 피하게 해준 것은 르윈스키 나름의 호의였다. 렌과 엘쟈네스는 먼저 돌아가기로 했다. 르윈스키와 멜리사 그리고 다른 귀족들은 로벨리아에 남아 일들을 처리하고 가기로 했다. 크로커스가 사람들은 이제 엘쟈네스에게 접근하지 못할 것이다. 멜리사가 그렇게 만들 테니까. 멜리사는 남편에게 기대었다.

"둘은 지금쯤이면 로벨리아를 벗어나고 있겠죠? 어서 윈터나이트로 가서 두 사람을 보고 싶네요. 빨리 일을 마치고 따라가요. 우리는 할 말이 아주 많을 거예요."

❆

로벨리아의 국경 지대에는 숲이 있었다. 로벨리아의 워프 게이트가 아룬델의 마력으로 인해 고장 나버린 탓에 엘쟈네스와 렌은 숲을 거쳐 로벨리아를 벗어나는 중이었다. 창밖으로 고운 색으로 물든 나무들이 보였다. 단풍이 든 나무를 보며 엘쟈네스는 말했다.

"이 길을 작년에 왔었어요."

"그렇습니까."

"렌에게 시집갈 때를 말하는 거예요."

엘쟈네스는 웃었다. 렌은 그제야 깨달은 듯 밖을 바라보았다. 렌과 엘쟈네스가 만난 지 1년이 되었다. 사랑을 불신했다. 낯선 상대와 결혼하는 것임에도 불구하고 두려움은 갖지 않았다. 기대감을 갖기에도 지쳐 있던 시기였기 때문이다.

"그때는 로벨리아를 벗어나는 게 그저 좋았었는데."

1년 전의 엘쟈네스가 이런 풍경을 보았을 것이다. 렌은 바깥을 바라보았다. 북쪽의 것과는 너무나도 다른 나무들. 가을이 왔다는 것을 확연하게 알리는 나뭇잎의 색상들이 눈에 띄었다. 하늘은 맑았다. 엘쟈네스는 윈터나이트로 와 많은 일들을 겪었다. 아룬델과 조우했고, 겨울의 마법을 받게 되었으며, 엘리나라는 기사를 얻으며 불신을 없앴다. 사교계의 꽃인 세 친우를 얻었다. 봉인된 옛 아마릴리스의 땅에 갔다. 윈터나이트에 처음 왔던 가을. 그리고 렌과 처음으로 몸을 겹치게 되었던 겨울. 라시아로 인해 서로의 깊은 이야기를 하게 되었던 여름. 그리고 로벨리아에 온 가을. 1년 동안 두 사람은 많이 변했다.

엘쟈네스는 렌을 사랑했다. 렌 역시도 엘쟈네스를 사랑했다. 시작은 서로를 배려하고 존중하는 정략결혼이었으나, 이제는 많은 것이 달라져 있었다. 두 사람은 감상에 사로잡혔다. 문득 마차가 숲에서 멈추었다.

"각하, 비 각하. 기사단원들이 저 폭포에 가겠다고 고집을 부립니다."

화이트 기사단장인 렉터 마이어가 어쩔 수 없이 말했다. 화이트 기사단원들은 로벨리아에 와 많은 고생을 했다. 그랬기에 그 요청을 무시할 수가 없었다. 엘쟈네스와 렌은 고개를 끄덕였다. 허락을 받았다는 걸 안 화이트 기사단원들이 환호했다. 물놀이를 즐길 시간이었다. 폭포까지는 꽤 거리가 되었으나 상관없었다. 달리면 그만이니까. 그들은 즐거워하며 달려갔다. 엘쟈네스와 렌 둘만 남았다. 로벨리아의 가을 숲은 아름다웠다. 렌은 말했다.

"아름답군요."

"로벨리아는 사계절이 뚜렷하니까요."

두 사람은 가을 숲을 걸었다. 고요한 가을 숲에는 햇살이 비치고 있었다. 간간이 새소리가 들려왔다. 여러 색의 나뭇잎들이 숲길에 깔려 있었다. 날씨가 좋았다. 부부는 천천히 산책했다. 엘쟈네스는 말했다.

"사실, 전 늘 제가 그렇게 살 거라고 생각했어요. 변하지 않고. 아무것도 달라지지 않을 거라고 생각했죠. 사람들의 낙인에 너무 익숙했으니까요."

"엘쟈는 사랑스러운 사람입니다."

렌은 말했다. 엘쟈네스는 렌의 손을 잡았다. 그녀의 손이 따스했다. 이번에 엘쟈네스는 감사하다는 인사를 하지 않았다. 엘쟈네스가 밝게 웃었다.

"맞아요. 저는 소중한 사람이에요."

"알고 있어서, 다행입니다."

"렌은 제게 너무나도 소중한 사람이에요."

엘쟈네스는 홀가분해 보였다. 그녀의 인생에 그림자처럼 드리워졌던 가족들을 더 이상 신경 쓰지 않게 되어 그런지도 몰랐다. 엘쟈네스는 이제 자유였다. 그녀는 그런 기분을 느꼈다. 어디든 갈 수 있었다. 무엇이라도 될 수 있었다. 문득 그런 생각에 가슴이 뛰었다. 엘쟈네스는 말했다.

"이제 윈터나이트로 다시 돌아가는 거네요. 우리의 집으로요."

"앞으로는 늘 좋은 소식만 있을 겁니다."

"할머니가 돌아가실 때 말씀하셨어요. 얽매이지 않는 삶을 살라고. 이제는 그 말뜻을 알 것 같아요. 옳은 말이었어요. 오늘 정말 말이 많죠? 지금 기분이 굉장히 좋아서예요."

"저는 엘쟈가 제게 이야기하는 것이 좋습니다."

엘쟈네스의 목소리가 듣기 좋았다. 그녀가 기뻐하는 모습이 좋았다. 이제 엘쟈네스의 집은 윈터나이트였다. 멜리사와 르윈스키는 새 식구를 환영했다. 이제 아룬델이 없기에 두 사람이 돌아다닐 일은 없었다. 수십 세기에 걸쳐 이어진 윈터나이트와 아룬델의 전쟁이 완전히 막을 내렸다.

멜리사는 돌아가면 엘쟈네스에게 자신이 디자인한 드레스를 입히고 꾸미겠다며 즐거워하는 기색으로 말했다. 아마릴리스 귀족들은 엘쟈네스를 더 존경하게 되었다. 그들의 충성심은 오래갈 것이다. 전대 화이트 기사인 진저는 놀랍게도 살아서 발견되었다. 그는 로벨리아로 왔다 마법을 맞고 잠시 기억을 잃었다고 했다. 모든 것이 희망적이었다. 두 사람은 천천히 걷다 공터에 도착했다. 아름다운 장소였다.

"이런 곳이 로벨리아에 있는지 몰랐어요."

엘쟈네스는 잘린 커다란 나무 밑동에 앉았다. 화이트 기사단이 오기까지는 시간이 많이 남았다. 그들은 로벨리아에서 물놀이를 무척 하고 싶어 했기 때문에. 엘쟈네스와 렌은 한가로운 시간을 보냈다. 많은 일들이 끝나고 찾아온 고요함은 무엇보다도 값진 것이었다. 나뭇잎 사이로 비치는 햇살은 밝았고 작은 공터를 둘러싼 나무들은 단풍이 든 채 빛나고 있었다. 평화로웠다. 바람이 불었다.

렌은 엘쟈네스의 말을 기억했다. 엘쟈네스는 할머니에 대해 이야기하며 말했다. 언젠가는 누군가에게 청혼을 받고 싶었노라고. 아룬델이 죽으며 엘쟈네스가 찾으려던 반지는 망가져버렸다. 엘쟈네스는 실망하지 않았다. 추억은 자신의 머릿속에 있다고 말하며 그녀가 웃었다.

렌의 주머니 속에는 반지 하나가 들어 있었다. 렌은 반지를 만들 줄 몰랐다. 그랬기에 로벨리아에 있는 내내 밤마다 책을 읽고 기사단원들에게 물어보며 반지를 깎아야 했다. 나무 반지는 그럴싸했으나 엘쟈네스가 본래 가지고 있던 화려한 보석 반지보다는 수수한 것이었다. 렌은 긴장하고 있었다. 엘쟈네스는 나무 밑동에 앉아서 그를 올려다보고 있었다.

햇빛에 닿자 붉은빛으로 빛나는 적갈색의 머리카락. 하얀 피부. 진갈색의 눈동자. 그 모든 것들이 너무나도 소중했다. 이제 렌의 삶에서 엘쟈네스를 떼어놓을 수는 없었다. 햇빛이 적당했다. 바람도 적당했다. 가을 숲의 풍경도 아름다웠다. 모든 게 완벽했다. 이 말을 하기에 지금보다 더 완벽한 순간은 존재하지 않으리라. 렌은 나무 밑동에 앉은 엘쟈네스의 앞에 앉았다. 그는 한쪽 무릎을 꿇었다. 엘쟈네스가 그를 놀란 듯 바라보았다.

"렌?"

"엘쟈. 늦었지만 말하고 싶습니다."

엘쟈네스는 문득 렌과의 대화를 떠올렸다. 엘쟈네스는 그에게 지나가듯 말했다. 할머니가 그랬듯 언젠가는 사랑하는 사람에게 반지를 받아보고 싶었다고. 렌은 그 말을 잊지 않았다. 이런 남자이기에 엘쟈네스는 그를 사랑하게 되었으리라. 검은 머리칼. 수려한 얼굴. 그리고 엘쟈네스를 진중하게 바라보는 검은 눈. 렌은 반지를 꺼냈다.

"저와 결혼해주시겠습니까."

렌이 직접 만든 나무 반지는 그 무엇보다도 빛났다. 긴 삶을 살아가며 언젠가는 이 순간을 기억할 것이다. 렌과 함께하는 나날은 많으리라. 어떨 때는 다투고, 어떨 때는 서로를 상처 입힐지도 모른다. 어떨 때는 함께 웃고 어떨 때는 친구처럼 지낼 것이다. 그러면서 인생을 살아가리라. 렌과 함께. 그리고 많은 순간 중 이 순간은 두고두고 누군가에게 이야기해줄 추억이 될 것이다. 먼 훗날 엘쟈네스도 누군가의 앞에서 찬란한 젊음의 순간을 추억하며, 나무 반지를 꺼내 보이리라. 조모가 그러했듯이. 엘쟈네스는 만개한 꽃처럼 활짝 웃었다. 밝은 미소는 눈부셨다. 대답은 이미 정해져 있었다.

"기꺼이요."

—終—

외전

———— ◆ ————

황제의 비밀

"핵전쟁이 일어날지도 모른다는군."

실험실은 늘 같았다. 한쪽에 설치된 배양관에서는 배아가 자라나고 있었고, 복잡한 기계 장치들은 오늘도 아무 문제없이 돌아가고 있었다. 위잉. 찰각. 찰각. 익숙한 기계 소음이 들려왔다. 배양액에 기포가 조금씩 떠올랐다. 아마릴리스는 눈을 떴다. 하얀 가운을 입은 연구원들이 대화를 나누고 있었다.

"정말요? 그렇다면 우리 연구도 이제 빛을 발하는 거 아닙니까. 이야, 살다 보니 이런 날이 오네요."

"뭐, 이미 중동 쪽에서 주문이 들어왔으니 말이지."

"아이고 세상에, 정말입니까? 제 노가다가 드디어 성과를 보이는군요. 어? 일어났나?"

연구원이 아마릴리스를 보고 알은척을 했다. 아마릴리스는 눈을 깜빡였다.

21세기. 인공 생명체를 만드는 것은 윤리적 반발에 의해 금지되었다. 같은 인간을 만드는 것은 불법이었다.

22세기 초, 중동에서 제3차 세계 대전이 일어났다. 한 나라에서 3차 대전을 막을 것을 호소했다는 이유로 오세아니아는 초토화되었다. 원인은 테러였다.

22세기 중반, 전염병이 발생했다. 한 제약 회사의 실험 중 발생한 전염병은 끝없이 증식해나갔다. 누구도 전염병에 걸리면 살아남을 수 없었다. 설상가상으로 그것을 막을 수 있는 백신은 없었다. 그랬기에 사람들은 그 전염병을 죽음의 꽃이라고 불렀다.

22세기 말, 인류의 반 이상이 사망했다. 중동 지역에서 일어났던 전쟁이 휴전되었다. 세계 정부는 결국 인공 생명체의 생산을 허가했다. 인류가 멸망하는 것보다는 나을 것이다. 생명 공학이 활발하게 연구되기 시작했다. 이 시기부터 인간을 연구하는 데 대한 제한이 없어졌다. 살아남을 수 있는 튼튼한 유전 인자를 보유한 인간을 만들어야 했다.

23세기, 4차원에 대한 연구가 완성되었다. 타임머신을 사용할 수 있으나 인과는 결코 바꿀 수 없었다. 인간의 초능력에 대한 연구도 활발히 이루어졌다. 그러나 평범한 인간은 초능력을 오래 쓸 수 없었다. 육체의 한계 때문이었다.

다가온 연구원은 아마릴리스의 눈앞에서 손을 흔들었다.

"기분은 어때? 기억은 여전해?"

"21세기. 생명의 존엄성을 해치기 때문에 인공 생명체를 만드는 것 금지됨. 당시 배아 줄기세포는⋯."

"알았어. 그만해."

머릿속에 있는 무수한 기억 중 하나를 꺼내어 말하자 연구원은 바로 아마릴리스를 말렸다. 아마릴리스는 인공 인간이었다. 23세기가 된 지금 인공 인간은 놀라운 존재가 아니었으나, 아마릴리스는 특별했다. 연구원은 곧바로 아마릴리스의 혈액을 채취했다. 그는 혈액을 분석했다.

"생체 나노 머신은 건재하군."

인간의 뇌에는 한계가 있었다. 그 한계를 넘게 하는 것이 생체 나노 머신이었다. 눈에 보이지 않는 작은 기계는 사람의 몸에 들어가 스스로 발전하고 증식해나가며 뇌를 개발시켰다.

아마릴리스가 태어난 이 연구소는 인공 인간을 만들어내는 곳이다. 물론 인공 인간을 만드는 연구소에도 여러 종류가 있었다. 부모들은 가지고 싶은 자식을 만들기 위해, 음습한 욕망을 가진 사람들은 자신들의 욕구를 충족시키기 위해 원하는 인공 인간을 만드는 연구소에 찾아갔다. 어떤 인공 인간은 극상의 아름다움을 가졌고, 어떤 인공 인간은 특별한 신체 능력을 가졌다.

이 연구소는 특별한 능력을 가진 인공 인간들을 연구하고 만들어냈다. 그러나 이 연구소에는 손님이 거의 없었다. 인공 인간들의 가격이 지나치게 비쌌던 것이다.

"자, 아마릴리스. 나는 잠시 다른 실험체들을 살펴보고 올게. 얌전히 있어야 한다."

아마릴리스는 고개를 끄덕였다. 인공 인간들은 빨리 성장하고 성인이 되는 순간부터는 보통 사람과 동일하게 노화했다. 하지만 아마릴리스의 성장 속도는 보통 사람보다 느렸다. 그것이 이 연구소의 소장이 추진하는 프로젝트였다. 그는 무슨 생각에서인지 전쟁 병기를 만들어내겠다고 나섰다. 소장은 각 실험체들에게 생체 나노 머신을 주입했다. 소장은 생체 나노 머신으로는 따를 이가 없는 그 분야의 대가라고 했다. 초능력을 가지게 된 인공 인간들은 특별한 환경에서 자라게 되었다.

아마릴리스는 배양관 안을 들여다보았다. 푸른빛이 도는 액체. 아마릴리스가 담겨 있던 배양액 안에 든 액체는 핵물질이었다. 실험체인 인공 인간들은 핵물질에 내성을 가지게 되었다. 또한 초능력을 극한으로 사용할 수 있었다. 그랬기에 몸값이 비쌌다. 간혹 인공 인간을 사러 오는 사람들마저도 고개를 저으며 도로 나갈 정도였다. 아마릴리스는 얌전히 앉아서 연구원을 기다렸다. 아마릴리스의 머릿속에서 돌아가던 시계가 정각을 가리켰다. 아마릴리스는 문을 바라보았다. 곧 문이 열렸다.

"기억을 주입할 시간이다."

연구원이 가져온 것은 영상 기억 매체였다. 많은 나노 머신 중 아마릴리스가 받은 나노 머신은 기억력을 극대화시키고 전달하는 것이었다. 아마릴리스가 처음 태어날 당시 소장은 혀를 차며 고개를 저었다.

"너무 약해. 볼품없어."

아마릴리스는 그 시간마저도 기억했다. 전쟁 병기로 키워지는 실험체들은 모두 꽃의 이름을 받았다. 그중 아마릴리스가 가장 보잘것없었다. 아마릴리스에게는 기억이 주입되었다. 아마릴리스는 인류가 시작될 때부터 지금까지의 역사를 모조리 기억하고 말할 수 있었다. 며칠 몇 시에 무엇을 했는지 알고 있었다. 빠짐없이 기억하고 있었으니까.

그러나 연구원들은 아마릴리스를 대우해주지 않았다. 아마릴리스가 해야 할 것은 전쟁을 보고 기억하는 것이었다. 아마릴리스를 폐기 처분하지 않은 것은 소장의 변덕 때문이었다. 아마릴리스는 연구원이 가져다주는 것들을 외웠다. 한 번 머리에 담긴 것은 결코 잊지 않았다. 주어진 일을 마친 연구원이 나가려던 참이었다. 아마릴리스는 하얀 가운을 잡았다.

"핵전쟁이… 일어난다고…."

연구원이 했던 말이었다. 고개를 갸웃거린 연구원은 자신이 했던 말이라는 사실을 떠올리지 못했는지 가볍게 말했다.

"그래. 이제 너희를 필요로 하는 곳도 생길 거야. 그런데 어떻게 안 거야?"

"아까… 다른… 분이….”

“아아. 맞는 말이야. 중동 전쟁이 다시 일어날 거야. 일단 난 바빠서 가본다. 잘 있어.”

말을 더듬고 싶지 않았으나 잘 되지 않았다. 머릿속에 새겨진 것들은 이리도 완벽한데. 아마릴리스는 자신도 모르게 분한 감정을 느끼고 말았다. 3차 세계 대전, 중동 전쟁은 현재 휴전 중인 상태였다. 연구원은 말했다. 핵전쟁이, 그리고 중동 전쟁이 일어날 거라고. 아마릴리스는 전쟁 병기였다. 그도 전쟁터에 가게 되는 것일까. 아마릴리스는 멍하니 생각했다. 배양관의 유리벽에는 그의 모습이 비쳤다. 아무렇게나 뻗친 머리와 비루먹은 몸. 소장의 말 그대로였다. 볼품없는 모습이었다. 아마릴리스는 시계를 확인하지도 않고 일어섰다.

[지금부터― 단합 훈련을―.]

소장의 지지직거리는 목소리가 들렸다. 아마릴리스가 있는 실험실은 스피커가 고장 나 방송이 잘 들리지 않았으나 내용은 이미 알고 있었다. 아마릴리스는 열린 문을 통해 걸어 나가 전투장으로 향했다. 전투장에는 무수한 전쟁 병기들이 있었다. 모두 꽃 이름을 가진 인공 인간들이었다. 아마릴리스는 한구석에 쭈그려 앉았다. 연구원이 종이와 펜을 쥐여주었다.

“오늘은 크로커스와 블루벨이다. 블루벨은 지능과 육체 강화가 주어졌지. 크로커스는 파괴와 치유야. 두 가지 초능력을 가진 녀석들끼리의 전투야. 만일 둘 중 하나라도 이상한 증세를 나타난다면 말해야 한다. 나노 머신을 고쳐야 하니까.”

“종이와 펜… 필요… 없….”

“나도 알아. 그런데 혹시나 모르지 않냐. 일단 들고는 있어라.”

아마릴리스의 말은 닿지 않았다. 종이와 펜은 거추장스러운 물건이었다. 아마릴리스가 모든 것을 기억하는데 무엇 하러 기록을 남겨야 하는가. 아마릴리스는 연구원이 남긴 종이와 펜을 들고 두 전쟁 병기의 전투를 바라보았다. 그동안에도 아마릴리스에게 관심을 두는 이는 없었다. 아마릴리스는 너무도 볼품없고, 어떤 쓸모도 없었기 때문이다. 아마릴리스의 허약한 몸뚱이는 싸움조차 하지 못했다.

아마릴리스는 기록자 역할이면 충분했다. 모두가 그렇게 말한다. 간혹 아마릴리스에게 다가오는 인공 인간들이 있었으나 그들은 무언가 물어볼 것이 있어서 접근한 것뿐이었다. 전투가 끝났다. 아마릴리스는 익숙하게 전투 결과를 보고했다. 오늘은 보고할 것이 많지 않았다. 블루벨과 크로커스의 전투는 무승부로 끝났다. 연구원은 고개를 끄덕였다.

"수고했다."

밤이 되어, 아마릴리스는 다시 배양액 속으로 들어갔다. 눈을 감고 지금까지 보아왔던 많은 기록들을 꿈꾼다. 이곳에서 아마릴리스는 아무것도 아니었으나 기록 속 인물들은 늘 역사에 강렬하게 기록되어 있었다. 아마릴리스는 정체 모를 열망을 늘 가지고 있었다. 그 자신조차 이 열망의 정체를 알지 못했다. 아마릴리스는 눈을 감았다. 잘 시간이었다. 그리고 세 시간 후.

"쿠콰과광—!"

머리 위에서 엄청난 굉음이 들렸다. 아마릴리스는 눈을 떴다. 유리 배양관은 어느 곳보다도 안전했다. 유리가 깨질 일은 없었다. 그러나 배양액의 온도가 많이 떨어진 상태였다. 연구원은 오지 않았다. 더 이상 체온이 떨어지면 위험할 것이다. 아마릴리스는 배양관 밖으로 나가기로 결정했다.

바깥은 초토화된 상태였다. 이게 어떻게 된 일일까. 아마릴리스는 조심스럽게 밖으로 나갔다. 튼튼한 유리 배양관을 제외한 모든 것이 망가진 상태였다. 망가진 기계는 전류를 흘리다 멈춰버렸다. 천장은 사라져버린 상태였다. 아마릴리스는 천천히 복도로 나갔다. 복도에는 깔려 사망한 사람들의 시체가 보였다. 하얀 가운들. 연구원이었다. 주변에 사람은 보이지 않았다.

사고가 일어난 것일까.

조금 더 나아가자 손가락만 한 작은 라디오가 보였다. 이 난리에 용케도 온전한 형태를 띤 물건이었다. 연구원 중 하나가 늘 가지고 다니던 것이었다. 아마릴리스는 라디오를 켰다. 정보를 얻어내기 위해서였다.

[전 세계를 핵폭탄이 뒤덮었습니다. 중동은 인류를 멸망시키고 싶어 하는 것으로….]

뉴스가 끊겼다. 아마릴리스는 그제야 깨달았다. 전쟁 병기들이 중동의 전쟁에 나서기도 전에, 지구 전체를 핵이 뒤덮어버렸다.

"거기 넌 누구니?"

그때 우두커니 서 있던 아마릴리스에게 맑은 목소리의 여자아이가 물었다. 아마릴리스는 목소리를 듣고 바로 상대의 정체를 알아차렸다. 로벨리아. 그녀는 모든 초능력을 튕겨내는 특이한 능력을 가진 아이였다. 아마릴리스는 더듬더듬 대답했다.

"나… 는 아마… 릴리스."

"아아. 그 기록하는 애구나."

로벨리아는 아마릴리스의 곁으로 다가와 섰다.

"이게 다 무슨 일일까? 연구원들이 죽었어. 애들이 그러는데 소장도 깔려 죽은 것 같대. 난 지금 살아남은 다른 아이들을 찾아보는 중이야. 같이 갈래?"

"좋아…."

두 사람은 복도로 나갔다. 간혹 잔해에 깔린 전쟁 병기들이 보였다. 탈출하다 벽과 천장이 무너져 사망한 아이들이었다. 걸어가며 로벨리아는 많은 말들을 했다.

"난 잘됐다고 생각해. 싸우는 건 지겨운걸. 전쟁에 나가고 싶지 않았단 말이야."

"그… 렇구… 나."

"난 정치가가 되고 싶어."

"왜…?"

아마릴리스는 정치가들이 무엇을 하는지 알고 있었다. 그들은 가장 강한 장악력과 권력을 가졌으며, 부정부패를 일삼고는 했다. 주입된 기억이 있기에 알 수 있었다. 로벨리아는 재잘거렸다.

"당연히 내가 하고 싶으니까. 이유는 없어. 내가 정치를 하기에는 너무 멍청하다고 내 연구원이 말했지만, 그저 내가 하고 싶단 말이야. 너는?"

"나…?"

"그래, 너 아마릴리스. 넌 뭘 하고 싶어?"

질문이 아마릴리스에게 돌아왔다. 아마릴리스는 순간 당황하고 말았다. 그는 하고 싶은 게 없었다. 동일한 말을 소장이 물었을 때, 그렇게 대답했다. 그러나 로벨리아의 눈빛이 아마릴리스를 자극했다. 아마릴리스는 주체적으로 생각하지 않으려고 늘 애썼다. 감당할 수 없는 영역이었기 때문이다. 하지만 인류가 거의 멸망한 이제, 아마릴리스는 자유였다.

아마릴리스가 정말로 하고 싶은 것은…. 아마릴리스는 대답했다.

"모든 사람들의… 위에… 있을 거야."

"정치가? 아냐. 정치가는 아닌데…."

고개를 갸웃거리던 로벨리아는 아마릴리스의 말뜻을 추측하는 것을 포기했다. 아마릴리스 자신조차 말을 내뱉고 놀라고 말았다. 인류가 멸망한 후에는 새 문명이 탄생했다. 아마릴리스는 자신의 말뜻을 알고 있었다. 새 문명의 지도자. 아마릴리스 자신이 그런 것을 꿈꾼단 말인가. 말도 안 되는 소리라고 부정했지만 자꾸만 심장이 뛰어왔다.

반면, 로벨리아는 아마릴리스가 보여준 순간의 기백에 압도당하고 말았다. 깡마른 몰골에 손목 또한 말랐지만 모든 사람들의 위에 있겠다고 말하는 순간 아마릴리스의 눈동자는 빛났다. 그 형형한 눈빛이 로벨리아를 눌렀다. 압도당했던 로벨리아는 애써 그것을 머릿속에서 지워버렸다. 더 나아가자, 아이들이 싸우는 것이 보였다.

"나야. 내가 지도자야."

"아니. 강한 건 나지."

여러 아이들이었다. 아이들이 빈방에 모여 있었다. 아마릴리스는 죽은 아이들을 제외하고서 모든 아이들이 이곳에 모여 있다는 사실을 깨달았다. 싸우던 아이들은 연구소에서 강하기로 잘 알려진 아이들이었다. 아이 몇이 로벨리아와 아마릴리스를 발견했다. 그들은 아마릴리스를 알은척도 하지 않은 채 로벨리아에게 말했다.

"너도 할 거야?"

"뭘 말하는 건데?"

"대표 말이야. 이제 이곳에서 살아남은 사람들은 우리뿐이야. 우릴 이끌어줄 대표를 뽑아야지."

"그걸 하려고 지금 싸우고 있는 거고?"

"그래. 너도 관심 있어?"

"아니. 난 관심 없어."

잠시 동안 흥미가 돌던 로벨리아의 눈동자는 아이들이 싸우는 장면을 보자 식어버렸다. 그녀는 정말 싸움을 싫어하는 것 같았다.

아마릴리스는 아이들을 바라보았다. 전쟁 병기로 키워진 인공 인간들은 모두 성인의 나이를 훌쩍 넘겼으나 성장 속도가 느려 여전히 아이의 모습을 유지하고 있었다. 정신 연령 또한 성인과 유사했다. 아마릴리스는 그들을 바라보았다. 전투에 재능이 있는 아이들. 그 순간 아마릴리스는 또렷이 말했다.

"나… 는 관심이 있… 어."

"뭐라고?"

아이 하나가 못 들을 것을 들었다는 듯 말했다. 그러나 아마릴리스는 꼿꼿이 서 있었다. 아마릴리스를 지배한 것은 열망이었다. 아마릴리스는 아이의 시선을 피하지 않았다. 아이는 형형한 눈동자에서 불꽃이 피어오르는 것을 보았다. 세상을 집어삼킬 듯 불꽃이 타오르고 있었다. 아마릴리스는 깡마르고 작았다. 근력 역시 형편없었다. 그런데도 아이는 순간 뒷걸음질치고 말았다. 아마릴리스는 다시 한 번 말했다.

"나는… 대표에… 관심이 있어."

그렇게 대표 후보에 아마릴리스가 추가되었다. 진지하게 받아들이는 사람은 하나도 없었다. 아이들은 무모한 도전을 하는 아마릴리스를 신기하고 재미있다는 듯 바라보기도 하고, 처음으로 의욕을 보인 아마릴리스를 격려하기도 했다. 아마릴리스의 어깨를 세게 치고 지나가는 아이도 있었다. 아마릴리스는 비틀거리다 넘어졌다. 로벨리아가 아마릴리스를 잡았다.

"아마릴리스!"

"괜… 찮… 아."

아마릴리스는 일어섰다. 익숙하지 않은 것이 나타날 시 사람은 적개심을 품는 법이었다. 왜냐하면 낯선 것에 대한 무의식적인 두려움을 느끼기 때문이다. 아마릴리스는 절대로 그들에게 굴복하지 않았다. 아이들은 아마릴리스를 위협했으나 죽을 정도까지 몰아붙이지 않았다. 아마릴리스는 힘이 없었다. 그들에게 보복할 수도 없었다. 그런데도 그들은 두려움을 느끼는 것 같았다. 로벨리아가 말했다.

"왜 고집을 부리면서 대표를 하겠다고 하는 거야? 이해할 수 없어. 다치기만 할 뿐이잖아."

"해야… 만 해."

아마릴리스의 말버릇은 많이 고쳐진 상태였다. 로벨리아는 아마릴리스의 몸에 든 멍을 보았다. 크지 않았으나 멍이 몸 이곳저곳에 들어 있었다. 몇 주간의 결과였다. 로벨리아는 결국 소리를 지르고 말았다.

"너는 대체 왜 약하면서 나서는 거야? 너는 허약해 빠졌어. 아이들을 이길 수도 없어. 나한테 한 대만 맞아도 죽어버릴 게 뻔한데 무슨 자신감으로 대표 후보들을 이기겠다고 하는 거야? 넌 안 돼. 안된다고!"

로벨리아의 감정은 속상함에서 시작됐지만 아마릴리스를 공격하는 말을 뱉고 말았다. 로벨리아는 자신이 약하다는 것에 상처 입은 소년의 모습을 생각하고 흠칫했다. 아마릴리스는 고개를 약간 숙이고 있었다. 로벨리아는 아마릴리스에게 다가갔다.

"아마릴리스…."

"바로 그래서야. 로벨리아."

그는 말을 더듬지 않았다. 로벨리아는 그의 눈동자에서 타오르는 불꽃의 정체가 탐욕이라는 사실을 알았다. 아마릴리스는 모든 것을 집어삼킬 것처럼 활활 타오르는 눈을 하고 있었다.

"난 모든 걸 가질 거야. 그리고 내 밑에 둘 거야. 그래. 난 약해. 하지만 힘이 우선시되는 시대는 끝났어. 너는 내 말을 언젠가 이해하게 될 거야."

아마릴리스는 악마처럼 보이기도 했으나 동시에 처연해 보였다. 그리고 사람을 끌어당기는 매력이 있었다. 아마릴리스는 지금까지 단 한 번도 욕심을 채워본 적이 없었다. 아마릴리스에게 주입된 무수한 지식들과 역사가, 아마릴리스를 만들었다. 아마릴리스는 기억들을 늘 들여다보며 갈망했다. 그가 결코 가지지 못하리라고 생각했던 기회가 눈앞에 있었다. 목숨? 죽어도 상관없었다. 아마릴리스는 기필코 위로 올라가고 말 테니까.

로벨리아는 뒷걸음질쳤다. 그녀는 지금까지 사람을 잘못 보았다는 사실을 깨달았다. 아마릴리스를 약한 불씨라고 생각하던 때가 있었다. 그러나 아니었다. 아마릴리스는 온 세상을 다 태워버릴 불이었다. 모든 아이들은 빠르든 늦든 결국 아마릴리스 앞에 무릎 꿇게 되리라. 알 수는 없었으나 그런 예감이 들었다. 소름이 돋았다. 로벨리아는 도망치듯 뛰어갔다.

"아마릴리스. 가져왔어."

보랏빛 눈동자를 가진 남자아이인 바이올렛이 아마릴리스에게 고개를 숙였다. 아이들의 분위기는 기묘하게도 아마릴리스 쪽으로 기울고 있었다.

몇 개월이라는 시간이 지나갔다. 아마릴리스는 바이올렛이 건네는 물건을 받아들었다. 바이올렛이 아끼던 종이 비행기였다. 아마릴리스는 말했다.

"그날은 바깥에 비가 오던 날이었어. 연구원 중 몇 명이 지각했지. 장화에 물기가 묻어 있었어. 찰팍. 찰팍. 소리가 들릴 때마다 아이들은 나와서 구경했지. 자, 너를 떠올려봐. 바이올렛, 네가 무엇을 하고 있었을까?"

"모르겠어."

"너는 버베나와 싸우던 중이었어. 그러다 정전이 일어난 거지. 소장은 말했어. 전기가 끊겼군."

"제발. 더 말해줘. 아마릴리스."

"글쎄."

아마릴리스는 말했다. 누구도 아마릴리스의 진가를 알지 못했다. 기억의 가치를 알지 못했던 아이들은 무방비로 아마릴리스를 대했다 압도당하고 말았다. 아마릴리스는 연구소에서의 모든 생활을 기억했다. 또한 아무런 생활 지식이 없던 아이들이 죽지 않고 살아남을 수 있었던 것은 아마릴리스 덕분이었다. 그의 기억들은 아이들에게 도움이 되었다. 간혹 연구소를 그리워하는 아이들도 있었다. 지금의 바이올렛처럼. 그런 아이는 아마릴리스에게 옛 추억을 말해달라고 간청했다.

오늘이 오기까지, 아마릴리스가 대표 후보들 중 가장 강한 권력을 쥐게 되리라고 생각한 사람은 없었다. 아마릴리스에게 시비를 걸던 아이들은 기가 죽어 아마릴리스를 피하게 되었다. 혹은 아마릴리스 밑에 자발적으로 들어왔다.

마침내 대표가 아마릴리스로 정해졌다. 아마릴리스는 당연한 결과인 듯 받아들였다. 모든 아이들의 몸이 성인으로 발육하게 되면 전쟁 병기들은 연구소를 떠나 새 터전에서 살 것이다. 아마릴리스의 명령이었다.

밤이 찾아왔다. 아마릴리스는 거북한 느낌에 눈을 떴다. 누군가가 아마릴리스를 타고 누른 상태였다. 목에 서늘한 칼날이 닿았다.

"일어났냐?"

거친 목소리의 주인이 아마릴리스를 불렀다. 아마릴리스를 둘러싼 아이들은 한둘이 아니었다. 이들은 모두 손에 둔기를 들고 있었다. 아마릴리스는 상황을 파악하기 위해 아이들을 바라보았다. 한 가지는 확실했다. 이들이 아마릴리스에게 좋은 감정이 있을 리 없다는 것. 억센 손이 아마릴리스의 머리를 잡아당겼다. 가차 없는 손길이었다. 많은 아이들이 아마릴리스를 내려다보고 있었다. 아마릴리스의 측근들이 자는 시간을 틈타 온 것이 분명했다. 아마릴리스의 뺨을 한 대 후려친 소년이 킬킬 웃었다.

"네가 요즘 주제 파악을 못하는 것 같기에. 알려주려고 왔지."

칼날이 아마릴리스의 목을 파고들었다. 소년은 재미있다는 양 말했다.

"지금부터 내게 복종하는 게 좋을 거야. 너같이 허약해 빠진 녀석은 백 번이라도 죽일 수 있으니까."

퉤. 아마릴리스는 침을 뱉었다. 소년의 웃음은 오래 가지 않았다. 그의 얼굴에 떠올랐던 미소가 싹 기셨다. 소년은 아마릴리스를 노려보았다. 아마릴리스의 입 안은 잔뜩 터진 상태였다. 피가 섞인 침이 소년의 뺨을 타고 흘러내리고 있었다. 이번에 웃은 것은 아마릴리스였다.

"어디 할 수 있으면 해봐."

"뭐라고?"

"할 수 있으면 해보라고. 등신 새끼야."

아마릴리스는 미친 사람처럼 낄낄 웃었다. 자리에 있던 아이들은 아마릴리스의 모습을 기억했다. 소년은 늘 위축된 얼굴로 말을 더듬으며 기록을 했다. 연구원들은 아마릴리스가 가장 낮은 서열이라는 낙인을 찍어주었다. 연구원이 없어지자 서열은 혼란스러워졌다. 아마릴리스가 겁을 먹을 것이라고 생각했다. 그러나 아마릴리스는 칼날이 자신의 몸에 파고들고 수많은 아이들이 자신을 둘러쌌는데도 눈 하나 깜짝하지 않았다.

"이게…!"

소년은 아마릴리스를 타고 누른 상태에서 그를 마구 쳤다. 아마릴리스의 이 몇 개가 바닥에 떨어졌다. 피가 나왔다. 소년이 힘을 조절하지 않은 상태에서 마구 쳤기에 아마릴리스의 얼굴은 엉망이었다. 소년은 별안간 정신을 차리고 아마릴리스를 때리는 행위를 멈추었다. 아마릴리스는 비명 한 번 지르지 않았다. 아마릴리스의 입에서 나는 것은 옅은 숨소리였다. 죽은 건 아니겠지. 소년은 겁을 먹었다. 그는 허세를 부리며 아마릴리스를 흔들었다.

"일어나."

"넌 그 정도지. 그게 너와 나의 차이야…."

아마릴리스는 가쁜 숨을 쉬면서도 웃었다.

"나라면 죽였어…. 그래서 넌 내게 안 되는 거야."

"진짜 죽고 싶어?"

소년은 아마릴리스의 새끼손가락에 칼을 가져갔다. 소년은 왼손잡이였기에 소년이 잡은 아마릴리스의 손은 왼손이었다. 아마릴리스는 그들과 너무나도 달랐다. 아이들은 아마릴리스가 무슨 말을 하는지 이해하지 못했다. 소년은 소리를 질렀다.

"당장 내게 복종하겠다고 말해. 네 지식을 내놔. 안 그러면 네 새끼손가락부터 시작해서 모든 손가락을 잘라버릴 줄 알아."

아마릴리스는 그를 보며 웃고 있었다. 소름이 돋았다. 아마릴리스가 왜 그토록 즐거운 듯 웃는 것인지, 모든 것을 다 가진 듯 웃는 것인지 어느 누구도 알지 못했다. 아마릴리스는 낄낄거렸다.

"그래. 잘라…."

"진짜 자른다?"

"그러라니까."

다른 아이들이 바라보고 있었다. 소년은 눈을 질끈 감고 칼을 휘둘렀다. 전쟁 병기로 키워진 아이들의 악력은 강했다. 아마릴리스의 손가락이 잘려 나갔다. 왼쪽 새끼손가락이 바닥에 떨어졌다. 툭. 소년은 하얗게 질렸다. 그들은 아직 사람을 죽이거나 해칠 준비가 되어 있지 않았다. 연구소에서 가르치지 않았기 때문이다. 잘린 단면에서는 피가 쿨렁쿨렁 솟아올랐다. 소년은 피 묻은 칼을 아마릴리스에게 들이댔다. 다 아마릴리스 때문이었다. 좀 더 일찍 겁먹은 얼굴을 보이고 굴복했다면 이런 일은 없었을 것이다. 아마릴리스는 심하게 터지고 멍든 얼굴로 웃었다.

"너희가 내 손가락을 자르고. 고문하고. 죽인다 해도… 내 지식은 내 거야. 너희는 절대 받을 수 없어. 받고 싶다면 내게 머리를 숙여야 하지. 그리고 넌 이미 내게 졌어…. 넌 절대 날 못 이겨."

아마릴리스는 낄낄 웃었다. 동시에 아이들은 포위되었다는 사실을 깨달았다. 포위한 사람들은 아마릴리스를 따르는 아이들이었다. 블루벨이 아마릴리스를 지켰다. 아마릴리스는 소년을 바라보았다.

"나라면… 죽였을 거라고 했지."

그리고 소년은 죽음을 맞이했다. 갈망의 차이였다. 소년은 아마릴리스만큼 간절하게 위를 원하지 않았다. 그의 망설임이 죽음을 불러왔다. 아마릴리스에게 있는 강렬한 갈구는 누구도 따라가지 못하리라. 아이들은 아마릴리스가 바라보는 것이 무엇인지조차 알지 못했다.

그렇게 10년이 지났다. 핵이 퍼진 땅에도 생존자는 존재했다. 생존자들은 강대한 힘을 가지고 있는 전쟁 병기들에게 굴종했다. 꽃의 이름을 가진 전쟁 병기들은 새 인류의 지배자가 되었다.

아마릴리스는 텅 빈 땅을 바라보았다. 핵 대비 시스템이 발동되어 강제적인 지각 변동이 일어났다. 대륙이 하나로 통합되었다. 하지만 가운데 땅은 너무나도 심하게 파괴되어 살 수 없었다. 아마릴리스에게 반기를 들었던 아이들은 남쪽으로 갔다. 아마릴리스를 따르는 아이들은 북쪽으로 향했다. 아마릴리스는 새 문명의 황제가 되었다. 마침내 황금의 관이 그의 머리에 씌워진 것이다. 팬지가 물었다.

"이게 네가 원하던 거야?"

"아직. 반절은 그렇지."

전쟁 병기 중 가장 모자라다고 평가된 아마릴리스가 모두의 위에 서는 순간이었다. 그의 앞에서 무릎을 꿇지 않은 이는 없었다.

아마릴리스의 눈동자는 여전히 타오르고 있었다. 아마릴리스는 먼 곳을 바라보았다. 아마릴리스의 기억은 전승될 수 있다. 이것은 후손에게서 후손에게로, 그 아래의 후손에게로 전해지게 될 것이다. 몇천 년 후에도 아마릴리스는 완전하게 기억되리라.

팬지는 아마릴리스의 지시대로 실험실을 만들었다. 실험실에서는 두 가지 종족이 배양되고 있었다. 아마릴리스는 말했다.

"그래 이건 아룬델. 이건 윈터나이트."

"정말로 재미있을까?"

"몇 세기 농안은 이걸 보느라 정신없을걸."

전쟁 병기들은 한 세기가 넘도록 살아왔다. 그럼에도 불구하고 그들은 여전히 젊었다. 남들과 다른 노화 속도 때문이었다. 이제 아이가 아닌, 꽃의 이름을 가진 전쟁 병기들은 귀족으로 살고 있었다. 꽃의 성을 가진 이들은 지배자가 되었다. 배양액에 담긴 한 종족은 머리가 붉었다. 한 종족은 머리가 검었다.

팬지는 아마릴리스의 말에 의문을 가졌지만 아무 말도 하지 않았다. 아마릴리스의 말에는 언제나 뜻이 있었다. 아마릴리스는 거대한 게임판을 만들고 있었다. 원초적인 공포를 줄 법한 요소들을 모조리 집어넣게 한 아이템. 아마릴리스는 체크무늬로 된 판 위에 투명한 돌을 올렸다.

"이건 겨울이야. 임의로 그렇게 부르지 뭐."

"그럼 여기 아룬델과 윈터나이트가 있는 건가?"

"그래. 둘에게 각각 능력을 부여해보는 거야. 아룬델이 승리한다면 우린 죽을 수 있어. 반면 윈터나이트가 승리한다면 재미있겠지. 아룬델이 겨울을 지키느냐. 아니면 윈터나이트가 겨울을 베어내느냐의 싸움이라고. 겨울이라고 불러봤자 기상 이변 장치지만 기술이 없는 사람들은 뭔지도 모를 거야."

"이게 정말 재미있을까, 아마릴리스?"

"당분간은 무료하지 않겠지. 목숨을 건 놀이니까."

"좋아. 아, 맞다. 핵전쟁 이전에 있던 기상 수집 기계를 발견했어. 이름은 엘사야."

"이제 100년이 지났으니 엘쟈라고 불러야겠네. 발음은 너무 빨리빨리 바뀐단 말이야. 뭐, 작은 지팡이를 들고 있는 게 나름대로 귀엽긴 하네. 거기다 사람 손만 한 크기고."

아마릴리스는 왼손으로 소녀 모양의 기상 수집 인공 지능 기계를 툭 건드렸다.

거기에서 꿈은 끊겼다.

황제는 눈을 떴다. 황후가 옆에서 자고 있었다. 이곳은 아마릴리스 제국이었다. 그는 현재를 살고 있었다. 황제는 습관적으로 왼손의 새끼손가락을 만졌다. 그에게는 새끼손가락이 있었다. 아마릴리스 제국은 영원하다. 아마릴리스의 소원은 이루어졌다.

"으으음…."

황후가 뒤척거렸다. 황제는 이불을 덮어주고 허공을 바라보았다. 모든 황제들의 기억은 고스란히 후대에 전해졌다. 황제는 무수한 아마릴리스 황제들의 기억을 빠짐없이 가지고 있었다. 그에게 망각은 허락되지 않은 축복이었다. 차라리 죽는 것이 낫겠다고 생각될 정도로 기억은 방대했다.

조나단 아마릴리스. 현재의 황제. 세월이 지나자 생체 나노 머신들은 시대에 맞게 변화되었다. 이제 그것들은 좀 더 마법처럼 보이는 형태로 전승되었다. 황제의 모든 자녀들은 기억의 일부를 가지고 태어났다. 그들은 아마릴리스의 기억을 갈망했다. 그 안에 모든 진실들이 담겨 있었으니까. 윈터나이트와 아룬델이 초대 아마릴리스와 그 측근들의 유희거리로 만들어졌다는 사실은 그 누구도 알지 못할 것이다.

세월이 너무 많이 지나버렸다. 이제 아룬델은 없었다. 윈터나이트는 가장 고귀한 귀족으로 존재했다. 아마릴리스 황제가 가진 정보를 사용할 수 있는 과학 기술은 소멸해버렸다. 자연스러운 일이었다. 이 시대에는 과학이 크게 필요하지 않으니. 방 안에는 말린 윈터데이 압화가 피어 있었다. 황제는 무수한 시절을 기억했다. 수많은 윈터나이트 대공을 모두 기억했다. 모두 지나가버린 일이었다.

"윈터나이트와 아룬델 양쪽에게 페로몬 나노 머신을 심는 게 좋겠지. 그리고 아룬델에게는 4차원 이상의 기술력을, 윈터나이트에게는 강력한 힘과 기술을 주자."

"이건 연구소 소장이 우리에게 했던 짓이잖아."

"그럴지도 모르지."

"대체 뭘 원하는 거야, 아마릴리스?"

눈을 감으면 초대 팬지의 모습이 생생하게 떠올랐다. 그는 안경을 쓴 채 인상을 구기고 있었다. 낡은 청바지와 티셔츠, 멜빵. 이 시대의 기술로는 결코 구하지 못할 것. 황제는 아마릴리스였다. 아마릴리스는 대답했다. 물론 팬지는 세월이 지나도 그의 말을 알아듣지 못했다. 아마릴리스의 말을 이해한 것은 후대의 아마릴리스 황제들뿐이었다. 아마릴리스의 눈동자에 담긴 불꽃이 선명하게 타올랐다.

"비천한 전쟁 병기가 닿을 수 없는 숭고한 것을 가지고 말 거야."

아마릴리스의 목표가 이루어졌다. 이제 사람들은 결코 부패하지 않는, 고귀하고 맑은 아마릴리스를 칭송했다. 역대 황제들의 삶은 아마릴리스의 삶이었다. 황제는 온전히 붙어 있는 왼손 새끼손가락을 바라보았다. 그는 조나단 아마릴리스였다. 그러나 동시에 전쟁 병기 아마릴리스이기도 했다. 소장의 변덕으로 살려둔 기록용 인공 인간이 결국 이곳까지 올라왔다.

황제는 침대에 누워 몸을 웅크렸다. 그 옛날의 아마릴리스가 했듯이. 그는 아마릴리스인가, 아니면 조나단인가. 알 수 없었다. 황제는 눈을 감았다. 누구도 알지 못할 비밀이 오늘도 그렇게 묻혔다.

외전

———————◆———————

리리엘

붉은 머리칼의 여자는 리리엘에게 말했다.

"네게 있는 매혹의 마법을 앗아 갈 거란다."

그녀는 리리엘을 내려다보고 있었다. 리리엘은 가장 비천한 꼴로 엎드린 채 그녀를 올려다보았다. 그녀는 세상에서 가장 고귀한 여성처럼 보였다. 진갈색의 눈동자는 담담했다.

"게다가 네게는 이제 치유 마법이 존재하지 않지."

그녀의 손짓에, 그녀의 목소리에 기품이 실려 있었다. 리리엘은 멍하니 그 말을 듣고 있었다. 여자는 여왕처럼 말했다.

"네 삶은 달라질 거야. 사람들은 더 이상 너를 일방적으로 사랑하지 않을 거야. 또한 네가 지금까지 해온 일들의 대가를 치르게 되겠지."

리리엘은 그 말뜻을 알지 못했다. 리리엘의 귀에 들린 것은 특별한 마법을 빼앗아 가겠다는 말뿐이었으니. 그녀가 우아하게 뒤돌아섰다. 리리엘을 울고불고 소리 지르며 그녀를 붙잡으려고 애썼으나 아무런 소용도 없었다. 특별한 마법이 사라진 후, 리리엘의 삶은 정말로 완전히 뒤바뀌게 되었다.

"으음."

리리엘은 눈을 떴다. 방 안에는 아무도 없었다. 벽에는 리리엘의 검이 걸려 있었고, 하얀 침대보는 부드러웠다. 아침 햇살이 비치고 있었다. 리리엘은 자신의 고용인인 사라를 불렀다.

"사라?"

맑은 목소리에 답해주는 이는 없었다. 리리엘은 침대에서 내려왔다. 방 안의 테이블에는 차갑게 식은 식사가 놓여 있었다. 식사를 가져오는 것도 모르고 잔 모양이었다. 리리엘은 식탁에 앉아 누구도 봐주지 않는 식사를 시작했다. 오늘은 아마릴리스의 사절단이 떠나는 날이었다.

엘쟈네스가 떠난 지도 한 달이 지났다. 식사를 마친 리리엘은 방문을 열었다. 오늘 문은 잠겨 있지 않았다. 리리엘이 복도로 나가자 지나가던 시녀가 놀랐다.

"지금 뭐 하시는 거예요, 공녀님. 각질이 일어났잖아요."

그녀는 리리엘이 대답하기도 전에 리리엘을 붙잡고 방 안으로 다시 들어갔다. 그녀는 크림과 오일 몇 방울을 꺼내 섞은 뒤 그것을 리리엘의 얼굴에 옅게 펴 발랐다. 손길은 우악스러웠다. 다분히 고의적인 손놀림이었다.

"앞으로는 제대로 관리하고 다니세요. 공작가의 체통이 있으니까요."

말투가 차가웠다. 시녀는 몇 달 전까지만 해도 리리엘을 모시고 싶어 하던 백작가 출신의 영애였다. 그런 그녀의 눈에 실린 것은 경멸이었다. 리리엘은 한 달이 지나도 적응되지 않는 상황에 고개를 돌리고 걸어갔다. 그때 크로커스 기사 하나가 이쪽으로 왔다.

"리스트람!"

리리엘은 그를 반갑게 불렀다. 그는 리리엘을 보고 흠칫 놀라는 기색이었다. 리리엘은 그의 시선이 리리엘의 얼굴에 난 자흔 자국에 고정돼 있다는 사실을 알아차렸다. 왕궁에 나타났던 테러 마법사가 긁어버린 부분이었다. 꽤 깊게 파였기에 리리엘의 상흔을 치료하기 위해서는 치유 마법사가 필요했다. 리리엘의 수술 날짜는 아마릴리스 사절단이 돌아간 후로 예정되어 있었다. 리리엘은 기사에게 다가갔으나 기사는 리리엘을 피했다.

"리스트람, 저도 이 상처가 나아 어서 연무장에 돌아가면 좋겠어요."

그는 리리엘의 시선을 피했다. 무뚝뚝하지만 리리엘에게 친절했던 기사라고는 생각할 수 없는 모습이었다. 그때 복도에 다른 기사가 나타났다. 리리엘은 반갑게 외쳤다.

"라고!"

"리스트람. 왜 이렇게 안…."

그는 늘 웃으며 리리엘을 치켜세워주던 기사였다. 라고는 리리엘을 보자 잠시 당황하더니 리리엘의 머리부터 발끝까지 훑어보았다. 모욕적인 시선이었다. 그는 리리엘의 푸석해진 머리칼과 상흔으로 인해 추해진 얼굴을 놓치지 않았다. 리스트람이 제지의 뜻으로 라고를 툭 쳤으나 라고는 멈추지 않았다. 오히려 한술 더 떠서 말했다.

"그만하긴 뭘 그만해. 공녀님, 이만하면 되지 않았습니까."

"라고…?"

"애들 소꿉장난도 정도껏 하란 말입니다."

"라고, 그만해라."

"리스트람, 넌 빠지고. 공녀님, 공녀님 때문에 지금 로벨리아가 무슨 꼴이 났는지는 아십니까. 공작가도 지금 휘청거린다고요. 재수가 없으려니."

리리엘은 다른 사람들의 적의를 받는 일에 익숙하지 않았다. 라고는 늘 리리엘의 적을 욕하고 공격적인 언사를 내뱉던 기사였다. 그런 라고가⋯.
리스트람은 리리엘에게 어색하게 묵례했다. 라고는 리리엘을 본 척도 하지
않고 뒤돌아섰다. 그들이 리리엘을 스쳐 지나갔다. 리리엘의 예민한 귀에
두 사람의 대화 소리가 들렸다.

"무례했다."

"글쎄. 내가 이렇게 대해도 저 여자 편을 들어줄 사람은 없을 걸? 사라 꼴
못 봤어? 아직도 정신 못 차리고 편들다가 몰매를 맞았잖아. 내가 저 여자
를 싫어하는 이유는 하나야. 뭐게?"

"나야 모르지."

"못생겼어."

리리엘은 우뚝 멈춰 섰다. 라고의 말소리가 멀어져갔다.

"못생긴 건 죄악이야. 다 제쳐놓고 못생긴 건 별로라고."

그것은 분명히 리리엘을 가리키는 말이었다. 리리엘은 충격에 빠져 복도
에 걸린 거울을 보았다. 미녀가 눈에 들어왔다. 그러나 리리엘의 모습은 이
전과 확연하게 달라진 상태였다. 몸매나 이목구비는 그대로였으나, 사람들
이 금빛 비단이라고 부르던 머리카락은 아무렇게나 푸석거렸고 새하얗던
피부는 상당히 탄 상태였다. 리리엘이 햇빛 아래에서 활동했기 때문이다.
얼굴의 자흔으로 인해 비천한 여자처럼 보였다. 리리엘은 눈을 크게 떴다.

"아니야⋯."

그럴 리가 없어. 리리엘은 내심 남들과 자신이 다르다고 생각해왔다. 그
러나 지금 이 모습은 남들과 다를 바 없지 않은가. 아니, 오히려 리리엘을
부러워하던 여자들보다도 못난 모습이었다. 리리엘은 고개를 마구 저었다.
거울에 얼룩이 진 것이 분명했다. 그때 리리엘을 발견한 고용인 하나가 시
녀를 불렀다.

"찾아냈습니다!"

"공녀님!"

더 이상 어떤 아랫사람들도 리리엘을 리리엘 님이라고 부르거나 아가씨라고 부르지 않았다. 리리엘이 그에 대해 말하자 그들은 얼마나 크로커스가를 더 망신시킬 생각이냐며 차갑게 대꾸했다. 리리엘에게 다가온 시녀는 리리엘을 평생 섬기고 싶다며 눈을 반짝이던 여자였다. 얼굴에 떠올랐던 짜증스러움을 지운 시녀는 리리엘을 향해 책망하는 어투로 말했다.

"왜 방에 있지 않으셨어요."

"너무 답답해서…."

"아마릴리스 사절단이 아직도 나가지 않았다고요. 마님의 말씀을 듣지 못하셨어요? 방 밖으로 나오지 말라고 했잖아요. 후. 일단은 방으로 돌아가세요."

시녀는 고용인에게 손짓했다. 예전이었다면 시녀는 뽐내듯 리리엘을 모시고, 고용인들은 그 장면을 부러운 눈치로 바라보았을 것이다. 그러나 고용인의 얼굴에는 꺼리는 기색이 가득했다. 그녀는 리리엘의 주위에 있고 싶지 않다는 무언의 의사를 전하고 있었다. 리리엘은 고용인을 따라 다시 방 안으로 들어갔다. 방 안은 어둡고 싸늘했다. 리리엘은 불을 켜고 침대에 앉았다. 리리엘의 눈은 여전히 영롱한 녹색이었다. 눈물이 고였다.

"다들 어째서 나에게…."

눈물이 이불 위로 떨어졌다. 리리엘은 자신이 왜 이런 대우를 받는지 이해하지 못했다. 고용인들은 리리엘을 꺼렸고 시녀들과 기사들은 리리엘을 경멸했다. 유일하게 리리엘 편을 들어주는 사람은 공작 부부뿐이었다. 그들은 리리엘을 안으며 위로했다.

"아가, 괜찮을 거야. 괜찮아질 거란다."

"그러니… 일단은 이 안에 있으렴."

두 사람은 그렇게 말했다. 공작 부부는 답답하다는 리리엘의 호소를 전혀 듣지 못하는 것 같았다. 고용인들과 시녀들은 리리엘이 바깥으로 나올 때마다 골칫거리라고 투덜거렸다. 특별한 마법이 없어진 삶은 너무나도 피폐했다. 그때 방 안으로 사라가 들어왔다. 그녀는 지친 얼굴을 하고 있었다. 옷 사이로 드러난 그녀의 손목과 쇄골에 시퍼런 멍 자국이 보였지만 리리엘은 보지 못했다. 리리엘에게 가장 중요한 것은 그녀의 불행이었기 때문이다. 리리엘은 사라에게 눈물이 고인 눈으로 말했다.

"사라, 모두가 나를 나가지 못하게 하고 있어. 나는 어떻게 해야 할까?"

리리엘은 사라가 울컥 치솟는 감정을 다스리는 장면을 보면서도 하염없이 중얼거렸다. 지금까지 그래왔듯 사라의 사정 따위는 알 필요가 없었기 때문이다. 사라는 리리엘의 편이었으니까. 그랬기에 리리엘은 사라가 주먹을 꽉 쥐는 것을 알지 못했다.

"어떻게…."

"너무 힘들어, 사라."

"어떻게 이렇게까지 이기적일 수 있으세요?"

사라의 충혈된 눈에는 눈물이 잔뜩 고여 있었다. 그녀는 눈물을 흘리지 않으려고 애썼다. 좋으나 싫으나 사라는 리리엘과 한배를 탄 입장이었다. 성질을 부려봐야 좋을 것이 없었다. 게다가 크로커스 공작 부인이 리리엘을 직접 맡기지 않았던가. 그런 생각임에도 불구하고 억울했다.

"제가 지금 무슨 일을 당하는지는 알고 계세요? 왜 그렇게 멋대로 굴어서 절 난처하게 만드는 거예요?"

"그게 무슨 소리야?"

"됐어요."

리리엘은 그제야 사라의 멍을 발견한 것 같았다. 리리엘의 눈빛이 예리해졌다.

"사라, 누가 이렇게 만든 거야?"

"지금 그걸 말이라고… 알면 어떻게 하실 건데요."

"옳지 못한 일을 하면 처벌받아야 해."

"하…."

사라가 날카롭게 코웃음을 쳤다. 처음에는 리리엘을 가엾다고 생각했으나 이제는 아니었다. 사라가 아무리 못 배우고 무지하다지만 리리엘이 하는 말이 속 빈 강정이라는 것쯤은 알 수 있었다. 도대체 무슨 생각을 해야 리리엘처럼 굴 수 있는 걸까.

로벨리아 왕궁에서 일어났다는 테러 사건은 남쪽에 퍼진 상태였다. 사람들은 가공한 에너지석이 사람의 정신을 현혹시킨다고 수군거리며 에너지석과 비슷하게 보이는 돌을 보면 무조건 신고했다. 사태가 마무리될 무렵부터는 아마릴리스 사절단이 정식으로 항의서를 제출했다. 무려 아마릴리스 황제의 직인이 찍힌 서류였다. 항의서에는 대공과 대공비를 모욕한 리리엘 크로커스에게 배상금을 청구한다는 내용이 적혀 있었다. 크로커스가 재산 중 절반이 사라졌다. 이제 온 나라의 사람들이 리리엘 크로커스에 대해 떠들고 있었다. 가장 아름답고 명성 높은 여자였지만 하루아침에 정체가 들통난 여자. 더군다나 칼레스 왕자와의 약혼식에서 멋대로 파혼 요청을 했다는 사실이 드러나면서 리리엘은 추락하는 중이었다. 크로커스 공작 부부는 어떻게든 리리엘을 감싸고 도우려고 애썼다. 그렇기에 그들은 리리엘을 대중의 시선에서 감추는 중이었다. 사라는 자신도 모르게 중얼거리다 입을 다물었다.

"그래요. 옳지 못한 일을 하면 처벌을 받아야죠…."

리리엘 크로커스는 처벌을 받기는커녕, 대중의 시선에서 보호되고 있는 상태였다. 그 화풀이는 고스란히 사라에게 쏟아졌다. 사라는 떠난 엘쟈네스 윈터나이트가 그리웠다. 차라리 엘쟈네스는 리리엘처럼 다른 사람에게 피해를 주지는 않았다. 아랫사람과 격 없이 지내는 리리엘을 좋아했지만 결과는 이렇게 돌아오지 않았나. 아랫사람과 거리를 두던 엘쟈네스의 방식이 차라리 좋다고 생각되는 순간이었다. 리리엘이 제발 가만있었으면 좋겠다. 사라는 후회했다. 그때, 리리엘은 창문 아래에 서 있는 귀족 몇을 발견했다.

그들은 아마릴리스의 귀족들이었다. 아마릴리스의 귀족들. 엘쟈네스의 옆에서 리리엘을 싸늘하게 내려다보던 사람들. 그들은 리리엘과 말조차 섞고 싶지 않아 했다. 리리엘은 창문을 조금 열었다. 사라는 리리엘이 창문을 많이 열지 않은 것을 보고 다시 고개를 돌렸다. 리리엘의 얼굴이 드러나지 않는다면 상관없었다. 그들은 대화를 나누고 있었다.

"크로커스 공작 부부는 미친 게 분명합니다."

"쉿, 듣겠소."

"과격한 표현을 쓴 점은 죄송합니다. 하지만 저는 미쳤다고밖에 생각할 수가 없습니다. 사실 여러분도 그렇게 생각하지 않습니까."

"…뭐 그렇긴 하지."

테러 마법사가 죽고 가장 큰 문제가 해결되자 사람들은 리리엘에 대해 말하기 시작했다. 리리엘이 가볍게 한 모든 행동들이, 리리엘이 지금까지 저질렀던 일들이 모두 입방아에 오르내리고 있었다. 아마릴리스 귀족 중 한 사람이 이어 말했다.

"저는 약혼식을 파기해버린다는 생각은 해본 적도 없습니다."

"신성한 의무가 아니지 않소. 근 20년 전까지는 아마릴리스에서도 약혼식 파기에 뒤따르는 대가가 사형이었지."

"아, 그 사건에 대해서는 들었습니다. 귀족도 사형에 처할 줄은 몰랐죠. 하지만 애초에 약혼식이라는 절차가 나오게 된 계기가 초대 아마릴리스 황제 때문이 아닙니까. 토착 민족을 통합하기 위해 만들어낸 관례라고 알고 있습니다."

"맞는 말이네. 현재에도 약혼식은 절대적으로 받아들여지고 있지. 남쪽에서도 말이야. 사실은 그래서 나도 이해할 수가 없네."

"그래서 크로커스 공작 부부가 미쳤다고 생각하는 겁니다. 말이나 됩니까. 리리엘 크로커스를 그렇게 싸고돌다니요. 그리고 하, 너무 기가 막혀서 생각조차 하고 싶지 않지만 어떻게 대공 각하를 사랑한다고 그렇게 발표할 수 있습니까. 너무도 껄끄러워서 말을 꺼낼 수가 없습니다."

대공에 관한 이야기가 나오는 순간 리리엘은 흠칫 굳어버리고 말았다. 대공의 무서운 눈동자가 잊히지 않았던 것이다. 아마릴리스 귀족들은 리리엘이 흥미 없는 주제에 대해 계속해서 떠들고 있었다.

리리엘은 조용히 창문을 닫았다. 리리엘은 한 달간 저들의 눈에 띄어봤자 좋을 것이 없다는 사실을 학습하게 된 후였다. 테러 마법사가 쓰러지고 엘쟈네스가 떠난 후, 리리엘이 아마릴리스와 로벨리아의 회의에 참석하자 사람들은 어이가 없다는 듯 바라보았다. 리리엘은 단지 싸움을 말리고 싶었을 뿐이었다. 그렇게 말하자 사람들은 웃었다.

아무도 리리엘을 전처럼 칭송하지 않았다. 가슴이 답답해졌다. 사라는 약을 바르러 나간 상태였다. 리리엘은 침대에 멍하니 앉아 있었다. 곧 바깥이 소란스러워졌다. 아마릴리스 사절단이 떠나는 소리였다. 리리엘은 나갈 수가 없었다. 몇 시간이 흘렀는지 모른다. 리리엘은 고개를 숙이고 앉아 있을 뿐이었다. 그때 노크 소리가 들렸다.

"리리엘."

"네."

리리엘은 습관적으로 대답했다. 방 안에 들어온 것은 크로커스 공작 부인이었다. 그녀의 눈밑은 그늘이 져 있었다. 크로커스 공작 부인은 리리엘을 만나러 오기 전 망설였다. 공작은 리리엘의 얼굴을 보기도 싫다며 화를 냈다. 그래도 리리엘은 배 아파 낳은 그녀의 딸이 아니던가. 공작 부인은 힘없이 눈을 내리깔며 말했다.

"고생이 많구나, 아가."

"너무 힘들어요. 사람들이 저를 손가락질해요, 어머니."

"…우리는 왕궁에 갈 거란다."

"뭐라고요, 어머니?"

리리엘은 눈을 크게 떴다.

"왕궁에 가서 왕족들에게, 그리고 왕자 전하께 사죄드리렴. 그래도 일이 무마되지는 않겠지만…. 적어도 더 크게 번지지는 않을 거야."

리리엘은 자신도 모르게 고개를 저었다.

"싫어요. 가지 않을 거예요."

"리리엘! 왜 이렇게 구는 거니!"

공작 부인은 갑작스럽게 미친 여자처럼 소리를 질렀다. 그녀의 눈에는 핏발이 서 있었다. 리리엘은 생전 처음 보는 모친의 화난 모습에 겁먹은 표정을 지었다.

"지금 우리가 어떤 상황에 처했는지 알기나 해? 왜 일을 저질러서 날 난처하게 만들어! 왜! 망할 거면 혼자 망했어야지. 우리까지 다 죽이지 말고!"

악을 쓰던 크로커스 공작 부인이 거칠게 호흡했다. 엘챠네스는 전대 대공 부부의 말에 따라 윈터나이트로 돌아갔다. 처음에는 그러다 곧 연락할 것이라고 생각했으나 어떤 연락도 없었다. 윈터나이트가 나선다면 아마릴리스에 빚을 진 로벨리아 왕실의 기세도 수그러들 텐데. 그런 일은 일어나지 않았다. 공작 부인은 한구석에서 고개를 숙이고 있던 사라에게 말했다.

"사라."

"네, 마님."

"리리엘이 말을 듣지 않는구나. 가서 회초리를 가져오거라."

공작 부인은 회초리로 사람을 때리는 행위를 야만적이라고 생각했던 사람이었다. 리리엘은 입술을 꾹 깨물었다. 사라가 회초리를 가져왔다. 맞는 것쯤은 아무렇지도 않았다. 그렇게 생각하는 리리엘의 앞에서 공작 부인이 말했다.

"종아리를 드러내라, 사라."

"어, 어머니!"

놀란 리리엘과는 달리 사라는 순순히 치맛자락을 들어 올렸다. 이런 날이 올 줄 알았다. 리리엘이 저지른 일들을 책임지는 것은 사라였다. 크로커스 공작가의 인력이 줄어들게 되며 해고당한 아랫사람들은 사라를 꼬집거나 때리고 머리채를 마구 잡아당겼다. 사라는 당할 수밖에 없었다. 리리엘이 저지른 일이었으니까. 조만간 공작 부부에게 처벌받을 것이라고 예감하던 중이었다. 차라리 회초리로 끝나 다행이었다. 공작 부인은 핏줄이 서도록 회초리를 꽉 쥔 뒤 사라의 종아리를 후려갈겼다. 거센 마찰음이 몇 번 들려왔다. 리리엘이 달려가 공작 부인을 붙잡았다.

"어머니, 안 돼요. 제발, 제발 이러지 마세요. 제가 잘못했어요."

"비키거라."

"어머니…."

모든 상황은 심약한 공작 부인을 한계로 내몰고 있었다.

공작 부인은 리리엘을 무시했다.

리리엘은 애원했다.

사라는 리리엘이 애원을 하는 순간마저도 사라를 생각하지 않는다는 사실을 알았다. 리리엘은 자신의 사상에, 사라를 때리는 것을 막는 자신의 모습에 도취되어 있었다. 공작 부인은 다시 회초리를 내리쳤다. 리리엘은 공작 부인에게 빌었다.

"차라리 제가 맞을게요. 저를 때리세요."

"네가 왜 맞는다는 거니. 잘못은 사라가 했는데."

"잘못했어요. 왕궁에 갈게요. 제발 이런 식으로 화내지 마세요…."

리리엘의 눈에 눈물이 고이자 공작 부인의 기세가 좀 누그러졌다.

사라는 안도의 한숨을 쉬고 있었다. 사라가 크로커스 공작가에서 내쫓기지 않은 것은 리리엘 때문이기도 했다. 사라는 리리엘이 가장 신뢰하는 아랫사람이었기 때문이다. 보통의 귀족가였다면 회초리 몇 대로 일을 무마하는 행동을 이해하지 못했을 것이다. 공작 부인은 피로에 찌든 얼굴로 고개를 끄덕였다.

"그래…. 그렇다면 준비하렴."

리리엘은 단 한 번도 입어본 적이 없는 회색 드레스를 입었다. 눈에 띄지 않아야 할 영애들이 주로 입는 옷이었다. 예를 들어 사교계에서 추문에 휩싸인 영애들이라거나. 리리엘은 수치심으로 얼굴을 붉게 물들였지만 어쩔 수 없었다. 준비는 간소했다. 리리엘은 공작 부인과 함께 크로커스가의 마차에 올라 왕궁으로 향했다. 창밖의 평민들은 크로커스가의 문양을 알아보고 손가락질을 했다. 어떤 이는 대놓고 말하기도 했다.

"부덕한 크로커스가의 문양이다!"

"어머니…."

사람들이 그렇게 말하는데도 크로커스 공작 부인은 입을 다문 채 발밑만을 볼 뿐이었다. 공작 부인은 자신이 크로커스라는 사실에 큰 자부심을 느껴 사람들이 이런 식으로 크로커스를 헐뜯는 것을 두고 보지 못하던 사람이었다. 창밖의 사람들이 수군거리는 소리가 마차 안으로 실려 왔다.

"공작은 에너지석을 빼돌리고, 공자는 테러 마법사와 친분이 있었다지."

"공녀는 약혼식을 파기했다잖아."

"크로커스가는 로벨리아의 수치야."

누군가가 힘 있게 말했다. 크로커스 공작가를 선망하던 분위기는 온데간데없었다. 신분의 격차 때문에 감히 나서지 못했지만 많은 사람들이 크로커스가를 욕하고 있었다. 마차가 왕궁으로 들어갈 때까지 사람들의 욕설은 멈추지 않았다. 왕궁의 분위기 역시 싸했다. 크로커스가를 환대하던 시녀들은 이제 딱딱하고 냉랭한 몸짓으로 리리엘과 공작 부인을 안내했다.

"안으로 접대하겠습니다."

시녀는 앞장서서 걸었다. 그녀의 눈길이 리리엘의 피부와 머릿결에 잠시 머물렀다 지나갔다. 치유의 마법이 있었다면 이런 일은 겪지 않았을 텐데. 리리엘은 처음으로 잃어버린 치유의 마법에 대한 미련을 느꼈다. 이내 시녀는 왕궁의 복도를 걸어 화려한 응접실로 두 사람을 안내했다. 크로커스 공작 부인은 내심 안도했다. 그녀는 왕자가 리리엘과 자신을 오래 복도에 세워두며 모욕적인 경험을 선사하리라고 생각했다. 그렇게 하지 않는 것을 보니 칼레스 왕자의 마음이 리리엘에게서 완전히 돌아선 것은 아닌 모양이었다. 시녀가 노크를 두 번 하자 안에서 가라앉은 목소리가 들렸다.

"들어오라고 해."

시녀는 그 말에 따라 문을 열었다. 응접실 소파에 칼레스 왕자가 앉아 있었다. 그는 리리엘을 보았다. 그를 망신 주고 크로커스가에 틀어박혔던 약혼녀. 아니, 전 약혼녀. 리리엘의 녹색 눈동자만은 몇 주간 그를 잡고 놓아주지 않았다. 칼레스 왕자는 리리엘을 진심으로 사랑했다. 그는 이렇게 된 순간까지도 리리엘을 사랑하고 있었으니까. 더 이상 미녀가 아닌데도. 그에게 씻을 수 없는 추문을 선사했는데도. 사람들은 리리엘 크로커스를 비난하는 동시에 칼레스 왕자에게 어떤 문제가 있는 것이 아니겠냐는 추측을 하며 수군거렸다. 리리엘의 몸이 약간 떨렸다. 공작 부인은 치맛자락을 들어 올리고 깊게 고개를 숙였다.

"방문을 허가해주셔서 감사합니다…. 전하."

칼레스 왕자는 그 말에 고개를 한 번 끄덕일 뿐이었다. 뒤따라온 시녀가 리리엘과 크로커스 공작 부인을 칼레스 왕자 맞은편의 자리에 앉혔다. 시녀는 다과를 가져온 뒤 정중히 인사하고 나갔다. 향기로운 차에서는 김이 났고 과자는 먹음직스러웠지만 아무도 손대지 않았다. 리리엘은 입을 다물고 있었다. 먼저 입을 연 것은 공작 부인이었다.

"전하. 저희는 그날의 일에 대해 사죄드리려고 합니다. …리리엘."

공작 부인은 리리엘을 불렀다. 왕자는 낯선 얼굴로 리리엘을 보고 있었다. 왕자의 눈은 냉랭했다. 리리엘이 다른 사람에게 공감할 줄 알았다면 그의 마음이 흔들린다는 사실을 알았겠으나, 리리엘은 몰랐다. 리리엘은 공작 부인의 말에 따라 고개를 숙였다.

"사죄드립니다, 전하."

"리리엘."

리리엘에게 답하는 칼레스의 목소리는 건조했다. 칼레스는 리리엘에게 묻고 싶었던 질문을 떠올렸다. 늘 묻고 싶었으나 끝내 하지 못한 질문. 칼레스는 관계의 약자였다. 칼레스가 리리엘을 더 사랑했기에, 관계가 끊어질까 두려워서 하지 못한 질문이었다. 그는 말했다. 발악과도 같은 질문이었다.

"단 한순간이라도, 나를 사랑한 적은 있었나?"

리리엘 크로커스는 가장 자유로운 여자야. 누군가가 그렇게 말했다. 아카데미에 가기 전, 칼레스는 엄격한 교육을 받아왔다. 칼레스는 첫째 왕자로 태어나 차기 국왕 대우를 받았으나 그리 뛰어난 편은 아니었다. 외모, 검술, 정치, 사교, 학업. 칼레스는 모든 분야에서 두각을 드러냈지만 그것은 피나는 노력의 결과물이었다. 로벨리아의 국왕은 늘 칼레스에게 평민과 왕족이 다르다는 것을 보여주라고 말했다. 왜냐하면, 평민과 귀족에게는 어떤 신체적 차이도 없었기 때문이다. 그렇기에 보통 사람이 상상할 수 없을 만큼 노력해야 했다. 지쳤던 칼레스는 리리엘 크로커스에 관한 소문들에 귀를 기울였다. 자유로운 여자. 억압당하고 있는 그와는 다른 것일까. 칼레스는 그 소문에 귀를 기울인 것을 후회했다. 그가 그 소문에 귀를 기울이지 않았다면. 적어도 리리엘 크로커스를 사랑하지 않았을 텐데. 리리엘은 칼레스의 질문에 대답하지 않고 있었다.

"내게 그대가 그렇게 중요하지는 않았어."

거짓말.

칼레스에게 리리엘은 전부였다.

"하지만 그대가 약혼식에서 나를 모욕한 것은 참을 수 없군."

제발. 차라리 이제라도 빌면서 사랑한다고 말해줘. 칼레스의 자존심 안에 숨겨진 것은 사랑받고 싶다는 애원이었다. 칼레스의 친우들은 칼레스를 볼 때마다 멍청한 놈이라고 말했다. 그래. 칼레스는 멍청했다. 냉랭한 어조에 리리엘의 얼굴이 희게 질렸다. 그가 멍청하기에 저 모습마저도 안쓰럽게 보이는 것이리라. 리리엘은 쉽게 대답하지 못하고 있었다. 역시나. 그가 예상했던 대로. 그녀는 단지 말할 뿐이었다.

"큰 죄를 지었습니다, 전하."

칼레스는 대략의 내막에 대해 알고 있었다. 리리엘이 테러 마법사에게 받았다 빼앗긴 마법 때문에 로벨리아가 잠시 이상해졌다고 했다. 그는 자신이 했던 짓에 대해 떠올렸다. 처음부터 칼레스는 엘쟈네스 크로커스가 선량한 피해자라는 사실을 알고 있었다. 아카데미 시절 리리엘과 가장 가까웠던 구혼자는 칼레스였다. 리리엘의 목소리가 들려오는 듯하다. 잔디밭에서 그녀는 칼레스에게 몸을 기대었다.

"전하."

"무슨 일이지, 리리엘?"

"저는 정말로 할머니가 싫었어요."

"어째서?"

"저를 싫어했으니까요."

리리엘은 조모가 자신에게 퍼붓던 지적들에 대해 말했다. 조모는 리리엘의 상식적이지 못한 말을 지적했고, 바르지 못한 몸가짐을 지적했다. 리리엘이 떼를 쓰거나 투정을 부리면 따끔하게 혼냈다. 가끔 리리엘의 이야기 중 이상한 점들이 있었다.

"인형을 주지 않았다고?"
"네, 그 인형을 정말 가지고 싶었어요. 하지만 언니는 주지 않았어요. 할머니가 또 소리를 지르셨어요."
"그건⋯ 엘쟈네스 크로커스의 물건이 아니었나."
"네, 맞아요."

칼레스는 사람 보는 눈이 정확한 편이었다. 귀족적인 분위기의 버베나에서 살던 리리엘의 조모에게 리리엘의 제멋대로인 몸가짐이 좋게 보일 리 없었다. 크로커스 공작은 자신이 나쁘게 보이는 상황을 피하고 싶어 했고, 크로커스 공작 부인은 엘쟈네스 크로커스에게 자신을 대입하며 미워했다. 어느 집안이든 마찬가지겠지만, 크로커스 공작가 사람들은 특히 정신적인 문제를 가지고 있는 것 같았다. 그리고 리리엘은.

"그 인형이 정말 가지고 싶었단 말이에요."

자라지 못한 불쌍한 여자였다. 칼레스는 그렇게 생각했다. 리리엘은 예민하고 까다로운 귀족들과는 달리 다른 사람을 쉽게 미워하거나 꼬투리를 잡지 않았다. 왜냐하면 그녀의 공감 능력은 심각하게 뒤떨어졌기 때문이다.

리리엘의 문제였다. 물론 그런 점들을 제외한다면 리리엘은 정말 눈부시게 빛났다. 리리엘의 단점이 장점이 되기도 했기 때문이다. 리리엘은 타인을 잘 미워하지 않았다. 관심 자체가 없었으니까. 사람들은 밝은 리리엘을 좋아했다. 리리엘의 마법에 어느 정도 정신 지배를 당했으나, 칼레스를 포함한 추종자 몇은 이미 리리엘에 대해 알고 있었다.

"칼레스. 사람들이 나를 신문 기사에 실었어요!"

리리엘에 관한 기사가 신문에 실려 있었다. 리리엘이 소규모 전쟁이 일어난 땅에 구호물자를 보내자고 연 자선 사업에 관한 기사였다. 칼레스는 내막을 알고 있었다. 리리엘은 큰 실수를 연달아 반복했다. 엘쟈네스 크로커스는 그것들을 수습하며 리리엘이 할 수 있는 것 이상의 결과물을 내놓았다. 칼레스는 모른 척 입을 다물었다. 그는 추종자들이 엘쟈네스 크로커스를 욕하고 헐뜯어도 그것을 묵인했다. 다분히 고의적인 일이었다. 칼레스도 알고 있었다. 리리엘의 행복은 엘쟈네스 크로커스로 인해 생긴다는 것을. 그렇기에 엘쟈네스 크로커스가 떠난 후 리리엘에게 지속적으로 청혼하지 않았는가.

그는 약혼식 일주일 후를 떠올렸다. 왕궁에 나타난 테러 마법사는 엘쟈네스 윈터나이트의 손에 제압당했다. 누구도 그 엘쟈네스 윈터나이트가 이런 모습을 보여주리라고 생각하지 못했을 것이다. 칼레스 또한 그랬다. 그녀는 우아하게 테러 마법사를 발아래에 두었고, 그녀의 짝인 대공은 그 자리를 입도했나.

칼레스는 문득 그런 생각을 했다. 죗값을 치르고 있다는. 칼레스는 자신의 묵인 또한 가해 행위에 들어간다는 사실을 알고 있었다. 아무리 리리엘의 마력에 매료되었다지만, 군중 심리에 동조해 엘쟈네스 하나를 비난한 행위는 죄악이었다. 그는 지금 죗값을 치르고 있는지도 모른다. 무고한 사람 하나를 짓밟으며 지켜온 여자가 그를 한순간에 망가뜨리지 않았는가.

"리리엘 크로커스. 그대 때문에 내 입지가 위태로워."

왕가의 모든 혈족들은 칼레스에게 힘이 없다는 사실을 확인하자마자 왕궁으로 찾아오고 있었다. 그들에게도 왕위를 차지할 수 있는 기회가 올 테니까. 대중은 악의적인 소문을 신이 나서 퍼뜨리고 있었다. 칼레스 왕자의 성생활에 대한 의혹이나 어떤 병력이 있는지에 대해 등등. 그는 엘쟈네스 크로커스가 대단하다는 것을 깨달았다. 이렇게 무수한 사람들이 그녀에 대해 악의적인 말을 하는데도 그녀는 미치지 않았다. 공작 부인이 울며 고개를 숙였다.

"전하, 부탁드립니다. 제발 자비를 베풀어주세요…."

약혼식을 파기한 이는 반드시 그 대가를 치러야 했다. 공작 부인은 리리엘에게 내려질 형벌에 대해 빌고 있었다. 칼레스도 생각을 했다. 리리엘 크로커스를 차라리 사형시킨다면 편하지 않을까. 그러나 죽일 수 없었다. 오랜만에 본 리리엘의 머릿결은 푸석거렸고, 여전히 아름답기는 했으나 피부가 타고 관리되지 않아 그녀가 그토록 외치던 평민처럼 보였다. 리리엘 크로커스는 지금 행복한가. 칼레스는 손짓했다.

"지금은 대화를 나눌 정신이 없군. 나중에 다시 말하지."

왕궁의 시녀가 문을 열어주었다. 칼레스의 표정이 심상치 않은 것을 본 공작 부인은 눈물을 흘리며 조용히 리리엘을 데리고 나왔다. 사랑은 사람의 눈을 흐렸다. 배신당한 칼레스 왕자가 리리엘에게 어떤 행동을 할지 알 수 없었다. 다시 크로커스의 마차에 오른 공작 부인은 리리엘의 등을 내리쳤다.

"왜, 왜 그 자리에서. 가만히 있었니. 사과를 드렸어야지!"

"그렇지만 칼레스 전하가 너무 무서웠어요!"

공작 부인은 리리엘의 말에 수긍하는 눈치였다. 칼레스 왕자의 표정은 무시무시했으니까. 그녀가 리리엘이었어도 무서웠을 것이다. 그는 리리엘에게 보복할지도 몰랐다. 공작 부인은 다시 마음이 약해져 중얼거렸다.

"모든 일은 우리가 알아서 할 테니… 1년 정도만 숨어 있으렴. 우리도 칼레스 전하가 두려운 건 마찬가지니까. 시간만이 답이야."

"그게 아니에요, 어머니."

리리엘은 변화의 조짐을 느꼈다. 칼레스 왕자는 늘 리리엘의 편이었다. 리리엘의 절대적인 아군이 되어주던 남자. 리리엘은 칼레스의 굳은 입매에서 무언가가 바뀌고 있다는 사실을 깨달았다. 리리엘이 잊힐 것만 같은. 리리엘이 칼레스에게 아무것도 아닌 것처럼 변할 것 같은 불길한 감각. 이 두려움의 정체를 알 수가 없었다. 버려질 것만 같은 감각이었다. 리리엘은 몸을 흠칫 떨었다. 공작의 의견은 공작 부인과 달랐던 모양이었다. 집에 일찍 돌아온 공작은 공작 부인에게 고함을 질렀다.

"해결을 보고 왔어야지!"

"하지만 칼레스 전하의 기색이 심상치 않았어요!"

"당신은 머리가 없나? 지금이야 가만히 있지, 몇 개월이 지나서 뒤늦게 처벌을 주장하면 우린 끝장이라고! 리리엘, 상식 밖의 일을 저질러놓고도 어떻게 이렇게 뻔뻔할 수가 있느냐!"

크로커스 공작은 칼레스에게 가서 사과하라며 고함을 질렀다. 그러나 리리엘은 입을 꾹 다물고 한마디도 하지 않았다.

사과하는 것은 늘 리리엘의 기분을 살피고 맞추려고 하던 칼레스에게 아부하는 것처럼 느껴져 하고 싶지 않았다. 직면하는 일은 두려웠다. 리리엘은 머리가 좋았다. 그랬기에 지금 상황이 어떻게 돌아가고 있는지 알고 있었다. 모욕과 수치심을 피하고 싶었다.

리리엘이 한마디도 하지 않자 결국 공작은 포기하고 말았다. 리리엘이 방에 들어가자 사라가 있었다. 이제 사라는 리리엘과 한마디도 하지 않았다.

업무상의 이야기를 할 뿐이었다.

"공녀님을 관리하라는 지시가 있었습니다. 내일부터는 관리를 받으셔야
합니다."

모든 상황이 리리엘을 괴롭히고 있었다. 이제 리리엘은 큰 죄인이었다.
수많은 동경이 악의로 돌아왔다. 침대에 누워서도 리리엘은 잠들지 못하고
있었다.

공작은 리리엘을 대중의 시선에서 돌려놓기 위해 결혼시키는 것이 어떻
겠냐고 물었다. 공작이 내민 남자는 50세에 리리엘 또래의 자녀들이 있는
가난한 남작이었다. 공작은 차라리 잘되었다며, 그가 죽으면 리리엘은 자유
로워질 것이고 그전까지는 초라한 결말로 사람들의 시선을 피할 수 있다고
말했다.

리리엘은 혼자 남아 눈물을 흘렸다. 모든 것이 잘못되었다. 리리엘이 공
작의 말을 거절하자 공작은 핏대가 보일 정도로 크게 고함을 질렀다.

"대체 언제 정신을 차릴 셈이야!"

리리엘은 공작의 말에 떨며 순종했다. 그리고 리리엘은 실패한 경험이 있
었다. 대공과 결혼하지 않겠다는 1년 전의 선택이 후회로 돌아오지 않았던
가. 무엇이든지 간에 이제는 모르겠다는 생각이 들었다. 검을 잡을 기분이
아니었다. 리리엘은 눈을 팔로 가렸다.

갑작스럽게 잡힌 결혼식 일정이 얼마 남지 않았다. 왕궁에서 했던 약혼식
과는 다르게 드레스를 맞추고, 예물을 맞추고, 친우들을 초대할 일은 없었
다. 그런 과정은 없었으니까. 리리엘은 끔찍함에 몸을 떨었다. 공작은 리리
엘의 결혼 상대인 남작이 리리엘에게 손조차 대지 않을 것이라고 말했으나
너무나도 끔찍했다. 리리엘은 가장 초라한 신부가 될 것이다. 아무도 리리

엘의 결혼을 축복하지 않을 것이다.

리리엘은 울음을 터뜨렸다. 리리엘의 울음소리를 듣고 잠결에 일어난 사라가 또 시작이냐며 짜증스럽게 말했다. 그러나 눈물이 멈추지 않았다.

"이분이 크로커스 공녀님이군요."

바우르스 남작과의 만남은 생각보다 더 끔찍하기 짝이 없었다. 그는 리리엘의 소문을 무수히 들었음에도 불구하고 공작에게 모른 척 말했다. 공작은 고개를 끄덕였다.

"그래. 내 딸아이일세. 약속한 것은 잊지 않았겠지."

"당연한 말씀을 하시는군요."

리리엘은 간신히 흉터를 제거하는 치유 마법을 받은 상태였다. 덕분에 리리엘의 상태는 좋았다. 사람들이 그토록 칭송하던 순금 같은 머리칼과 하얀 피부. 리리엘은 입술을 꼭 깨물며 바우르스 남작의 눈길을 견디고 있었다. 그는 리리엘을 처음 본 순간부터 올라가려는 입꼬리를 주체하지 못하고 있었다.

리리엘은 검버섯 자국이 피어나려는 그의 얼굴을 보았다. 심지어 바우르스 남작은 추남이었다. 능글맞은 눈길이 리리엘의 몸을 훑었다. 검이 있었다면. 리리엘은 자기 자신을 인내했다. 바우르스 남작가는 크로커스와는 비교도 되지 않을 정도의 한미한 가문이었고, 바우르스 남작이 아내를 때려 숨지게 했다는 소문도 들려오고 있었다. 남작이 아내를 허리띠로 때리고 목을 졸랐다는 소문도 떠돌았다. 물론 리리엘은 당하지 않을 것이다. 리리엘은 검술을 배웠고, 리리엘에게 손맬 시 크로커스 공작이 바우르스 남자을 가만두지 않을 테니까. 공작이 잠시 화장실에 간 사이, 바우르스 남작이 손을 내밀었다.

"공녀님께서 개방적이라는 소문을 들었습니다. 손도 고우시군요."

그는 악수하며 기분 나쁜 눈빛을 보냈다. 리리엘은 그가 하는 개방적이라는 말이 결코 칭찬이 아니라는 사실을 알았다. 공작은 바우르스 남작과 마찰을 빚지 말라고 경고했다. 그는 리리엘을 훑어보며 너털웃음을 지었다. 리리엘은 그가 하는 말들을 애써 흘려보냈다. 현재 로벨리아 내에서 리리엘을 맡겠다고 선뜻 나서는 사람은 없었다. 칼레스 왕자와의 약혼식을 파기한 여자라는 꼬리표가 어마어마했기 때문이다. 나섰다가 국왕이 된 왕자에게 보복당할 수는 없지 않은가. 바우르스 남작은 공작이 찾아낸 최선의 패였다.

공작은 결혼식을 앞당겼다.

"이제 바우르스 남작님과 크로커스 영애의 결혼식을 시작하겠습니다."

리리엘의 결혼식은 초라하기 그지없었다. 대중의 눈을 피해야 했기에 좋은 장소로는 갈 수 없었다. 간신히 평민들의 거리 뒷골목에 있던 건물 하나를 빌릴 수 있었다. 허름한 내부에 낡아 빠진 제단이 있었다. 바우르스 남작의 자녀들이 앉아 있었다. 그들은 리리엘보다도 나이가 많아 보였다. 크로커스 공작 부인은 울음을 터뜨렸고 공작은 담담한 얼굴로 앉아 있었다. 리리엘의 옷은 웨딩드레스라고도 할 수 없는 흰 드레스였다. 리리엘이 결코 입은 적 없는 싸구려 옷감이었다. 바우르스 남작은 남작가에서 준비한 드레스가 어떠냐며 농담을 던지고 있었다. 이럴 때 엘쟈네스라면 단호한 대처를 했을 텐데. 리리엘은 처음으로 엘쟈네스를 생각했다.

"두 분은 서로를 마주 보시기 바랍니다."

자세히 보자 바우르스 남작의 이에는 누런빛이 돌고 있었다. 싫어. 리리엘은 마음속으로 말하며 고개를 돌렸다. 하객석은 텅 비어 있었다. 아무도 축복해주지 않고 아무도 찾아오지 않는 결혼. 그 순간 리리엘은 기묘하게도 엘쟈네스를 떠올렸다. 그러나 리리엘은 생각을 털어버렸다. 떠올리고 싶지 않았다.

결혼식은 금방 끝이 났다. 리리엘은 바우르스 남작의 저택으로 향했다. 공작 부인은 리리엘을 달래며, 사람들의 기억에서 잊힐 때쯤 리리엘을 공작가로 다시 데려오겠다고 말했다. 남작가에는 시녀가 없었다. 주위를 둘러보던 리리엘은 하녀에게 물었다.

"시녀는 어디에 있나요?"

"저, 그것이…."

하녀는 생각지도 못한 말에 당황한 눈치였다. 시녀는 공작가 혹은 왕실에서나 찾아볼 수 있는 인력이 아니던가. 리리엘이 공녀라는 사실을 떠올린 하녀는 곤란한 눈치로 말했다.

"남작가에는 시녀가 없습니다, 마님."

"아."

남작가에 시녀가 있을 리 없다는데 생각이 미친 리리엘이 짧게 탄식했다. 리리엘 크로커스에 관한 소문은 무성했으나 바우르스 남작가의 사람들은 먹고살기에도 바쁜 이들이었다.

리리엘은 하녀의 도움을 받아 옷을 갈아입고 화장을 지웠다. 하녀의 손놀림은 시녀들에 비해 미숙하기 그지없었다. 그녀는 리리엘이 걸친 목걸이를 보더니 눈을 휘둥그레 떴다. 리리엘에게 있어서 목걸이는 값싼 물건이었으나 남작가 사람들은 꿈조차 꾸지 못할 물건이었기 때문이다. 초야는 치르지 않을 것이다. 리리엘과 바우르스 남작의 결혼은 위장 결혼이나 다름없었다. 그렇기에 리리엘의 방은 따로 있었다. 옷을 갈아입던 리리엘은 시녀에게 물었다.

"제 방으로는 언제 가게 되나요?"

"예?"

"방에 가서 쉬고 싶어요."

"그게… 마님. 이곳이 마님의 방입니다."

"네?"

이번에 반문한 것은 리리엘이었다. 방은 터무니없이 좁았고 커튼은 싸구려였다. 리리엘의 기준에서는 그랬다. 결코 나쁜 방은 아니었으나 리리엘이 크로커스 공작가에서 쓰던 방에 비해 이 방은 지나치게 허름했던 것이다. 리리엘은 믿을 수 없어 방 안을 둘러보았다. 칼레스 왕자는 리리엘을 위해 순금으로 된 화장대를 준비하고 진짜 보석이 박힌 침대를 사놓았었다.

"물론 그런 사치스러운 것들을 바란 건 아냐."

리리엘은 침대에 앉았다. 침대는 딱딱하고 불편했다. 리리엘의 기준에서 는 그랬다. 리리엘은 하녀들이 새 마님의 방이 호화스럽다며 동경하고 있다 는 사실을 몰랐다. 소매가 헐렁거렸다. 리리엘이 입은 드레스는 리리엘에게 너무 컸다. 계속 속살이 드러나 리리엘은 하녀에게 말했다.

"옷이 맞지 않아요."

"아, 다른 옷을 가져오겠습니다."

하녀가 나갔다. 리리엘이 좀 더 눈썰미가 있었다면 자신이 입은 드레스의 디자인이 10년 전에 유행했던 것이라는 사실을 금세 알아차렸을 것이다. 단 추는 촌스러운 모양이었고 드레스 자체는 화려했으나 어딘가 어색한 면이 있었다. 게다가 옷은 리리엘이 아닌, 풍만하고 뚱뚱한 몸집을 가진 부인을 위해 만들어진 듯 헐렁거렸다. 드레스가 흘러내려 리리엘의 몸이 보였다. 그때 문이 불쑥 열렸다.

"어이쿠. 옷을 갈아입고 계셨군요."

들어온 것은 바우르스 남작이었다. 그는 빙글빙글 웃고 있었다. 크로커스 공작가에서는 상상도 할 수 없는 일이었다. 방 안에 들어오자 바우르스 남 작이 생각보다도 더 늙었다는 사실이 눈에 들어왔다. 리리엘은 날카롭게 말 했다.

"노크도 없이 방 안에 들어오는 건 무례한 짓이에요."

"이런. 너무 화내지 마십시오. 어찌 되었든 영애는 제 아내가 아닙니까."

"영애라고요?"

리리엘은 면전에서 받은 모욕에 말을 잇지 못했다. 본래라면 신분이 낮은 바우르스 남작은 리리엘을 영애라고 부를 수 없었고, 반드시 공녀님이라고 불러야만 했다. 그런 바우르스 남작이 리리엘을 비슷한 신분 대하듯 영애라고 부르다니. 더군다나 그는 나갈 생각이 없어 보였다. 바우르스 남작의 시선이 리리엘의 가슴께를 훑었다.

"나가지 않으면 검을 들겠어요."

"알려줄 소식이 있어서 왔더니 왜 이렇게 예민하게 구시는 건지."

남작의 눈빛은 능글맞았다. 하녀가 들어오자 그는 다시 오겠다는 말을 하며 나갔다. 남작의 방은 리리엘의 방에서 가장 멀리 떨어진 곳이었다. 이번에 하녀가 가져온 옷은 다행스럽게도 리리엘에게 맞았다. 하녀는 리리엘의 옷을 갈아입혀 주더니 곧바로 청소를 해야 한다며 가버렸다. 리리엘의 시중을 들면서 청소를 하다니. 모시는 주인의 시중만을 드는 시녀와 달랐다. 리리엘은 충격을 받았다.

남작가는 리리엘이 살아왔던 환경과 너무나도 달랐다. 저녁 식사는 단출했다. 리리엘이 한 번도 먹어본 적이 없는 메뉴들이 나왔다. 처음 보는 스튜와 부드럽지 않은 빵. 심지어 요리를 하는 사람도 하녀라고 했다. 남작의 아들과 딸은 음식물을 입에 열심히 집어넣고 있었다. 리리엘은 물었다.

"주방장은 없나요?"

"없어요. 공녀님이 살던 곳과는 달라서."

여자가 대답하며 음식물을 집어넣었다. 리리엘은 숟가락으로 스튜를 휘저었다. 맛이 없었다. 모든 음식들의 질이 공작가의 것들에 비해 현저하게 떨어졌다. 재료 역시도 신선하지 않았다. 없던 입맛도 떨어졌다.

저녁 식사가 끝났다. 리리엘은 억지로 정원을 거닐어야 했다. 바우르스 남작과 함께. 바우르스 남작이 중요한 이야기를 하겠다고 한 것이다. 바우르스 남작의 아들이 남작에게 물었다. 교양이라고는 없는 말투였다.

"머무는 사람들은 어떻게 해? 나오지 말라고 해?"

"그렇게 해야지."

리리엘은 남작과 그 아들이 주고받는 대화를 이해하지 못했다. 정원에 나오자 바우르스 남작이 리리엘을 에스코트했다. 다행히 그는 리리엘의 몸에 손을 대지 않았다. 리리엘은 남작을 따라갔다. 그러나 남작을 따라가면 따라갈수록, 으슥한 곳으로 가고 있다는 느낌을 지울 수가 없었다. 남작가의 정원은 숲과 가까웠는데 숲이 가까워지고 있던 것이다. 발길을 멈춘 리리엘이 말했다.

"할 이야기를 하세요. 이 이상 따라가지 않을 거예요."

"아까부터 느꼈지만 너무 예민한 건 아닙니까. 흐흐."

그 순간 리리엘은 소스라치게 놀라고 말았다. 남작이 리리엘을 붙잡더니 입을 맞추려고 하는 게 아닌가! 리리엘은 남작에게서 떨어져 검을 꺼내 들었다.

"아버지가 제게 손대지 말라고 하셨잖아요."

"손을 대지 않았습니다. 제가 언제 손이라도 댔습니까, 부인?"

"남작은 지금 제게 입을 맞추려고 했어요."

"부부 사이에 그럴 수도 있지요."

"뭐라고요?"

"영애의 아버님이 손을 대지 말라고 해 초야를 치르지 않으니, 다른 보상을 주셔야지요."

바우르스 남작이 짐승만도 못한 쓰레기라는 소문은 사실이었다. 로벨리아를 혼란에 빠뜨린 리리엘 크로커스를 흔쾌히 받아줄 정도로 그는 질이 나쁜 인간이었다. 리리엘은 숨겼던 단검을 꺼내 들었다.

"그걸로 설마 저를 찌르기라도 하실 셈입니까, 부인?"

"물러서지 않으면 제압하겠어요."

바우르스 남작은 리리엘 크로커스의 소문에 대해 들었으나 그녀의 검술 실력을 믿지 않았다. 여자가 검을 휘둘러봤자 남자의 근력을 어떻게 이기겠는가. 그는 아무 생각 없이 움직였고, 순간 리리엘의 단도가 빠르게 움직였다. 남작은 눈을 흡떴다. 리리엘이 동시에 남작의 고간을 발로 차버린 것이다.

"크아아악!"

그는 고통에 기절해버렸다. 그의 몸이 풀썩 쓰러졌다. 남작은 눈을 뒤집은 채였다. 죽은 것은 아니었다. 숨을 쉬고 있었으니까. 리리엘은 다가갔다. 그 순간 머리 위에서 박수 소리가 들렸다.

"브라보. 대단한데."

리리엘에게 말한 것은 남자였다. 리리엘은 나무 위에 남자가 있다는 사실을 알아차렸다. 그는 하얀색에 가까운 백금발과 갈색 피부, 붉은 눈을 가지고 있었다. 리리엘은 남자가 예사롭지 않은 실력을 가진 용병이라는 사실을 알아차렸다. 그의 옷차림이 용병 복장이었기 때문이다. 남자는 나무 위에서 리리엘에게 말했다.

"방금 보여준 건 잘 봤어."

"누구…?"

"난 카밀. 이 저택의 별장에 잠시 머물고 있지."

카밀은 눈을 찡긋했다. 리리엘은 그의 붉은 눈에 순간 이채가 스쳐 지나간 것을 보지 못했다.

바우르스 남작이 일어날 때까지, 리리엘과 카밀은 이야기를 나누었다. 리리엘은 카밀이 매우 자신과 유사하다는 것을 알아차렸다. 카밀은 말을 놓으라며 리리엘에게 말하고, 자신도 말을 놓았다. 그는 리리엘의 생각대로 용병이었다. 그것도 남쪽의 전쟁터를 돌아다니던 용병. 리리엘은 물었다.

"로벨리아에는 왜 왔는데?"

"의뢰 하나를 맡아서. 한곳에만 있는 건 답답해. 그렇지 않아, 아가씨?"

"그렇지."

리리엘의 녹색 눈동자가 카밀에게 닿았다. 바람이 불었다. 리리엘은 자신을 이해해주는 사람을 처음으로 만나게 되었다. 카밀은 리리엘의 말을 진지하게 들어주었고, 세상에는 이런 사람 저런 사람이 있다는 말을 했다.

깨어난 바우르스 남작은 더 이상 리리엘에게 수작을 걸지 않았다. 알고 보니 바우르스 남작가의 재정은 생각보다 더 나쁜 모양이었다. 그 가족들도 리리엘의 심기를 거스르려 하지 않았다. 바우르스 남작가 사람들은 리리엘에게 온순해졌다.

곧 리리엘은 대다수의 시간을 카밀과 보냈다. 카밀은 가볍게 어깨를 으쓱거렸다.

"우리는 저택에 머물고 있어."

"설마 바우르스 본 저택에?"

"그래. 네가 머물고 있는 여기에."

"어째서?"

"바우르스 남작가는 돈이 없거든."

카밀은 말했다. 바우르스 남작은 아내가 죽은 후 여자를 사들이다 돈을 모두 탕진한 모양이었다. 그는 많은 빚을 진 상태였다. 거기에 바우르스 남작가조차도 바우르스 남작의 토지가 아니라고 했다. 놀라는 리리엘에게 카밀이 말했다.

"크로커스 공작이 빚을 갚아주고 토지를 주겠다고 했잖아."

"아버지가?"

"그래. 거기다 바우르스 남작 옆의 숲도 준다고 했고. 그러니 남작이 신이 났지."

"정원 옆 숲을 말하는 거야? 그게 왜?"

"거긴 사금이 많이 나거든. 마법 전쟁의 흔적이지. 우리도 그래서 이곳에 머물고 있는 거야. 남작 입장에선 돈도 받고, 숲도 가지고, 우리가 여기 머물면 숙박비도 받지. 게다가 결혼까지 했고. 지금 남작은 아주 신이 났을걸? 아, 오해는 하지 마. 우리는 사금 때문에 온 게 아니라 마법 때문에 온 거야. 어떤 녀석이 마법 전쟁 전의 마법에 미쳐 있어서."

"너희는 모험 중인 거야?"

"그런 셈인지도."

카밀이 대답했다. 카밀은 리리엘이 오랫동안 꿈꿔왔던 이야기들을 하고 있었다. 그는 가장 자유롭게 살면서, 하고 싶은 일을 했다. 누구도 그를 막을 수 없었다. 용병단은 가고 싶은 곳에 갔고 맡고 싶은 일을 맡았다. 그들은 자유 그 자체였다.

며칠이 지난 뒤, 리리엘은 카밀에게 말했다.

"좋겠다."

"어째서? 넌 귀족이잖아."

"하지만 네 삶은 내가 꿈꿔온 것인걸."

리리엘의 머리칼이 바람에 나부꼈다. 아름다운 녹색 눈동자는 하늘을 담고 있었다. 카밀은 그 모습을 바라보다 홀린 것처럼 말했다.

"나랑 떠날래?"

"뭐?"

"만난 지 얼마 되지 않아 이런 말 하는 것도 이상하지만, 널 사랑하게 된 것 같아. 나랑 떠나자, 아가씨."

"그렇지만 난…."

리리엘은 공작의 말을 떠올렸다. 공작은 바우르스 남작의 수명이 길지 않을 것이라고 말했다. 그 뒤에는 바우르스 남작에게 손을 쓰겠다는 뜻이 담겨 있기도 했다. 리리엘은 어쩌면 바우르스 남작으로 살게 될지도 모른다.

혹은 다시 크로커스 공녀로서 호의호식하며 살아갈지도 모른다. 크로커스 공작 부부는 이번에는 제발 가만히 있으라고 했다. 리리엘이 망설이자 카밀이 말했다.

"자유로워지고 싶다며."

"그건 그렇지만…."

리리엘은 바우르스 남작가에 와서 많은 것을 알게 되었다. 리리엘이 누려 왔던 것들은 아랫사람들의 희생에 의해 만들어진 것이라는 사실을 직접적으로 체감하게 된 것이다. 리리엘은 책임감이라는 단어에 대해 실감하게 되었다. 리리엘은 마님으로 지내며 자신의 행동 하나에 많은 것이 따른다는 사실을 알게 되었다. 책임을 지지 않을 수가 없었다. 해야만 하는 형편이었으니까. 카밀이 말했다.

"평생 꿈꿔온 기회가 눈앞에 있는데 가만히 두고 볼 거야? 우리는 곧 떠날 거야. 델피늄으로."

델피늄. 리리엘이 가장 사랑하는 혁명국. 리리엘은 신분제를 없앤 그들의 공평함을 존경했다. 델피늄에는 귀족과 평민이 없었다. 모두에게 공평한 기회가 주어지는 곳. 리리엘의 눈이 순간 반짝였다. 그러나 리리엘은 쉽게 대답할 수 없었다. 리리엘은 이곳에 와서야 자신이 잘못했다는 사실을 인지했다. 크게 뉘우치지는 않았지만 자신이 문제를 일으켰다는 사실쯤은 이제 알고 있었다. 카밀과 떠나면 또 다른 문제가 생기지 않을까.

리리엘의 거부 반응을 눈치채기라도 한 듯 카밀이 말했다.

"마음에 들지 않는다면 무시해도 상관없어."

"미안해."

"괜찮아. 잊어버려."

카밀은 대수롭지 않다는 양 말했다. 그는 리리엘에게 더 이상 권유하지 않았다. 그저 가볍게 권해본 것처럼. 리리엘은 물었다.

"어째서야?"

"뭐가?"

"함께 떠나자고 했잖아. 내가 같이 가지 않아도 괜찮아?"

"넌 귀족 아가씨잖아. 나는 천한 용병이고. 그러니 이해해."

리리엘은 그 순간 오기를 느꼈다. 너 역시도 어쩔 수 없는 귀족 아가씨라고 말하는 듯한 말투에 자존심이 상했던 것이다. 리리엘은 물었다.

"내가 같이 가려면, 어떻게 해야 하는데?"

"넌 오지 못할 거야. 리리엘."

"그래도 알려줘."

"일주일 뒤 새벽에 우리는 떠날 거야. 그때 바우르스 남작가의 문에 서 있어."

그럴 일은 없겠지만. 카밀이 덧붙였다. 그는 그 이후 정말로 바쁜지 리리엘의 눈앞에 나타나지 않았다. 리리엘의 일상이 흘러갔다. 바우르스 남작가는 내정 살림이라고 할 만한 것도 없었다. 남작은 리리엘을 방치했고, 식사 시간에 남작의 아들과 딸은 게걸스럽게 음식을 집어먹었다. 허름한 방과 남루한 생활에 익숙해졌다. 리리엘은 남작의 아들에게 말을 걸었다.

"용병들이 머물고 있다는 말을 들었어요."

"아, 예."

그는 멈칫하더니 대답했다. 그는 혹여나 크로커스의 공녀가 불만을 나타내지는 않을까 우려했다. 남작의 아들은 덧붙였다.

"물론 숙박비 대부분은 꼬박꼬박 아버지께 드리고 있습니다."

리리엘은 그가 얼마 되지도 않는 돈에 대해 변명하고 있다는 사실을 알았다. 그의 그릇에서 용병들의 숙박비는 큰돈이었기 때문이다. 리리엘이 수익 배분에 대해 묻고 있다고 생각하는 눈치였다. 리리엘은 상당히 달라져 있었다. 바우르스 남작가의 일원들이 모두 정상적이지 않아서 그럴지도 모른다.

리리엘은 고개만 끄덕이고 식사를 끝냈다. 그날 밤은 유달리 잠이 오지 않았다. 카밀이 떠나기로 한 날이었다. 몇 시간 후면 카밀은 델피늄으로 떠날 것이다. 그리고 리리엘은 로벨리아에 있겠지.

"넌 못해."

아니야. 난 할 수 있어. 리리엘은 되뇌었지만 많은 것을 버릴 수가 없었다. 리리엘은 바우르스가에 오며 자신이 스스로 걷어찬 것들에 대해 깨달아 갔다. 리리엘은 이제 크로커스 공작가가 얼마나 호화로운지에 대해 알게 되었다. 그리고 리리엘의 생활이 사치 그 자체였다는 사실도 알게 되었다. 용병으로 새로 시작한다면 이런 고생을 또 해야 하는 게 아닐까.

리리엘은 잠이 오지 않아 복도로 나갔다. 그때 리리엘의 눈에 먼 곳에서 새어 나오는 불빛이 보였다. 평소에 잠가두고 전혀 쓰지 않는 방에서였다. 리리엘은 불빛에 이끌려 천천히 방으로 다가갔다.

"아이, 참."

간드러진 여자의 목소리에 리리엘은 멈췄다. 리리엘의 발소리는 들리지 않았다. 리리엘의 기척은 지워졌기에 누구도 리리엘을 발견하지 못했다. 크로커스가의 기사들이었다면 리리엘을 금방 찾아냈겠지만 남작가에 그만한 무위를 가진 인물은 없었다. 여자의 목소리는 방 안에서 들려오고 있었다.

"천천히 해요. 뭐가 그렇게 급하담."

"이놈이 가만히 있지를 않아서 그런 거지."

남작의 역겨운 목소리가 들려왔다. 리리엘은 자신도 모르게 방 안을 들여다보고 말았다. 그리고 더러운 광경을 목격하고 말았다.

"흡."

리리엘은 새어 나오려는 경악의 소리를 틀어막았다. 세간에서 창부라고 부를 법한 여자와 남작이 있었다. 남작이 여자들을 불러 안는다는 사실은 알고 있었다. 그러나. 여자가 자신의 머리칼을 만지작거렸다.

"나도 제법 크로커스 공녀 같아요?"

"더 낫지."

여자는 리리엘의 금발과 닮은 가발을 뒤집어쓰고 리리엘처럼 꾸미고 있었다. 남작은 그 여자를 탐욕스럽게 주물렀다. 방 안에서 펼쳐지는 충격적인 광경에 리리엘의 손이 떨렸다.

여자는 말했다.

"그녀를 그냥 두고 있다면서요?"

"할 수 없지. 크로커스 공작이 가만히 있지 않을 테니까."

"공작은 좀 무섭네요. 그래도 수작은 부려보지 그랬어요."

"조만간 수면제를 사용해야지. 기껏 산 건데. 성능 좋은 놈이라 일어나면 아무것도 기억 못 할 거야."

"어머나. 치밀하기도 하셔라."

여자가 깔깔 웃었다. 토악질이 나올 것 같았다. 리리엘은 창백한 얼굴로 입을 틀어막았다. 리리엘은 곧바로 뒤돌아섰다. 남작의 역겨움을 참을 수 없었고, 그가 자신을 기분 나쁘게 바라본다는 사실이 싫었다. 이제는 이 모든 상황이 싫었다. 여자의 교성이 안에서 들려오고 있었다. 차라리 칼레스 왕자와 그대로 결혼할걸. 그랬다면 저런 남자의 부인으로 기록되지 않을 텐데. 리리엘은 방으로 뛰어 들어가 침대에 파묻혔다.

"다 싫어…."

카밀의 말이 생각난 것은 그때였다. 어떤 생활이든 남작과의 생활보다는 나을 것이다. 더군다나 카밀은 리리엘을 사랑한다고 하지 않았던가. 리리엘을 사로잡은 것은 델피늄에서의 미래였다. 카밀과 함께 혁명국에서 자유롭고 떳떳한 시민으로 살아가리라. 리리엘은 서둘러 짐을 챙겼다. 챙길 것은 그리 많지 않았다. 리리엘은 단도와 간단한 옷가지를 챙겼다. 그 외에는 필요 없었다. 혹시 몰라 보석들도 챙겼다. 돈이라는 것이 얼마나 귀중한지를 이제는 알고 있었기 때문이다. 짐을 다 싼 리리엘은 드레스를 뭉쳐 이불 밑에 집어넣었다. 하녀는 리리엘이 웅크린 채 이불을 덮고 자고 있다고 생각할 것이다.

아직 새벽이 오지 않아 하늘이 깜깜했다. 별이 몇 개 떠 있었다. 리리엘은 짐을 챙겨 서둘러 내려갔다. 경비는 없었다. 기사도 없었다. 바우르스가는 경비나 기사를 고용하고 먹여 살릴 만한 돈이 없었기 때문이다. 리리엘은 기다렸다. 벽에 기대자 졸음이 몰려왔다. 리리엘은 잠시 꾸벅꾸벅 졸았다. 그때 목소리가 들렸다.

"아가씨."

새벽하늘 아래에서 희게 보이는 백금발과 갈색의 피부, 붉은 눈동자. 카밀이었다. 그는 리리엘을 보더니 씩 웃었다.

"왔네. 오지 않을 줄 알았는데."

"날… 델피늄으로 데려가줘. 날 사랑하지?"

"그래서 같이 가자고 한 거잖아."

그는 대답했다. 그의 주변에는 여러 남자들이 있었다. 용병단 남자들은 리리엘을 그들 나름대로 반겨주었다. 리리엘은 새벽하늘을 보며 결심했다. 새로운 출발을 할 것이다. 카밀은 리리엘을 보며 웃었다. 용병단은 리리엘과 함께 델피늄으로 향했다. 모든 것이 잘될 것만 같았다.

리리엘의 그런 생각이 틀렸다는 사실이 드러난 때는, 델피늄에 도착하고서부터였다.

"카밀."

"응."

"나 배가 고파."

"밥을 먹어야지."

카밀은 웃었다. 유쾌하고 친절한 태도였으나 리리엘은 거리감을 느꼈다. 카밀은 여행 내내 리리엘에게 정말로 잘해주었다. 카밀의 헌신적인 태도는 리리엘을 편하게 했다. 그런데 지금 그는 리리엘의 식사를 챙겨주기는커녕 저렇게 말하며 웃고 있었다. 리리엘은 하는 수 없이 알아서 챙겨 먹었다.

델피늄은 리리엘의 생각과 많은 점에서 다른 곳이었다. 리리엘은 델피늄의 거리를 걷고 있었다. 리리엘은 그전까지 델피늄에 직접 와본 적이 단 한 번도 없었다. 위험하다는 이유로 크로커스 공작 부부가 반대했기 때문이다. 리리엘은 지나가다 고급스러운 옷차림의 남자와 부딪쳤다.

"죄송합니다."

그는 리리엘을 벌레 보듯이 하더니 대답하지 않고 지나갔다. 델피늄은 리리엘이 늘 꿈꿔오던 것과 같았다. 사람들은 귀족이 지나가도 놀라지 않았다. 귀족가의 마차가 지나가도 담담했다. 왜냐하면, 돈이 많은 사람을 더 높게 평가했기 때문이다.

"빈센트 가문이다."

"정말로 돈이 많은 곳이지."

"나도 잘 살고 싶구면."

신분제는 부당했다. 리리엘은 그렇게 생각했다. 물론 바우르스 남작가에 간 이후로는 사라져버린 생각이었다. 어쨌든, 신분제가 부당하다고 생각했을 당시의 리리엘은 귀족들과는 달리 평민들에게 기회조차 주어지지 않는 것이 불합리하다고 생각했다. 그렇기에 신부제가 없어진다면 모든 사람이 공평하고 평화롭게 살 것이라고 믿었다. 하지만 이게 무엇인가.

"자. 오늘부터 빵을 반값에 판매합니다!"

"내일부터 배를 들여옵니다!"

델피늄의 거리는 활기찼다. 얼핏 보면 평민과 귀족이 구별 없이 뒤섞인이 거리를 좋다고 생각할지도 모른다. 그러나 델피늄은 로벨리아보다 지독한 곳이었다.

로벨리아의 경우, 왕실 측에서 평민을 왕세자비로 맞기도 하고 평민을 특채로 고용하는 등 생각보다 많은 기회가 있었다. 반면 델피늄은 신분에 따른 차별이 없는 한편, 사람을 철저하게 돈으로 평가했다. 사람들은 자유롭게 경쟁했다. 많은 돈을 버는 사람은 더 많은 돈을 벌었고 잃는 사람은 끝없이 잃었다. 더 지독한 사실은, 델피늄에서 돈이 없는 사람에게는 기회조차 주어지지 않는다는 사실이었다. 돈이 없기에 죽었고, 돈이 없기에 교육을 받을 수 없었다. 보이지 않는 계급은 신분보다 더 크게 사회에 영향을 미쳤다.

"어이, 아가씨. 앞을 잘 보고 다니라고!"

물론 신분제가 없어진 지 그리 오래되지 않아 아직까지는 귀족과 평민을 구별할 수 있었다. 평민 중 돈이 많은 계층은 귀족보다 좋은 옷을 입고 귀족보다 더 관리받아 고상한 겉모습을 하고 있었지만 귀족들의 예법에 대해서는 무지했다.

카밀은 곧 귀족들의 예법을 가르치는 직업이 각광받을 거라며 리리엘에게 말했다. 델피늄에서 귀족은 어떤 의미도 없었다. 심지어 귀족과 평민의 구별도 거의 없어지고 있었다. 차별을 피해 만든 새로운 나라는, 또 다른 차별을 기반으로 하고 있었다. 리리엘은 그제야 엘쟈네스의 말을 실감할 수 있었다. 엘쟈네스의 말이 옳았다. 이것은 완전하지 않은 혁명이었다.

리리엘은 용병단이 머무는 숙소로 들어갔다. 리리엘은 이 용병단의 정체소차 몰랐다. 이들은 나름내로 유명한 모양이있다. 용병들은 긱자 의뢰를 맡고 있었다. 대개는 돈이 많은 계층 간의 싸움에 끼어든다고 했다. 리리엘은 가만히 앉아있던 카밀에게 물었다.

"카밀. 날 사랑해?"

"그럼. 사랑하지."

그런데 왜 그런 눈을 해? 리리엘은 굳이 묻지 않았다. 리리엘에게 친절하던 초반과는 달리, 카밀은 이제 리리엘을 귀찮아하고 있었다. 리리엘은 모든 것을 버리고 카밀을 따라온 것인데도 카밀의 태도는 냉랭해지고 있었다. 리리엘은 애써 물었다.

"이 용병단의 이름은 뭐야?"

"알 필요는 없을 것 같은데. 신경 쓰지 않아도 돼."

"카밀은 어떤 의뢰를 주로 받는 용병이야?"

용병들은 대개 자신만의 전문 분야를 가지고 있다고 했다. 리리엘이 첫 의뢰를 받았을 때 만난 용병이 해준 말이었다. 카밀은 건성으로 대답했다.

"그냥 의뢰가 다 의뢰지, 뭐."

카밀마저 받아주지 않는다면. 리리엘은 이제 갈 곳이 없었다. 카밀은 자주 농담처럼 자신이 없으면 리리엘은 로벨리아로 돌아가야 할 거라고 말하고 있었다. 리리엘은 이제 카밀에게 헌신적으로 굴고 있었다. 그 옛날의 로벨리아 사람들이 리리엘에게 했듯이. 리리엘은 카밀이 한 모든 말들을 기억하고, 여건이 되는 한 카밀을 계속해서 따라다녔다. 카밀은 그것을 당연하다는 듯 받아들였다. 그것도 모자라 리리엘이 베푸는 것들을 달라고 뻔뻔하게 요구할 때가 많았다.

"리리엘. 내 검이 없는데."

"테이블 위에 올려두었어."

"왜 검집은 닦지 않은 거야? 검만 닦았잖아."

"검집은 필요가 없을 것 같았어."

"다음부터는 검집도 닦도록 해. 아, 보석은?"

카밀은 손을 내밀었다. 델피늄에 오자 카밀은 빠른 속도로 변해갔다. 이제 카밀은 리리엘이 가진 모든 것들을 받는 것이 당연한 사람처럼 굴었다. 리리엘이 카밀에게 리리엘의 것을 주지 않으면 리리엘을 세상에서 가장 나뻔 여자처럼 몰고 가기도 했다. 카밀은 재차 물었다.

"보석은? 없어?"

"미안해."

"너무하네. 술을 마시러 갈 거라고 했잖아. 오늘 술값을 내기로 했다고."

"정말로 미안해."

"됐어."

카밀은 고개를 절레절레 흔들었다. 한숨을 쉬며 오늘은 친구들을 만나기가 어렵다고 말하기도 했다. 카밀이 나간 후 리리엘은 바닥을 내려다보았다. 카밀에게 쌓인 불만이 많았다. 그녀는 중얼거렸다.

"너무 이기적이야."

리리엘의 삶은 어떻게 이렇게 불행하단 말인가. 로벨리아의 사람들은 리리엘에게 손가락질을 했고, 원하지 않는 결혼을 강제로 해야만 했으며, 카밀은 리리엘에게 당연하다는 듯 희생을 요구하고 있었다. 카밀은 너무 이기적이었다. 리리엘은 불만이 있었으나 카밀 앞에서 이야기하지 못했다. 그랬기에 혼잣말을 하는 버릇까지 생겼다.

"내가 모든 걸 해줘야만 하는 사람은 아니잖아."

"내가 네게 모든 것을 해줘야만 하는 사람이니?"

"카밀은 정말 이기적이야."

"정말 이기적이구나, 리리엘."

말을 내뱉던 리리엘은 자신이 하는 말을 어디에선가 들어보았다는 생각

116

을 했다. 언제였더라. 리리엘은 기억을 더듬었다. 그래, 엘쟈네스가 한 말이었다. 시집가기 전 엘쟈네스가 리리엘에게 언젠가 이렇게 말했던 것이다. 하지만 리리엘은 카밀과 달랐다. 적어도 리리엘은 엘쟈네스를 사랑했으니까. 카밀처럼 용돈을 요구하지도, 엘쟈네스를 나쁜 사람처럼 몰아가지도 않았다.

정말 그럴까? 순간 리리엘 내면의 목소리가 속삭였다. 리리엘은 자신의 목적을 숭고하다고 믿었지만 평민들은 리리엘이 하는 자선 사업이나 구호 활동을 좋아하지 않았다. 만족하는 사람은 리리엘 혼자뿐인 것 같았다.

아니야. 나는 카밀과 달라. 리리엘은 열심히 중얼거렸지만 부정할 수가 없었다. 리리엘은 지금까지 엘쟈네스에 대한 생각을 미루고 있었다. 아예 떠올리고 싶지조차 않았기 때문이다. 엘쟈네스는 리리엘에게 절연 선언을 하지 않았던가. 마음대로 되지 않았다. 한번 생각이 터져나오자 그다음은 쉬웠다. 리리엘은 이제 자꾸만 엘쟈네스를 떠올리고 있었다.

"리리엘, 오늘도 아프니?"

어린 엘쟈네스는 몹시 예쁜 아이였다. 그녀는 화려한 빛깔의 머리칼과 혈색이 도는 하얀 피부, 멋진 드레스를 가지고 있었다. 리리엘은 엘쟈네스를 볼 때면 엘쟈네스가 혹시 동화 속에 나오는 공주님이 아닐지에 대해 생각하고는 했다. 엘쟈네스는 리리엘과 먼 세상에 사는 사람 같았다. 공주님이라기에는 조용하고 소극적이기는 했으나 리리엘은 엘쟈네스를 좋아했다. 엘쟈네스가 방문하는 날만을 손꼽아 기다릴 정도로. 그러나 엘쟈네스는 생각보다 자주 방문하지 못했다. 그녀는 늘 무언가를 배워야 해 바쁘다고 말했다. 리리엘은 하얀 면으로 된 옷만을 입었다. 하얀 옷은 리리엘이 피를 토했다는 것을 쉽게 알아볼 수 있게 했다. 엘쟈네스처럼 뛰어 놀거나 바깥에 나갈 수는 없었다. 리리엘은 크로커스 공작 부부를 붙잡고 말했다.

"저도 언니처럼 바깥에 나가고 싶어요."
"얘야, 리리엘."
"왜 언니는 되고 저는 안 되는 거예요?"

어린 딸의 칭얼거림에 공작은 엘쟈네스에게 바깥 외출을 자제하라는 말을 건넸다. 리리엘은 크로커스 부부가 자신의 말을 아주 잘 들어준다는 사실을 그때 알았다. 그 후부터 리리엘은 심술을 부렸다. 엘쟈네스가 아끼는 장난감을 빼앗기도 하고, 엘쟈네스를 못 나가게 만들기도 했다. 그것이 당연시되기 시작했다. 엘쟈네스는 리리엘이 요구하는 모든 것을 들어주는 사람이었다. 엘쟈네스는 리리엘을 싫어하는 것처럼 보기도 했지만 대개는 담담하고 다정한 눈을 하고 이야기를 들어주었다. 카밀의 가식적인 눈동자와는 달랐다. 카밀은 금세 변해버렸지만 엘쟈네스는 오래도록 다정하게 리리엘을 대하지 않았나.

"내가 기억을 미화하는 걸까."

리리엘은 중얼거렸다. 물론 리리엘이 정말로 서러웠을 때도 있었다. 리리엘은 어릴 적부터 조모를 싫어했다. 그랬기에 엘쟈네스의 보석함이 싫었다. 조모는 리리엘에게 시선조차 주지 않고 엘쟈네스만을 위하던 여자였다. 어쩌다 리리엘이 말을 걸면 그녀는 화를 낼 뿐이었다. 조모는 리리엘이 지켜야 할 선을 지키지 못한다며 화를 냈다. 리리엘은 이해하지 못했다. 크로커스에서 리리엘이 하지 못할 일은 없었기 때문이다. 리리엘에게 있어서 조모는 늘 떠올리기 싫은 기억이었다. 그러나 리리엘은 처음으로, 조모가 화를 내는 데 이유가 있었다는 생각을 했다. 왜냐하면, 리리엘은 카밀이 하는 행위들이 싫었기 때문이다. 리리엘이 카밀을 싫어하듯 사람들도 리리엘을 싫어한 것이 아닐까. 저녁이 되자 카밀은 여자의 향수 냄새와 함께 돌아왔다.

"다녀왔어."

"옷에서 향수 냄새가 나."

"그런가?"

"여자 향수 냄새야. 카밀, 말해줘. 누구와 있었던 거야?"

"리리엘. 사람을 그렇게 함부로 의심하는 게 아냐."

"그렇지만."

"나와 그녀는 친구야. 설마 내가 널 사랑한다고 해서 친구까지 만나면 안 되는 건 아니겠지?"

"물론 아니야."

이게 아닌데. 카밀의 말은 그럴싸하게 들렸지만 많은 부분에서 틀렸다. 그러나 리리엘은 반박하지 못했다. 숙소의 용병들은 모두 카밀 편이었다. 누군가에게 말할 수도 없었다. 어쨌든 리리엘은 카밀에게 말했다.

"내일부터 나도 일자리를 가질 거야."

"그러도록 해. 그런데 설마 의뢰비를 다 혼자 가질 건 아니지?"

"절반을 줄게."

"네 마음이 그 정도라면 어쩔 수 없지."

리리엘은 소리를 지르고 싶다고 생각했다. 카밀의 말 한마디 한마디가 얄밉기 그지없었다. 사람을 나쁜 사람처럼 몰아가는 카밀의 화법이 싫었다. 시간이 흘러갔다. 크로커스 공작은 리리엘을 찾지 않았다. 크로커스 공작이 보낸 사람이 찾아올 것이라고 믿었던 리리엘은 당황하고 말았다. 동시에 상황이 점점 나빠져갔다. 카밀이 리리엘의 보석을 모두 탕진했던 것이다. 리리엘은 카밀에게 재정 사정의 심각성에 대해 말했으나 카밀은 리리엘이 사치를 한다며 뭐라고 할 뿐이었다. 밤이면 이제 늘 꿈을 꾸었다. 누구보다도 우아한 그녀의 자매가 나오는 꿈을.

"리리엘."

그녀가 웃었다. 리리엘은 엘쟈네스와 가족들이 유일한 자신의 편이었다는 사실을 깨달았다. 자는 리리엘의 눈에서 눈물이 흘러내렸다.

돌이켜 생각해본 엘쟈네스는 정말로 좋은 여자였다. 리리엘은 그런 생각을 했다. 리리엘은 카밀을 보며 자신에 대해 하나하나 배워나갔다. 카밀의 행동은 리리엘 본인과 닮았기 때문이다. 행동하면서는 느끼지 못하던 것들이 카밀의 행동 몇 번에 바로 느껴졌다. 리리엘은 자신이 무책임하다는 엘쟈네스의 말을 드디어 인정하게 되었다.

"너는 권리를 주장하지만 그에 따른 의무는 지지 않으려고 하는구나."

리리엘은 엘쟈네스를 그렸다. 리리엘은 자신이 최우선시되는 것을 당연하게 여기며 자라왔다. 리리엘은 철이 없었다. 맞아. 나는 철이 없었어. 리리엘은 스스로 되뇌었다. 그러나 그것은 리리엘을 너무 감싸며 키운 크로커스 공작 부부 때문이 아니던가. 리리엘은 자신이 이상하다는 사실조차 모르며 자라왔다. 왜냐하면 리리엘의 모든 것이 옳다고 부부가 말했으니까. 리리엘은 이제 카밀에게 엘쟈네스를 흉내 내는 것처럼 말하고 있었다. 카밀이 들어왔다.

"리리엘. 나갔다 올게."

"어디에 가는데?"

"날 구속하는 거야?"

"요지를 흐리지 마, 카밀. 오늘은 나가지 않기로 약속했잖아."

"리리엘. 타인을 억압하는 버릇은 좋지 않아."

"이건 억압이 아니야. 우리는 약속을 했잖아."

"약속을 깬 데에 대해서는 내가 책임질게."

리리엘의 말이 무색하게도 카밀은 아무렇게나 손을 흔들고 나가버렸다. 리리엘은 혼자 남아 양손에 얼굴을 묻었다.

델피늄 사람들은 리리엘을 철저히 재화로만 대했다. 리리엘은 자신의 검술 실력이 대단하다고 생각했으나 그렇지도 않았다. 물론 리리엘의 검술 실력은 가치 있었다. 하지만 리리엘의 근력이나 지구력은 남자들에 비해 현저히 떨어졌다. 사람들은 리리엘을 사느니 남자 용병들을 샀다. 간혹 들어오는 의뢰는 값싼 일들뿐이었다. 어린이들에게 검을 가르치기 등등. 그 의뢰들마저도 모자랐다. 돈이 있어야 굶어 죽지 않을 수 있었다. 리리엘이 머무는 델피늄의 수도는 모든 것이 비쌌다.

리리엘은 델피늄의 많은 계급 중 하류층에 속했다. 재산이 없었기 때문이다. 이제 크로커스 공작가에서의 삶은 꿈처럼 느껴졌다. 리리엘이 누려온 것들은 일반 사람으로서는 상상도 하지 못할 호사스러운 생활이었다. 바우르스 남작가 또한 그리 나쁘지는 않았다. 리리엘은 크로커스 공작을 떠올렸다. 리리엘은 소파에 앉아 있던 카밀에게 문득 말했다.

"아버지는 날 정말로 사랑하셨나 봐."

"왜?"

"내게 너무 과분한 것들을 많이 베푸셨어."

약혼식을 파기한 여자에 대한 소문이 델피늄까지도 들려왔다. 이곳도 사람 사는 곳이었다. 델피늄 역시도 약혼식을 파기한 사람은 처벌받아야 한다고 생각했다. 사람들은 약혼식을 파기하고 그 자리에서 다른 사람을 사랑한다고 고백한 여자가 제정신이냐며 혀를 찼다. 다행스럽게도 윈터나이트 대공의 이름은 추문에 오르지 않았다. 로벨리아 밖으로 새어 나가지 않은 듯했다. 리리엘은 모든 사람에게 규탄받는 여자였다. 크로커스 공작은 그런 리리엘을 나쁘지 않은 곳에 감춰두었다. 물론 바우르스 남작은 리리엘이 감당할 수 없는 사람이었으나 그 정도는 참을 수 있는 수준이 아니던가.

"바우르스 남작가에서 더 참을 걸 그랬어."

"그 늙은이는 널 추행하려고 했잖아. 리리엘."

"하지만 내게는 바우르스 남작가도 좋은 곳이었어."

사람들은 삶이 고단해 리리엘에게 거의 관심을 가지지 않았다. 리리엘을 지탄하는 사람은 없었다. 바우르스 남작이 리리엘에게 기분 나쁜 시선을 보냈으나 충분히 참을 수 있는 종류였다. 아니면 크로커스 공작에게 연락했으면 될 것이다. 공작의 말대로 조금만 더 버텼다면. 크로커스 공작은 남들의 눈에 띌까 봐 리리엘에게 지원해주지 못했으나 시간이 지나 리리엘이 잊혔을 때 리리엘을 지원할 수도 있었으리라. 리리엘이 불평했던 옷이나 음식 등을 바꾸어줄 수도 있었겠지. 리리엘의 눈동자가 흐려졌다.

"나는 너무 감사함을 모르고 살아왔어."

지난날이 떠올랐다. 리리엘은 크로커스 공작 부부가 자신을 방 안에 가둔다며 억울해했다. 그리고 끊임없이 불평했다. 사람들이 자신을 적대시하는 것보다 더 불운한 것은 가난하다는 사실이었다. 아무 걱정 없이 먹고살 수 있다는 건 얼마나 행운인가. 사람에게는 모두 제각각의 의무가 있었다. 리리엘은 카밀을 떠맡듯이 먹여 살리게 되면서 그 사실을 뼈저리게 체감하게 되었다. 카밀은 어떤 의무도 수행하지 않았다. 카밀은 이제 용병단에서 빈둥거리며 놀고 있었다. 돈을 벌어오는 것은 리리엘의 의무가 되었다. 리리엘은 지친 얼굴로 말했다.

"카밀, 너무 힘들어. 같이 돈을 벌어줘."

"그게 무슨 소리야?"

"당장 생활비를 대기에도 급급해. 생활비를 벌어달라고 안 할게. 대신 유흥비는 알아서 해결해줘."

"리리엘. 너는 정말 속물이구나."

"속물이라고 말해도 좋아."

카밀은 리리엘을 이해할 수 없다는 양 바라보더니 고개를 젓고 다시 드러누웠다. 누군가가 자신의 의무를 수행하지 않으면, 다른 누군가가 그것을 수습해야 한다. 리리엘이 돈을 벌지 않으면 카밀과 리리엘은 굶어 죽을 것이다. 해야만 하니까 했다. 리리엘은 엘쟈네스가 대단하다고 생각했다.

"언니는 어떻게 참으셨을까."

엘쟈네스는 리리엘이 업무를 하지 않으면 리리엘의 몫까지 일했다. 리리엘은 내정 살림에 손을 댄 적이 없었다. 누군가의 의무를 대신 수행한다는 것은 좋은 기분이 아니었다. 그리고 칼레스 왕자. 문득 리리엘은 칼레스를 떠올렸다.

"단 한순간이라도, 나를 사랑한 적은 있었나?"

상처받은 눈으로 그렇게 묻던 남자. 맙소사. 리리엘은 입을 가렸다. 칼레스 왕자는 리리엘이 자신을 배신하고 망신을 주었음에도 불구하고 리리엘을 사랑했다. 칼레스 왕자가 리리엘에게 얼마나 많은 것들을 해주었는지 기억났다. 리리엘의 가슴이 시려왔다. 이 안타까움의 정체를 알 수가 없었다.

로벨리아로 가야겠다. 갑작스러운 생각이 들었다. 리리엘이 크로커스 공작가에서 나온 지 2년이 다 되어갈 때였다. 리리엘은 자신의 결심을 카밀에게 말했다. 그러자 카밀은 대수롭지 않게 대꾸했다.

"그래? 가면 되지."

"그리고 이제 헤어지고 싶어."

"뭐라고?"

"이제 헤어지고 싶다고. 카밀."

"헤어지면 어떻게 할 건데?"

"로벨리아에 머무를 거야."

"하."

리리엘은 카밀이 냉소를 지을 것이라고 생각했으나 그는 웃고 있었다. 껄껄거리며 웃던 카밀은 리리엘을 보며 말했다.

"제법인데."

"왜 웃는 거야?"

"방금 내가 1년 넘게 끌어온 의뢰가 끝났거든."

리리엘은 직감적으로 카밀의 말이 자신을 가리킨다는 것을 눈치챘다. 카밀은 재미있다는 듯 리리엘을 바라보고 있었다. 그는 물었다.

"다 들을래, 아니면 듣지 않을래. 리리엘 크로커스?"

리리엘은 평생 명청하게 아무것도 모른 채 살았다. 남의 이야기를 듣지 않았기에 이렇게 손해를 본 것이 아니던가. 리리엘의 대답은 정해져 있었다. 리리엘은 불안한 얼굴로 말했다.

"말해줘. 전부."

"그래. 너도 그동안 나름대로 고생했으니까. 일단, 내가 무슨 의뢰를 받는 용병인지 알아야겠지?"

카밀은 그렇게 말했다. 카밀은 여자를 유혹하는 기술을 가진 용병이었다. 주로 받는 의뢰도 그런 종류였다. 그리고 로벨리아의 영애 하나가 카밀에게 의뢰했다.

"너를 정신 차리게 해달라고 하더라고."

"나를…?"

"엄청난 금액이었어. 너를 정신 차리게 할 뿐만 아니라 반드시 후회하게 해달라고 하더라."

"어째서?"

"그거야 나도 모르지."

카밀은 어깨를 으쓱했다. 리리엘은 물었다.

"나를 사랑한다는 말은?"

"물론 거짓말은 아니야. 약간의 이성적 호감은 있어야 일을 진행하기 쉽지 않겠어?"

"나는 이제 어떻게 해야 할까…?"

"나와 헤어진다며. 거기까지가 내 의뢰였어. 이제 네 마음대로 해야지. 짐을 정리할 시간은 일주일 줄게."

그는 대수롭지 않게 말했다. 카밀의 접근은 처음부터 의도적이었다. 리리엘의 생각이 거기까지 미쳤다. 카밀의 행동들 역시도 의도적이었을 것이다. 리리엘은 그를 통해 지난날을 반성하고 스스로에 대해 다시 깨달았으니까. 리리엘이 혁명국이라고 부르던 델피늄은 다른 나라와 다름없는 곳이었다. 아니, 돈에 의한 보이지 않는 계급은 더 냉혹했다. 가진 이들은 결코 가진 것을 나누지 않으려 했다. 리리엘은 자신이 없었다. 로벨리아에 가서 리리엘이 과연 잘 살 수 있을까. 공작이 리리엘을 받는 줄까.

리리엘은 일주일간 자금을 꾸준히 모았다. 로벨리아로 돌아가기 위한 교통비였다. 오늘 받은 의뢰는 결혼식의 신부를 호위하는 것이었다. 리리엘의 검술은 많이 늘어 있었다. 하얀 웨딩드레스를 입고 있던 신부가 리리엘에게 방긋 웃었다.

"고마워요."

"의뢰니까요. 그런데 가족분들은요?"

"아…."

신부의 얼굴이 어두워졌다. 그녀의 가족들은 오지 않은 것이다. 신부는 혈연 하나 없이 외로운 결혼식을 시작했다. 식장은 밝고 화려했고 신부는 아름다웠으나 얼굴이 어두웠다. 신부는 하객석을 둘러보았지만 아무도 오지 않았다. 그녀는 울 것 같은 얼굴을 하다 참았다. 신부는 밝은 빨간 머리와 귀여운 주근깨를 가지고 있었다. 뒤돌아선 그녀를 보자 누군가가 떠오를 것 같았다. 결혼식이 끝난 후 리리엘은 신부를 저택까지 호위했다. 신부가 울 것 같은 얼굴로 웃었다.

"이상하죠?"

"무엇이요?"

"가족이 아무도 오지 않는 것이요."

가족들은 그이를 보기 싫어해서…. 신부의 말이 시작되었다. 리리엘은 이 광경을 알고 있었다. 크로커스 공작가에 살던 시절 리리엘은 철이 없었다. 리리엘이 정말로 대수롭지 않게 생각하고 넘겼던 것이, 지금 피부로 다가왔다. 리리엘은 대공이 싫었다. 그가 괴물이라는 소문이 있었기 때문이다. 리리엘이 가지 않자 크로커스 공작가의 일원들도 그 의견에 동조했다. 엘쟈네스는 혼자 결혼식을 올렸을 것이다.

신부 대기실에서 오도카니 혼자 앉아 있던 신부를 보자 마음이 쓰라렸다. 신부는 결국 눈물을 보였다. 리리엘이 할 수 있었던 것은 그녀에게 손수건을 내미는 것뿐이었다.

"한 번 있는 결혼식이니…. 적어도 가족들이 와줄 거라고 생각했어요."

그녀는 울며 말했다. 의뢰가 끝날 때까지도 그 모습은 잊히지 않았다. 신부는 리리엘에게 이야기를 들어주어 고맙다며 원래의 금액보다 훨씬 더 많은 돈을 주었다. 로벨리아로 갈 자금이 모이게 되었으나 씁쓸했다. 카밀은 용병 숙소를 나간 후 들어오지 않았다. 리리엘은 말없이 짐을 챙겼다. 뭘 해야 할지는 알 수 없었다. 그러나 로벨리아로 가야 한다는 생각이 들었다.

리리엘은 곧바로 로벨리아로 향했다.

오랜만에 도착한 로벨리아는 변한 게 없었다. 사람들은 리리엘을 알아보지 못했다. 리리엘의 금발이 델피늄의 햇볕에 타 하얗게 변한 데다 피부도 많이 탔기 때문이다. 누구도 용병 여자가 리리엘 크로커스라고 생각하지 않았다. 리리엘을 경악하게 한 것은 소식 하나였다. 누군가가 외쳤다.

"칼레스 왕자가 결혼을 한대!"

리리엘은 우뚝 멈춰서고 말았다.

잘못 들었다고 생각했으나 사실이었다. 로벨리아 사람들 모두가 그 이야기를 하고 있었다. 간혹 리리엘 크로커스와의 약혼식에 대해 이야기하는 사람도 있었지만 소수일 뿐이었다. 시간이 지나자, 사람들은 정말로 리리엘을 잊어버렸다. 리리엘은 길거리의 유리창에 비친 자신의 모습을 바라보았다. 기품 있기는 하지만 귀족이라고는 볼 수 없는 외모. 또한 리리엘은 크로커스 공작을 배신했다. 공작 부부가 리리엘에게 준 것은 기회였다. 이제라도 바우르스 남작가로 돌아간다면.

"아니야."

이미 2년 가까운 세월이 지났는데 뭘 할 수 있겠는가. 더군다나 크로커스 공작가는 리리엘이 접근하기에 너무나 높은 곳이었다. 리리엘은 이제 평민이었다. 리리엘이 그렇게나 외치던 평민. 신분이 없어지면 자유로운 바람처럼 살 거라고 생각했다. 그러나 이제는 그런 생각도 할 수 없을 만큼 고달팠다. 리리엘은 아카데미 교육을 받고, 많은 것을 알고 있었지만 실용성은 없었다. 리리엘은 큰 상인들의 호위 겸 계산 보조 업무를 하면 용병보다 더 많은 돈을 번다는 사실조차 몰랐던 것이다.

리리엘은 너무 무지했다. 델피늄에서 구르며 살다 보니, 예전의 리리엘이 얼마나 철이 없었는지가 눈에 들어왔다. 리리엘이 선의랍시고 했던 일들은 모두 생각 없는 행동이었다. 리리엘은 크로커스 공작가 주변으로 갔으나 당연하게도 기사들이 있었다. 공녀일 당시에 공작가의 문은 늘 리리엘을 향해 열려 있었다. 기사들도 리리엘을 이렇게 막지 않았다.

문을 굳건히 지키고 있던 기사 하나가 리리엘을 보고 눈을 찌푸렸다. 옆의 기사가 물었다. 리리엘은 두 사람의 대화를 들었다.

"저 여자, 어디서 많이 본 것 같은데."

"네가 용병을 다 알아?"

"아, 전에 용병들이 많은 주점에 간 적이 있어. 그래서인가."

기사는 잠시 미심쩍은 눈을 했지만 곧 잊어버렸다. 심장이 거세게 뛰었다. 다행스럽게도 그들은 리리엘을 알아보지 못한 듯했다. 리리엘은 누군가가 자신을 알아보기 전에 얼른 자리를 떴다. 그것이 쓸데없는 짓이라는 걸 알면서도. 리리엘이 갈 곳은 없었다. 하는 수 없이 리리엘은 바우르스 남작가에 조용히 찾아갔다. 숨어드는 것은 어렵지 않았다. 바우르스 남작가는 리리엘이 마지막으로 떠나기 전 봤던 모습에서 크게 달라진 것이 없었다. 그러나 남작가의 안에 사는 것은 바우르스 남작가의 식솔들이 아니었다. 리리엘은 주변의 마을에 가 물어보았다.

"몇 년 전 남작가의 하녀와 인연이 있는데, 남작가는 그동안 많이 바뀐 것 같군요?"

"아아, 그 하녀라면 일을 그만두고 떠났을 겁니다."

주점에 무료하게 앉아 있던 남자가 간만의 손님에 의욕적으로 말했다. 리리엘은 그를 바라보며 물었다.

"무슨 일이라도 있었나요?"

"모르십니까? 남작가는 망했습니다."

"뭐라고요?"

"보이히니 남쪽 억양을 쓰시는데 다른 곳에서 오셨나 봅니다."

"몇 년 만에 왔으니까요. 그런데 남작가가 망했다는 건 어떤 말인가요?"

"남작이 죽었습니다."

"네?"

리리엘은 이번에 더 놀라서 눈을 크게 뜨고 말았다. 남작이 죽다니. 무슨 소리인가. 리리엘은 용병 시절에 그랬던 것처럼 아무렇게나 앉아 있었다. 하얗게 탄 금발과 갈색 피부를 보고 리리엘을 귀족이라고 생각할 사람은 없었다. 남자는 정말로 리리엘이 하녀와 인연이 있어서 찾아왔다고 여기는 눈치였다.

"하녀와 어떤 사이인지 물어보아도 됩니까?"

"그녀에게 빚이 있습니다. 그 외는 곤란합니다. 의뢰 관련이니까요. 남작가에 대한 정보를 알려주실 수 있나요? 약간의 돈을 드리겠습니다."

리리엘은 능숙하게 둘러댔다. 남자가 쉽게 입을 열었다.

"뭐, 좀 길지만. 남작이 본래 어마어마한 빚을 졌다는 건 다들 아는 사실이었습니다. 그래서 신부로 크로커스 공녀를 들였는데 공녀가 도망갔다고 하더군요."

"공녀가 도망갔다니요?"

"아, 우리끼리 하는 이야깁니다. 그저 소문에 불과하지만 공녀가 남작가에 머물렀다고 합니다. 하지만 외딴 산속의 수도원에 가둔 공녀가 갑자기 나올 리는 없고, 그저 헛소문이겠지요. 이 부분은 넘어갑시다."

남자는 대강 손을 휘저었다. 리리엘이 사라진 후, 공작가는 리리엘을 외딴 산속의 수도원에 가뒀다고 대외적으로 공표한 모양이었다. 수도원은 신에게 기도하는 사람들이 간다고 알려져 있으나 신을 믿는 이들이 얼마나 있겠는가. 큰 죄를 지은 귀족 여자를 유폐 보내는 용도로 만든 것이 수도원이었다. 남자가 말을 이었다.

"어쨌든 남작은 잘 살았습니다. 하지만 작년에 갑작스러운 심장 마비로 죽게 되었습니다. 추측은 많았습니다. 크로커스 공녀가 있었다고 믿는 놈들은 아직까지도 공작이 손을 쓴 것이라고 떠듭니다. 이건 정말 말도 안 되고. 제 생각에는 창녀 때문인 것 같습니다. 그 양반이 워낙 밝혔잖습니까. 이후 그 아들이 남작가를 물려받았지만 사업을 죄다 실패하고, 딸이 사기 결혼을 당하며 바우르스 남작가는 완전히 망했습니다. 하녀를 고용할 돈이 없으니 당연히 그녀도 떠났고요. 어디로 떠났는지까지는 모릅니다."

남자는 손을 내밀었고 리리엘은 동전 몇 개를 내밀었다. 리리엘의 손도 이제는 완전히 거칠어져 있었다. 남자는 순간 리리엘에게서 기품을 느꼈다고 생각했으나 그것도 잠시였다. 리리엘은 바깥에 나가 멈추었다. 두 손이 떨렸다.

"곧 꺼내줄 거란다, 아가."

공작 부인은 그렇게 리리엘을 타일렀다. 리리엘은 불만을 가지고 있었기에 부모의 선택이 얼마나 현명했는지 알지 못했다. 남작이 죽은 후 자유로워질 것이라거나 바우르스 남작으로 살게 해줄 것이라는 말은 그때 리리엘의 귀에 닿지 않았다. 공작의 말이 사실이었다. 만일 리리엘이 떠나지 않았다면 사람들은 자연스럽게 리리엘에 대해 잊었을 것이다. 남작이 죽어 리리엘은 원하는 대로 자유롭게 살 수 있었으리라. 주어진 것들을 모두 걷어차고 카밀을 따라간 것은 리리엘이었다.

공작가에 가볼까. 하지만 유폐되었다고 알려진 리리엘 크로커스의 등장을 누구도 반길 리 없었다. 오히려 사람들은 리리엘 크로커스의 변한 모습을 비웃고, 용병이 되어 돌아온 리리엘 크로커스에 대해 이야기할 것이다. 이제는 타인에 대해 너무나도 잘 알 수 있었다. 또한 이 이상 부모를 곤란하게 하고 싶지는 않았다. 리리엘은 눈을 감았다. 많은 것이 뒤바뀌었다. 숙소에 머무는 사이, 칼레스 왕자의 결혼식 소식이 널리 퍼졌다. 리리엘은 그 사실에 충격을 받았다. 심장에 구멍이 뚫린 것 같았다.

"칼…"

그가 결혼을 한다고. 리리엘을 잊은 것인가. 예전의 리리엘이었다면 칼레스에게 찾아가 굳이 그의 마음을 확인하려고 했을 것이다. 리리엘은 외로웠으니까. 누군가의 애정이 약간이라도 사라지는 것을 견딜 수 없었다. 하지만 그것은 뻔뻔한 행위였다. 공작가에 피해를 끼치는 행위이기도 했다. 리리엘은 지난날의 과거가 부끄러웠다. 성년이 넘도록 리리엘은 대체 무엇을 하며 살아온 것일까. 돌이켜 보면 남에게 피해를 주거나 안하무인으로 군 과거만이 남아 있을 뿐이었다.

리리엘의 복잡한 마음과는 상관없이, 돈은 떨어져갔다. 또 일을 해야 했다. 로벨리아는 여성을 차별하는 의식이 강했다. 리리엘은 그것을 깨달았다. 델피늄에는 적어도 남녀 차별이 없었다. 남자들은 여성에 대한 그릇된 생각을 많이 가지고 있었다. 예전의 리리엘은 그들의 말처럼 여성들은 사치를 즐기고 머리가 비었다고 생각했으나, 그것은 편견이었다. 일자리를 구하기가 어려웠다. 리리엘의 검술을 보면서도 사람들은 남성을 고용했다. 남성이 여성보다 우월하다고 여기는 로벨리아 사람들로서는 당연한 일이었다. 다른 일도 아닌 용병을 구하는 일에서, 굳이 여성을 고를 이유가 있겠는가. 일자리가 생긴 것은 아이러니하게도 칼레스 왕자의 결혼 때문이었다. 지정된 장소에 가서 서자 용병들을 교육할 왕실의 고용인이 외쳤다.

"여러분은 이제 전하의 결혼식에 참석할 겁니다. 여러분이 할 일은 왕실을 혹시 모를 테러의 위협에서 지켜내는 겁니다."

테러. 리리엘은 갑작스럽게 생각했다. 리리엘의 약혼식. 돌이키면 돌이킬수록 과거는 부끄러움투성이였다. 테러 마법사는 리리엘에게 부여했던 마법을 빼앗고 싶어 했다. 리리엘은 대놓고 말했다. 마법을 주지 않을 테니 사람들을 죽이라고. 아, 어찌 이런 인간이 있을 수 있단 말인가. 상상만 해도 얼굴이 화끈거려 고개를 들 수가 없었다. 부끄러운 정도가 아니었다. 리리엘은 죄인이었다.

리리엘은 공작 부부나 아는 사람들을 찾아가는 것을 포기했다. 만일 리리엘이 운 좋게 크로커스가에 다시 들어가게 된다 해도 사람들이 리리엘을 가만두지 않을 것이다. 카밀에게 의뢰를 맡겼듯이 리리엘에게 보복하려는 사람도 있을 것이다. 왕자의 결혼식을 앞두고 용병들은 각자의 자리에서 가상의 적과 싸우는 훈련을 했다. 리리엘은 문득 생각했다.

'카밀을 고용한 사람은 대체 누구일까.'

엘쟈네스는 아니었다. 그녀는 리리엘에게 절연을 선언했으니까. 엘쟈네스는 한 번 뒤돌아서면 다시 그 사람을 보는 법이 없었다. 굳이 리리엘을 고생시킬 이유가 없을 것이다. 그렇다면 공작과 공작 부인? 장담할 수는 없었다. 두 사람이 굳이 리리엘을 바우르스 남작가에서 끌어낼 이유가 있을까. 칼레스 왕자를 고려해보았으나 아니라는 느낌이 들 뿐이었다. 카밀은 리리엘이 했던 행동을 정확하게 흉내 내서 리리엘이 자기 자신에 대해 깨닫도록 만들었다. 그리고 리리엘이 책임감이나 의무감을 가지게 만들었다. 방탕한 카밀의 생활은 그런 의도였을 것이다. 왜냐하면 매일같이 술을 마시고 창녀와 논다고 하는 그의 혈색은 변함이 없었기 때문이다. 그저 나가서 시간을 보내고 온 것이겠지. 결혼식 날짜가 가까워오자 용병들은 이야기를 나누었다. 여자 용병이 생각보다 많았기에 리리엘이 주목받는 일은 일어나지 않았다. 몇몇 용병들은 리리엘의 약혼식에 관해 이야기했다.

"왕자의 어디가 모자란 거 아닐까. 약혼식을 파기했다잖아."

"리리엘 크로커스 그 여자는 미쳤고. 귀족이면서 혁명 사상을 주장하는 것부터가 별로였어."

"그래도 왕자 정도면 좋은 신랑감이지. 왕자가 고자여도 그 사실은 안 바뀔걸. 일단 돈과 권력이 있잖아. 리리엘 크로커스랑 결혼하려고 사들인 예물이 로벨리아 예산의 5분의 1은 된단다."

"미쳤구먼."

"그래서 더 이해할 수 없다니까. 대체 왕자를 왜 거절했지?"

"너희는 용병이라 귀족 아가씨의 마음을 모르는 거겠지. 그런 아가씨들은 사랑에 목숨 걸기도 하잖아."

"아. 그건 그렇지."

"사랑하지 않으면 결혼하고 싶지도 않아요! 아니면 전 사랑하는 사람이 있어요! 이랬을지도 모른다고."

"방금 소름 돋았다. 하지 마라."

"왜. 내 말이 어쩌면 사실일지도 모르잖아."

"사실이 아니어야지."

"왜?"

"사랑하지 않는다고 약혼식을 파기하거나 사랑하는 사람이 있다며 파기하면 그건 인간이 아니라 물고기만도 못한 지능을 가지고 있는 거라고."

용병들은 별생각 없이 낄낄거렸다. 그러나 리리엘은 웃을 수가 없었다. 리리엘은 한마디도 하지 않고 듣고 있었지만 그걸 신경을 쓰는 이는 없었다. 사람들에게는 내가 이렇게 비치는구나. 리리엘은 자신의 죄악에 고개를 숙였다. 칼레스 왕자의 결혼식까지 리리엘은 말이 없었다.

결혼식 아침에, 크로커스 공작 부부가 왕실을 찾았다. 테러 마법사에 대한 대비를 돕기 위해서라고 했다. 용병들과 크로커스 일가가 마주칠 시간이 올 것이다. 리리엘의 가슴이 뛰었다.

약혼식에 나타난 테러 마법사, 자신을 아룬델이라고 부르던 소년이 기억났다. 리리엘은 가장 순결한 하얀 드레스를 입고 있었고 소년의 머리칼은 붉은빛이었다. 그는 리리엘을 기묘한 눈동자로 바라보며 말했다. 약속을 지키라고. 그 후의 경험은 두려워 떠올리고 싶지조차 않았다. 모든 귀족들이 그렇게 생각할 것이다. 헬이 불러낸 겨울이라는 것은 너무나도 끔찍했다. 리리엘이 용병 일을 하면서도 그렇게 공포감을 주는 것은 본 적이 없었다. 리리엘과 호흡을 맞춰야 하는 무뚝뚝한 여자 용병이 리리엘을 툭 쳤다.

"아."

결혼식 전 크로커스 공작 부부가 홀을 둘러본다고 했다. 그들은 에너지석을 직접 본 사람들이었다. 그 장점을 이용해 에너지석을 찾을 것이라고 말했다. 물론 에너지석은 나오지 않았다. 왕궁의 기사들이 많았으나 굳이 용병이 고용된 이유는, 다양한 전투 경험 때문이었다. 기사와는 비교도 되지 않는 실전 능력을 믿은 것이다. 왕궁의 시녀들은 화사하게 꾸며진 홀을 다시 한 번 점검했다.

다들 홀을 보며 감탄했으나 리리엘은 이 홀이 더 아름다웠던 모습을 본 적이 있었다. 리리엘이 이곳에서 약혼식을 올리던 날.

현재 리리엘은 델피늄에서 온 용병으로 소개되고 있었다. 사람들은 델피늄에서 온 이들의 신분 조사를 자세히 하지 않는 경향이 있었다. 델피늄 자체가 건드리기 까다로운 국가로 알려져 있었기 때문이다. 델피늄 출신을 함부로 건드리는 국가가 있을 경우, 델피늄은 항의서를 넣고 즉시 시위를 했다. 더군다나 현재 로벨리아는 델피늄에 비해 국력이 떨어지는 상태였다. 그랬기에 리리엘에 대해 캐묻는 사람들은 없었다.

이 홀에 아름다운 하얀 비단이 깔리고 로벨리아가 피어 있던 때. 모든 사람들이 리리엘을 황홀하게 바라보던 때가 있었다. 리리엘은 당시보다 평범해 보이는 홀을 둘러보았다. 그때 시녀가 빠르게 걸어왔다.

"공작가의 분들이 도착하셨습니다."

손님을 맞을 준비에 여념이 없던 시녀장은 그 말에 고개를 끄덕이고 나섰다. 크로커스 공작가. 리리엘의 심장이 세차게 뛰었다. 공작과 공작 부인이 리리엘의 바뀐 모습에 놀라지 않을까. 그리고 홀 안으로 세 사람이 들어왔다. 리리엘은 눈물이 날 것 같았다. 공작과 공작 부인은 눈에 띄게 나이를 먹은 모습이었다. 마음고생이 그들을 늙게 했는지도 모른다. 그리고 그 옆에는 요하네스가 서 있었다. 요하네스의 눈빛은 어두웠다. 시녀장은 세 사람에게 부탁했다.

"에너지석의 파편도 놓치지 말라는 말이 있었습니다."

"알겠네."

공작은 대답했다. 쉰 듯한 목소리에 마음이 아파왔다. 리리엘 때문이었다. 리리엘은 칼레스 왕자와 파혼하고 제멋대로 도망쳤고, 가족들은 그렇게 하지 못했다. 그들은 리리엘의 몫까지 책임지고 죗값을 갚아나갔을 것이다. 위상이 드높았던 크로커스 공작가의 친족들이 어째서 시녀에게 지시받고 봉사하는 입장이 된 걸까. 죄인처럼. 물론 리리엘은 답을 알고 있었다. 어느 날 엘자네스가 리리엘에게 말했다.

"한 가문의 일원들은 모두 엮여 있단다. 일원 중 한 사람이 죄를 저질러도 가문이 속죄해야 하지."

그때의 리리엘은 그 말뜻을 알지 못했다. 그러나 이제는 알고 있었다. 요하네스의 키는 안 본 사이 더 자라 있었다. 크로커스 공작가는 어딘가에 있을지도 모르는 에너지석을 수색했다. 그들은 이런 일에 익숙한 눈치였다. 리리엘은 가족 세 명을 바라보았다. 한참이 지났다. 에너지석은 발견되지 않았다. 시녀장은 크로커스 공작가 일원들에게 깊이 고개를 숙였다.

"협조에 감사드립니다."

크로커스 공작 부부와 요하네스. 세 사람은 일이 끝나자 리리엘에게 걸어오고 있었다. 리리엘의 심장이 뛰었다. 그 순간 세 사람과 리리엘의 시선이 마주쳤다. 심장이 터질 것처럼 뛰었다. 무슨 말을 해야 할까. 어떤 말을…. 그리고 세 사람은 아무렇지도 않게 리리엘을 지나쳤다.

"어째서…."

리리엘은 문득 이 자리에 서 있는 사람이 자신 하나가 아니라는 사실을 깨달았다. 리리엘의 주변에 수많은 용병이 있었다. 크로커스 공작 부부와 요하네스의 시선은 옅은 붉은 머리칼의 용병에게 닿았던 것이다. 그래, 테러 마법사의 머리칼도 저런 색상이었으니까. 세 사람은 끝내 리리엘을 알아보지 못했다. 리리엘은 눈물이 차오르려는 것을 참고 눈을 애써 감았다. 사실은 기대했는지도 모른다.

"리리엘."

크로커스 공작 부부는 늘 리리엘을 다정하게 불렀다. 리리엘에게 있어서 그들의 사랑은 그다지 중요하지 않은 것이었다. 왜냐하면 가족 외 타인의 관심이 더 중요했으니까. 리리엘은 많은 사람들에게 사랑받는 것을 당연하다고 생각했다. 그 사람들의 사랑에 감사했다. 그러나 가족들이 베푼 다정함에 대해서는 감사한 적이 없었다.

사실은 꿈꾸었다. 세 사람은 리리엘을 우연히 발견하게 되는 것이다. 리리엘은 어색한 얼굴로 그들에게 인사를 하고 공작 부부는 울음을 터뜨린다. 그런 생각을 찰나에 했다. 너무나도 과분한 꿈인데도 불구하고.

이제 사람들은 리리엘을 남쪽 끝 출신으로 생각했다. 입에 밴 델피늄 억양이 그들의 추측에 근거를 실어주었다. 이제는 잘 생각나지도 않았다. 리리엘은 귀족이었다. 그러나 제대로 한 것은 없었다. 리리엘은 한가하게 하고 싶은 대로 검을 휘둘렀고, 적당히 사람들과 어울렸으며 한량처럼 살았다. 하기 싫은 일은 하지 않고 듣고 싶은 소식만 듣고 누렸다. 한심하게도.

귀족이었을 때 배웠던 것들이 잊힌 이유는 현재 먹고사는 데 필요가 없기 때문이었다. 의뢰 수행 중 식사를 하려면 빠른 속도로 음식을 해치워야 했다. 우아하고 고상한 식사법은 전혀 소용이 없었다. 리리엘은 이제 수저와 포크, 나이프를 가리지 않았다. 또한 기품 있는 말투는 쓰지 않았다. 샌님으로 보여 얕보이기에 딱 좋았기 때문이다. 이렇게 변한 리리엘을 알아본다는 사실이 이상한 것이리라. 실제로 왕궁 사람들도 리리엘을 알아보지 못하고 있지 않은가. 리리엘은 허탈함에 중얼거렸다.

"나는, 대체 뭘까."

"용병이지. 그쪽 잘 관리해. 실수하면 보너스 받기 어려울 테니까."

리리엘과 같은 구역에 서는 용병은 건조하게 말했다. 리리엘은 과거의 환영에 사로잡혔을 뿐이었다. 더 이상 귀족이 아니고, 더 이상 사랑받는 사람이 아니고, 이제는 크로커스가의 일원조차 아닌데도. 사람들은 과거를 쉽게 잊었으나 리리엘은 과거를 잊지 못했다. 리리엘이 저지른 실수가 리리엘을 눌렀다. 매일 꿈에 과거의 리리엘이 나왔다. 더없이 오만하고 이기적이던, 공감 능력이 떨어지는 귀족 아가씨. 감사할 줄 모르고 당연하다는 듯 많은 것을 누린 공작 영애. 많은 행동들이 후회스러웠다. 그래도, 크로커스 공작 부부와 요하네스에게는 잘 대해주었다. 리리엘이 가장 후회한 것은 엘쟈네스에게 잘 대하지 못한 것이었다. 리리엘은 귀를 닫고 엘쟈네스의 말을 무시했으며 오기로 엘쟈네스에게 반항했다. 엘쟈네스는 리리엘을 한 번도 떠나가지 않았다. 돌아보니, 그녀의 말들이 다 옳았다. 만일 그 조언들을 모두 들었다면 리리엘의 인생은 달라졌을까.

결혼식 시간이 가까워지고 있었다. 시녀들은 분주하게 아랫사람에게 지시했다.

"왕자 전하가 서 계실 곳의 경사를 없애!"

"신부가 들어올 때 뿌릴 꽃잎이 말랐는지 확인해봐."

신부. 칼레스는 대체 어떤 여자와 결혼하는 걸까. 일에 치이자 기본적인 소문도 들을 수 없었다. 아니, 사실은 누구와 결혼하는지 알고 싶지 않았다. 알게 된다면 칼레스에게 찾아가 구차하게 매달릴 것만 같았다. 리리엘은 칼레스를 향한 이 마음을 이해할 수 없었다. 그가 다른 여자를 본다는 상상만 해도 깊은 슬픔과 상실감이 느껴지는데, 대공을 향했던 강렬한 감정과 같지는 않았다. 결혼식이 가까워지자 귀족들이 하나둘씩 들어와 앉기 시작했다.

"칼레스 전하가 새 출발을 해서 다행이에요."

"아아, 그랬었죠. 2년도 더 된 일이라 자꾸만 그 사건을 잊어버리네요."

"떠나가면 자연스럽게 잊히는 법이죠."

"그래도 전 크로커스 영애가 기억나요. 이유는 다들 아시잖아요."

귀족들은 용병들의 입이 무겁다는 사실을 알았기에 마음 놓고 이야기했다. 리리엘은 그들의 이야기에 귀를 기울이다 정신을 차렸다. 의뢰를 수행해야 했기 때문이다. 귀족들은 생각보다 더 평온했고, 칼레스 왕자의 결혼을 축복하고 있었다. 누군가가 말했다.

"정말 다행이에요."

"뭐가요?"

"모든 것이요. 왕자비가 될 분이 완벽해서 저는 기뻐요. 혁명 사상을 외치는 왕자비는 끔찍했죠."

"쉿. 크로커스가의 귀에 들어가지 않게 하세요."

"뭐 어때요? 크로커스 일가도 그 영애를 이제 딸로 생각하지 않겠다고 하던데. 저는 겁나지 않아요. 리리엘 크로커스. 자, 이름도 말할 수 있어요."

"부인!"

대화를 나누는 것은 귀족들이었지만 하얗게 질린 것은 리리엘이었다. 엘쟈네스는 마법을 거두어 가며 말했다. 리리엘은 자신이 했던 일에 대한 대가를 치를 거라고. 리리엘은 대가를 치르기 전 도망쳤다. 과거의 행적은 리리엘을 바짝 조여오고 있었다. 귀족들은 심심풀이로 말하는 것이었으나 리리엘은 그 말들을 되뇌며 자기 자신을 괴롭혔다.

저 멀리에 리리엘이 알던 얼굴들이 보이기 시작했다. 고위 귀족들이었다. 그들은 리리엘이 처음부터 없었다는 양 자신들만의 세계를 구축하고 대화를 나누고 있었다.

리리엘이 떠나기 전 로벨리아는 수수하고 단순한 것들을 입고 걸쳤지만 눈에 띄게 유행이 화려한 쪽으로 바뀐 상태였다. 용병 일을 하면서 수수하고 단순하면서 뒤떨어지지 않는 것들의 가격이 화려한 것들의 가격보다 몇 배로 비싸다는 것을 알게 되었다. 결국 리리엘은 사치를 조장하게 된 것이다. 리리엘의 친우였던 아리타 왕녀의 옆자리에는 새로운 금발 머리의 영애가 서 있었다. 덴드로비움 영애였다. 그녀는 리리엘을 좋아하지 않기로 유명했던 여자였다. 리리엘의 자리는 없었다. 누구도 리리엘의 자리를 비워놓지 않았다.

시간이 흐르고, 결혼식이 시작되었다. 칼레스 왕자가 먼저 걸어 나왔다. 그는 여전히 미남이었다. 그의 검은 예복을 멍하니 보던 리리엘은 약혼식을 그렸다. 칼레스 왕자가 어떤 옷을 입고 있었는지 생각나지 않았다. 약혼식을 떠올리면 칼레스 왕자의 처절한 목소리가 들려오는 것 같았다. 신부는 아직 나오지 않았다. 리리엘은 이율배반적인 감정에 시달렸다. 신부를 보고 싶었다. 확인하고 싶었다. 그러나 보고 싶지 않았다. 차라리 칼레스 왕자가 그녀를 사랑하지 않기를 바랐다. 문이 열리고, 신부가 등장했다. 신부는 긴 베일을 쓰고 있었다. 신부의 면사포를 들어주는 영애들은 리리엘에게 있어서 너무나도 친숙한 이들이었다. 설마. 리리엘은 황급히 신부를 보았다.

"아."

착각인 줄 알았으나 아니었다. 리리엘의 입술이 떨렸다. 프리케 아르메리아. 신부는 한때 리리엘의 절친한 친구였던 프리케였다.

프리케가 대체 왜…? 어째서? 그녀도 칼레스 왕자를 좋아했다는 말인가? 리리엘의 눈동자에 혼란의 빛이 감돌았다. 그녀가 리리엘을 외면하고 돌아선 것으로 둘 사이의 우정은 끝났다. 그러나 프리케가 칼레스 왕자와 결혼할 것이라고는 생각지 못했다. 프리케는 아름다웠고 귀족답게 빛났다. 초라하게 구석에서 사람들을 호위하는 리리엘과는 너무나도 달랐다. 사람들은 환호성을 질렀다. 그 순간 놀랍게도 프리케와 리리엘의 눈이 마주쳤다. 우연과도 같은 일이었다. 많은 사람들 사이에서 프리케는 리리엘을 정확히 알아보았다. 프리케는 리리엘을 알아본 유일한 사람이었다. 리리엘은 그녀의 입모양을 읽었다.

'카밀….'

프리케는 정확히 그렇게 말했다. 피가 싸늘하게 식는 것 같았다. 왜. 어째서. 카밀을 보낸 사람이 프리케라고는 상상하지 못했다. 프리케는 왜 카밀에게 의뢰를 한 것일까. 왕자와 프리케는 손을 잡았다. 칼레스 왕자는 더 이상 불행해 보이지 않았다.

프리케는 리리엘에게 눈짓했다. 잠시 후 대화를 나누고 싶다는 무언의 신호였다. 결혼식이 끝난 후 옷을 갈아입을 때 잠시 틈이 생긴다. 왕궁의 시녀들을 뚫을 수 있을까. 할 수 있다.

리리엘은 결혼식이 끝날 때까지 기다렸다. 아무 생각도 나지 않았다. 차라리 혼란스러워 다행이었다. 프리케에 대한 생각으로 머리가 복잡해지자 칼레스 왕자에 대해 생각할 시간이 비교적 줄어들었기 때문이다.

왕궁의 복도는 여전히 변한 것이 없었다. 리리엘의 기억 속 그대로였다. 리리엘은 누구도 자신을 찾지 못하는 틈새 장소를 알았다. 리리엘은 기둥 뒤에 숨어가며 조심스럽게 신부 대기실을 찾았다. 리리엘의 약혼식 당시 리리엘이 머물던 곳이기도 했다. 시녀는 없었다. 하녀들도 없었다. 리리엘은 조심스럽게 들어가 문을 닫았다. 어쩌면 이것은 리리엘을 끄집어내려는 함정일지도 몰랐지만. 프리케에게 많은 것을 묻고 싶었다.

프리케는 혼자 앉아 있었다. 차분하고 우아한 태도로 프리케가 인사했다.

"안녕, 리리엘."

"프리케…."

"좋아 보이네. 카밀에게서 이야기는 들었어."

프리케는 말했다. 리리엘은 로벨리아에 온 후 카밀을 거의 잊고 있었다. 카밀에게 신경 쓰기에는 많은 것들이 정리되지 않았기 때문이다. 프리케의 말에 리리엘은 카밀을 떠올릴 수 있었다. 리리엘은 지금까지 카밀에게 사육당한 것이나 다름없었다. 그는 리리엘을 입맛대로 움직였다. 카밀과 함께 델피늄으로 떠난 지도 2년이 다 되었다. 그동안 프리케는 카밀에게 보고를 계속해서 받고 있었던 말인가. 리리엘의 얼굴이 굳었다.

"프리케…."

"그의 말이 사실이었네. 정말로 사람 같아졌어, 리리엘."

프리케는 리리엘을 바라보았다. 햇볕에 타고 말랐으나 리리엘의 미모는 여전했다. 남들은 볼 수 없겠지만, 프리케에게는 그녀의 기본 바탕이 보였다. 리리엘은 초라해 보였으나 여전히 당당했다. 프리케는 쓰게 웃었다. 한때 리리엘은 프리케의 가장 절친한 친우였지만, 외면하고 싶은 남이 되었다. 그리고 결국에는 미워하는 대상이 되었다. 리리엘이 물었다.

"대체 왜 그런 짓을 한 거야?"

"그런 짓이라니?"

"왜 카밀을. 내게 붙인 거야?"

"정말로 몰랐구나, 리리엘."

많은 세월이 지났다. 2년은 생각보다 긴 세월이었다. 이제 프리케는 20대 중반을 넘겼다. 옛 친우 역시도 마찬가지였다. 나이가 들면 어른이 될 것이라고 생각했지만 왜 그렇지 않은지. 프리케는 리리엘에게 말했다.

"네가 약혼식을 망친 후, 아르메리아 가문에 국왕 전하께서 혼담을 넣으셨어."

"뭐…?"

생전 처음 듣는 이야기였다. 왜 듣지 못한 것일까. 아, 그래. 리리엘은 당시 크로커스 저택에 갇혀 있었다. 크로커스 공작 부부는 리리엘을 보호했다. 그러니 소문을 듣지 못하게 한 것이리라. 프리케는 리리엘을 바라보았다. 늘 꿈꾸는 듯한 눈을 하던 그녀의 옛 친우는 이제 또렷한 시선으로 그녀를 보고 있었다. 리리엘의 심성이 나쁘지는 않았다. 그랬기에 리리엘에게 질리기는 했으나 리리엘을 미워하지는 않았다. 하지만 칼레스와의 약혼 이후, 프리케는 리리엘을 미워하게 되었다.

"나는 아둔한 사람이야. 리리엘, 왜 카밀을 네게 붙였느냐고 물었지. 나는 네가 불행하기를 바랐어."

"뭐?"

리리엘은 되물을 수밖에 없었다. 믿기지 않았다. 프리케는 리리엘의 친구 중 가장 현명하고 사려 깊었다. 그런 프리케가 리리엘의 불행을 빌었다는 사실이 믿기지 않았다. 혹시. 리리엘은 카밀을 떠올렸다. 카밀과 교제하게 해 리리엘의 삶을 망가뜨리려던 것일까. 하지만 그런 것치고 카밀은 리리엘에게 관심을 보이지 않았다. 다시 생각하면, 그는 리리엘이 변화하는 데 모든 노력을 기울인 것 같았다. 카밀의 행동을 보며 리리엘은 자기 자신에 대해 깨달아갔으니까. 리리엘은 참담한 기분으로 물었다.

"카밀이 어떻게 나를 불행하게 할 거라고 생각했는데?"

"네가 생각하는 것 같은 방식은 아니야. 나는 귀족이니까. 귀족의 자긍심을 잃어버리지는 않아. 카밀로 하여금 너를 범하게 한다는 생각은 해보지도 않았어."

"대체 무슨 말을 하는 건지 모르겠어."

"나는 성공했어."

"성공했다고…?"

"그래, 리리엘. 내가 볼 때 너는 아주 불행해 보이거든. 혹은 불행하게 될 거야."

리리엘은 프리케의 말을 들었다. 리리엘이 불행하다고. 그럴 리가 없었다. 용병 일을 하며 나름대로 돈을 벌었고, 먹고사는 데 지장도 없었다. 그러나 프리케의 말에 심장이 떨어지는 것은 왜일까. 프리케는 말했다.

"나는 네가 잃어버린 것들의 가치를 깨닫기 바랐어."

그 말을 듣자 알 수 있었다. 리리엘은 불행했다. 그녀의 말이 맞았다. 리리엘이 쉽게 놓아버린 것은 너무나도 값진 것들이었다. 재산과 권력부터 시작해서 가장 귀중한 타인의 애정들까지.

프리케는 리리엘의 눈동자가 흔들리는 것을 보았다. 리리엘이 떠난 후, 칼레스 왕자는 궁에 틀어박혔다. 국왕은 아르메리아 가문과 손을 잡기 위해 칼레스 왕자와 프리케의 만남을 주선했다. 처음 단둘이 대면한 날, 칼레스 왕자는 자신도 모르게 툭 내뱉고 말았다.

"리리엘의 친우로군."

프리케는 왕자가 자신이 그런 말을 했다는 사실조차 모르고 있다는 사실을 깨달았다. 그는 프리케를 보며 리리엘을 그렸다. 리리엘 이야기를 꺼내면 세상에서 가장 명청하고 사람을 지치게 하는 여자라고 말하면서도 그리워하는 눈을 했다. 왕자를 사랑한 것은 아니다. 그에게 이성으로서의 감정은 거의 없었으니까. 다만 프리케는 그를 동정했다. 리리엘의 소식에 관심을 가지는 것은 프리케뿐이었다.

크로커스 공작은 잘 알려지지 않은 바우르스 남작가에 리리엘을 시집보냈다. 얼핏 늘으면 리리엘이 남작에게 학대당한다고 생각하기 쉬웠지만 크로커스 공작가가 남작가 주변의 토지를 모두 사들인 상황이었다. 리리엘은 그곳에서 몸과 마음을 가다듬으며 휴식을 취하면 되었다. 공작 부부는 리리엘을 끔찍이도 사랑하는 모양이었다. 그러나 리리엘은 늘 불만투성이었다.

리리엘에게 붙인 하녀는 리리엘이 방의 크기와 식사에 대해 불평한다고 말했다. 본래라면 리리엘은 수도원으로 끌려가 돼지죽을 먹으며 차가운 골방에서 지냈을 것이다. 리리엘은 감사하지 않았다. 심지어 리리엘은 늘 자신의 이야기를 늘어놓는다고 했다. 리리엘의 입에서 칼레스 왕자의 이름이 나온 적은 단 한 번도 없다고 했다. 프리케는 그것을 참을 수 없었다.

"너는 공감 능력이 심각하게 모자랐어, 리리엘. 타인의 눈치를 살핀 적도 없고, 남의 애정을 쉽게 생각했지."

"그래서 나를 바꾸어놓은 거야?"

"솔직히 말하자면 그저 화풀이일지도 몰라. 나는 네가 미워. 처음에는 동정으로 시작했지만 이제는 칼을 사랑하니까. 너는 사랑조차 알지 못하지만 나는 알아."

카밀은 여자의 행동을 교정해준다고 소문이 난 용병이었다. 잘 알려지지는 않았으나 그의 몸값은 어마어마했다. 카밀은 프리케의 독특한 의뢰에 대해 흥미 깊게 들었고, 리리엘에게 접근했다. 그는 곧바로 작업을 시작해 순식간에 리리엘을 홀려놓았다. 대단한 남자였다. 카밀에게 보고를 받을 때마다 프리케는 빌었다. 리리엘이 제발 다른 사람들과 같은 생각을 하게 해달라고. 그녀가 어리석게 내쳐버린 것들이 어떤 것인지 알게 해달라고. 그리고 그 기도는 이루어졌다.

"어떻게… 네가…."

리리엘의 눈동자가 사정없이 떨리고 있었다. 예전이었다면 리리엘은 상처받은 자신에게 주목했겠지만, 지금은 아니었다. 리리엘은 프리케의 말을 경청하며 놀라고 있었다. 또한 리리엘의 눈동자에 새겨진 상처가 보였다. 복수 같지 않은 복수가 성공한 순간이었다. 리리엘은 프리케에게 배신감을 느끼는 것 같았다. 그 모습이 비인간적이던 예전과 다르게 보여 좋았다. 프리케는 희미하게 웃었다.

"사실 이렇게 되고 싶지는 않았어."

"날 기만하지 마."

"정말이야, 리리엘. 나는 너를 좋아했거든."

세월이 지나고 리리엘을 향한 미움은 잊혔다. 나쁜 기억이 사라지자 좋은 기억만 남았다. 프리케가 길을 잘못 들어 불량배에게 둘러싸였을 때 그녀를 구해준 기사가 있었다. 긴 금발을 가진 소녀. 프리케는 리리엘이 세상에서 가장 찬란하다고 생각했다.

복수의 끝은 좋지 않았다. 프리케의 마음과는 달리 칼레스 로벨리아는 이제 아무도 사랑하지 않았고 여성 혐오증에 시달리고 있었다. 프리케 또한 행복하지 않았다. 리리엘이 저런 얼굴을 하면 통쾌하리라고 생각했던 때가 있었으나. 그렇지 않았다. 마음 한구석이 아려오는 것도 같았다. 하지만 후회하지 않았다.

시녀가 올 시간이 다가오고 있었다. 리리엘은 나가기 위해 문으로 다가갔다. 프리케는 말했다.

"행복하지 마, 리리엘. 평생 불행하게 살아. 네가 처벌을 받아야 한다고 생각하지는 않아. 하지만 불타는 후회의 지옥 속에서 네가 놓친 것이 무엇인지에 대해 생각하며 살아. 후회하며 살아가."

리리엘은 대답하지 않고 나가 문을 닫아버렸다.

카밀은 어느 순간부터 리리엘에게 마음을 준 것 같았다. 카밀의 편지에는 리리엘이 어떻게 변화하는지에 대한 보고가 쓰여 있었다. 그는 리리엘을 사랑스럽게 보고 있었다. 리리엘 크로커스는 여전히 변하지 않았다. 그녀는 아무것도 하지 않아도 사랑받을 수 있는 사람이었다. 물론, 카밀 입장에서는 스스로 알을 깨고 변화하는 그녀에게 애정을 느낄 수도 있겠지만. 그랬기에 프리케는 카밀에게 경고했다. 그는 프리케의 경고에 순순히 따라주었다.

오랜만에 만난 리리엘은 많이 변했다. 이제 리리엘은 보통 사람과 같은 공감 능력을 가지고 정상적인 사고를 했다. 그 상태로 영원히 제자리에 멈추어 있기를 바랐다. 이제 리리엘이 카밀과 만날 일은 없을 것이다. 리리엘은 프리케의 말대로 불행하리라. 그러나 프리케도 불행한 것은 마찬가지였다. 프리케는 리리엘을 망가뜨림으로써 자신의 긍지를 잃었다. 그녀는 리리엘보다 못한 인간이었다.

몇 년이 지나 만난 두 친우는 남보다도 못 하게 헤어졌다.

나간 리리엘은 용병들이 있는 곳에 합류했다. 용병들은 하필 칼레스 로벨리아가 온다는 말을 하고 있었다. 한계점이었다. 리리엘은 발아래가 흔들리는 듯한 느낌을 받았다.

"거기, 너."

용병 하나가 리리엘을 불렀다. 어지러움을 느꼈던 리리엘은 남자를 바라보았다. 같은 용병단에 소속된 남자였다. 친한 사이는 아니었다. 그는 리리엘에게 손짓했다.

"여자들은 뒤에 서라고 했어. 왕자의 눈에 띄지 않게."

"왜?"

"왕자가 여자를 별로 좋아하지 않는대. 여성 혐오증이지만 입 다무는 게 좋을 거야. 빨리 서. 시간 없어."

"알았어."

칼레스 왕자는 용병들을 보러 오는 것이 아니었다. 그는 에너지석 사태 이후 에너지석의 기운을 느낄 수 있게 되었다고 했다. 왕자는 혹여나 모를 에너지석을 찾아보기 위해 온다고 했다. 시간이 흐르고, 왕자가 나타났다. 리리엘은 그간의 변화를 실감했다. 칼레스 왕자는 이제 한층 더 남자다워져 있었다. 그의 눈빛은 날카로웠다. 누가 봐도 그는 차기 국왕감이었다. 리리엘은 칼레스를 바라보았다. 아카데미 시절 리리엘은 칼레스를 칼이라고 불렀다. 그와 만난 것은 우연한 계기에서였다. 칼레스는 리리엘에게 물었다.

"네가 로벨리아에서 가장 자유로운 여자인가?"

칼레스가 천천히 걸어갔다. 그는 주위를 둘러보더니 손짓했다. 아무것도 없다는 신호였다. 세월이 흘렀고, 리리엘은 초라하게 변했다. 그는 당당한 군주로 성장했다. 리리엘은 용병들의 뒤에서 그를 바라보았다.

문득 자신을 향하는 시선을 느낀 칼레스 로벨리아가 고개를 돌렸다. 칼레스를 바라보는 시선은 언제나 열렬했으나 그 시선은 무언가가 달랐다. 칼레스는 저 멀리에 있는 녹색 눈동자를 바라보았다. 에메랄드빛의 눈. 무언가가 떠오를 것 같았다. 그렇게 리리엘과 칼레스의 시선이 허공에서 잠시 마주쳤다. 그러나 오래가지는 않았다. 치장한 프리케가 나타났던 것이다. 프리케는 인사했다.

"전하."

칼레스는 곧 녹색 눈동자에 대해 잊어버렸다. 그가 리리엘을 떠올리지 않은 지도 꽤 오래되었다. 프리케는 리리엘을 바라보았다. 곧 말없이 눈을 피한 사람은 리리엘이었다. 리리엘은 칼레스의 태도가 누그러지는 것을 보고 있었다. 프리케가 칼레스를 사랑한다는 것은 누가 봐도 확실했다. 칼레스는 프리케와 시녀들을 의식적으로 피했다. 여성 혐오증. 리리엘 때문에. 그럼에도 불구하고 두 사람은 너무나 잘 어울렸다. 결혼식을 올린 부부가 멀어져갔다. 리리엘은 두 사람을 바라보았다.

툭.

그 순간 바닥에 눈물이 떨어졌다. 리리엘을 압도한 것은 거대한 상실감이었다. 가슴 한구석이 뻥 뚫린 것 같았다. 칼레스 왕자만은 늘 리리엘 편일 것이라고 믿었다. 그랬기에 어떤 초조함도 느끼지 않았다. 그가 뒤돌아선 순간에야 리리엘은 이 감정 역시도 사랑이라는 사실을 깨달았다. 대공에게 느꼈던 강렬한 가벼운 두근거림과는 달랐다. 리리엘은 칼레스를 신뢰했다. 칼레스에게는 무엇이든 이야기할 수 있었다. 아, 어째서 지금 알아버린 것일까. 프리케가 리리엘의 감정까지 알고 있는지는 알 수 없었다. 프리케의 목소리가 들려왔다.

"리리엘, 평생 불행하게 살아."

불타는 후회의 지옥 속에서 네가 놓친 것이 무엇인지에 대해 생각하며 살아. 후회하며 살아가. 아아. 리리엘은 눈물을 멈출 수 없었다. 리리엘의 신분이 들킬 일은 없었다. 프리케가 어떤 식으로 손을 써두었을 것이다. 칼레스 왕자에게 리리엘의 존재를 알리고 싶지는 않았을 테니까. 모든 것이 끝났다. 리리엘은 혼자였다.

리리엘은 자주 가던 수도 광장의 분수대에 앉았다. 사람들이 많았다. 리리엘에게 신경 쓰는 이는 없었다. 다들 각자의 일로 즐거워 보였다. 죄가 리리엘을 짓눌렀다. 아니, 리리엘 자신이 가슴을 짓눌렀다. 리리엘은 이 순간, 절대적인 자신의 편이었던 엘쟈네스를 떠올렸다.

"네가 지금까지 저질러온 일들의 대가를 치르게 되겠지."
붉은 머리칼의 여자는 마력을 거두어가며 그렇게 말했다. 엘쟈네스의 말이 옳았다. 리리엘은 대가를 치르고 있었다. 리리엘이 하찮게 버린 것들과 경솔하게 판단한 일들이 이렇게 돌아왔다. 크로커스 공작가에 이제 돌아갈 수 없었다. 공작은 리리엘이 수도원에 갔다고 말했다. 리리엘이 돌아오더라도 없는 자식 취급을 하겠다는 뜻이나 다름없었다. 칼레스는 프리케와 함께

있었다. 두 사람은 행복해 보였다. 리리엘이 돌아갈 장소는 없었다. 리리엘 스스로가 없애버린 것이다. 이 순간 리리엘은 엘쟈네스를 간절하게 그리고 있었다. 한 여자가 있었다. 리리엘의 자매이기도 한 그녀는 리리엘에게 관대했다.

"리리엘, 무슨 일이니?"
"저 꽃을 가지고 싶은데 손이 닿질 않아요."

어린 엘쟈네스는 나무 위의 꽃을 떼어내는 대신 파괴의 마법을 펼쳤다. 꽃과 같은 형상을 한 마법들이 펼쳐졌다. 리리엘은 그 아름다움에 입을 벌렸다. 크로커스 공작 부인이 와 위험하다고 말해 금방 마법은 사라졌지만 잊을 수 없는 기억이었다. 엘쟈네스가 있었다면 리리엘의 이야기를 들어주었을까. 엘쟈네스 스스로는 몰랐으나 엘쟈네스는 리리엘에게 상냥했다. 그래서 더 응석을 부리고 철없이 굴 수 있었다. 엘쟈네스는 리리엘에게 그것이 틀렸다고 말하면서도 리리엘을 비난하지는 않았다. 엘쟈네스가 보고 싶었다. 당장.

"아아⋯."

수면에 리리엘의 모습이 비쳤다. 일렁거리는 물결이 리리엘의 얼굴을 일그러뜨렸다. 그것이 꼭 리리엘의 내면을 가리키는 것 같아 기분이 좋지 않았다. 눈물이 수면 위로 떨어졌다. 리리엘은 울고 있었다. 길을 잃은 아이 같았다.

사방이 리리엘의 적이었다. 아카데미 시절, 리리엘은 엘쟈네스의 보석함을 팔았다. 사실은 돈이 부족해서가 아니었다. 조모가 엘쟈네스에게 무언가를 남겼다는 자체가 싫었다. 왜냐하면 엘쟈네스는 그 보석함의 반지를 꺼내 보며 늘 따뜻한 얼굴을 했기 때문이다. 그것은 리리엘이 빼앗을 수 없는 엘쟈네스와 조모만의 추억이었다.

리리엘은 카밀과 만나기 전까지 어릴 적 아팠던 나이에서 성장하지 못했다. 리리엘은 이기적이고 독선적이었고, 자기 눈앞밖에 보지 못했다. 이제는 엘쟈네스의 잔소리를 이해할 수 있었다. 리리엘에게 쓴소리를 하는 것은 엘쟈네스뿐이었다. 돌이켜 보면 그랬다. 그녀가 리리엘을 가장 아껴주었던 사람이었다. 그러나 엘쟈네스는 이미 떠난 후였다. 리리엘은 엘쟈네스에게 사죄해야 했다. 이제는 그럴 수조차 없지만.

"아아아…."

리리엘은 입을 벌린 채 서러운 눈물을 뚝뚝 흘렸다. 아무것도 남지 않았다. 리리엘과 평생을 함께할 거라고 생각했던 사람들은 모두 리리엘 없는 삶을 살고 있었다. 리리엘은 자신의 과오를 뼈저리게 후회하고 있었다. 정말로 사랑했던 사람도, 자신을 사랑해주던 부모님도 없었다. 리리엘이 저지른 가장 큰 실수는. 사랑하는 사람들을 상처 입히고 내쳤다는 것이었다.

저녁이 되자 노을이 졌다. 부인 몇은 리리엘에게 다가와 괜찮은지 물어보고 가버렸고, 아이들은 부모를 따라 뛰어갔다. 리리엘은 그들의 모습을 바라보았다. 광장에 앉은 남자 몇은 칼레스 왕자의 결혼식 이야기를 하며 윈터나이트와 로벨리아에 대해 말하고 있었다.

"그래. 윈터나이트 대공비는 로벨리아 왕가와 크로커스가와 절연했다고."

"크로커스 공작은 딸 둘 모두를 잃은 셈이네."

"그렇지. 높은 분들은 정말로 알 수가 없다니까. 별일이 다 있어."

만일 이곳이 동화 속이었다면 리리엘은 사람들에게 사과했을 것이다. 사람들도 리리엘을 용서해주고 동화의 결말은 행복하게 끝났으리라. 하지만 현실에서 리리엘 크로커스는 나타나지 말아야 할 존재였다. 리리엘은 계속해서 과거를 덧그렸다. 그때, 리리엘이 엘쟈네스에게 더 친절했다면. 보석함을 팔지 않았다면. 칼레스 왕자에게 한 번이라도 사랑한다고 말했다면. 부모의 말을 들었다면. 이기적인 욕심을 내지 않았다면. 그랬다면 모든 것이 달라졌을 텐데. 리리엘이 잘못한 것들이 너무 많아 이제 셀 수조차 없었다.

노을은 붉은빛을 내며 져갔다. 이제 어떻게 해야 할까. 카밀에게 찾아가고 싶었으나 카밀도 리리엘을 사랑하는 것은 아니었다. 리리엘은 상황을 제대로 마주하기 두려워했다. 그것이 이런 사태를 불러왔다. 리리엘이 외면하자 눈덩이처럼 불어난 일을 막을 수가 없었다. 그래, 차라리 타국으로 떠나자. 이마저도 도피겠지만 차가운 현실을 보고 싶지 않았다. 리리엘은 비틀비틀 일어섰다.

"저기, 아가씨. 아니 용병 아가씨. 괜찮은 거요?"

"괜찮아요."

리리엘은 앞으로 자신이 놓친 것들을 생각하며 평생 후회할 것이다. 프리케의 바람처럼. 가만히 있었다면 리리엘의 손에 많은 것들이 들어왔을 텐데 리리엘은 왜 그것들을 다 버렸을까. 리리엘은 주머니 속의 동전과 단도를 확인했다. 저녁이 되자 분수를 보러 온 귀족 무리들이 리리엘을 스쳐 지나갔다. 아카데미 시절 리리엘과 어울리던 이들이었다. 그들도 이 분수를 좋아했기에 보러 온 것이리라. 리리엘은 제정신이 아니었다. 짓눌려 숨을 쉴 수가 없었다. 리리엘은 자신도 모르게 중얼거리고 있었다.

"엘쟈 언니… 미안해요…."

그녀에게 저지른 짓을 후회했다. 엘쟈네스가 돌아설 때 외치고 싶었다. 차라리 화를 내고 뺨을 때리라고. 그러나 리리엘의 입에서는 마법을 돌려달라는 말이 나왔을 뿐이다. 많은 사람에게 사랑받고 싶었다. 특별한 마법을 빼앗기고 싶지 않았다. 그때와 달라진 것은 없었다. 여전히 리리엘은 미숙했고, 다른 사람보다 자기 자신을 중요시 여겼다. 죄책감보다 후회를 먼저

하는 것부터가 리리엘이 정신 차리지 못했다는 것을 보여주지 않는가.

리리엘은 사람이 없는 곳으로 걸어 나왔다. 말을 탈 생각은 하지 않았다. 말을 빌릴 정신이 없었다. 저 멀리 있는 크로커스 공작가의 불빛이 보였다. 저 안에서 크로커스 공작 부부와 요하네스는 행복하게 웃고 있을 것이다.

"제발. 다시 한 번만 더…."

리리엘은 오지 않을 것을 알면서도 기도했다. 다시 한 번만 사람들이 리리엘에게 기회를 주면 좋겠다고. 아아, 엘쟈네스가 이런 기분이었을까. 리리엘과는 상황이 달랐으나 많은 사람들의 사이에 있어도 이런 고립감을 느낀 것일까.

한때는 모든 것이 쉽다고 생각했다. 특별한 마법과 치유 마법을 가진 데다 깨어 있는 지식을 가지고 있는 리리엘을 좋아하지 않는 사람이 없었다. 리리엘은 그것이 자랑스러웠다. 타인이 리리엘을 사랑하는 것은 당연한 일이었다. 너무 간단하고 쉽기에, 그것들이 없어지고서야 빈자리를 느끼며 후회하고 있는 것일지도 모른다. 길에는 아무도 없었다.

노을이 점차 사라지고 있었다. 리리엘은 사라져가는 붉은빛을 보다 입을 크게 벌리고 오열했다. 지금 이 순간 그녀의 혈육이 너무 보고 싶었다. 리리엘이 우는데도 이제 그녀는 와주지 않았다. 텅 비어버린 빈자리가 이렇게 크게 느껴질 줄 몰랐다. 리리엘은 울었다. 리리엘이 웃을 때 사람들은 함께 웃었지만, 울 때에는 아무도 없었다. 뜨거운 눈물이 자꾸만 흘러내렸다. 가장 어리석은 여자의 후회였다.

———◆———

엘리나 블루벨의 연애사

화이트 기사단에는 유난히 미남이 많았다. 자신들은 모르겠지만, 화이트 기사단원 다수가 미남이었다. 시녀들 중 밝은 성격을 가진 사람 몇이 꺄꺄 거리며 이야기를 나누고 있었다. 이야기의 주제는 엘리나 블루벨과 화이트 기사단원에 관해서였다.

"나는 조제프 경을 밀겠어."

"조제프 경? 맙소사. 말도 안 돼."

"무슨 소리야, 얼마나 훌륭한데. 들어봐."

조제프는 엘리나를 발견한 후 그녀에게 다가간다.

너는 내 본능을 자극해. 거친 속삭임에 엘리나의 눈동자와 그의 눈동자가 부딪친다.

이야기를 들은 시녀가 어쩔 줄을 몰랐다.

"꺄아! 너무 로맨틱한 거 아니야?"

"난 부기사단장님을 미는데."

"헉. 그러고 보니."

부기사단장, 원은 온화하지만 위험한 남자다.

엘리나는 그와 대련을 하며 늘 패배하고 어느 날 대련을 하다 그의 아래
에 깔리게 되는데 늘 다정하다고 생각했던 그의 위험한 면모를 본다.

그는 엘리나를 가지겠다고 속삭인다.

시녀들의 볼이 붉어졌다. 시녀 하나가 재빨리 끼어들었다.

"난 알렉 경!"

"뭐? 알렉 경이라고?"

"그렇게 보여도 알렉 경, 사실은 잘생겼잖아. 몸도 좋고. 거기다 성격도
좋고."

"그건 그렇지."

엘리나, 네게 나는 단지 파트너일 뿐이야?

알렉이 가라앉은 얼굴로 말한다.

엘리나가 그렇다고 말하려는 순간 알렉이 엘리나를 붙잡는다.

그리고….

"그럴 리가 없지 않습니까."

시녀들의 이야기를 듣고 있던 알렉은 다급한 얼굴로 끼어들어 그들의 말
을 재빨리 정정했다. 그는 손을 휘휘 저어 시녀들의 상상이 이어지는 것을
막았다. 알렉에게 방해받은 시녀들이 소리를 질렀다.

"알렉 경! 지금까지 듣더니 왜 끼어드는 거예요!"

"맞아요! 지금까지는 웃으면서 들으셨잖아요."

"시녀분들. 오해하지 마십시오. 저와 엘리나가 사귈 가능성은 없단 말입니다. 여러분은 회색곰과 사귈 수 있겠습니까?"

알렉은 시녀들에게 한숨을 쉬며 말했다. 남의 이야기를 들을 때나 즐거웠지 막상 그 대상이 되니 좋지는 않았다. 시녀들은 고개를 갸웃거리며 회색곰? 엘리나 경이 생각보다 둔하다는 뜻인가? 하며 대화를 나누고 있었다.

미안하지만 정답이 아니었다. 회색곰. 2미터가 넘고 악력이 무시무시하다는 동물. 앞발에 한 번 후려쳐지면 인간은 죽는다. 알렉은 시녀들에게 설명하려다 굳이 설명하지 않았다. 시녀들이 엘리나에게 보고할지도 몰랐기 때문이다.

아룬델을 완전히 물리친 지도 5년이 넘었다. 이제 화이트 기사단장은 엘리나가 되었다. 더 강해진 엘리나가 연무장을 폭발시킨다. 겨울의 마법을 쓴 것이다.

'회색곰에 대해 설명하지 않기를 잘했네.'

곧 허공에서 집사 율리히가 나타났다. 율리히는 성년이 되자마자 집사 업무를 맡았다. 율리히의 얼굴은 웬만한 여자보다도 고왔다. 물론 율리히가 쓰는 마법들은 무시무시했지만. 누가 이동 마법을 저렇게 쉽게 쓰겠는가.

집사복을 입은 율리히는 연무장을 둘러보았다. 율리히는 빙긋 웃었다. 구경하던 시녀들이 그의 웃는 얼굴에 잠시 넋을 놓았다. 그러나 넘어간 사람은 없었다. 집사 율리히는 성격이 매우 나빴던 것이다. 그는 타고난 독설가였다.

"연무장이 무너졌군요."

"아, 그렇군. 미안하게 되었다."

알렉은 두 사람이 함께 있는 장면을 보며 고개를 돌렸다. 율리히의 웃는 얼굴이 갈수록 마왕처럼 변하고 있었다. 폭발 소리에 나온 다른 동료들이 어슬렁거리며 다가왔다.

"무슨 일이야?"

조제프가 물었다. 알렉은 화이트 기사단원들을 바라보았다. 시녀들의 말을 듣고 보아서 그런지 조제프의 외모가 눈에 들어왔다. 확실히 나쁜 얼굴은 아니다. 대공처럼 세기의 미남이라고 할 수는 없으나 조제프도 일단 미남이다. 다른 기사단원들도 썩 나쁘지는 않다. 알렉은 중얼거렸다.

"…그러네."

억지로 갖다 붙인다고 생각했으나, 납득이 가는 이야기였다. 실제로 화이트 기사단은 기사단원들끼리만 지내는 일이 많기도 하고. 하지만. 화이트 기사단은 할 일이 별로 없지만 화이트 기사단장이 해야 할 일은 많다. 수련이나 해야겠다. 엘리나에게 현재 몇천 패를 기록하고 있는지 모르는 알렉은, 한 번이라도 무승부를 따내기 위해 몸을 돌렸다.

※

엘리나는 이제 바빠졌지만, 남는 시간에는 엘쟈네스의 시중을 들었다. 하지만 결코 녹록지 않았다. 엘쟈네스의 첫째 아들인 테오가 엘리나에게 달려들었던 것이다. 테오는 검은 머리칼과 파란 눈을 가진 장난꾸러기였다. 윈터나이트의 특징을 타고났으나 여태껏 태어났던 윈터나이트와는 다르게 씩씩했고 표정 변화도 풍부했다. 테오는 장난감 칼을 들고 있었다.

"이얍! 받아라! 괴물!"

엘리나는 책 한 권으로 테오도르의 장난감 검을 이리저리 막아냈다. 그러면서 적당히 져주는 것도 잊지 않았다. 테오의 공격은 모두 뻔했으나 어떤 공격은 제법 예리하게 들어와 놀랄 때가 있었다. 그동안 엘쟈네스는 침대에 앉아 있었다.

"리나, 미안하구나."

"아닙니다, 마님."

엘쟈네스의 배는 눈에 띄게 나온 상태였다. 몇 년 전 아룬델을 물리치고 윈터나이트 대공가에 돌아온 엘쟈네스는 첫 아이를 임신했다는 소식을 들었다. 멜리사와 르윈스키, 렌 셋은 엘쟈네스를 움직이지도 못하게 했다.

멜리사는 엘쟈네스 대신 내정 살림을 대부분 처리하고 르윈스키는 렌과 엘쟈네스가 함께 있을 수 있도록 업무 처리를 도와주었다. 모두가 엘쟈네스를 애지중지했다. 엘쟈네스가 걷는 것은 자신의 발로 하겠다고 선언할 때까지 렌은 엘쟈네스를 안고 다녔다. 첫 아이인 테오도르는 건강하게 태어났다. 그뿐만 아니라 영특했다. 윈터나이트에는 기쁨이 찾아왔다.

그리고 얼마 전, 엘쟈네스가 둘째를 임신했다. 둘째는 딸이라는 마법 감별 결과가 있었다. 엘쟈네스는 수를 놓거나 리본을 만들고 아기의 옷을 뜨기도 했다. 멜리사는 한술 더 떠 아기가 걸어 다닐 수 있을 때 입힐 드레스들을 만들었다. 온 대공가가 들뜬 상황이었다.

드디어 테오도르가 지쳐 주저앉았다. 엘리나는 분한 척해주었다.

"제가 지다니… 생각도 하지 못했습니다."

"나는 윈터나이트야. 그래서 강하다고!"

테오도르는 자랑스러워하는 얼굴로 또랑또랑하게 말했다. 정말 귀엽다. 테오도르는 지나가던 시녀들마저 자신을 흐뭇하게 보는 것을 몰랐다.

"멜리사는 바쁘다고 하니?"

"네. 곧 끝낼 수 있으니 걱정하지 말라고 말씀하셨습니다."

"엘리나. 엘리나."

테오도르가 엘리나에게 책을 한 권 가져왔다. 아기는 어떻게 생기는지에 대해 쓴 동화였다.

"나 책 읽어줘."

"테오 님은 글을 잘 읽지 않습니까."

"그렇지만 읽어줘."

"알겠습니다. 아기는 어떻게 생길까요. 요정이….."

동화는 어린이들을 위한 것이다. 당연한 이야기겠지만. 동화에는 사랑하는 사람들이 입맞춤을 하면 요정이 아이를 내려준다고 쓰여 있었다. 테오도르는 원터나이트였다. 아이는 다섯 살쯤 되었으나 보통 다섯 살 이상으로 영민했던 것이다. 테오도르가 물었다.

"그렇지만 어머니는 임신했잖아."

"요정이 도와주신 겁니다."

"아니야. 그럴 리가 없어. 요정은 없단 말이야. 아기는 어떻게 생기는 거야, 엘리나?"

테오도르의 눈빛이 초롱초롱했다. 윽. 엘리나는 테오도르의 시선을 피했다. 거짓말을 해야 할까. 아니면 사실대로 말해야 할까. 갈등이 오는 순간이었다. 엘리나는 둘러대기로 했다. 살색 향연을 아이에게 설명할 자신이 없었다. 엘쟈네스는 엘리나의 말을 듣겠다는 듯 즐거운 얼굴을 하고 있었다. 엘리나의 얼굴이 진지해졌다.

"요정이 준 게 맞습니다."

"거짓말."

"진짜입니다. 테오 님도 원래는 요정에게서 온 겁니다."

아이는 엘리나의 진지한 얼굴에 속아 넘어간 모양이었다. 테오도르는 동화를 쳐다보았다. 요정에게서 왔다는 건 주워온 것이나 다름없다는 말이 아닌가. 테오도르의 눈동자가 커졌다. 충격에 빠진 얼굴이었다.

"난 요정의 집 자식이었어!"

어디서 그런 말을 들은 건지, 테오도르는 이렇게 말하고 뛰쳐나갔다. 엘리나는 엘쟈네스를 보았다. 엘쟈네스는 웃고 있었다. 아이를 키우다 보면 이런 일 저런 일이 생기는 법이다. 엘리나는 말했다.

"모셔 오겠습니다."

"그러렴, 리나."

엘리나는 서둘러 테오도르를 따라잡기 위해 나갔다. 어리지만 윈터나이트였다. 멀리 가기 전에 찾아야 했다. 그러나 테오도르는 보이지 않았다. 테오도르가 갈 곳은 한 군데뿐이었다. 엘리나는 발걸음을 옮겼다.

⁂

"테오도르 님, 어디를 가시는 중입니까?"

복도를 걷던 율리히는 테오도르를 발견하고 자세를 낮추었다. 테오도르는 고사리 같은 손을 열심히 흔들었다. 매우 심한 충격에 빠진 사람처럼 알아들을 수 없는 말을 하던 테오도르가 말했다.

"율리히. 나는 우리 집 아이가 아니래."

"네? 무슨 소리를."

"나는 요정의 집 자식이야. 주워온 애래."

"누가 그런 말을 하나요."

"엘리나가!"

율리히의 표정이 순간 바뀌었던 것도 모른 채 테오도르는 열심히 말하고 있었다.

"원래 요정이 아이를 주는데 나는 요정한테서 가져온 아이야."

"…이 여자가."

"여자가? 그게 뭐야?"

"아무것도 아닙니다. 테오도르 님, 일단 코코아를 마시는 게 좋겠네요. 마시멜로도 같이 나올 겁니다."

"와아!"

테오도르는 양손을 반짝 들어 올렸다. 만세의 신호였다. 율리히는 단것을 즐기는 편이 아니었다. 그런 그의 집무실에 코코아나 과자가 있는 것은 순전히 테오도르 때문이었다. 테오도르가 단것을 좋아했기 때문이다. 테오도르는 커다란 마시멜로를 띄운 코코아를 후후 불어 마시는 데 정신이 없었다. 작은 발이 까딱였다. 율리히는 이마를 짚었다.

"어떻게 해야 하지."

테오도르를 상대하는 사이 시간이 많이 지났다. 엘리나 이 인간은 대체 어디서 뭘 하는 건가. 그때 문이 열렸다. 호랑이도 제 말 하면 온다고, 역시나 엘리나였다. 엘리나는 율리히에게 와서 말했다.

"대공자님을 찾으러 왔다."

"여기에 있습니다. 대체 무슨 말을 했기에 요정에게서 주워온 자식 이야기를 하는 겁니까?"

"책을 읽어주었는데 뭔가 실수를 한 것 같다."

두 사람은 만날 기회가 많았다. 화이트 기사단장과 집사는 밀접한 관계를 맺고 있었고, 테오도르가 태어나며 낮에는 엘리나가, 밤에는 율리히가 테오도르를 맡았다. 그러다 보니 둘의 접점은 꽤 많았다. 테오도르는 아직 코코아를 다 마시지 않았다. 율리히는 빠른 속도로 종이에 시안을 적어내려 갔다. 그런 율리히를 물끄러미 쳐다보던 엘리나가 말했다.

"나도 코코아를 좋아한다."

"알아서 드시죠."

말은 그렇게 했으나 엘리나가 요리에 큰 재주가 없다는 것을 두 사람 모두 알고 있었다. 하여튼. 어울리지 않게 단것은 좋아하지. 율리히는 코코아를 끓여 엘리나의 앞에 놓았다. 엘리나가 율리히를 불렀다.

"잠깐."

"또 뭡니까."

"마시멜로가 없다."

"경은 몇 살이길래."

율리히는 대답하며 익숙한 손길로 마시멜로를 넣었다. 테오도르는 기분이 좋아진 눈치였다. 코코아는 하루 한 잔 이상 마실 수 없었다. 코코아를 마신 테오도르가 밥을 먹지 않았기 때문이다. 두 사람은 이야기를 시작했다.

"버베나가 방문한다더군."

"이제 북쪽과 남쪽은 활발히 교류하니까요."

"왕족들이 온다는 말이 사실인가."

"네. 비 각하와 친분이 있다고 하더군요."

대공비가 어릴 적 잠시 버베나에 머물렀을 때 왕족들과 친분을 가졌다고 했다. 어찌 되었든 윈터나이트 입장에서 손해는 아니었다. 버베나는 남쪽보다는 북쪽에 좀 더 가까운 느낌이었다. 별다른 문제는 없을 것이다. 준비하고 또 준비했으니. 율리히는 전대 집사보다 뛰어난 업무 능력을 보였다. 율리히는 글을 적어내려 가다 엘리나에게 말했다.

"경. 겨울 마력의 상황에 대해 말해주세요."

"점점 더 강해지고 있다."

"그거 말고요."

"통제하기가 어려운 것 같군."

"손을 내밀어보세요."

율리히는 마력을 감지했다. 조부인 집사가 혀를 내두를 정도로 율리히의 마법에 대한 이해도는 높았다. 율리히 입장에서는 간단한 일이었다. 엘리나에게 깃든 마법을 살펴보고, 모자란 부분은 보수하고 과한 부분은 정리한다. 엘리나의 마력은 상당히 제멋대로 날뛰는 상태였다. 율리히는 테오도르를 바라보았다. 테오도르에게 깃든 겨울의 마법은 강력했다.

"대공자님이 좀 더 클 때까지 지켜보는 편이 좋겠습니다."

"나도 그런 생각을 했다."

화이트 기사단 중 엘리나의 마력만 유달리 강해질 이유가 없다. 짚이는 이유라면. 엘리나가 다른 화이트 기사단원들과 달리 테오도르를 가까이한 다는 사실이었다. 율리히 또한 테오도르가 태어난 이후 마력에 대해 통달하 게 되었으니. 율리히는 가볍게 손가락을 움직여 책 몇 권을 뽑아냈다.

"이곳에 전대 대공들에 관한 기록이 있습니다. 아룬델 세력과 대공의 힘 은 반비례한다는 문구도 있는데. 자세한 건 모르겠네요. 아룬델이 사라진 적이 없어서 말이죠."

"엘리나, 난 정말 요정에게서 주워온 거야?"

갑작스럽게 테오도르가 끼어들었다. 테오도르의 바다빛 눈동자에 수심이 가득했다. 또래에 비해 발달 수준이 높았으나 테오도르도 어린아이였다. 율 리히는 턱을 괸 채 엘리나를 향해 삐딱하게 물었다.

"대체 테오도르 님께 무슨 말을 한 겁니까?"

"별일은 아니다. 그저 아기가 어떻게 생기는지에 대해 말했을 뿐이다."

"설마 이번에 새로 산 동화책을 말하는 건 아니겠죠? 아이는 요정이 내려 준다는, 그?"

"어떻게 알았지. 신기하군."

율리히는 엘리나에게 한마디 하려다 말았다. 눈앞에 상황이 그려지는 것 같았다. 마님은 나이가 들수록 은근히 짓궂어지셨다. 그렇기에 마님은 엘리 나가 아이는 요정이 내려주는 것이라고 주장하는 광경을 즐겁게 보셨을 것 이다. 테오도르는 엘리나의 말을 듣고 진짜라고 생각했겠지. 엘리나가 진지 한 얼굴로 말하면 전혀 거짓말로 보이지 않기 때문이다. 테오도르는 사람이 거짓말을 하면서도 진지한 얼굴을 할 수 있다는 사실을 아직 인지하지 못했 다. 율리히는 테오도르를 불렀다.

"테오도르 님."

"응, 율리히."

"아기가 어떻게 생기는지 궁금하십니까?"

"응! 정말 궁금해!"

테오도르가 신이 나서 외쳤다. 지금 뭘 하는 짓인가. 엘리나가 불안하게 율리히를 바라보았다. 대공자님도 알 건 아셔야 하지 않겠습니까. 율리히는 시선을 피하지 않았다. 그만둬. 아이도 알 권리가 있습니다. 이 장시간 논쟁의 끝은 테오도르가 갑작스럽게 소리를 치며 종결되었다. 테오도르는 외쳤다.

"짝짓기야!"

"네?"

"테오도르 님?"

"마구간의 말들이 짝짓기를 해서 망아지를 낳았으니까, 엄마 아빠도 짝짓기를 한 거야!"

"방금 뭐라고⋯."

"네?"

"짝짓기!"

아이는 때로 어른들을 당황스럽게 만든다. 그중에서도 테오도르는 어른을 당황시킬 때가 또래에 비해 월등히 많았다. 테오도르는 혼자 고개를 끄덕였다. 어떻게 좀 해보십시오. 율리히의 눈동자가 흔들렸다. 나도 모른다. 엘리나의 눈동자도 마구 흔들렸다. 두 사람을 당황시켰다는 사실도 모른 채 테오도르는 신이 나서 손을 흔들었다. 아이는 답을 알아냈다는 데 몹시 만족스러워하는 눈치였다. 결국 율리히가 테오도르의 가정 교사를 들이기로 하며 일은 마무리되었다.

저녁 식사를 하던 중 대공과 대공비가 엄마 아빠도 짝짓기를 했냐는 물음에 당황한 것은 이후 일어난 일이었다.

다행스럽게도 테오도르는 아기가 어디에서 오는지에 대한 관심을 끊었다. 버베나에서 오는 사람들을 맞이할 준비에 흥미를 가지게 되어서였다. 테오도르는 돌아다니며 고용인들에게 왜 커튼을 가는지 물어보기도 하고 남쪽의 여름에 대해 물어보기도 했다. 준비가 거의 끝나자 윈터나이트 대공 부부, 렌과 엘쟈네스만의 시간이 생겼다.

테오도르가 전대 대공 부부인 르윈스키, 멜리사와 함께 밖에 나간 사이 두 사람은 조용한 시간을 보내고 있었다. 엘쟈네스는 웃었다.

"간만에 조용하네요, 렌."

"테오가 없으니 확실히 조용합니다."

"아이가 빨리 자라긴 하나 봐요. 이제 제법 사교계에 어울릴 법한 예법도 따라 하더라고요."

"…짝짓기 이야기를 할 때에는 놀랐습니다."

엘쟈네스가 웃음을 터뜨렸다. 테오도르는 르윈스키와 멜리사에게마저도 할머니 할아버지는 짝짓기를 했냐고 물었다. 덕분에 가족들은 르윈스키의 얼굴에 당황스러운 감정이 실리는 장면을 볼 수 있었다. 유일하게 당황하지 않은 사람은 멜리사였다. 멜리사는 침착하게 아이에게 성에 관해 설명해 주었다. 테오도르는 잘 이해하지 못한 눈치였지만 답을 들어서인지 더 이상 궁금해하지 않았다. 문득 렌은 말했다.

"엘리나 블루벨 경이 연애를 한다는 소문이 있습니다."

"어머나. 리나가요?"

"그렇다고 합니다."

엘리나는 하루 종일 엘쟈네스와 붙어 있었다. 렌의 가장 강력한 라이벌은 엘리나였다. 엘쟈네스도 엘리나를 좋아했는데, 테오도르마저도 엘리나를 보면 떨어질 생각을 하지 않았다. 심지어 르윈스키와 멜리사마저도 엘리나를 든든하게 여기고 있었다. 렌은 미묘한 기분을 느끼고는 했다. 엘쟈네스가 대답했다.

"하지만 들어본 적이 없는걸요. 리나가 연애를 했다면 제가 가장 먼저 알았을 거예요."

"그렇습니까."

"맙소사, 렌. 지금 엘리나에게 질투하는 거예요?"

엘쟈네스의 웃음소리가 맑았다. 렌은 아내의 시선을 피했다. 엘리나가 연애하기를 바라는 사람은 은근히 많았다. 윈터나이트 저택의 시녀들은 엘리나에게 좋은 짝이 생기기를 바랐고 화이트 기사단원들은 새로운 일이 생기기를 바랐다. 그중 렌이 엘리나에게 짝이 생기기를 가장 많이 바랄 것이다. 엘쟈네스는 가끔 그렇게 생각하고는 했다.

"버베나 쪽 사람이어도 괜찮을 것 같습니다."

"엘리나가 먼 곳으로 갈지도 모르니까요?"

엘쟈네스가 다시 웃었다. 눈물이 찔끔 날 정도로 웃은 엘쟈네스는 렌에게 말했다.

"제가 가장 사랑하는 사람은 렌이에요. 사람이 살면서 이렇게 행복할 수도 있다는 걸, 렌이 알려주었는걸요."

엘쟈네스의 배 안에 있던 아기가 그 말에 맞추어 움직였다. 태동이 많았던 테오도르와는 달리 둘째 아기는 움직임을 보이지 않아 걱정하던 차였다. 부부의 얼굴이 환해졌다. 이 소식을 멜리사와 르윈스키에게 전달하면 두 사람도 기뻐할 것이다. 첫 태동이었다.

"요즘 다들 엘리나에 대해 궁금한가 봐요. 아나스타샤도 제게 편지를 보내왔거든요. 엘리나 블루벨 경에게 짝이 있냐고 묻는 내용이었어요."

"아나스타샤는 블루벨 경의 팬이니까요."

"렌도 리나가 연애를 한다는 소문이 있다고 했잖아요. 테오를 키우며 느낀 건데, 사람의 직감은 의외로 마법 같아요. 헛소문일지도 모르지만, 정말로 무슨 일이 생길지도 몰라요."

엘쟈네스가 미소 지으며 말했다.

며칠 후, 버베나의 왕족들이 방문했다. 시녀들은 아침부터 분주하게 별장을 단장했다. 버베나에서 에너지석이 발견될 가능성이 커졌기 때문에, 아마릴리스 황가는 버베나와의 친교를 원하고 있던 참이었다. 저택의 바쁜 분위기 때문에 이전까지 존재하던 사소한 소문은 금세 시들해져버렸다.

오히려 그랬기에 누구도 몰랐다. 엘리나가 버베나 왕족과의 접점을 가지게 될 줄은.

"놓으십시오."

엘리나는 그녀를 신기하다는 듯 내려다보는 남자의 손을 떼어냈다. 화려한 외모의 미남은 흥미로워하는 어조로 엘리나에게 말했다.

"너는 정말로 내게 관심이 없구나."

기억을 더듬자 아침의 일이 떠올랐다. 테오도르가 드물게도 떼를 쓰고 있었다. 테오도르는 윈터나이트로서 교육받으며 자라났기에 자신에게 의무와 책임이 뒤따른다는 것을 알고 있었다. 그랬기에 테오도르가 떼를 쓰는 것은 안 된다는 사실을 알면서도 해보는 일에 가까웠다. 아이는 렌에게 울먹거리며 외쳤다.

"아빠, 여기는 테오 집인데 왜 테오는 수영하면 안 돼요?"

"테오."

엄격하게 테오도르를 부른 엘쟈네스가 잠시 말을 멈추었다. 어떻게 설명해야 할지 몰랐기 때문이다. 테오도르는 수영을 무척 좋아했는데 봄이 되면

166

서 별장 주변의 호수에서 헤엄치는 것을 즐기는 중이었다. 버베나의 왕족들이 방문하는 날이 되자, 테오도르의 호수 출입은 금지되었다. 테오도르는 그 사실을 이해하지 못하고 있었다.

"테오가 수영하면 버베나 왕족들이 싫어해요?"

"그렇지는 않아. 하지만 테오가 거기에서 수영을 하면 손님들이 불편해할 수도 있단다."

"조용히 수영을 하면 되잖아요, 엄마."

바다빛 눈동자에 눈물이 그렁그렁 고여 있었다. 한 번도 쓰지 않던 떼를 쓰는 것을 보니 호수에 가지 못한다는 사실이 정말로 싫은 모양이었다. 아이는 신분에 대해 이해했지만, 자신의 신분이 어떻게 받아들여지는지에 대해서는 이해하지 못했다. 보이지 않는 추상적인 개념에 대해 잘 이해하지 못했기 때문이다. 엘쟈네스는 한숨을 쉬었다.

"테오. 만약에 테오보다 더 강한 아주 나쁜 사람이 테오를 해치려고 하면 어떻게 하겠니?"

"아빠가 나쁜 사람을 이겨요!"

"테오."

감동적이었지만 곤란한 상황이었다. 테오도르는 렌이 세상에서 가장 강하다고 믿고 있었다. 물론 거의 사실이기는 하지만. 설명하려던 엘쟈네스는 말을 잇지 못했다. 렌은 테오도르를 부른 뒤 시선을 맞추었다. 렌의 요지는 테오도르가 수영을 하지 못하는 것은 렌처럼 강해지기 위한 수련의 일부라는 것이었다. 렌의 말이라면 뭐든 믿는 테오도르는 고개를 열심히 끄덕였다.

"엘리나, 오리가 없어."

문제는 오후에 생겼다. 테오도르가 엘리나의 소매를 잡아당기며, 이 일이 시작되었다. 화이트 기사단은 버베나의 왕족들과 만날 일이 없었다. 단장인 엘리나가 기사들의 예법에 대해 가르쳤으나 별 성과가 없었기 때문이다.

그러던 중 테오도르가 자신의 오리를 찾았다. 마법 전쟁 이전에 만들어진 오리는 가벼워 물에 동동 뜨는 물건이었다. 시녀들은 일을 하기에도 바빠 보였다. 하는 수 없었다. 조용히 가져오는 게 나을 것 같다. 그렇게 생각한 엘리나는 발걸음을 옮겼다. 테오도르의 오리를 찾는 것은 어렵지 않았다. 샛노란 오리 장난감은 쉽게 눈에 들어왔으니까.

'그러고 보니 이걸 황제 폐하께서 보내셨던가.'

무려 아마릴리스 황제가 하사한 물건이었다. 거기에 이 시대의 기술로는 결코 만들 수 없는 물건이기도 했다. 생각보다도 귀중한 물건이었다. 오리 장난감을 집어 든 엘리나는 앞으로 오리 장난감을 더 주의 깊게 살펴야겠다는 생각을 했다.

인기척을 느낀 것은 그때였다. 빠르게 자리를 피할 수도 있었지만, 다가오는 사람이 검을 배우거나 마법을 지녀 엘리나를 발견할 경우도 배제할 수 없었다. 수상하게 보일 바에야 인사를 하는 쪽이 좋겠다. 엘리나는 기척의 주인 쪽으로 걸어갔다. 아무것도 모르는 것처럼.

기척의 주인은 타오르는 것 같은 주홍색의 머리칼을 가진 미남이었다. 엘리나는 손님에게 할 법한 간단한 묵례를 하고 가던 길을 마저 갔다. 아니, 가려고 했다. 그가 자신을 잡지 않았다면 갈 수 있었을 텐데.

"윈터나이트 쪽 사람인가?"

남자는 나른한 얼굴로 물었다.

"네, 그렇습니다."

엘리나는 정중하게 대답했다. 엘리나는 별다른 생각을 하지 않았다. 그저, 남자의 머리칼을 보며 남쪽 사람들은 확실히 북쪽에 비해 화려한 외모를 가지고 있다는 생각을 했을 뿐이다. 그랬기에 엘리나는 그가 흥미로워하는 눈으로 엘리나를 바라보고 있다는 사실을 몰랐다. 남자가 엘리나에게 말했다.

"옷차림을 보아하니 시녀 같은데."

"맞습니다."

"원래 부끄러움을 많이 타나? 아니면 일부러 이런다든가?"

"무슨 말씀이십니까?"

엘리나는 영문 모를 말을 하는 남자에게 물었다. 이 남자가 왕족이든, 왕족들과 함께 온 수행원이든 친절하게 대할 의무가 있었다. 마찰을 빚어봐야 좋을 게 없었기 때문이다. 엘리나는 그를 의아하게 바라보았다. 그는 엘리나의 눈을 바라보며 나직하게 속삭였다.

"솔직하게 말해봐. 네가 원하는 것을."

"지금 무슨 말씀을 하시는 겁니까?"

남자는 갑작스럽게 엘리나의 손목을 잡았다. 겨울의 마법을 받은 기사가 일반인에게 대응할 수는 없었다. 그는 신기한 것을 보는 것처럼 엘리나를 이리저리 둘러보았다. 명백한 무례였다. 엘리나는 그의 손을 떼어내며 말했다.

"놓으십시오."

"너는 정말로 내게 관심이 없구나."

여기까지가 엘리나에게 생긴 일이다. 엘리나는 남자의 옷 재질을 살펴보았다.

최근 엘리나가 가진 겨울의 마력이 폭발적인 힘을 내는 일이 잦아져 화이트 기사단 전체가 버베나의 손님들을 맞는 데 동참하지 않았다. 그랬기에 엘리나는 버베나에서 온 손님들에 대해 잘 알지 못했다. 하지만 남자의 옷 재질과 잘 관리된 외모는, 상류층에서나 찾아볼 수 있는 것이었다. 블루벨 후작가도 결코 버베나의 귀족들에게 뒤떨어지지는 않지만 역시 무례하지 않은 편이 좋으리라. 엘쟈네스에게 민폐를 끼치고 싶지는 않았다. 엘리나가 얌전히 있자 남자는 엘리나를 놓아주었다.

"신기하군. 혹시 마법에 대해 면역력이 있나?"

"모르겠습니다."

겨울의 마력이 상대방의 마법을 막았을지도 모른다. 그렇게 생각하자 남자의 반응을 이해할 수 있었다. 남자는 상대방이 자신에게 관심을 가지게 하는 종류의 마법을 사용하는 모양이었다. 화이트 기사에게 그런 것은 통하지 않는다. 이걸 굳이 남자에게 설명해줄 필요는 느끼지 못했다. 남자는 정말이냐는 듯 엘리나의 눈을 들여다보았다. 신비로운 파란 눈동자가 그를 향했다. 시녀라고는 믿을 수 없는 눈빛이었다. 시녀보다는 좀 더 자유로운, 드높은 창공이 생각나는 눈. 면역 마법이 발동되었느냐를 알아보려다 엘리나의 눈빛에 사로잡힌 남자가 매력적으로 웃었다.

"내가 이곳에 머무는 동안 시중을 들 생각은 없나?"

"저는 마님의 전속 시녀입니다. 죄송합니다."

"생각이 바뀌면 나를 찾아오라고. 쥬에라고 말하면 누구나 알 거다."

"알겠습니다."

엘리나는 그저 고개를 끄덕여 대답했을 뿐이다. 남자, 쥬에는 뒤돌아 걸어갔다. 버베나 왕족 중 한 사람일까. 어느 쪽이든 간에 이상한 남자라는 생각이 들었다. 쥬에라는 이름은 남쪽에서 여성에게만 붙인다는 엘쟈네스의 말이 갑작스럽게 떠올랐으나 순간이었다. 시간이 없었다. 테오도르에게 어서 오리를 가져다주어야겠다.

엘리나는 그렇게 생각했으나 생각한 내용을 곧바로 실행에 옮기지 못했다. 왜냐하면, 또 다른 이상한 남자와 마주치게 되었던 것이다.

두 번째로 만난 검은 머리의 남자는 엉뚱하게도 곰과 대치하고 있었다. 최근 윈터나이트 숲에 가끔 나타나는 갈색 곰이었다. 영리한 편이라 사람을 멀리해 신경 쓰지 않고 있었는데. 사람의 키 두 배는 될 커다란 곰이 으르렁거렸다. 엘리나가 이 남자 역시도 이상하다고 생각한 것은, 남자의 표정에 실린 근엄함 때문이었다. 곰이 앞발을 들고 위협하고 있는데도 남자의 얼굴색에는 변화가 없었다. 남자는 말했다.

"나는 너를 화나게 할 의도가 없었다."

남자의 말에 곰이 포효했다. 남자는 한술 더 떠 두 손을 들어 올렸다. 사람들에게는 무기가 없다는 것을 강조하는 표시였으나, 곰에게 남자의 제스처는 위협으로 비칠 것이다. 곰이 남자를 향해 달려들었다. 일단 막는 편이 좋겠다. 남자는 곰이 달려드는데도 진지한 표정으로 곰을 보고 있었다. 곰이 앞발을 내리치는 순간, 누군가가 가볍게 끼어들었다. 가볍게 흔들리는 레이스 자락. 시녀를 뜻하는 하얀 리본. 남자는 곰을 막아낸 사람이 시녀라는 사실을 깨달았다. 여장을 한 남자인가 생각해보았으나 분명히 여자의 골격을 가지고 있었다. 아니.

"사람이 곰을 막을 수 있는 건가…."

남자는 자신도 모르게 중얼거렸다. 눈을 한 번 깜빡거리자 곰이 쓰러졌다. 죽지는 않았다. 바닥에 쓰러진 곰이 이쪽을 노려보기 전, 엘리나가 부드러운 손길로 곰을 쓰다듬었다. 넓은 목과 배의 털을 기분 좋게 주물러주자 곰이 한결 순해진 눈으로 엘리나를 바라보았다. 엘리나는 흐뭇하게 웃었다.

"곰도 마님께 하는 마사지의 가치를 아는군."

엘리나가 자신을 해칠 의사가 없다는 것을 알아챈 곰이 엘리나의 손을 한 번 핥았다. 아니. 사실은 절대적인 강자에 대한 애교에 가까웠다. 곰은 생존하기 위해 애썼다. 그것을 모르는 남자는 신기한 광경이라고 생각했다. 곰을 쓰러뜨린 시녀가 이제는 곰을 달래고 있었다. 남자는 물었다.

"그대는, 마법사인가?"

"아닙니다. 저는 지나가던 시녀입니다."

"그 몸놀림은 일개 시녀의 것이 아니다. 그대는 누구인가."

"저는."

"사실대로 말해주면 좋겠군."

"마님의 시녀이자 윈터나이트 기사단에 소속된 엘리나 블루벨입니다."

"엘리나 블루벨? 블루벨 후작가의?"

"네."

순간 남자가 중얼거렸다. 골치 아프게 되었군. 곰은 몸을 일으켜 어슬렁어슬렁 새끼가 있는 곳으로 돌아갔다. 저 멀리에서 고개를 빠끔 내민 새끼가 순박한 눈망울로 어미를 보고 있었다. 새끼가 있어서 예민해진 모양이었다. 엘리나는 남자에게 설명했다.

"봄철, 어미 곰은 예민해집니다. 아마 그래서 화가 났던 것 같습니다."

"그렇군. 그대 덕분에 목숨을 건졌어."

"사고가 일어나지 않아 다행입니다."

엘리나는 정중하게 묵례했다.

"그대는 시녀일 뿐만 아니라 기사이기도 한 거군."

"그렇습니다."

"북쪽의 여기사들은 다 그대처럼 강한가?"

"잘 모르겠습니다. 다만, 저는 북쪽에서 다섯 손가락 안에 꼽힐 정도로 강합니다."

엘리나는 그를 향해 미소 지었다. 강한 기사만이 지을 수 있는 자긍심 어린 미소였다. 자신에게 한 치의 회의감도 품지 않는 자의 눈빛. 그 강렬함에 남자가 멈칫했다. 그는 물었다.

"그대는 그대 스스로가 강하다고 생각하나?"

"저는 그저 제 자신을 믿을 뿐입니다."

남자는 엘리나의 말에 감명을 받은 것 같았다. 딱딱하던 그의 얼굴에 약간의 미소가 걸렸다. 그의 눈빛이 부드러워졌다.

"그렇군. 고맙네."

정말로 이상한 날이었다. 두 번째 남자를 보낸 엘리나는 그렇게 생각했다. 그러나 이상한 일은 그치지 않았다. 저택으로 돌아온 엘리나는 버베나의 세 번째 왕자가 엘리나 블루벨과 대련하기를 요청하고 있다는 소식을 듣게 되었다.

"엘리나 경."

시녀장인 아이라가 차분하게 엘리나를 불렀다. 이제 아이라는 화이트 기사단장이 된 엘리나에게 존칭을 썼다. 다른 시녀들은 곤혹스러워하고 있었다. 엘리나는 물었다.

"무슨 일이십니까? 시녀장 님."

"버베나의 셋째 왕자님께서 엘리나 경과의 대련을 요청하고 계십니다."

"남쪽의 검술을 보고 싶었는데 잘된 일이군요."

"문제는…."

아이라는 말을 이었다.

"셋째 왕자님께서는 경이 남자라고 철저히 믿고 계십니다."

"다시 말해주십시오."

엘리나는 당황해 아이라에게 물었다. 사정을 들어보니, 셋째 왕자는 북쪽에서 제일가는 기사가 여자라고 생각하지 못한다는 것이다. 그는 엘리나의 이름을 듣자마자 여성스럽다며 특이하다는 말을 했다고 한다. 왕자는 절대 엘리나를 여성이라고 생각하지 않는 것 같았다. 그럴 만도 했다.

엘리나는 엘쟈네스에게 설명을 들은 적이 있었다. 남쪽은 북쪽에 비해 여기사가 현저히 적다고. 물론 그 사실은 크로커스가의 기사들과 대련을 했던 엘리나가 가장 잘 알고 있었다. 북쪽은 기사의 성별이 여자이든 남자이든 기사라는 말을 쓰는 데 비해, 남쪽은 여기사라는 말을 쓰지 않는가. 물론 북쪽도 여기사라는 말을 쓰기는 했으나, 단지 생활의 편의를 위해서였다.

어떻게 해야 할까. 엘리나는 고민하다 아이라의 안내를 따라 셋째 왕자에게로 향했다. 윈터나이트의 연무장에 왕자가 서 있었다. 그는 옅은 주황색의 머리칼을 가진 남자였다. 엘리나는 정중하게 묵례했다.

"엘리나 블루벨입니다."

"아벨 버베나. 북쪽 최고의 기사라는 말을 들었어. 잘 부탁하지."

아벨은 성격이 급해 보였다. 그는 만나자마자 초면인 엘리나의 손을 꽉 맞잡았다. 아벨 버베나 왕자가 검에 미쳐 있다는 소문이 자자하다는 말을 들은 바 있다. 실제로 뛰어난 검술 실력을 가지고 있다고 했지. 엘리나는 그를 가만히 살펴보느라 아벨 버베나의 눈빛이 잠시 흔들렸다는 사실을 알지 못했다.

'무슨 남자가.'

아벨 버베나는 북쪽에 온 이후 가장 강한 기사인 엘리나 블루벨에 대한 칭송을 수도 없이 들었다. 강하고 고고하다는 기사. 모든 주인을 거절했다는 전설의 기사. 이름이 조금 걸리기는 했으나 북쪽이니 그럴 수 있다고 생각했다. 아벨은 깊은 눈빛을 가진 기사를 상상했다. 가장 강한 기사이니 근육도 상당할 것이라고 생각했다. 그러나 실제로 보니 블루벨은 여자와 다름없지 않은가.

얼굴도 여자 같았는데 맞잡은 손마저 작고 고왔다. 차라리 이곳에서 만난 다른 기사들이 훨씬 그 엘리나 블루벨에 어울릴 것 같았다. 물론 악력은 여자가 낼 수 있는 것이 아니었다. 아벨은 곧 더 이상의 생각을 하지 않았다. 예사로운 상대가 아니었다. 아벨이 손을 꽉 붙잡았는데도 엘리나 블루벨의 얼굴에는 변화 하나 없었다.

"내가 경에게 대련을 신청했어. 북쪽에서 가장 강한 기사의 실력을 알고 싶었거든."

"미흡한 솜씨지만 영광입니다."

"그런 말은 대련 후 해도 늦지 않아."

아벨의 재촉으로 두 사람은 검을 들었다. 엘리나가 인사했다.

"잘 부탁드립니다."

"좋아."

아벨은 긴말을 하지 않았다. 그는 이를 씩 드러내고 웃더니 달려들었다. 엘리나 블루벨은 망토를 걸치고 있었다. 움직임을 제한하는 옷. 아벨을 우습게 여겼든지, 방심했든지, 둘 중 하나였다. 아벨은 블루벨의 망토를 잘라 낼 것이다. 제대로 붙어야지. 그는 기세 좋게 검을 내리쳤다.

순간 팔이 저릿저릿해졌다. 엘리나가 검을 막다 못해 그 반동을 이용해 아벨을 도리어 공격한 것이다. 아벨은 엘리나가 딱 두 걸음 움직였다는 사실을 깨달았다. 그래, 이래야 북쪽 최고의 기사라고 할 수 있지. 아벨은 오히려 배부른 맹수처럼 만족스럽게 웃었다.

남쪽의 검술은 대개 생존을 위한 것들이었다. 그랬기에 엘리나의 정석적인 검술이 마음에 들었다. 기본기가 탄탄한 검이 아벨의 검을 가볍게 막아 내고 있었다. 아벨은 웃었다.

"강한데?"

"감사합니다."

아벨은 약했다. 엘리나는 그렇게 생각했으나 굳이 밖으로 드러내지 않았다. 아벨의 검술은 기사 같기도 했으나 때때로 용병 같기도 했다. 흥미로운 방식이었다. 아직까지는 여유가 있었다. 아벨은 제대로 된 공격을 하지 않는 엘리나 블루벨을 이리저리 몰아붙였다. 얼핏 보면 아벨이 엘리나 블루벨을 이기는 것 같았지만 공격의 주도권은 엘리나 쪽에 있었다. 엘리나는 아벨의 모든 공격들을 방어했다. 가끔 가다 아벨의 검을 쳐낼 때 느껴지는 속도와 힘은 누구도 따라갈 수 없을 만한 것이었다. 방어에 특화된 검술은 아닌 것 같은데. 아벨은 엘리나를 더 몰아붙였다.

"제대로 하라고!"

"이편이 왕자님께 더 좋습니다."

그 말에 오기가 흘렀다. 엘리나가 제대로 상대하면 아벨은 순식간에 쓰러질 거라는 말처럼 들리지 않는가.

아벨은 그 말을 취소하게 만들려고 노력했으나 성과는 없었다. 시간이 흐르자 점차 그의 이마에서 땀이 흐르기 시작했다. 반면 엘리나의 얼굴은 변화 하나 없었다. 이럴 리가 없는데. 초조해진 것은 아벨이었다. 아벨은 자신 있는 찌르기를 시도했다. 검이 여러 번 엘리나를 찔러 들어갔다. 순간 고고했던 기사의 얼굴에 흥미로운 빛이 스쳐 지나갔다. 북쪽에서 가장 강하다는 말은 과언이 아니었다.

"끝내겠습니다."

"뭐라고?"

아벨은 엘리나의 말을 믿을 수 없어 물어보았다. 그 순간 엘리나가 단번에 검으로 아벨을 찔렀다. 아벨이 사용한 것과 같은 검술이었다. 무시무시한 습득 속도였다. 아벨은 손을 들어 올렸다. 이길 수 있는 상대가 아니었다. 아벨이 아무리 오기에 가득 찼다지만 상대의 실력쯤은 가늠할 수 있었다. 아벨은 말했다.

"…내 패배를 시인한다."

버베나의 기사들은 모두 당황하고 말았다. 아벨 버베나가 누구인가. 검에 미쳐 있어 웬만한 기사들을 모두 꺾은 괴짜 왕족이 아닌가. 검을 향한 그의 열정은 누구도 따라갈 수 없을 정도였다. 그런 아벨을 북쪽의 기사가 너무나도 손쉽게 이겼다. 북쪽 최고의 기사라는 호칭은 괜히 있는 것이 아닐지도 모른다. 누군가는 그렇게 생각했다. 아벨은 손을 내밀었다.

"그대가 이겼어, 블루벨 경. 사실 처음에는 경을 깔봤어. 얼굴이나 체구 때문에 여자 같다고 생각했거든. 사과하지. 경은 정말로 강해."

"아, 성별을 말하는 거라면 저는 여자가 맞습니다."

"뭐?"

엘리나가 너무 아무렇지도 않게 말했던 탓에 아벨은 순간 얼떨떨하게 되묻고 말았다. 지금 엘리나 블루벨이 뭐라고 하는 거야. 자신이 여자라고? 아벨은 엘리나에게 가까이 다가갔다. 정말로 목젖이 없었다. 아벨은 눈을 크게 떴다. 그가 여자에게 패배했다. 이렇게 쉽게. 엘리나가 말했다.

"놀라게 해드렸다면 죄송합니다."

"아니. 괜찮아."

아벨 버베나로 말하자면, 그는 여자에게 단 한 번도 관심을 가져본 적이 없는 남자였다. 여자보다 검을 더 중요시했기 때문이다. 그래서 그는 여자에 대해 면역력이 없었다. 기사들과 생활해 남자들에게 별다른 반응을 보이지 않는 엘리나와는 달랐다. 아벨은 순간 여자와 가까이 있다는 사실을 자각하고 자신도 모르게 얼굴을 약간 붉혔다.

북쪽 사람 특유의 금발이 아름다웠다. 가까이에서 본 엘리나의 얼굴은 고왔고 파란 눈은 신비로웠다. 긴 속눈썹이 눈에 들어왔다. 어디선가 은은한 복숭아 향이 나는 것 같았다. 복숭아 젤리는 오늘 테오도르의 간식이었지만 아벨이 알 리가 없었다. 어떻게 상황을 수습해야 할지 모르는 아벨에게 엘리나가 가볍게 고개를 숙였다.

"그럼. 대련에 대해 감사드립니다."

아벨은 엘리나가 사라질 때까지 제대로 대답하지 못했다. 그를 꺾은 여자는 너무나도 쉽게 가버렸다. 많은 여자들이 아벨에게 관심을 가지던 데 비해 엘리나는 아벨에게 조금의 관심도 없어 보였다. 아벨은 정신을 차릴 수가 없었다. 뒤돌아서 가던 엘리나는 중얼거렸다.

"오늘은 이상한 남자를 많이 만나는군."

그것도 셋이나 만났다. 화려한 외모를 가진 첫 번째 남자는 자신에게 관심이 없다며 엘리나를 유혹했고 근엄한 얼굴을 한 두 번째 남자는 엘리나에게 감사함을 표시했다. 물론 곰에게서 구해준 데 대한 감사 인사는 아니었다. 세 번째로 만난 아벨 버베나는 대련에서 지더니 충격을 받은 것처럼 버 벅거렸다.

"테오도르 님이 기다리고 계실 텐데."

오리는 아이라가 전해주었겠지만 아무래도 테오도르를 지킬 때 마음이 편해지는 것은 사실이었기에, 엘리나는 서둘러 발걸음을 재촉했다. 빨리 돌 아가는 편이 좋겠다.

그러나 엘리나를 반기는 것은 밝은 얼굴의 테오도르가 아닌, 날카로운 눈 빛의 율리히였다. 율리히가 엘리나 쪽의 테이블에 빈 접시를 내려놓았다.

"테오도르 님이 복숭아 젤리를 드시지 않았다는군요."

들켰다. 엘리나는 율리히의 눈을 피했다. 사건의 발단은 테오도르의 식습 관에 있었다. 테오도르는 편식을 하지 않았으나 복숭아만은 좋아하지 않았 다. 엘리나는 테오도르에게 약했다. 그것이 문제였다. 테오도르가 거짓 눈 물을 그렁거리며 애원하기만 해도 마음이 기울어졌던 것이다.

"마라가 증언했습니다."

새로 들어온 시녀의 이름을 대자 어쩔 수 없었다. 엘리나는 율리히와 눈 을 마주쳤다. 율리히가 엘리나를 내려다보는 형태가 되었다. 율리히는 그대 로 고개를 숙였다. 엘리나에게서 달콤한 복숭아 향이 났다. 엘리나의 입술 이 굳게 닫혔는데도 복숭아 향은 가시지 않았다. 두 사람의 자세를 본 시녀 들의 얼굴이 붉어졌다. 둘의 거리가 가까워졌다. 완전히 들켰다. 엘리나는 할 수 없이 말했다.

"테오도르 님이 마지막이라고 하셨다."

"그 마지막이 몇 번입니까. 대보시죠."

사실 엘리나도 셀 수 없었다. 아이의 깜찍한 거짓말이라는 사실을 알면서 도 넘어가게 되는 걸 어쩌겠는가. 복숭아가 아닌 다른 과일은 잘 먹기에 엘 쟈네스와 렌도 크게 참견하는 편은 아니었다. 울상이 된 것은 주방장이었다.

그는 어떻게든 테오도르에게 복숭아를 먹이고 싶은 눈치였다. 알레르기도 없고 향도 좋아하면서 왜 먹지 않는 건지. 율리히는 한숨을 쉬고 경고했다.

"다음 번은 없습니다. 경도 제 집무실에서 조제프 경처럼 심부름을 하고 싶지는 않으리라 믿습니다."

이렇게 말했으니 당분간은 테오도르의 복숭아 간식을 대신 먹어주지 않겠지. 율리히는 생각했다. 율리히는 테오도르가 복숭아를 싫어해도 상관없으나 남들 앞에서 먹는 모습을 보여주는 연기 정도는 할 줄 알아야 한다고 생각했다. 지금 테오도르는 복숭아가 들어간 것은 아예 입에 대질 않았다. 생선찜부터 스테이크나 샐러드까지… 골치가 아파왔다. 어떻게든 테오도르에게 복숭아를 먹여야 할 텐데. 아, 물론 엘리나가 방해하지 않는 것은 필수 조건이었다.

하루가 다사다난하기는 했으나 나쁘지는 않았다. 내일은 별다른 일이 없겠지. 그렇게 생각하며 잠든 엘리나는 아침에 일어나자마자 청천벽력 같은 소리를 듣게 되었다. 엘리나는 경악했다.

"대체 무슨 이야깁니까?"

"저도 잘 모르겠습니다."

아이라의 얼굴은 차분했다. 사건의 시작은 엄청났다. 버베나의 세 왕자가, 엘리나를 만나고 싶다고 요청했다.

왕자들이 나를 만나고 싶어 한다니. 엘리나는 자신이 대체 무슨 짓을 저질렀는가 한참 생각해야 했다. 별다른 일은 없었는데. 그러다 한 가지가 생각났다. 어제 셋째 왕자인 아벨 버베나를 쓰러뜨렸다.

"설마 남쪽의 관례는 북쪽과 다른 건가?"

혹시 엘리나가 그 자리에서 무조건 져줬어야 하는 게 아닐까? 이번에도 사고를 칠 수는 없었다. 사고는 테오도르와 엮여 치게 되는 것으로 족했다. 무슨 일인데 버베나의 왕자들이 그녀를 만나고 싶어 하는 것일까.

나가기 전, 복도에서 만난 엘쟈네스가 빙긋 웃었다.

"리나, 별일은 없을 거란다. 특별한 일은 생길지도 모르겠지만."

둘째 아이는 정말로 특이했다. 둘째를 임신한 날부터 엘쟈네스는 타인의 속내를 꿰뚫어보거나 그 상황에 대해 직감할 수 있는 능력을 가지게 되었다. 흡수한 아룬델의 마력이 가져온 영향일지도 모른다. 어쨌든. 엘리나에게 엘쟈네스의 말은 무조건 옳았다. 엘쟈네스가 능력을 가지고 있지 않아도 마찬가지였다.

엘리나는 걸어갔다. 왕자들의 서열 순서대로 만나야 한다고 했지. 별장으로 이동한 엘리나는 맨 처음 첫째 왕자를 찾았다. 버베나의 기사가 엘리나에게 말했다.

"엘리나 블루벨 영애십니까?"

"맞습니다."

"이쪽으로."

엘리나는 기사를 따라 방 안으로 들어갔다. 방 안에는 첫째 왕자가 있었다. 엘리나는 검은 머리칼의 남자에게 가볍게 묵례했다.

"부르셨다고 들었습니다."

"정말로 시녀더군."

기사는 문을 닫고 나간 후였다. 엘리나는 남자를 바라보았다. 그는 엘리나가 곰에게서 구해준 사람이 아니던가. 그는 딱딱한 얼굴이었으나 기분이 나빠 보이지는 않았다. 엘리나는 고개를 끄덕였다.

"네, 마님의 전속 시녀입니다."

"내 이름은 카인 버베나. 자네가 들었던 것처럼 첫째 왕자라네."

그의 말투는 근엄했다. 이게 무슨 일이란 말인가. 곰과의 대치 장면을 발견하고 도와준 남자가 왕세자라니. 그래도 다행이었다. 그럴 리는 없겠지만 혹시라도 카인 버베나가 버베나의 셋째 왕자를 모욕한다며 손해 배상을 요구하면 일이 귀찮아질 수 있기 때문이다. 엘리나는 기분이 좋아져 약간 웃었다. 그는 물었다.

"기분이 좋은가?"

"네, 좋습니다."

"어째서지?"

"저는 사소한 일 하나하나에 감사합니다. 아마 그래서일 겁니다."

"처음이군."

"네?"

"내 앞에서 그렇게 또렷하게 소신을 다해 말하는 여자는 처음이네."

그의 분위기 때문에 그럴 것이다. 그에게는 거역할 수 없는 어떤 분위기가 있었다. 날 때부터 왕으로 자라난 사람. 보통 사람이었다면 그의 기운을 이겨내지 못했을 것이다. 카인 버베나에게 엘리나는 좋게 말했다.

"전하가 앞으로 만날 많은 사람 중 저 같은 사람도 있을 겁니다."

"글쎄."

카인 버베나는 고개를 저었다. 차를 마실 만한 시간이 지나갔다. 엘리나는 기사의 요청에 따라 밖에 나왔다. 지금 무엇을 한 것인지 알 수 없었다. 카인 버베나는 엘리나의 얼굴을 계속해서 바라보았다. 그게 다였다. 신기해서 보았나. 엘리나는 고개를 갸웃했다. 도무지 알 수가 없는 사람이었다. 그의 눈길은 엘리나에게서 단 한 번도 떨어지지 않았다. 기사가 엘리나에게 말했다.

"그다음에는 둘째 왕자님을 뵈어야 합니다."

칭벌. 엘리나는 기사의 어조에 깔린 뉘앙스가 묘하게 부정적이라는 사실을 알아차렸다. 둘째 왕자는 어떤 사람일까. 기사의 눈에 못마땅함이 순간 비쳤었다. 엘리나는 기사의 반응을 모른 척하며 그를 따라갔다. 카인 버베나의 방과 얼마 떨어져 있지 않은 방에 방문 하나가 있었다. 기사는 방문을 두드렸다.

"들어와."

안에서 목소리가 들렸다. 이번에 기사는 엘리나와 같이 들어가지 않았다. 들어가는 것은 엘리나 혼자였다. 엘리나는 기사가 자신의 불만 어린 감정을 이런 식으로 표출한다는 사실을 알아차렸으나 모른 척했다. 버베나의 일이 아닌가.

방 안에는 엘리나가 맨 처음 만났던, 화려한 주홍색 머리칼의 남자가 있었다. 그는 엘리나에게 가볍게 눈인사를 건넸다. 엘리나는 그를 단번에 알아보았다. 엘리나에게 너는 내게 관심이 없다느니 하는 말을 했던 남자였으니까. 그가 고위 귀족 이상의 신분이라는 사실은 알고 있었다. 다만 왕자일 것이라고는 예상하지 못했다. 엘리나는 가볍게 묵례했다.

"부르셨다는 말을 들었습니다."

"딱딱하게 굴지 마. 날 기억하면서. 내가 날 뭐라고 부르라고 했는지 기억나지?"

"…쥬에 님."

정답인 모양이었다. 이름이 헷갈려 곤혹스러웠는데 맞혀서 다행이었다. 엘리나는 참 특이하다는 생각을 했다. 버베나의 왕족들을 직접 맞이할 생각은 결코 없었는데 어떻게 딱 버베나의 세 왕자와 엮일 수 있을까. 다행히 겨울의 마력은 잠잠했다. 당분간 폭주하지는 않을 것 같았다. 그렇다 해도 조심해야 하지만.

자신을 쥬에라고 소개했던 둘째 왕자는 엘리나를 자리에 앉게 했다. 엘리나를 기다렸던 것처럼 차에서 김이 나고 있었다. 다과가 있었지만 복숭아가 들어간 것이라 별로 집어먹고 싶지 않았다. 그는 엘리나에게 말했다.

"쥬비에르 버베나. 쥬에가 애칭이라 곤혹스럽다면 그렇게 불러도 좋고."

"알겠습니다. 쥬비에르 님."

그는 엘리나가 차를 마시는 모습을 바라보았다. 나른한 웃음은 섹시하게 느껴질 만한 것이었으나 엘리나에게는 닿지 않았다. 차가 쓰군. 엘리나는 간단하게 품평했다. 쥬비에르 버베나는 카인 버베나처럼 엘리나를 보고만 있었다. 엘리나는 그가 엘리나가 차를 마시고 기사답게 먹는 과정을 왜 그렇게 즐겁게 보고 있는 것인지 알지 못했다. 엘리나는 일단 먹었다. 주는 대로 먹는 것이 기사의 미덕이었다. 그때 쥬비에르 버베나가 툭, 뱉었다.

"귀엽군."

"잘 못 들었습니다…?"

엘리나는 자신도 모르게 대꾸했다. 화려한 미남자는 진심이라는 양 웃었다. 그의 눈빛에는 강한 흥미가 실려 있었다. 엘리나는 그저 먹었을 뿐이다. 무엇이 그를 끌어당긴 건지는 알 수 없었다. 먹을 것을 다 해치우자 방에서 나갈 수 있게 되었다.

이번에는 셋째 왕자, 아벨 버베나를 만날 차례였다. 하루에 버베나의 세 왕자를 모두 독대하다니 대단한 기록 같은데. 그렇게 생각한 엘리나는 아벨이 있다는 연무장으로 찾아갔다.

아벨은 검을 들고 있었다. 문득 엘리나는 세 형제 중 카인 버베나의 머리칼만 검은색이라는 사실을 발견했다. 옅고 진하고의 차이가 있었지만 쥬비에르와 아벨의 머리칼은 주홍색이었다. 유전적 특성인가. 그녀는 아벨에게 다가갔다. 아벨은 엘리나 블루벨에게 물었다.

"어떻게 하면."

"네."

"그렇게 강할 수 있지?"

엘리나가 볼 때는 아벨도 충분히 강해질 수 있는 남자였다. 다만 그는 소질에 비해 감각을 타고나지 못한 것 같았다. 아벨은 복잡하고 화려한 검술을 사용했지만 아벨에게 정작 어울리는 검술은 단순한 종류였다. 겨울의 마법이 없었더라도 엘리나는 아벨을 어렵지 않게 이겼을 것이다. 엘리나는 쉽게 말했다.

"우선은 몸에 맞는 검술을 익히셔야 할 것 같습니다."

"몸에 맞는 검술?"

아벨의 체형 역시도 화려한 검술에는 맞지 않았다. 엘리나는 새로운 화이트 기사단원들을 가르칠 때처럼 아벨에게 설명했다.

"지금 검술에 대해 많이 아시지만 본인에게 맞지 않는 것들을 익히셨습니다. 우선은 그 부분을 교정하는 게 좋을 것 같습니다. 검을 드십시오."

아벨은 눈을 크게 떴다. 그 후 엘리나는 정말로 아벨에게 검을 가르쳐주었다. 다행히 아벨의 습득 속도는 빨랐다. 그는 엘리나에게 지도받으면서야 자신의 문제점들을 깨달은 것 같았다. 소질은 넘쳐나니 감각은 이론으로 외우게 하는 수밖에 없었다.

차를 마실 정도의 시간이 흘렀다. 아벨은 바닥에 누워 땀을 흘리고 있었다. 엘리나는 검을 내려놓았다. 아벨을 그토록 가르쳤는데도 엘리나의 옷에는 얼룩 하나 묻지 않았다.

엘쟈네스는 당분간 테오도르는 율리히가 봐줄 것이라고 말했다. 할 일이 없어진 탓에 엘리나는 화이트 기사단의 숙소로 돌아왔다. 기사단원들은 술렁거리고 있었다. 사이가 나쁘기로 유명한 헤븐과 피스도 그 순간만큼은 한뜻으로 묻고 있었다.

"단장. 왕자들에게 불려갔다며?"

"밖에서는 제대로 된 존칭을 써라."

"설마 단장이 좋대?"

엘리나는 이미 들어간 후였다. 시녀들의 이야기를 들은 화이트 기사들만 상상의 나래를 펼쳤다. 블루벨 후작가의 영애인 엘리나와 남쪽 버베나 왕자 중 누군가와의 결합은 동화 속 왕자와 공주처럼 보이지 않을까. 그런 이야

184

기를 나누며 설레어하던 화이트 기사단원들은 잠시 후 정신을 차렸다. 조제프의 말 때문이었다. 조제프가 대수롭지 않게 물었던 것이다.

"그러면 화이트 기사단은 누가 봐주는데?"

그랬다. 화이트 기사단장인 엘리나가 빠져나가는 것이었다. 조금 전까지만 해도 설레어하던 기사단원들은 모두 한마음 한뜻으로 입을 모아 연애를 헐뜯기 시작했다.

"검술도 바쁜데 연애는 무슨 연애야."

"기강이 해이해질 때 괜히 바람이 들어서 그러는 거지."

"왕자들도 어딘가 모자라거나 잘못된 게 분명해. 이건 사기라고."

"엘리나는 연애에 관심이 없어. 우리가 더 잘 알아."

연애만은 안 된다. 갑작스럽게 화이트 기사단에 이상한 불이 붙었다.

그때 엘리나가 걸어 나왔다. 알렉은 율리히를 따라 테오도르를 보살피러 갔기 때문에 이 자리에 없었다. 엘리나가 나오자 기사단원들은 모두 입을 다물었다. 엘리나는 물었다.

"무슨 일인가."

"아, 엘리나. 그 책은 뭐야?"

"아벨 버베나 전하께 가르칠 검술 교본이다."

버베나 전하라면 어쨌든 왕자를 뜻하는 거잖아. 화이트 기사단원들이 조용해졌다. 엘리나는 바쁘다며 뒤돌아 걸어갔다.

"…진짜 뭔가 있는 건 아니겠지?"

"에이 설마. 당장은 일이랑 결혼할 거라고 했어."

"설마…."

그들은, 절대로 엘리나를 포기할 수 없었다. 버베나 왕자들의 사정이 어떻든 간에. 엘리나의 행복? 행복이야 중요하지만 그래도 남쪽 남자는 눈에 흙이 들어가도 허락할 수 없었다. 물론 다음 대 단장이 되고 싶지 않다는 불순한 마음이 동기였다.

그들 중 엘리나가 정작 무슨 생각을 하고 있는지 아는 이는 단 하나도 없었다.

※

세 왕자와 엘쟈네스는 순수한 친우 사이였다. 엘쟈네스가 버베나에 살던 조모와 함께 지낼 때였다. 버베나 왕실은 남쪽에서도 손에 꼽힐 정도로 귀족적인 곳이었다. 맨 처음, 엘쟈네스와 세 왕자는 따로 놀았다. 그랬던 그들이 친우가 된 것은 한 사건 때문이었다.

"으아앙!"

울음을 터뜨린 아벨이 주저앉았다. 카인과 쥬비에르의 얼굴은 파랗게 질려 있었다. 세 아이가 먹어버린 것은 야생 들장미의 열매였다. 그것도 독성이 있는. 세 아이가 쓰러지자 엘쟈네스가 곧바로 달려왔다. 어린 엘쟈네스는 이들이 장난치는 것이 아니라는 사실을 깨달았다. 엘쟈네스는 곧바로 세 아이가 열매를 토하게 만들었다.

하마터면 모든 후계자가 목숨을 잃을 수도 있던 상황이었다. 왕실 측에서는 야생 들장미를 모두 제거해버렸다. 세 왕자는 엘쟈네스에게 목숨을 빚졌다는 사실을 그날 이후 잊지 않았다. 그런 일이었다. 엘리나에게 이야기하던 쥬비에르가 어깨를 으쓱했다.

"어때?"

"역시 비 각하는 멋지십니다."

엘리나의 눈이 기쁨으로 빛났다. 쥬비에르 버베나는 너무나도 쉽게 풀린 엘리나의 경계에 할 말을 잃고 말았다. 무엇을 줘도 시큰둥한 반응을 보이던 여자가 엘쟈네스 이야기를 할 때는 반짝반짝 빛났다. 이 이야기에는 숨겨진 비화가 하나 있었다. 그것은 쥬비에르에 관한 것이었다. 들장미 열매는 처음부터 쥬비에르를 겨냥하고 이루어진 암살 시도의 흔적이었다. 이 여자에게 말해야 할까 말아야 할까. 아니, 아직도 대공비에게 푹 빠진 것 같은데.

"그래. 그녀는 멋진 사람이야."

"쥬비에르 님은 뭘 좀 아시는군요."

엘리나는 미소 지었다.

들장미 열매에 의해 목숨을 잃을 뻔한 날. 그날 이후 세 왕자의 사이는 틀어지게 되었다. 쥬비에르는 짙게 미소 지었다. 남쪽에서는 쥬비에르라는 이름을 여성에게만 붙인다. 이것은 버베나의 전통 때문에 일어난 일이었다. 쥬비에르는 턱을 괸 채 엘리나에게 물었다.

"아마릴리스는 다음 대 황제를 어떻게 고르지? 기준이 있나?"

"그런 건 없습니다. 황가의 자녀들이 다수결로 한 명을 고른다고 합니다."

"합의를 보는 거군."

"버베나는 기준이 있습니까?"

"가장 쓸데없는 기준이지. 알고 싶나?"

"딱히 그렇진 않습니다."

쥬비에르는 웃음을 터뜨렸다. 이래서 이 여자에게 가벼운 호감이 갔다. 엘리나는 지나치리만치 솔직했다. 그리고 눈치도 빨랐다. 블루벨 후작가 출신이라고 했던가.

버베나의 왕세자 기준은 간단했다. 첫째 아들이거나. 버베나의 마법을 짙게 타고나야 했다. 카인은 첫째에 아들임에도 불구하고 마력을 가지고 태어나지 못했다. 반면, 쥬비에르는 지나치게 강하게 태어났다. 쥬비에르는 말했다.

"내가 태어날 때, 어머니는 남자인 걸 보고 쥬비에르라는 이름을 붙이셨지."

쥬비에르는 오직 여성에게만 붙이는 이름이었다. 왕위를 탐하지 말라. 무언의 뜻은 쥬비에르를 압박해갔다. 자라며 쥬비에르의 마력이 강해질수록 사람들의 눈총은 더 따가워졌다. 들장미 열매를 먹은 그날, 쥬비에르는 피를 토하며 깨달았다. 사람들은 쥬비에르를 죽이고 싶어 했다.

쥬비에르에게 있어서 엘쟈네스 윈터나이트는 목숨을 구한 은인이었다. 쥬비에르가 그녀에게 진 빚은 갚을 수 없을 정도로 컸다.

"하지만 왕이 되고 싶다고 생각한 적은 없어."

그는 태연하게 말했다. 사실이었다. 만약 쥬비에르가 왕이 되고 싶었다면 진작 카인에게 달려들었을 것이다. 그를 어떻게든 끌어내고 왕세자위를 쟁취했겠지. 하지만 쥬비에르는 그러는 대신 귀찮은 일을 피했다. 그가 타고 태어난 매료의 마력은 사람들을 끌어당겼다. 그렇기에, 여자들과 방탕하게 놀거나 망나니처럼 행동했다. 이보다 확실한 무언의 왕위 포기 선언이 또 있을까. 그럼에도 불구하고 아직도 쥬비에르가 왕위에 뜻이 있을 거라고 생각하는 멍청이들은 사라지지 않았다.

"그렇군요."

건성으로 듣거나 놀리는 것이 아니었다. 엘리나는 그의 말을 진지하게 경청하고 있었다. 그 대답이 '그렇군요'라니. 어쩐지 비틀린 마음도 사라져버렸다. 이상한 여자. 쥬비에르는 생각했다.

※

"내 자리는 위태롭지."

카인 버베나는 그렇게 말했다. 엘리나는 그저 들을 뿐이었다. 카인은 왕이 될 재목으로 교육받고 자라왔다. 그러나 정작 왕에 가까운 사람은 쥬비에르다. 화려한 외모와 버베나의 적통임을 뜻하는 마력들…. 카인이 갖지 못한 것이었다. 카인을 향해 정말 왕실의 자식이 맞느냐는 불경한 발언을 하는 이들도 가끔 나타났다.

쥬비에르보다 뛰어나야 했다. 그는 왕다워야 했다.

"사실 곰을 보고 무서웠네. 하지만 반응하지 못했어. 나는 어떤 순간에든 왕이어야 하니까."

"이런 이야기를 제게 하셔도. 되는 겁니까."

"그대에게는 이야기하고 싶어. 이유는 나도 모르네."

근엄하나 건조하던 남자의 눈동자가 엘리나를 향했다. 카인 버베나는 누구보다도 버베나다운 사람이었다. 엘리나는 그렇게 느꼈다. 동시에 그는 이미 군주가 될 준비가 된 남자이기도 했다. 카인이 왜 엘리나에게 이렇게 친밀감을 느끼고 많은 것을 해주려고 하는지 알 수 없었다. 카인은 엘리나가 마시는 코코아를 잠시 바라보았다.

"맛있나."

"네."

"단 걸 좋아하다니 특이하군."

"코코아는 언제나 옳습니다."

엘리나는 명확하게 대답하고 다시 코코아를 한 모금 마셨다. 율리히가 탄 것이 가장 맛있으나 이것도 좋았다. 이번에는 카인이 물었다.

"그대는 어째서 시녀가 되었나? 그전까지는 기사였다고 들었는데."

"마님을 보고 반해, 곁에 있겠다고 졸랐습니다."

"전속 시녀는 단지 수단이었다는 말이군."

"아닙니다."

엘리나는 카인의 눈을 바라보며 말했다. 입가에 옅은 웃음이 걸렸다.

"저는 제가 시녀라는 사실에 자부심을 가집니다. 우연한 기회로 배우게 되어 시작한 이 일이 좋습니다."

"시녀는 확실히 명예스럽고 가치 있지. 그러나 두 개를 병행하는 게 어렵지 않나?"

"제게 새로운 도전은 즐거움입니다."

엘리나는 그렇게 말했다. 그녀는 카인에게 아부를 하지 않는 거의 유일한 여성이었다. 아니, 오히려 한술 더 떠서 하고 싶은 말을 직설적으로 했다. 나쁘지 않았다. 그런 점들이 오히려 신선했다. 카인 역시도 생각했다. 정말로 이상한 여자라고.

"당신, 이상한 여자인 것 같아."

엘리나의 가르침이 이어진 후, 아벨 버베나는 그렇게 말했다. 호전적인 성격을 가진 그의 기세가 점차 누그러졌다. 이제 아벨 버베나는 신중하게 엘리나를 탐색하고는 했다. 이 여기사에게는 결코 빈틈이 없었다. 여자가 강한 기사가 되지 못할 것이라고 믿는 남쪽의 멍청이들이 이 광경을 보면 아연실색할 것이다. 아벨은 솔직하게 말했다.

"당신, 내가 아는 어떤 기사보다도 강한 것 같아."

"그렇습니까."

이 여자에게 검을 배울 수 있다는 건 크나큰 영광이었다. 아벨은 그 사실을 깨달아가고 있었다. 두 사람은 다시 검을 맞댔다. 엘리나가 아벨의 공격을 흘렸고 아벨은 신중하고 빠르게 엘리나를 공격했다. 그는 공중으로 도약해 엘리나를 내리쳤다. 그것은 실수였다. 엘리나는 손에 들고 있던 검을 버렸다. 아벨을 공격하지 않기 위해서였다. 엘리나는 아벨의 검을 흘려보내는

데 성공했으나 아벨을 떨쳐버리는 데는 실패했다. 아벨의 몸이 엘리나의 몸을 덮쳤다. 그리고.

"곧 내려드리겠습니다."

"…그래."

아벨은 태어나서 처음으로 여자가 자신을 가볍게 들어 올릴 수 있다는 사실을 알게 되었다. 어머나. 지나가던 시녀는 버베나의 왕자가 엘리나를 덮친 장면을 보고 눈을 크게 떴다. 세상에. 무슨 일이야. 그녀는 입을 다물었으나 그 장면은 잊히지 않았다. 결국 시녀는 누군가에게 자신이 본 광경을 이야기하게 되었다.

"아무래도. 연애를 하시는 것 같아요."

"별장에 배치된 모든 시녀들이 그렇게 말했지. 그런데 블루벨 경 이야기를 왜 내게 하는 건데?"

"어… 그러게요."

시녀는 율리히를 보며 쩔쩔맸다. 엘리나가 연애를 하든, 남자를 만나든 율리히와는 관련이 없었다. 말한 시녀 스스로도 자신을 이상하게 생각하는 눈치였다. 시녀는 결론을 내렸다. 아, 두 분은 친하시니까. 가까운 사이시니까 그런 거야. 시녀는 율리히가 화를 내기 전에 황급히 나왔다. 분명 어렸을 때에는 제법 귀여웠던 것 같은데… 아니다. 시녀는 고개를 저었다. 집사의 일을 인계받던 율리히는 천사 같은 얼굴을 가진 악마였다. 그녀는 그렇게 생각했다.

물론 외관을 놓고 보면 율리히는 정말 잘 자라주었다. 일에 몰두할 때 내리까는 속눈썹과 서늘한 눈, 냉정한 판단력까지. 당연히 외관상의 이야기다. 율리히가 성년을 넘겨 눈독을 들일 사람이 나타날 때가 되었는데도 나서는 사람 하나 없는 것은 내면의 문제였다. 오늘은 좀 덜 혼나고 싶다. 시녀는 소망하며 일거리를 찾아 괜히 나섰다.

"나보고 뭘 어쩌라는 건데."

문이 닫히자 율리히는 중얼거렸다. 엘리나가 마님의 전속 시녀가 된 것은 율리히의 실수 덕분이라고 들었다. 율리히가 잘못 가리킨 방향 때문에 엘쟈네스가 화이트 기사단으로 잘못 찾아갔고 운명처럼 두 사람이 만났다는 것이다. 집사 일을 인계받은 후 만난 새 화이트 기사단장, 엘리나 블루벨은 그런 소리나 했다. 집사의 가문이 연구하는 마법은 결코 가벼운 것이 아니었다. 율리히는 극한의 고통을 겪으며 마력을 손에 넣었다. 성격은 자연스럽게 삐딱해지게 되었다.

엘리나가 연애를 한다라. 그걸 굳이 율리히에게 말하는 이유는 무엇이란 말인가. 실용 마법이 울렸다. 마침 엘리나가 이쪽으로 오고 있었다.

"코코아."

"경은 손이 없습니까?"

화이트 기사단장과 집사는 서로를 만나지 않는 것이 불가능했다. 전대 집사인 율리히의 조부 역시 바로 전 화이트 기사단장인 렉터 마이어와 가끔씩 술을 마실 정도로 친밀한 사이였다. 율리히는 커다란 잔에 넘치도록 가득 코코아를 부었다. 뜨거운 우유와 우유 거품, 초콜릿이 한데 뒤섞인 코코아 위에 계피 가루와 코코아 가루가 올라갔다. 마지막으로 커다란 마시멜로가 올라갔다. 테오도르 앞에서는 보여줄 수 없는 음료였다. 이 광경을 테오도르가 본다면 자기도 아주 큰 컵에 코코아를 따라 마시겠다며 조를 테니까.

엘리나는 율리히가 자신에게 잔소리를 해도 그러려니 들었다. 천생 기사는 기사였다. 그것을 배제하고도, 집사와 화이트 기사단장은 가까이 지내는 편이 좋다. 두 사람 모두 그 사실을 알고 있었다. 조용한 시간이 흘러갔다.

문득 율리히가 물었다.

"경, 연애합니까?"

연애라고? 엘리나는 생각지도 못한 단어에 율리히를 바라보았다. 대답을 못하고 율리히를 바라보는 것을 보니.

'본인도 모르는 이야기인가 보군.'

율리히는 엘리나의 반응을 완벽하게 알아차리는 재주가 있었다. 그는 말했다.

"됐습니다."

그 찰나 율리히가 느낀 안도감은 정말로 미세한 것이어서 그 자신은 눈치채지 못했다. 그러나 무언가 흔들리기 시작했다. 이번엔 엘리나가 율리히에게 물었다.

"그대야말로 연애를 하나?"

"상대가 있겠습니까."

율리히가 서류를 처리하며 픽 웃었다. 엘리나를 처음 만났을 때만 해도 갓 성년이 되어 앳된 티가 났는데 율리히는 완연한 남자로 자라 있었다. 엘리나는 율리히가 잘생겼다며 소곤거리는 시녀들의 말을 이해할 것 같았다.

"그대를 사모하는 이들도 많다고 알고 있는데."

"글쎄요. 정작 구애받은 적은 별로 없어서 말입니다. 윈터나이트 집사 집안에 시집오려는 아가씨가 있을 리가요."

"그대가 구애를 받은 적도 있었나?"

"뭐, 가끔은."

엘리나는 율리히가 누군가에게 구애를 받았다는 소식을 들은 적이 없었다. 엘리나가 받지 않았듯 율리히도 그럴 거라고 지레짐작해버렸다. 대다수의 사람들은 엘리나를 블루벨 후작 영애로 대하거나, 기사 블루벨 경으로 대했다. 엘리나의 눈빛에 실린 놀라움을 본 율리히가 말했다.

"제가 바보도 아니고. 적당히 잘 끊어냈으니 걱정하지 않아도 됩니다."

"상대는 여자였나?"

"그럼 남자겠습니까?"

남자라면 율리히의 마법이 주저 없이 그를 불능 상태로 만들겠지. 엘리나는 짐작했다. 그래도. 어쩐지 상상이 가지 않았다. 율리히가 여자들의 구애를 받고 거절했다는 것은. 엘리나는 무언가를 더 물으려다 포기했다. 이상하게 들릴 질문 같았기 때문이다.

"경이야말로 경을 사모하는 사람들이 많다고 알고 있습니다."

"그런가? 나는 모르겠군."

"버베나의 세 왕자가. 아, 실언입니다."

어딘가 차갑고도 건조하게 말했던 율리히는, 자신을 머저리라고 욕했다. 버베나의 왕자들 이야기를 꺼내서 어쩌라고. 두 사람의 묘한 분위기는 테오도르가 들어오기 전까지 지속되었다. 테오도르는 외쳤다.

"머리에 불이 있어!"

"네?"

"테오도르 님?"

"버베나 왕자님들의 머리에 불이 있어!"

"테오도르 님, 그럴 때에는 머리칼이 불꽃 같은 색이라고 표현하는 겁니다."

어린아이가 할 법한 상상이자 기초적인 문법 실수였다. 으음거리며 무언가를 열심히 가늠하던 테오도르가 엘리나를 올려다보았다.

"엘리나는 누가 가장 좋아?"

"저는 비 각하가 가장 좋습니다."

"안 돼. 엄마는 아빠 거랬어."

즉답이었다. 아버지인 렌의 말이라면 자다가 쿠키가 떨어진다고 해도 믿는 테오도르다웠다. 아직까지는 테오도르의 초점이 자기 자신에 많이 맞추어져 있지만 곧 외부 세계에도 관심을 가지게 될 것이다. 아이가 무언가를 떠올린 것처럼 물었다. 문법상 아이가 떠올리기보다는, 어른의 말을 따라 하는 것 같다.

"엘리나는 버베나의 왕자들 중에서 누가 제일 좋아?"

막연한 질문이었다. 엘리나는 결국 솔직하게 대답하고 말았다. 율리히처럼 현란한 말재주로 아이의 주의를 돌릴 자신은 없었기 때문이다.

"세 분 모두 그저 그렇습니다."

"앗. 다들 엘리나가 자기를 제일 좋아한댔는데."

테오도르는 왕자들의 말을 떠올리다가 고개를 도리도리 저었다. 새삼 느끼는 거지만 아이는 참 빨리 성장했다. 처음에는 새빨간 채 눈도 뜨지 못하고 울더니, 금세 뒤집기를 하고 걸었고 이제는 대화까지 해냈다. 테오도르는 잘 자랐다. 앞으로도 잘 자랐으면 좋겠다고 엘리나는 생각했다.

그때 율리히가 서류 한 장을 집어 들더니 바로 구겨버렸다.

"뭔가."

"알 필요는 없는 소식입니다."

"혹시 로벨리아와 관련된 문서인가?"

"맞습니다. 이번에는 왕실 쪽입니다."

엘쟈네스는 로벨리아에서 뒤돌아선 이후로 그들의 소식을 전혀 듣지 않았다. 이제 그들의 자리를 정말로 비우고 살아가고 있었다. 미련이 남아 마님에게 매달리는 것은 크로커스가와 로벨리아 왕실이었다. 크로커스 공작 부부는 몇 번이나 몰래 윈터나이트에 서신을 넣으려다 실패했고, 로벨리아 왕실은 어떻게든 엘쟈네스에게 애원하려고 벼르고 있었다.

5년가량이 흘렀으나 아마릴리스 황제가 내린 벌은 건재했다. 물론 아마릴리스가 결코 로벨리아에 그릇된 행동을 하는 것은 아니었다. 다만 그들이

다른 세력과 손을 잡아 허튼짓을 할 여지를 완전히 없애버렸을 뿐이다. 엘리나가 냉정하게 말했다.

"구차할 정도로군."

"잃는 게 있으니 다시 찾고 싶어서 아등바등 덤비는 거겠죠."

이제 남쪽과 북쪽은 본격적인 친교를 나누고 있었다. 그 사이에서 로벨리아는 은근히 소외되었다. 그들이 발버둥치고 날뛰어도 변하는 것은 없었다. 아마릴리스 황제는 에너지석이 나는 땅인 로벨리아를 그냥 내버려둘 생각이 전혀 없었다. 로벨리아 측에서 무슨 발악을 해도 바뀌는 사실은 없을 것이다.

※

오후에는 버베나 왕실 사람들에게 윈터나이트 주변을 구경시켜주기로 되어 있었다. 이번에는 버베나 왕실 사람들을 위해 산을 개방했다. 윈터나이트의 눈 덮인 높은 산은 울창하고 맑은 공기가 가득한 곳이었다.

"정말 윈터나이트는 놀랍기 그지없군요."

"과찬의 말씀에 감사드려요."

"아닙니다, 비 각하. 대공 각하와 비 각하의 호의에 정말 감사드리고 있습니다."

분위기는 화기애애했다. 이곳에는 블랙 기사단과 윈터나이트 대공 부부, 엘리나, 버베나 왕실의 세 왕자와 왕실 관계자들이 있었다. 사람들은 다른 영지들과 다른 윈터나이트만의 풍경과 기온을 즐기며 즐겁게 대화를 나누었다. 좋게 끝날 짧은 소풍이었다.

문제가 생긴 것은 아벨 버베나 때문이었다. 산 자체가 그리 위험하지는 않았다. 경사가 있고 깊기는 했으나 기본적으로 윈터나이트의 산들은 안전했다. 그러나 쉬고 있던 아벨이 갑작스럽게 뛰어나갔다. 그는 무언가를 본 것 같았다.

"왕자 전하!"

"아벨 버베나 전하!"

버베나 왕실 사람들이 사색이 되어 벌떡 일어나 그를 따라갔으나 도저히 속도를 따라잡을 수 없었다. 버베나에서도 이런 기행을 종종 했지만 대체 왜 타국까지 와서 말썽을 부린단 말인가. 버베나의 사람들은 가장 먼저 대공 부부에게 사과했다.

"무례에 사과드립니다."

"아니에요. 렌, 이 주변에 위험한 것이 있나요?"

"없지만 잘못하다 앞을 못 보고 벼랑 쪽으로 가면 위험합니다."

아벨 버베나는 대체 무엇을 보고 뛰어갔을까. 아무도 알지 못했다. 블랙 기사단이 아벨의 자취를 놓쳐버렸다. 버베나 사람들은 고개를 절레절레 저었다. 아벨 버베나의 달리는 속도는 빨랐다. 윈터나이트의 기사가 무능해서가 아니라는 사실을 알고 있었다. 블랙 기사단이 보고했다.

"대공 각하 비 각하. 지원 병력이 필요합니다."

지원 병력은 화이트 기사단을 뜻하는 말이었다. 확실히 화이트 기사단을 풀어놓는다면 빠르게 찾을 수 있으리라. 렌이 허가의 뜻으로 고개를 끄덕이려던 때에, 카인 버베나가 손을 들었다.

"내가 찾아보는 것이 좋겠군."

"전하! 미치셨습니까!"

"지금 무슨 소리를 하시는 겁니까!"

"당연히 안 됩니다! 너무 위험합니다!"

"그럼 이 기사를 데려가겠네."

카인은 아우성치는 왕실 사람들 앞에서 시녀복을 입은 엘리나를 지목했다. 기사라고. 당연히 믿을 리 없었다. 물론 몇몇 사람들은 엘리나가 아벨에게 검술 지도를 한다는 사실을 알고 있었으나 직접 겪어보지 않아 실감하지 못했다.

기사라고. 순간 쥬비에르의 눈이 묘한 빛을 띠었다. 기사라. 카인의 사람들에게 미움받는 쥬비에르에게 사람들이 정보를 가져다줄 리가 만무했다. 엘리나 블루벨이 기사라고. 쥬비에르는 세상에서 가장 이상한 표현이라고 생각했다. 엘리나에게 가장 어울리지 않는 단어라고 생각했으므로.

카인은 오히려 엘리나를 시녀라고 표현하는 것이 어울리지 않는다고 생각했다. 결국 쥬비에르는 손을 들었다.

"내가 나서지."

소리를 지르려던 사람들은 쥬비에르와 눈을 마주치자 고개를 끄덕였다. 렌은 쥬비에르가 가진 것이 사람을 매료시키는 마법이라는 사실을 깨달았다. 물론 아룬델처럼 사람의 이성을 비상식적으로 흐리게 하는 종류는 아니었다. 차라리 렌이 찾으러 가는 편이 낫겠다. 렌은 그들을 말리려고 했으나 엘쟈네스가 렌을 말렸다.

"렌, 쉿."

"엘쟈."

"아무 말도 하지 않는다면, 재미있는 일을 볼 수 있을 거예요."

엘쟈네스는 미소 지으며 입가에 검지를 가져갔다. 무언가를 눈치챈 사람처럼. 둘째 아이의 마법이 발현된 것이 분명했다. 그녀가 이렇게 말하니 큰 위험이 생기지는 않을 것이다. 렌은 엘쟈네스, 아니, 둘째 아이의 뜻에 따르기로 했다. 그는 말했다.

"엘리나 블루벨 경은 윈터나이트에서 가장 강한 기사입니다."

윈터나이트 대공이 그렇게 말하는데 반발할 사람이 있을 리 없었다. 포기한 것은 버베나 사람들이었다. 그들은 이미 쥬비에르에게 매료되어 넘어간 상태였다. 엘리나는 엘쟈네스를 향해 고개를 숙여 보였다.

"다녀오겠습니다, 마님."

아벨의 기척은 느껴지지 않았다. 어디까지 간 것일까. 아주 멀리 간 것이 분명했다. 카인 버베나 그리고 쥬비에르 버베나. 엘리나를 사이에 둔 이 어색한 일행은 앞으로 나아갔다. 물론 세 사람의 호흡은 전혀 맞지 않았다. 냉랭한 분위기가 잠시 이어졌다.

"보면 볼수록 재미있단 말이야."

어색한 침묵을 깨고 먼저 말한 것은 쥬비에르였다. 그는 엘리나의 머리칼 끝을 만지작거렸다. 엘리나는 왕자가 자신을 원래 귀찮게 하는 사람이라고 인식하고 있었기에 별다른 반응을 하지 않았다. 쥬비에르는 카인이 빈말을 하지 않는다는 것을 알았다. 그렇다면 이 여자가 정말 기사인가. 대공이 말한 것처럼 북쪽에서 가장 강한 기사인 것일까. 그는 엘리나에게 물었다.

"정말로 기사인가?"

"일단은, 그렇습니다."

엘리나는 태연하게 대답했다. 확실히 저런 고고한 얼굴은 시녀들에게서 보기 어려운 것이기도 했다. 시녀를 무시하는 것이 아니다. 저 얼굴은 타인보다 월등히 강한 자만이 할 수 있는 것이었기에. 쥬비에르는 엘리나가 검을 쓴다는 사실조차 몰랐다. 그저 처음부터 재미있는 시녀라고 생각했을 뿐이다. 우연히 숲속에서 만난 시녀가 그에게 전혀 매료되지 않고 오히려 할 말을 꼬박꼬박 할 줄은 꿈에도 몰랐던 것이다. 블루벨 후작가 출신에, 기사를 겸하고 있었을 줄이야. 쥬비에르는 물었다.

"왜 말하지 않았시?"

"물어보지 않으셨습니다."

엘리나는 당연하다는 듯이 대답했다. 정말로 남다른 여자였다. 그래, 다시 들으니 확실히 엘리나의 말투는 기사다웠다. 나긋나긋하기는 했지만 엘리나의 몸짓은 어딘가 딱딱한 부분이 있었다. 거기에 엘리나는 걸어가면서도 무언가 튀어나오면 두 사람을 지키며 바로 달려들 수 있을 만한 위치를 잡고 있었다. 몰랐던 사실이었다. 쥬비에르는 엘리나를 신기하게 바라보았다. 어쩐지 이 여자만 보면 호기심이 앞서 시선을 뗄 수 없었다.

"아벨이 검술 대련을 하겠다며 찾아다니던 사람이다."

"누가? 엘리나가?"

엘리나. 엘리나 블루벨. 들었던 것도 같다.

"그런 거였군."

검술 바보라고 조롱당해도 자랑스러워하는 아벨이 어쩐지 여자에게 관심을 가진다고 생각했다. 윈터나이트로 오며 그는 북쪽의 기사에 대한 무수한 무용담을 들었다. 쥬비에르는 검술에 썩 관심이 없었다. 그런 것은 몸을 지킬 정도로만 알면 충분하다고 생각했다. 그 생각은 카인도 마찬가지였다. 반면 아벨은 그와 달리 검술에 완전히 미쳐 있었다.

"그분은 북쪽에서 가장 강한 기사예요."

"윈터나이트에서 그분을 이길 사람은 대공 각하 외에 없어요."

"가장 고고하고, 아름다운 기사죠."

"누구도 그분의 주인이 될 수 없었어요."

쓸데없는 무용담이라고 생각했던 이야기들이 사실일지도 모른다니. 사람들의 이야기 마무리는 늘 칭송이었다. 전설의 주인공인 기사가, 이 여자일 줄 누가 알았을까. 엘리나의 머리칼을 만지작거리던 쥬비에르의 손을 카인이 떼어냈다.

"함부로 손대지 마라, 쥬비에르."

그에게 단 한 번도 적의를 드러낸 적 없었던 카인이 엘리나를 감싸고 있

었다. 엘리나는 모르게 두 사람이 대치하고 있을 때 갑작스럽게 엘리나가
걸음을 멈추었다.

"이곳에서 흔적이 끊겼습니다."

"설마 그대는 아벨의 흔적을 따라가고 있었나."

"네. 여기까지는 풀이 눕혀진 미세한 자국이 있습니다. 이 너머부터는 눈
이 내리기도 합니다. 아벨 버베나 왕자님이 무엇을 보고 여기까지 뛰어왔는
지 모르겠습니다."

세 형제가 서로에게 느끼는 감정은 애증과도 같았다. 카인은 쥬비에르에
게 열등감을 가지고 있었고, 쥬비에르는 카인을 멍청하다고 생각했다. 아벨
은 두 형 모두 제정신이 아니라고 생각했다. 그러나 서로가 죽기를 바라지
는 않았다.

두 사람은 서둘러 아벨을 찾았으나 보이지 않았다. 엘리나는 나무들의 키
가 커지는 지역을 가리켰다.

"들어가야 할 것 같습니다. 괜찮겠습니까?"

"무슨 일이 일어난다면 엘리나 '경'이 나를 지켜주겠지."

"그건 당연한 일입니다."

쥬비에르의 농담에 엘리나는 진지하게 답했다. 신념이 깃든 눈을 보자 장
난칠 마음도 사라졌다. 그는 카인과 함께 엘리나의 뒤를 따랐다. 숲은 놀랍
도록 한적하고 고요했다. 간간이 들리는 새의 울음소리가 듣기 좋았다. 엘
리나는 순간 눈을 가늘게 떴다.

"방금 주황색을 보았습니다."

"나는 보시 못했는데. 그대만 본 것인가."

"제 시력은 정확합니다. 이런."

갑작스럽게 거센 비가 쏟아지기 시작했다. 눈이 내렸다면 젖을 일은 없었
을 텐데 봄이 되어 날씨가 따뜻해진 것이다. 두 남자가 멍하게 서 있자 엘리

나는 그들을 이끌고 주변의 동굴 하나로 들어갔다. 갑작스러운 기상 변화에 아직도 넋을 잃고 있던 카인과 쥬비에르가 정신을 차렸다. 엘리나는 차분하게 말했다.

"금방 그칠 겁니다."

"그대가 그걸 어떻게 알지?"

"몇 년 전에 동료들과 내기를 하다 이 산에 온 적이 한 번 있습니다."

종목은 누가 조제프를 업고 정상에 빨리 올라가느냐였다. 덕분에 조제프는 하루에 여러 번 기사들에게 업혀 올라갔다 걸어 내려오기를 반복해야 했다. 이 내기는 근소한 차이로 엘리나가 준우승을 했다. 우승은 그답지 않게 내기에 끼어든 부기사단장 원이었다. 그는 현재 엘리나의 보좌관처럼 엘리나를 모시고 있다.

날씨가 춥지는 않았다. 비가 그칠 때까지 기다리며, 카인과 쥬비에르는 엘리나에게 말을 걸었다.

"블루벨 경."

"엘리나."

"말씀하십시오."

엘리나는 둘 중 누가 말하든 별다른 신경을 쓰지 않는 것 같았다. 주머니를 뒤지다 쿠키를 발견한 엘리나가 문득 물었다.

"드시겠습니까?"

"난 됐네."

"나도."

그러자 엘리나는 말린 복숭아칩이 박힌 쿠키를 입에 넣고 우물거렸다. 순식간에 동굴 안에 달콤한 복숭아 냄새가 퍼졌다. 두 남자는 엘리나를 바라보았다. 비에 젖어 약간 달라붙은 금발과 마찬가지로 젖어 몸매를 드러내는 시녀복. 달콤한 향기까지. 엘리나가 곰을 맨손으로 상대하는 장면을 본 카인은 손대지 않았으나 쥬비에르는 자신도 모르게 뒤에서 엘리나의 목덜미에 손을 가져다 댔다.

엘리나는 그를 단번에 넘겨 바닥에 넘어뜨렸다. 엘리나의 눈이 깜빡였다. 자신도 모르게 반사적으로 한 행동인 듯했다.

"아, 제가 기사인지라 뒤에서 공격하면 반사적으로 대응을 해버립니다. 죄송합니다."

"괜찮아."

쥬비에르는 대답했다. 정말로 기사는 기사였다. 보통 여성들은 사람을 넘길 때 반동을 이용해 넘기지만 엘리나는 순수한 힘으로 그를 넘어뜨렸다. 만일 쥬비에르가 허튼 생각이라도 하며 손을 뻗었다면 큰일이 났을지도 모르겠다. 빛이 깜빡거리는 것보다도 반응이 빨랐다.

비가 그쳤다. 엘리나는 맑게 갠 숲을 걸으며 두 사람에게 설명했다.

"비가 내렸으니, 아벨 님도 얼마 가지 못하셨을 겁니다."

그들은 발걸음을 옮겼다. 얼마 지나지 않아 그들은 아벨을 발견했다. 아벨은, 피를 잔뜩 흘리고 있었다.

"집사님, 어쩌면 좋아요."

"또 무슨 일인데. 쓸데없는 소리는 아니길 빌지. 봉급을 깎고 싶진 않은데 말이야."

"율리히 님. 그게 아니라니까요, 지금 엘리나 경에게 큰일이 났어요!"

"그 여자를 걱정하는 게 가장 쓸모없는 일이야."

엘리나 블루벨이 부순 기물들이 수백 개인데 그런 걱정이 들 리가. 시녀는 발을 굴렀다.

"그렇지만 엘리나 님이 버베나의 왕자님들과 함께 숲으로 들어가셨단 말이에요."

"뭐가 문젠데."

"걱정되지도 않으세요? 막내 왕자님을 찾으러 다른 두 왕자님과 간 거래요."

율리히는 이해하지 못했다. 숲 최강의 포식자는 엘리나일 것이다. 설령 두 왕자가 무슨 짓을 하려고 한다 해도 할 수 있을 리가 없었다. 엘리나가 자의적으로 그들을 받아들이지 않는 한. 생각하자 이상하게 기분이 저조해졌다. 율리히는 물었다.

"대체 블루벨 경에 대한 이야기를 전부터 왜 내게만 하는 거야? 말해봐, 테레사."

"저도 생각해보았는데요."

이번에는 답을 알아왔다는 듯이 시녀가 비장한 얼굴을 했다.

"집사님은 늘 우리에게 이렇게 날카로운 태도를 보이시잖아요. 하지만 블루벨 경에게는 누그러지시니 두 분이 가까운 거라고 생각했어요."

"당연하지. 그 여자가 나보다 강해."

"정말요? 하지만 집사님은 다른 화이트 기사단원들에게는 가차 없으시잖아요. 저번에 우는 기사님도 봤는걸요."

"울었다고? 뭘 잘했다고?"

"보세요. 율리히 님은 엘리나 경에게만 친절하시단 말이에요."

"정말."

"잘했죠?"

"쓸데없는 얘기군. 나가."

"너무해요!"

"나가."

"꺅! 끌어내지 말아주세요!"

까불거리던 시녀는 마법에 질질 끌려 밖으로 내쫓기며 울상을 지었다. 일하기가 싫은 모양이었다. 화이트 기사단이 치는 사고를 수습하는 일은 쉽지 않았기 때문이다. 엘리나 블루벨. 시녀에게는 쓸데없다고 말했으나 그녀의 말에 일리가 있을지도 모른다는 생각을 했다. 아주 잠시지만.

아직 치우지 못한 빈 코코아 컵이 눈에 들어왔다. 이 컵을 사용할 수 있는 사람은 엘리나뿐이었다. 엘리나에게는 말하지 않았으나 사실 엘리나를 위해 산 것이나 다름없는 물건이기도 했다.

"친절이라."

율리히가 한 번 손짓하자 마법 전쟁 이전의 수식들이 담긴 마법진들이 허공에 떠올라 겹쳐지고 부딪쳐 소멸해갔다. 마법을 만드는 것은 이렇게 쉬웠다. 평소였다면 탐구를 위해 일부러 마법진들의 모양을 검토했을 테지만 오늘은 눈에 들어오지 않았다. 이상하다. 기분이 왜 이럴까. 율리히는 생각했다. 무엇을 해도 이상하게 일이 손에 잡히지 않았다. 바깥에서는 시녀들의 웃음소리가 들려왔다. 지금 밥을 축내고 있는 화이트 기사단이 더 이상의 예산 낭비를 하지 않게 하려면 건물의 지붕을 이 형태로….

율리히의 펜이 멈추었다.

"율리히 님은 엘리나 경에게만 친절하시단 말이에요."

시녀의 말이 떠올랐다. 그를 정말로 거슬리게 하는 것은. 엘리나가 그녀에게 구애하는 세 남자와 같이 있을지도 모른다는 사실이었다. 세 왕자 모두 엘리나에게 제법 진심인 것 같았다. 셋 모두 평판을 신경 쓰지 않고 엘리나를 가까이했으니까. 다른 일에는 눈치가 빠른데 오랜 기사단 생활로 인해 남녀 사이의 일에는 영 눈치가 없는 엘리나만 몰랐다.

설마. 그럴 리가 없다. 율리히는 결코 알고 싶지 않았던 감정을 떠올렸다. 그가 엘리나를. 생각하고 싶지도 않았다. 왜냐하면 그 생각이 옳다는 사실을 그의 내면이 알고 있었기 때문이다.

"아벨 님!"

엘리나가 아벨을 불렀다. 아벨은 엘리나를 바라보았다. 초점이 맞는 것을 보니 의식이 흐려지지는 않은 것 같았다. 아벨의 왼팔은 물어뜯긴 상태였다. 피가 흐르고 있었다. 기어가는 아벨을 따라가며, 흰곰 한 마리가 으르렁거리고 있었다. 맹수다. 아벨의 검은 나무에 박혀 있었다. 처음 보는 생물이지만, 저것이 이 산의 최상위 포식자 같았다.

흰곰은 엘리나를 보자 본능적으로 경계하며 두 발로 일어섰다. 어마어마하게 컸다. 엘리나는 살생을 즐기는 편이 아니었다. 그러나 곰은 피를 맛보았다. 엘리나는 카인과 쥬비에르에게 말했다.

"죽이겠습니다."

"그러도록 하게."

죽이지 말라는 말은 할 수 없었다. 저 하얀 털을 가진 곰을 죽이지 않는다면 그들이 죽을 게 뻔했으니. 카인과 쥬비에르는 바로 아벨을 지혈했다. 피를 볼 때마다 곰이 흥분하는 것이 보였기 때문이다. 쥬비에르는 아벨에게 물었다.

"어떻게 된 거야?"

"아까 저게 내게 환영을 보여주었어."

"환영이라고?"

"웬 여자가 웃으면서 갑자기 뛰어가기에 따라왔더니 여기야."

간혹 마법을 가진 동물들이 태어날 때도 있었다. 그래도 그렇지, 생각하던 카인과 쥬비에르가 움찔했다. 여자 비슷한 환영이 그들의 눈에도 순간 보였기 때문이다. 아벨은 자신이 홀렸다는 사실을 깨닫고 돌아가려고 했으나 때는 늦은 후였다. 뒤에서 거대한 곰이 그를 앞발로 내리쳤다. 엘리나와의 검술 대련이 그를 빠르게 만들었다. 반사적으로 검을 휘두른 아벨은 흰곰에게서 필사적으로 도망쳤다. 곰은 무시무시하게 강했다. 아벨을 홀린 여자는 눈에 띄지 않았다. 흰곰은 아벨을 먹이로 지목했다. 엘리나는 곰을 바라보았다.

"몇 년 전까지는 분명히 없던 생물이군."

이 산에 사람들이 올라올 일은 거의 없었다. 인명 피해가 없어서 다행이다. 저것은 사람을 주식으로 하는 생물이다. 엘리나는 옅은 한숨을 쉬었다. 이 대낮에 웬 곰과의 전투란 말인가. 발견해서 다행이라고 해야 할지, 불운하다고 해야 할지 알 수 없었다. 으르렁. 곰이 낮게 엘리나를 위협했다. 엘리나는 세 왕자에게 말했다.

"절대로 움직이지 말고 가만히 계십시오."

세 사람은 자신들이 나서 봐야 도움이 되지 않는다는 사실을 알고 있었다. 엘리나는 재빠르게 아벨의 검을 뽑아냈다. 쓸 만한 무기였다. 게다가 튼튼했다. 곰은 네 발로 엘리나에게 돌진했다. 엘리나를 죽이지 않고 먹이를 먹는 것은 불가능하다고 판단한 것 같았다.

"느리군."

엘리나는 생각했다. 솔직하게 말해서, 주먹질을 하는 편이 더 빠를 듯했다. 하지만 시녀복을 입고 주먹질로 곰을 때려잡는 모습을 보여줄 수는 없지 않은가. 엘쟈네스의 체면이 걸려 있었다. 엘리나는 곰의 앞발을 바로 베어냈다. 아벨이 눈을 부릅떴다.

"저, 저거…!"

'속임수야!'라고 말하기도 전에 들어 올린 왼팔에서 피가 다시 흘렀다. 아벨은 팔을 부여잡았다. 이러다 출혈 때문에 쓰러질 것 같았다. 아벨이 그토록 고전하던 흰곰이 엘리나 앞에서 종잇조각처럼 잘려나갔다.

엘리나는 곰의 머리 뒤에 작은 핀이 꽂혀 있다는 사실을 깨달았다. 마법 전쟁 이전의 물건이었다. 이것을 주워서 강해진 건가. 율리히에게 보고해야겠다. 엘리나의 검이 부드럽게 움직였다.

"…대단한데."

쥬비에르는 엘리나가 기사라는 사실을 알았지만 저 정도의 실력을 가지고 있으리라고 생각하지 않았다. 원하는 것을 찾아내자마자 엘리나의 검이 곰을 단번에 베어냈다. 적을 내려다보는 기사의 눈은, 냉정했다. 엘리나에게서 피가 묻은 곳은 검날뿐이었다. 엘리나의 동작을 제대로 본 카인도 엘리나를 멍하니 보고 있었다. 정적이 흐르고서야, 카인은 물었다.

"그대는 그런 실력을 가지기 위해 얼마나 수련했나?"

"블루벨 가문의 아이들은 걸을 수 있을 때부터 검을 잡습니다."

그런 가문은 많았다. 하지만 걸음마를 한 후부터 검을 쭉 잡아온 무가의 아이들도 엘리나처럼 훌륭한 검술을 가지지는 못했다. 서른도 채 되지 않은 여자가 이런 실력을 가지기까지 얼마나 많은 고생을 했을까. 카인의 눈빛이 깊어졌다. 많은 눈물을 흘렸을지도 모른다. 카인은 그녀에게 손을 내밀어주고 싶다고 생각했다.

그런 것은 신경 쓰지 않은 채, 엘리나는 곰의 살점을 가져가려다 그냥 내버려두었다. 윈터나이트가 아무리 발달했다지만 이것을 분석할 만한 기계는 없었다. 곰의 머리에 꽂혀 있던 핀을 가져가는 것으로 만족하기로 했다. 문득 쥬비에르가 웃음을 터뜨렸다.

"하하하하하."

그는 눈물까지 훔치며 즐겁게 웃고 있었다. 그가 왜 웃는지 몰랐던 엘리나는 의아한 눈으로 그를 바라보았다. 쥬비에르는 자신을 미친놈 쳐다보듯 보는 엘리나의 시선까지 좋다고 생각했다. 정말 엘리나는 알면 알수록 상식을 뛰어넘었다. 덕분에 엘리나의 곁에 있으면 심심하지 않았다. 쥬비에르는 말했다.

"난 세상에 경 같은 사람이 있을 거라고 생각하지 않았어."

쥬비에르는 모든 여자를 지겹다고 생각했다. 여자들 대다수는 생김새대로 놀았다. 나머지의 신비감도 썩 오래가지는 않았다. 빠르든 느리든 여자들은 쥬비에르를 사랑한다며 매달려왔다. 그러던 중 나타난 것이 엘리나였다. 쥬비에르는 엘리나가 도도할 것이라고 생각했으나 그녀는 까다롭지 않았다. 무뚝뚝하다고 생각했으나 쥬비에르의 말에 재치 있게 대답해주었다. 엘리나는 시녀처럼 보이다가도 기사의 검술을 쓸 줄 알았다. 정말 엘리나 블루벨은 최고였다. 반해버릴 것 같았다. 엘리나는 아벨의 상태를 살폈다.

"팔은 문제없이 쓰실 수 있을 겁니다."

다행히 큰 혈관이나 힘줄을 건드리지는 않았다. 아벨은 자신도 모르게 얼굴을 붉혔다. 아벨이 생각했던 여자와 엘리나는 너무나도 달랐다. 아벨에게 접근하는 여자들은 아벨의 검술을 칭찬하며 그가 자신을 지켜줄 것을 요구했다. 엘리나는 그러지 않았다. 그녀는, 오히려 아벨에게 검을 가르쳤고 아벨을 구해주었다. 엘리나가 아벨을 지켜주었다. 아벨 버베나는 첫사랑에 빠지고 말았다.

네 사람은 금방 산을 내려갔다. 버베나 사람들은 아벨의 부상에 경악했으나 생각보다 깊지 않다는 것을 알고 안심했다. 그들은 엘리나에게 감사 인사를 전했다.

"어떻게 감사 인사를 전해야 할지 모르겠습니다."

"해야 할 일을 한 것뿐입니다."

어쩔 수 없었다. 버베나 왕실의 사람들은 세 왕자의 감정을 인정하기로 했다. 세 왕자가 엘리나를 바라보는 눈빛은 너무나도 명백한 종류의 것이었다. 블루벨 후작가라면 나쁜 가문은 아니었다. 오히려 북쪽에서는 고귀한 가문으로 알려져 있다고 들었다. 또한 엘리나 블루벨은 전속 시녀를 할 만큼 품격 있는 여자이기도 하니 왕자비로 들일 수 있을 것이다. 왕실 사람들은 그렇게 생각했다.

아벨 버베나의 부상으로 인해 버베나 왕실의 사람들은 생각보다 빨리 버베나로 돌아갈 일정을 잡게 되었다. 아벨 버베나의 혈액이 특별한 형질을 가지고 있어서 수혈을 받을 수 있는 혈액이 한정되어 있었기 때문이다.

세 남자는 엘리나를 따라다녔다. 이제 엘리나조차 세 왕자의 감정을 눈치채게 되었다. 이토록 노골적인데 모를 수가 없지 않은가.

엘리나는 카인과 쥬비에르, 아벨을 피해 오늘도 율리히의 집무실에 숨어든 상태였다. 버베나 사람들이 집사 집무실에 접근할 경우 정보를 빼가려는 의도로 간주될 수 있었다. 이곳에서 엘리나는 자유로웠다.

율리히가 타준 코코아를 불어 마시던 엘리나가 말했다.

"맛있군."

"경이 싫어하는 코코아도 있겠습니까."

"틀린 말은 아니군."

"언제까지 세 왕자님을 피하실 겁니까?"

"세 분을 피하는 게 아니다. 그 주변의 사람을 피하는 것일 뿐이지."

확실히 버베나 사람들은 귀찮았다. 그들은 엘리나를 예비 왕자비라고 여긴 이후 쭉 예민하게 굴었다. 그녀의 예법을 요모조모 뜯어보거나 외모를 품평하고 하루 종일 쫓아다니는 것은 부지기수였다. 고개를 가볍게 끄덕이던 율리히는 물었다.

"세 분 중 좋아하는 분은 있습니까?"

"오늘은 그대답지 않군."

율리히도 알고 있었다. 그동안 엘리나의 사생활에 관해 신경도 쓰지 않던 율리히가 이렇게 묻는 것은 이상해 보일 것이다. 율리히는 세 왕자를 향해 진심으로 짜증을 느꼈다. 엘리나에게 머저리같이 구는 자신도 이상하게 느껴졌다. 그러나 할 수 없었다. 이렇게 묻고 싶은 것을 어떻게 하나. 율리히는 대답했다.

"변덕이라고 해두죠."

"혹시 세 분 중 누구를 좋아하냐는 질문에 내가 대답해야 하나?"

"가능한 대답하는 편이 좋을 것 같습니다."

"그대에게 그것이 중요한가?"

엘리나는 오늘따라 이상한 질문을 하는 율리히에게 물었다. 율리히는 요즘 이상했다. 시녀들은 율리히의 분위기가 한결 누그러져 다가가기 쉽다며 그에게 다가가 아양을 떨거나 대화를 시도했다. 율리히는 그녀들을 거절하지 않았다. 그는 쭉 깊은 생각에 빠진 기색이었다. 엘리나가 누구를 좋아하는지가 그에게 중요한가? 엘리나는 미묘한 감정을 느꼈다. 결코 싫은 것은 아니었다. 율리히는 긴 속눈썹을 내리깔고 서류에 필기를 하고 있었다. 펜이 멈추었다. 그는 턱을 괴고 엘리나를 바라보았다.

"당연하죠."

율리히는 말을 이었다.

"제가 경을 좋아하니까."

엘리나는 결코 율리히에게 이런 말을 들으리라고 생각하지 않았다.

반면 율리히는 지금 기분이 좋은 상태였다. 그의 감정에 대해 고민할 사람은 이제 엘리나였다. 율리히도 믿을 수 없었다. 이 여자를 좋아할지도 모른다는 사실을.

엘리나의 눈이 더 커질 수 없을 만큼 커졌다. 꼭 순진한 총각을 꼬여낸 꽃뱀이 된 느낌이었다. 율리히는 갑작스럽게 그런 느낌을 받았다. 당연히 엘리나가 총각, 율리히가 꽃뱀 쪽이다.

뭐, 엘리나는 귀여운 편이었다. 그와 몇 살이나 차이 나는 여자가 코코아를 좋아하고, 저를 좋아한다는 말에 굳어 쳐다보는 게 귀여운 게 아니면 무엇이겠는가. 결과가 어떻게 되든 상관없었다. 율리히는 오래 고민하는 편은 아니었다. 그는 한 번 결정하면 빨리 밀어붙이는 편이었다. 왕자들이 머저리처럼 엘리나 주위를 돌든 말든 크게 관심 없었다. 그들이 엘리나를 흔들어놓지는 못했으니까. 율리히는 엘리나를 내버려둔 채 다시 업무를 시작했다.

窯

"거봐. 엘리나는 역시 윈터나이트를 버릴 생각을 하고 있다니까."

화이트 기사단 내부에서는 오늘도 은밀한 회의가 이루어지고 있었다. 이제는 집회나 다름없어진 커다란 모임이었다. 최근 들어 엘리나가 멍하니 허공을 보는 일이 많아지기 시작했다. 엘리나는 세 왕자를 돌아가며 만났고, 숙소에 돌아온 후에는 다시 멍하게 누워 있었다. 좋아하던 운동이나 내기도 하지 않았다. 화이트 기사단원들은 난리를 치고 있었다.

헛소문이 퍼지고 퍼져 나갔다. 사랑하는 자식을 나쁜 배우자에게 빼앗긴 부모처럼 손수건을 물어뜯는 기사단원도 있었다.

"어떻게 엘리나가 우리에게 이럴 수가 있어!"

"설마가 사실이 된다더니 그 여우 같은 왕족들이 엘리나를!"

엘리나는 결코 화이트 기사단 내부에서 인기가 많지는 않았다. 물론 동료로서의 인기는 있었으나 이렇게 주목받지는 않았다. 버베나의 세 왕자라. 기가 찼던 알렉이 질문했다.

"대체 엘리나의 매력이 뭘까?"

"술을 잘 마시지."

"벽도 잘 부숴."

"최근에는 곰도 잡았지."

"…남녀를 떠나 그런 점이 이성에게 매력으로 어필할 것 같지는 않은데."

알렉은 결국 말을 흐렸다. 그러는 동안 화이트 기사단원들은 저마다 상상력을 발휘하고 있었다.

"나 같으면 첫째 왕자. 왜냐하면, 차기 국왕이고. 그중에서는 성격이 좋고 엘리나를 볼 때만 웃잖아. 권력도 있고 나를 바라봐주는 남자가 얼마나 좋겠어. 중요한 건 권력이야."

"남자는 외모지. 둘째 왕자 외모 못 봤어? 엄청 기생오라비 같다고. 그게 여자들이 좋아하는 얼굴이라지. 거기다 여자를 많이 만나본 남자야. 그런데도 엘리나에게만 목을 맨다고. 그 점이 얼마나 매력 있는데."

"연하가 더 좋지. 왜냐하면 두 왕자에 비해 셋째 왕자가 더 주무르기 쉽단 말이야."

"무슨 소리야. 주무른다고? 엘리나가?"

"아니. 무슨 소리야. 그 주무르는 게 아니라, 아, 뭐라고 하지. 그래, 조종하기 쉽다는 거야. 어리니까 말을 얼마나 잘 듣겠어."

"넌 여자로 태어나지 않아 다행이다. 아니, 넌 쓰레기야."

"무슨 소리야. 너도 권력이 최고라며. 어쨌든 계속 말하자면 셋째 왕자는 검을 좋아해. 세 형제 중 혼자서만 검에 미쳐 있다고 알고 있어. 공통된 관심사는 인간관계에서 아주 중요한 거야."

"그래도 나는 첫째 왕자!"

"둘째 왕자! 멍청이들아!"

"셋째 왕자뿐이야, 난."

왜 너희들이 왕자들을 품평하고 있는 건데. 어느새 세 왕자의 매력을 이야기하며 다투는 기사단원들을 보며 알렉이 혀를 찼다. 화이트 기사들이 더 설레는 듯하다. 어째. 바보들이 어디 가겠는가. 술을 마시던 조제프가 말했다.

"그게 중요한 게 아냐. 엘리나가 떠나간다고!"

"그래! 이거였어!"

엘리나가 버베나로 떠날 경우 엘리나는 겨울의 마법을 사용할 권한을 포기할 것이다. 겨울마다 한 번씩 남쪽에서 북쪽에 오기는 번거로운 일이니. 이 화이트 기사단에서, 단장은 절대적인 존재였다. 엘리나를 능가하거나 맞먹을 만한 재목이 화이트 기사단 내에 없다. 단원들은 엘리나의 말에 철저하게 복종했다. 술을 마시던 조제프가 눈물을 글썽거렸다.

"엘리나 단장이 우리를 버리면 어떻게 하지…?"

엘리나가 떠난다고 할 경우 그들은 엘리나를 막을 수 없었다. 화이트 기사단은 버베나의 수행원들을 기절시키기도 하고 뒷공작도 펼쳐보았으나 변하는 것은 없었다. 너무나 얄팍한 수였기 때문에 알렉을 제외하고 그 사실을 아는 이는 없었다.

"이제 버베나 왕족들이 떠나겠지…."

분위기가 침통해졌다. 알렉은 많은 것이 틀렸다는 사실을 알았으나 정정해주어도 누구도 듣지 않았다. 방 안에 들어온 알렉은 고개를 마구 저었다. 엘리나는 오늘도 세 왕족을 만나고 온 모양이었다. 알렉은 물었다.

"세 왕자님은 잘 만나고 왔어?"

"…."

"엘리나?"

"아, 알렉. 왔군."

"온 지 꽤 되었어. 무슨 생각을 하고 있던 거야?"

엘리나는 대답하지 않았다. 그녀는 다시 자신만의 생각에 빠진 것 같았다. 알렉은 참견하지 않았다. 마침내 엘리나가 눈을 떴다. 엘리나의 눈에는, 한 치의 흔들림도 없었다.

며칠 후 버베나의 왕족들을 배웅하기 위한 파티가 열렸다. 당연하게도 엘리나에게 초대장이 왔다. 알렉은 물었다.

"파티에 갈 거야?"

"그래야겠지."

버베나 측은 엘리나가 드레스를 입고 블루벨 후작 영애로서 참석하기를 바랐다. 거절할 명분도 없었고 버베나와 친분을 쌓아두는 것은 그리 나쁘지 않은 일이기도 했다. 블루벨 가문에서 엘리나가 입을 드레스를 보냈다. 엘리나에게 잘 어울리는 푸른빛의 드레스가 상자에서 나왔다. 구두와 목걸이, 귀고리까지 완벽했다. 엘리나를 화장시켜줄 시녀 한 명도 왔다. 알렉은 그 장면을 보며 감탄했다.

"엘리나, 너 진짜 귀족 아가씨구나."

"블루벨 후작 영애니까. 당연하다."

인간은 시각적인 정보에 크게 좌우되는 동물이다. 새삼 파트너가 귀족이라는 사실이 실감나는 것은 어쩔 수 없었다. 엘리나는 오랜만에 드레스를 입었다. 푸른빛 드레스는 검술로 다져진 엘리나의 몸매를 그대로 보여주었다. 요정을 떠올리게 만드는 머리칼은 한쪽으로 느슨하게 땋아 내린 채였다. 엘리나의 눈동자 색과 닮은 사파이어 장신구들이 주인에게 걸쳐졌다. 화장을 하고, 굽이 높은 하얀 구두를 신자 엘리나는 다른 사람이 된 것처럼 변했다. 씻고 옷을 갈아입는 장면 외의 모든 광경을 보았던 알렉은 사람은 꾸미기 나름이라며 박수를 쳤다.

"널 보면 모든 사람들이 반할지도 몰라."

"가장 아름다운 건 마님이다."

"마님은 결혼하셨잖아. 사람이 가장 아름다워지는 시기가 있댔어. 뭐, 주워들은 말이지만 말이지. 누구나 꽃과 같아서 일생에 단 한 번 활짝 피어난다는 거야. 미친 소리 같겠지만 자신감을 가져. 넌 충분히 예뻐."

알렉은 말하면서 화이트 기사단에서 가장 멀쩡한 사람이 자신이라는 사실을 한 번 더 실감했다. 누구도 파트너에게 이런 말을 해주지 않을 것이다. 알렉이니까 이런 말을 할 수 있는 것이다. 엘리나가 웃는다.

"그렇다면 마님은 늘 피어 계신 거군."

어휴 내가 말을 말아야지. 기분이 좋아 보이는 엘리나를 뒤로 한 채, 알렉은 한숨을 쉬었다.

※

"그냥 내버려두라는 엘쟈의 말뜻이 이것이었습니까."

렌은 엘쟈네스의 손을 잡으며 물었다. 최근 윈터나이트는 세 왕자와 엘리나에 관한 소문으로 시끄러웠다. 윈터나이트 영지 밖의 사람들까지 엘리나 블루벨이 짝을 만나냐며 물었다. 아나스타샤 황녀는 둘째 왕자가 별로라는 서신을 렌에게 보낼 정도였다. 엘쟈네스는 웃었다.

"비슷해요. 아, 레이라에게서 편지가 왔네요."

최근 유진 바이올렛과 세실리아 에델바이스가 결혼 준비에 들어가며 루이자와 세실리아는 편지를 잘 보내지 못하고 있었다. 루이자는 그 소식에 관해 적어 보내며, 유진 같은 웬수가 어떻게 세실리아처럼 좋은 여자와 결혼할 수 있는지 모르겠다는 추신을 적어 보냈다. 그녀의 말에는 진심이 구구절절 묻어나왔다. 레이라의 편지에도 엘리나에 관한 소식이 적혀 있었다.

「엘쟈. 정말로 블루벨 경이 결혼하게 되는 건가요? 테오도르에게 안부 전해줘요. 친우, 레이라가.」

엘쟈네스는 웃었다.

"역시 누가 봐도 재미있을 법한 소식인가 봐요."

216

"무엇이 적혀 있는지 알려주실 수 있습니까."

"비밀로 할래요."

둘째 아이는 엘쟈네스처럼 붉은 계열의 머리칼을 가질 것이다. 엘쟈네스는 무엇을 알고 있냐는 렌에게 끝까지 아무것도 알려주지 않았다. 둘째 아이의 의사였다.

"어떤 아이가 태어나게 될지 정말 궁금합니다."

"아주 사랑스러운 아이일 거예요. 이건 제 생각이지만요."

두 사람은 연회장에 앉아 다정하게 대화를 나누었다. 샹들리에의 밝은 불빛이 빛났다. 이번 연회에는 제법 많은 사람이 초청받았다. 사람들은 윈터나이트 대공 부부에게 인사를 하고 버베나의 왕족들과 통성명을 나누었다. 버베나의 세 왕자를 보러 온 사람도 있었다. 어떤 사람들이기에 엘리나 블루벨에게 구애를 하는 것인지 궁금했기 때문이다. 세 왕자의 훌륭한 외관을 본 귀족들은 감탄을 금치 못했다.

"블루벨 경에게 구애했다면 저 정도는 되어야죠."

"전 오히려 부족하다는 느낌인걸요. 제가 블루벨 경의 팬이라는 사실은 아시잖아요."

엘리나를 은근히 세 왕자보다 낮게 품평했던 버베나의 왕실 수행원들은 북쪽 귀족들의 말을 듣고 민망함을 금치 못했다. 많은 사람들이 모인 자리였다. 수많은 사람들의 이야기가 인파 사이로 떠돌아다녔다. 버베나의 세 왕자 카인과 쥬비에르, 아벨은 서로를 은근히 견제하고 있었다. 이 자리에서 세 사람은 엘리나에게 정식으로 교제 신청을 할 것이다. 물론 결혼을 전제로 한 교제 신청이다. 그때 세 사람은 술렁이는 입구를 바라보았다.

"세상에…."

"블루벨 경의 저런 모습은 오랜만이에요."

만일 알렉이 이 자리에 있었다면 사람은 일생에 한 번 활짝 피어나는 것이 맞았다고 외쳤을 것이다. 엘리나는 눈부시게 아름다웠다. 세 왕자는 넋을 잃고 엘리나를 바라보았다. 완벽한 귀족 영애의 모습으로 등장한 그 모습은 시녀복을 입을 때와도, 검을 휘두를 때와도 달랐다. 엘리나에게 춤 신청을 하는 이는 없었다. 사람들의 흥미가 고조된 상태에서 무도회가 시작되었다.

"대체 엘리나 경은 누굴 선택할까요?"

"저야 모르죠. 저는 단지 궁금할 뿐이에요. 세 분은 엘리나 경에게 뭐라고 할까요?"

귀부인 몇은 부채를 살랑살랑 흔들며 대화를 나누었다. 엘리나는 먼 곳을 바라보았다. 엘쟈네스가 다정하게 미소 지으며 손을 흔들어주었다. 간만에 입은 드레스는 불편했다. 급소인 목과 가슴께가 노출되자 불안하기 그지없었다. 다분히 기사다운 생각을 하던 엘리나는 구두 굽을 다시 한 번 확인했다. 망가진 부분은 없었다. 움직이는 데 지장은 없을 것이다.

"그나저나 왜 사람들의 시선이 이렇게 몰리는 거지."

엘리나는 중얼거렸다. 사람들의 시선이 부담스러울 정도로 몰리고 있었다. 드레스 차림을 하고 꾸민 엘리나는 빛났다. 오늘 무도회의 주인공은 단연코 엘리나였다. 엘리나는 그 사실을 알지 못했다. 한 용기 있는 영식이 나섰다.

"블루벨 영애, 제게 춤을 출 영광을 주시겠습니까?"

"아, 죄송합니다. 제가 춤을 추는 사이 각하와 비 각하를 향한 암습 시도 가능성이 있을지도 모릅니다."

엘리나는 정중히 거절했다. 먼 곳에서 이 광경을 바라보고 있던 엘쟈네스가 손짓했다. 아무 걱정도 하지 말라는 뜻이었다. 그때 사람들이 갈라섰다. 한눈에 들어오는 주홍색 머리칼. 사람들은 화염을 떠오르게 하는 머리칼의 소유자를 바라보았다.

"나와 춤을 추는 건 어떤가."

화려한 미남자는 나른하게 웃었다. 쥬비에르 왕자. 엘리나는 그를 올려 다보았다. 가까이서 보니 더 예쁘군, 쥬비에르는 생각하며 그녀의 귓가에서 빛나는 귀고리를 보았다. 이번에는 거절할 수 없었다. 춤을 신청한 사람이 무려 버베나의 왕자가 아닌가. 엘리나는 그가 내민 손에 손을 얹었다. 오랜 만에 겪는 귀족식 예의였다. 두 사람은 홀의 가운데로 나아갔다. 사람들은 잘 어울리는 한 쌍을 바라보았다.

"남자치고 지나치게 화려한 외모라고 생각했지만 블루벨 경의 곁에 서니 잘 어울리네요."

"훌륭한 분이죠. 북쪽에서는 익숙하지 않은 유형의 미남이라고 생각해 요."

엘리나는 그와 함께 춤을 추었다. 음악이 시작되자 쥬비에르가 물었다.

"잘 지냈나?"

"염려해주신 덕분입니다."

조금이라도 반가워할 것이라고 생각했는데, 엘리나는 무심하기 그지없었 다. 상관없었다. 엘리나에게 빠진 사람은 그였으니까. 쥬비에르는 농담 삼 아 웃으며 말했다.

"드레스를 입었는데도 말투는 바뀌지 않는군."

"기사이기 때문입니다."

"시녀이기도 하다면서."

"무슨 말을 하고 싶으십니까?"

쥬비에르 왕자는 그녀를 바라보았다. 그는 엘리나의 이런 면이 좋았다. 사 파이어가 엘리나의 머리칼에 꽂혀 빛나고 있었다. 드레스는 값비싼 것이었 다. 엘리나가 기사가 되지 않았다면 누릴 수도 있던 것. 쥬비에르는 말했다.

"내가 그대에게 할 말은 잘 알 거야. 나는 평생 노력해본 적이 없어."

"네."

그는 엘리나를 편하게 만들어주고 싶었다. 그의 곁에서 아무것도 하지 않고 앉아만 있어도 좋다. 만일 엘리나가 버베나가 싫다고 한다면 다른 나라로 갈 것이다. 왕족의 지위마저도 버릴 수 있었다.

"다만, 그대가 내게 와준다면 노력할 거야."

엘리나가 왕비가 되기를 원한다면 왕위마저도 차지할 자신이 있었다. 그는 진심이었다. 마침내 쥬비에르는 엘리나에게 말했다.

"나와 같이 떠나줘."

사람들은 버베나의 둘째 왕자가 대담하다고 생각했다. 쥬비에르는 그렇게 말했다. 이 관계의 승리자는 엘리나였다. 아니, 그가 엘리나를 떠받들고 싶었다. 난생처음 궁금하게 만든 여자에게 자꾸만 끌렸다.

엘리나는 고개를 숙여 정중히 사죄했다. 엘리나가 쥬비에르를 선택할 것이라고 생각했던 이들은 실망의 기색을 감추지 못했다.

"죄송합니다."

명백한 거절의 뜻.

쥬비에르는 엘리나를 보내주었다. 그를 설레게 만든 여자가 그를 떠나갔다. 밝은 불빛이 일렁이고 있었다. 엘리나는 천천히 걸어갔다.

"엘리나 경."

엘리나의 주변에는 아무도 없었다. 지금 엘리나를 마주 보고 있는 남자는…. 엘리나는 고개를 들어 그의 얼굴을 바라보았다. 버베나의 차기 국왕이라고 불리는 남자, 카인 버베나 왕자. 그가 걸어오자 사람들은 자리를 바로 피해주었다.

"버베나의 마법을 타고나지 않았다는 소문을 들었는데."

"역시 너무나도 왕다운 분이죠?"

"엘리나 경과도 잘 어울려요."

카인은 엘리나에게 손을 내밀었다.

"블루벨 경."

엘리나는 그의 손을 잡았다. 춤을 추지는 않았다. 이번에 엘리나는 테라스로 자리를 옮겼다. 두 사람의 이야기를 궁금해하는 사람들이 벌떼같이 쫓아와 테라스 주변은 인파로 북적였다. 그럼에도 불구하고 그들은 감히 테라스까지 따라 들어오지는 못했다.

밤하늘은 밝았다. 커튼을 치지 않았기에 두 사람의 모습이 보였다. 카인이 엘리나에게 할 수 있는 말은 단 한마디뿐이었다.

"고생하지 않게 해주겠네."

"무슨 말입니까?"

"그대가 하는 일들. 시녀와 기사 일 모두. 그대에게 최고의 대우를 하겠네. 가장 빛나는 왕비로 만들어줄 수 있네."

카인은 이 이상 어떤 말을 해야 할지 알 수 없었다. 기분이 참혹해졌다. 이게 그가 할 수 있는 말의 전부였다. 쥬비에르처럼 화려한 말을 할 수 없었다. 그는 엘리나를 사랑했다. 만난 지 얼마 지나지 않았으나 그랬다. 카인이 자괴감에 잠시 고개를 숙이는 순간, 엘리나가 그와 시선을 마주했다.

"정말 감사드립니다."

놀랍게도 엘리나는 부드럽게 웃고 있었다. 그녀의 웃음에는 가식 하나 없었다.

"전하가 제게 하려는 말을 알 수 있습니다. 그러나 제 뜻은 이미 결정되어 있습니다."

"말하지 말아줘."

"전하의 진심에 감사드립니다."

카인이 가장 듣고 싶지 않았던 말이었다. 엘리나가 나섰다. 그는 혼자 남았다. 옅은 주홍빛 머리칼을 가진 남자가 엘리나에게 다가왔다. 그는 검을 잡는 사람 특유의 근육을 가지고 있었다.

"엘리나 경."

아벨은 기대를 가지고 있었다. 가슴이 뛰었다. 그러나 엘리나의 눈동자를 보는 순간 그는 결코 엘리나가 자신을 택한 것이 아니라는 사실을 알게 되었다. 기대는 천국처럼 달콤했으나 추락은 지옥처럼 쓰디썼다. 사람들은 엘리나가 택한 셋째 왕자를 축복할 준비를 하고 있었다. 그러나 엘리나는 그 자리를 지나갈 뿐이었다. 엘리나의 드레스 자락이 움직였다. 그녀가 어디로 가는 건지 아는 이는 없었다.

"대체 지금 무슨 일이 일어난 거야."

무슨 일인지 몰라 술렁거리는 것은 화이트 기사단원들 또한 마찬가지였다. 엘리나가 어떤 선택을 하는지 몰라 찾아왔더니 모든 일이 끝난 것이다. 두 왕자는 보이지 않았고 나머지 한 왕자의 얼굴마저도 좋지 않았다.

그를 외면한 엘리나는 천천히 다가갔다. 윈터나이트 대공 부부에게로. 역시 엘리나 블루벨은 주인에게 바친 맹세만을 바라보는 것인가. 감탄의 말이 나오는 순간, 엘리나는 윈터나이트 대공 부부 뒤의 한 남자에게 향했다. 상황이 어떤지 몰랐기에 누구도 엘리나에게서 눈을 떼지 않았다. 눈썰미가 좋은 사람들은 그가 윈터나이트 대공 부부를 대대로 보좌하는 집사라는 사실을 깨달았다. 상황이 어떻게 돌아가는지 깨달은 사람은 아무도 없었다. 엘리나는 율리히에게 말했다. 음성은 명확하게 들렸다.

"그대가 나를 책임지는 것이 좋겠다."

사람들은 동요했다. 율리히의 눈동자가 당황으로 떨렸다. 수많은 귀족들이 오는 연회장에서 공개적인 답을 들려주다니 이 여자가 정말로 미쳤나. 엘리나는 손을 내밀었다.

"그대와 결혼을 전제로 한 교제를 하고 싶다."

율리히가 선택할 수 있는 것은 단 두 가지였다. 잡거나, 잡지 않거나. 율리히는 이 상황이 웃음거리가 될지도 모른다는 사실을 알았다. 여기사가 집사에게 손을 내미는 광경은 오래도록 기억될 것이다. 그러나 어쩌겠는가. 율리히의 마음 역시 정해진 것을. 율리히는 엘리나의 손을 잡았다. 나쁜 기분은 아니었다.

✽

"결국 다 차였군."

돌아가는 길의 공기는 선선했다. 쥬비에르는 형제들에게 말했다. 참 묘한 방문이었다. 세 형제가 한 여자에게 반했다 차인 것이 아닌가. 고작 집사에게 밀려서. 집사에 대해 알아보려고 했으나 윈터나이트 내부의 기밀 사항으로 분류되어 알아낼 수가 없었다. 아벨은 쥬비에르를 발로 툭 찼다.

"시끄러워."

"자존심이 상하는 건 나 역시 마찬가지라고. 형도, 너도. 너무 침울한 것 같은데."

엘리나 블루벨의 선택에 대한 파란은 엄청났다. 아마릴리스 전역의 신문 기사 첫 면이 엘리나 블루벨의 약혼자에 관한 소식으로 도배되었다. 그들은 엘리나 블루벨이 생각보다 더 유명 인사였다는 사실을 그때 알게 되었다. 아무도 엘리나의 선택에 대해 예상하지 못했을 것이다. 윈터나이트 대공마저도 놀란 얼굴을 했으니까. 그 모습이 기억났다.

"어떻게 밀려도, 집사에게 밀릴 수 있는데?"

"우리보단 나은 남자겠지."

지금까지 말 한마디 없던 카인이 대답했다. 쥬비에르와 카인이 서로를 견제하지 않고 대화하는 것은 몇 년 만이었다. 아무렇지 않은 얼굴을 해도 카인 역시도 충격을 받았던 것이 분명하다. 쥬비에르는 낄낄 웃었다. 확실히 엘리나 블루벨은 그의 인생에서 두고두고 떠오를 여자가 될 것이다. 다시 생각해도 걸작이었다. 세 왕자를 홀린 여자가 연회장에서 대놓고 집사를 선택하다니.

"버베나에 도착하면 난 떠날 거야."

"어디로 갈 생각인데."

"나도 이제 좀 쉬어야지. 왕위 싸움에 말려들어서 눈치를 보는 건 이제 지쳤어, 형."

쥬비에르는 농담처럼 말했다. 카인은 그의 말이 진심이라는 것을 느꼈다. 그는 마차의 등받이에 기대며 누웠다.

"진짜 다사다난했다. 곰을 만나질 않나. 아벨은 잡아먹힐 뻔하지 않았나."

너무 많은 일을 겪었다. 정말로 쉬어야겠어. 쥬비에르는 그렇게 생각했다. 이제 카인과 아벨이 어떻게 되든 신경 쓰지 않을 것이다. 돌아다니다 보면 엘리나 블루벨을 잊게 할 만한 여자가 있을지도 모른다. 아벨은 말했다.

"그래도 드레스 입은 건 예쁘더라."

푸른 드레스를 그렇게 잘 소화하는 여자는 처음 보았다. 엘리나 블루벨이 그들에게 나쁜 짓을 한 것도 아니고, 그들 스스로가 그녀를 좋아한다고 쫓아다니다 거절당한 것이니 어쩔 수 없었다. 또한 엘리나 블루벨은 그들이 목숨 빚을 진 엘쟈네스 윈터나이트의 기사가 아니던가. 섣불리 화낼 수는 없었다. 하늘이 맑고 날씨가 좋은데 세 형제는 초라했다. 카인이 지적했다.

"쥬비에르. 그만 좀 움직여라."

"지금 형님이 보는 것보다 많이 슬픈 상태니까 참아줘."

이 기분을 어떻게 풀어야 하려나. 쥬비에르는 생각했다. 이상하게도 눈물은 전혀 나지 않았다.

"난 정말 엘리나 경이 집사님을 선택할 거라고는 생각하지 못했어."

"전혀 선택지에도 없던 후보잖아."

시녀들은 모이면 이 이야기를 하고는 했다. 엘리나 블루벨. 집사 율리히. 한 저택 내에서 영향력을 미치는 두 사람의 결합 소식의 파급은 엄청났다. 지나가던 알렉은 그 이야기를 듣고 머리를 세차게 흔들었다. 기상천외한 일들이 너무 많아 이제 생각을 그만두고 싶었다. 무도회 날, 누구보다도 예쁘게 차려입고 나간 엘리나는 세 왕자를 차례로 찼다. 그리고 집사인 율리히에게 프러포즈를 했다.

"될 대로 되라지…."

알렉은 두 사람이 이루어질 것이라고는 추호도 생각하지 않았다. 당연히 누구도 그렇게 생각하지 않았다. 알렉에게 있어서 율리히는 동생뻘이었다. 알렉이 기사단에 들어왔을 때 조그만 율리히를 몇 번 봤던 것 같은데 그 아이가 알렉의 파트너와 교제를 한다.

아니 사실 알렉과 엘리나, 율리히의 나이 차이는 생각보다 많지 않았다. 그럼에도 불구하고 충격적이었다. 알렉은 다시 생각해도 이해할 수 없어 물어보았다.

"대체 왜 율리히 집사님일까요?"

"어머나, 알렉 경. 뒤늦게 경의 마음을 깨달은 거예요?"

"그런 농담 좀 하지 마십시오. 전 심각합니다."

왜 율리히인지에 대해 생각했으나 알 수가 없었다. 대체 왜? 뛰어난 마법사라서? 기물을 하도 부숴서 몸으로 때우려고? 아니 이건 말도 안 되고. 시녀 하나가 수줍게 말했다.

"전 알아요. 당연한 일인걸요."

"무슨 말입니까."

"두 분, 그렇게 안 보여도 하루 종일 붙어 다녔어요."

"누굴 말하는 건지 모르겠습니다."

"아이 참. 엘리나 경과 집사님을 말하는 거잖아요."

"네? 두 사람이 말입니까?"

반문하던 알렉은 그 말이 사실이라는 생각을 문득 했다. 정말로 사실이었다. 본래 윈터나이트 기사단장과 집사는 밀접한 인연을 맺고 있었다. 더군다나 테오도르가 태어난 이후 두 사람은 테오도르를 보느라 자주 마주치지 않나. 지금까지 아무도 의심하지 않은 것이 이상하게 느껴질 정도였다. 알렉은 고개를 끄덕이며 얼떨떨하게 말했다.

"누구도 추측하지 못한 게 신기하군요."

"사람의 고정관념은 강하니까요. 아, 기사님들."

시녀들이 화이트 기사단원들에게 손을 흔들었다. 화이트 기사단은 엘리나가 떠나지 않는다는 사실에 기뻐하다 상대가 율리히라는 사실에 놀라기를 반복했다. 알렉은 어이가 없었다. 한 가지만 하든가. 뭐, 적응되지 않는 것은 알렉도 마찬가지인데 다른 기사들은 오죽하겠는가. 이제 기사들은 아침에 일어나면 이렇게 묻고는 했다.

"야, 엘리나가 집사님이랑 결혼한다는 게 사실이냐?"

"사실이다."

알렉은 대답했다. 맙소사! 한 달 넘게 놀랐으면서 또 놀란 목소리가 들려왔다. 지겹지도 않은 모양이었다. 연회 며칠 전, 알렉은 엘리나가 멍하니 있던 것을 떠올렸다. 설마 그때 고민하던 건 왕자들이 아니라 율리히 때문에. 알렉은 고개를 저었다.

"너무 갔어."

하지만 그렇게 생각하니 어느 정도 아귀가 들어맞는 것 같았다. 하여튼 엘리나의 돌발적인 행동에 북쪽은 뜨거워진 상태였다. 엘리나 블루벨을 모르던 사람들까지 신문 기사를 읽고 엘리나를 알게 될 정도였다. 〈가장 강한 기사는 집사를 선택했다?!〉 따위의 쓰레기 가십 기사도 범람하고 있었다.

사람들이 모르는 것이 하나 있는데, 집사의 가문 역시도 엄연한 귀족가였다. 집사라는 직위가 왕자에 비해 상대적으로 부족하게 느껴지고, 정치계나 사교계에 나오지 않을 뿐 아마릴리스의 황제들마저도 윈터나이트의 집사를 귀족으로서 예우했다.

소문을 어디에서 주워들은 테오도르는 어느 날 엘리나에게 율리히와 아기를 만들 거냐고 물어보았다.

그때 율리히가 뭐라고 했더라.

"노력해볼게요, 테오도르 님."

알렉은 낯이 뜨거워졌다.

"사랑이 사람을 미치게 한다는 말이 사실이었어."

바뀐 것은 거의 없었다. 엘리나는 낮에는 시녀의 일을, 밤에는 호위 기사의 일을 했고 동시에 화이트 기사단장이었다. 율리히 역시도 집사의 일을 하며 잘 지내고 있었다. 그러면서도 잘 사귀고 있다고 들었다. 저 멀리에 율리히와 엘리나가 있었다. 엘리나는 오늘도 기사단의 건물을 손상시켰다. 율리히가 무어라 말하자 엘리나가 대답하고 있었다. 조제프가 알렉을 툭 쳤다.

"진짜 다정하지 않냐. 집사님."

"저분이?"

"엘리나한테는 화도 잘 안 내잖아."

"저게 안 내는 거야?"

"나한테는 바로 웃는 얼굴로 욕부터 했는걸. 다른 녀석들한테도 마찬가지고."

"…전부터 엘리나에게 저렇게 다정했던 것 같기도."

인생사는 어디로 흘러갈지 모른다. 율리히는 엘리나의 겨울 마법을 손봐주었다. 건물을 부숴먹은 데 대해 집사로서 엘리나를 갈구기도 했다. 엘리나는 아무런 죄도 없는 사람처럼 말했다.

"내 의지가 아니다."

"동료들과 내기를 한 건 경의 의지였다고 들었는데요."

"그래서, 질투하나?"

엘리나는 물으며 고개를 약간 옆으로 기울였다. 어떻게 하면 율리히가 자신을 예쁘게 보는지 알고 있는 게 분명했다. 아, 물론 손해 배상 책임을 묻지 않겠다는 건 아니었다. 율리히는 엘리나를 내려다보며 말했다.

"당연하죠. 아, 경. 그리고 이번 내기는 경이 주도했다고 들었습니다. 변명은 듣지 않겠습니다."

"연인에게 너무하군."

"공은 공이고, 사는 사죠."

그렇게 말하는 율리히는 약간 웃고 있었다. 두 사람이 정식으로 교제하게 된 후, 율리히는 엘리나에게 물었다. 왜 자신을 택했는지. 엘리나는 그때 말했다.

"카인 님은 나를 동경했다. 쥬비에르 님은 내가 검을 그만두기를 바랐다. 아벨 님은 내가 늘 자신을 지키기를 바라더군. 세 사람 모두 내게 자신이 원하는 것을 요구했다."

"그래도 왕자라면 나쁘지 않은 조건 아닙니까?"

율리히의 입을 다물게 한 것은 누구보다도 다정한 어조였다.

"무엇보다도. 나는 그대가 좋다."

엘리나는 웃었다. 붉은 입술이 살며시 열려 하얀 치아가 보였다. 파란 눈에는 웃음기가 가득했다. 율리히는 그녀가 그렇게 웃는 것을 처음 본다고 생각했다. 달콤한 감정을 띤 엘리나의 눈이 율리히를 끌어당겼다. 율리히는 엘리나 자체를 인정했다. 그는 엘리나가 가치를 둔 것들을 결코 폄하하거나 무시하지 않았다. 단 한 번도 그런 적이 없었다. 그랬기에 엘리나는 율리히를 선택했고, 율리히를 사랑하게 되었다.

두 사람만의 세계에 빠진 엘리나와 율리히를 보던 화이트 기사단원들이 팔을 쓸었다.

"연애나 할까."

"네가 할 수는 있을 것 같으냐?"

"이래 봬도 숨겨진 따뜻한 매력이 있다고."

"그거 올해 들은 농담 중 가장 웃겼다."

화이트 기사단은 엘리나를 축복해주었다.

"사실 난 엘리나가 연애를 하게 되면 많은 게 바뀔 줄 알았는데. 그저 고정관념이었나 봐."

"뭐가 바뀐다는 거야?"

"막 애교도 생기고 웃음도 늘고 말투도 바뀌고 검도 멀리하게 되고."

"…그건 연애를 해서 바뀌는 게 아니라 새 인격이 생기는 거 아냐?"

"몰라. 말이나 좀 들어. 어쨌든 연애를 해도 엘리나는 엘리나야. 그냥 느꼈어. 그리고 엘리나가 엘리나로 있을 수 있게 해주는 사람이 정말 좋은 짝인 것 같아."

"어려워서 하나도 못 알아듣겠다."

간만에 이루어진 진지한 대화는 그렇게 맥없이 끝이 났다.

생각해보니, 그 사이에서 유일하게 여유 있게 미소 짓고 있던 사람은 엘쟈네스 각하 혼자였다. 마님은, 아니 둘째 아기는 대체 어디까지 알고 있는 것일까. 알렉은 궁금해졌다. 엘리나가 엘쟈네스가 아닌 누군가와 연애를 한다는 것만으로도 미묘하게 기뻐하는 대공을 누군가는 팔불출이라고 생각했다.

조제프가 문득 말했다.

"그런데 결혼하고 나면 엘리나가 집사 가문의 성을 쓰게 될 거 아냐. 근데 집사님 성이 대체 뭐야?"

"어라."

아무도 대답하지 못했다. 이토록 오래 윈터나이트를 모셔온 가문의 성을 아무도 모른다는 게 말이 되나. 하지만 아는 이가 없었다.

호기심이 생긴 기사 몇이 조사하기 위해 나섰지만 별다른 수확은 없었다. 집사의 가문에 성을 내려준 것이 옛날의 윈터나이트 대공이라는 사실만 나왔을 뿐이다. 조제프는 책을 던지며 성질을 냈다.

"옛 윈터나이트 대공이 집사 가문에 성을 내렸다며. 그래서 그게 뭐냐고, 그게."

희한하게도 그 기록만은 완전히 말소된 듯 찾을 수 없었다. 그들은 전대 집사의 성도 몰랐다. 모른 채로 무수한 세월을 같이 보낸 것이다. 알렉은 윈터나이트에 비밀이 참 많다는 생각을 했다. 끝까지 그들에게 성을 밝히지 않은 전대 집사도 대단하고.

한편, 엘리나는 율리히의 방에서 낡은 서류 한 장을 발견했다. 율리히가 집사의 맹세에 대해 적은 것이었다.

"뭔지 물어도 되나."

"아. 별거 아닙니다. 어렸을 때 잘못 적은 거거든요. 버려야 하는데 아직 버리지 않은 모양입니다."

어린아이 특유의 힘준 글씨가 두드러졌지만 글씨체는 제법 정갈하고 우아한 편이었다. 엘리나는 서류 끝의 사인을 보며 말했다.

"이게 드러났다면 난리가 났겠군."

"아무래도 가문의 성이 이목을 끌기 쉬우니까요. 그래서 대대로 비밀에 부친다고 알고 있습니다."

"나도 처음에는 듣고 놀랐지. 지금도 놀랍다."

"경도 이 성을 쓰게 될 텐데 아직까지 놀라우면 어쩝니까."

엘리나는 커다란 잔에 담긴 코코아를 마셨다. 율리히는 서류를 정돈했다. 율리히가 어린 시절, 집사의 말에 따라 열심히 썼다가 거절당한 이 한 장의 서류에 문구가 쓰여 있었다. 이름만이 아니라 비밀로 두어야 할 성까지 붙여 혼났던 기억이 난다.

「주인을 배신하지 않으며 충직하게 주인의 손과 발이 되어 그 뜻을 따른다.」

「윈터나이트를 늘 최우선으로 삼는다.」

그 외에 여러 글자들. 창밖에서 비친 햇살 한 줄기가 맨 밑의 서명 부분을 비추었다. 햇빛을 받은 잉크가 반짝거리며 빛났다. 맨 마지막의 서명은 이렇게 쓰여 있었다.

「율리히 윈터데이」

외전

━━━━━━ ● ━━━━━━

어떤 여자의 타락

단 한 번도 착한 여자인 적은 없었다. 프리케는 그렇게 생각했다. 아르메리아가는 고요하고 차분한 성품의 일원들을 길러냈다. 물론 한 사람을 그렇게 만들기까지는 많은 교육이 필요했다. 프리케는 아르메리아가의 귀족적인 영애였다. 그리고 지금은. 은밀한 장소에서 칼레스 로벨리아를 마주 보고 있었다.

"차는 입에 맞으신가요?"

"영애의 세심함 덕분에 부족한 것이 없군."

판에 박힌 대화들이 오갔다. 두 사람은 서로 관심이 없다는 것을 알고 있으면서도 대화를 이어나갔다. 대개는 예법에서 크게 어긋나지 않은 정석적인 대화들이었다. 프리케는 찻잔을 내려놓았다. 칼레스 로벨리아 왕자. 이 남자는 한때 프리케의 가장 친한 친우였던 리리엘 크로커스의 약혼자였다. 두 사람 중 속내를 털어놓고 본론을 이야기하려는 사람은 없었다. 아니, 두 사람의 의견은 중요하지 않았다.

"영애는 사슴을 닮았군."

"어머나. 과분한 칭찬이에요."

그에게 있어 사슴이 무슨 동물인지도 모르면서 프리케는 뺨을 감싸며 습관적으로 말했다. 고운 목소리와 새침한 억양. 그러나 프리케의 눈동자만은 무감했다. 두 사람 모두 자신이 왜 이 자리에 있는지 알고 있었다. 프리케는 그날을 떠올렸다. 몇 달 전, 이제는 절교한 옛 친우인 리리엘 크로커스가 대형 사고를 쳤다. 비단 리리엘만의 문제는 아니었다. 프리케는 리리엘의 가문인 크로커스가를 떠올렸다.

'크로커스가.'

로벨리아에서 크로커스가를 모르는 이는 없을 것이다. 크로커스가는 왕실과 밀접한 연을 맺으며 대대로 귀족들의 위에 군림해왔다. 그들에게는 재력과 권력이 있었다. 사람들은 크로커스가의 일원들과 말 한 번이라도 섞어보기 위해 발악했다. 크로커스 공작이 실없는 소리에 웃으면, 그 농담이 곧 유행했다. 크로커스 공작 부인에게 고개를 숙이지 않는 귀부인은 없었다.

그런 크로커스가의 중심인 리리엘 크로커스는 떠받들리며 자라왔다. 크로커스 공작 부부가 가장 예뻐하는 자녀. 그 타이틀만으로도 리리엘은 로벨리아에서 가장 귀한 아이가 되었다. 사람들은 리리엘이 무엇을 먹는지, 어떻게 자신을 가꾸는지 알고 싶어 했다. 극성 부모들은 자기 자식들을 리리엘처럼 꾸미려고 애썼다. 프리케는 그 모든 광경들을 지켜보았다. 그러나 크로커스가는 그날 이후 한순간에 몰락의 길을 걷게 되었다.

"저는 이 약혼식을 계속할 수 없어요."

프리케는 리리엘의 약혼식 날을 떠올렸다. 리리엘은 사랑스러웠으나 가끔 이해할 수 없는 정신세계를 보여주기도 했다. 물론 잘 드러나지는 않았다. 리리엘의 헛소리를 이루어주는 공작 부부가 있었기 때문이다. 그들의 일화는 유명했다.

본래 크로커스 기사단은 그렇게 규모가 큰 편이 아니었다. 크로커스가는 로벨리아 왕실에 대한 예우로 늘 최소한의 병력만을 가졌다. 어린아이였던 리리엘이 생일 선물로 기사단을 달라고 하자 공작 부부는 어마어마한 예산을 들여 연무장을 만들고, 병력을 들여왔다.

이 세상에 있는 것이라면 리리엘이 가지지 못할 것은 없었다. 감히 리리엘에게 대들거나 크로커스 공작 부부가 눈을 시퍼렇게 뜨고 있는데 리리엘을 틀렸다고 외칠 사람은 없었다. 프리케는 리리엘이 진짜 공주 같다고 생각했다. 윤기가 흐르는 긴 금발과 새하얀 피부. 귀해 보이는 옷까지. 크로커스 공작 부부는 리리엘이 툭 치면 쓰러져 죽을 것이라도 되는 것처럼 굴었다.

로벨리아의 귀족들은 리리엘을 동경했다. 프리케도 사실은 리리엘을 부러워했다. 리리엘 크로커스는 로벨리아에서 가장 사랑받는 아이였으니까.

적당한 시간이 흘렀다. 너무 짧지도 길지도 않은 시간. 칼레스 로벨리아는 정중하게 자리에서 일어났다.

"다시 차를 마실 수 있다면, 제 기쁨이 될 것입니다."

"언제든 왕자님을 환영하는걸요."

프리케는 칼레스와 자신의 대화가 귀족의 예법 교본에 나올 것 같다는 생각을 하고 있었다. 어린 소녀들이 배우는 예법 이론서에는 이럴 때 이렇게 남자와 대화를 하라는 지침이 쓰여 있었다. 그 덕에 사교계에 막 들어온 어린아이들은 예법서와 똑같은 말을 내뱉는 실수를 저지르기도 했다. 그마저도 못한 두 사람의 대화가 참 무미건조했다.

"그럼. 안녕히 계시길."

"가는 동안 축복이 있기를 바라요."

프리케와 칼레스는 틀에 박힌 대화를 나누었다. 이내 칼레스 로벨리아가 저 멀리 사라졌다. 로벨리아의 국왕은 심약하고 열등감이 강한 인물이었다. 아카데미 시절 더 강한 국가의 왕족들에게 치여 산 것이 원인이라고 수군거

234

리는 사람이 많았다. 그는 크로커스가를 신뢰했으나 약혼식 이후 바로 고개를 돌려버렸다.

국왕은 크로커스가가 약혼식 파기를 선언할 정도로 로벨리아 왕실을 우습게 보았다며 크게 노했다. 세뇌에 걸려 이른 약혼식을 연 것은 국왕 자신이라는 사실을 직면하고 싶어 하지 않았다. 그는 비난을 싫어했다. 그는 모든 잘못을 크로커스가에 돌렸다.

크로커스가는 이제 예전의 권세 높은 공작가가 아니었다. 공작가에서 강등당하지 않는 것이 신기할 정도였다. 모든 죄는 크로커스가의 것이었다. 물론 아마릴리스의 황제가 국왕 혼자 빠져나가려는 것을 두고 보지 않았지만.

"허튼짓은 하지 않는 게 좋을 겁니다."

오늘 아침 도착한 아마릴리스 황제의 자객이 한 말이었다. 그는 그 말을 하더니 다시 어디론가 사라져버렸다.

이미지가 실추된 국왕이 권세를 되찾기 위해 가장 먼저 한 일은 아르메리아 가문에 은밀히 연락해 칼레스와 프리케의 혼담을 넣는 일이었다. 좋은 판단이었다. 아르메리아 가문만큼 깨끗하고 힘 있는 가문도 없을 테니까. 프리케에게는 이 혼담을 거부한다는 선택지가 없었다. 자객의 경고를 들었음에도 불구하고 프리케의 조부는 로벨리아 왕실과 연을 맺을 기회를 놓치지 않으려 했다.

칼레스 왕자 또한 마찬가지였다. 그들은 가문의 장들이 지시하는 대로 적당히 만나고, 적당히 살을 비비며 살 것이다. 프리케는 방 밖으로 나왔다.

"어떠했느냐. 프리케."

"좋은 분이었어요."

프리케의 부친은 조부가 가진 권력을 빼앗으려고 했으나 실패했다. 아르메리아 가문을 실질적으로 주도하는 사람은 조부였다. 프리케가 얌전하고 정숙한 레이디가 될 때까지, 조부는 프리케를 가둬두기도 하고 매질을 하기도 했다. 그것은 아주 어릴 적의 일이었다. 프리케는 포기가 빨랐다. 순종하자 몸이 편해졌다. 몸에 아주 오래 밴 순종. 프리케는 고개를 숙이며 눈을 내리깔았다. 조부는 흐뭇한 얼굴이었다.

"그래. 크로커스 영애보다는 네가 낫지 않겠니."

글쎄. 칼레스 왕자가 프리케를 보자마자 리리엘을 떠올리는 광경을 보았다면 조부가 이렇게 말하지는 못할 것이다. 조부가 말했다.

"크로커스 공작이 네게 편지를 보냈더구나."

연을 맺은 적이 없는 크로커스 공작이 편지를 보냈다는 것으로 보아, 프리케와 칼레스가 만난다는 소식이 크로커스 공작의 귀에도 들어간 모양이었다. 아마 그것이 공작가에서 캐낼 수 있는 최대치의 정보였을 것이다. 혼담이 오간다는 사실을 아는 것 같지는 않았다. 몇 달 전의 크로커스 공작가라면 애써 알아보지 않고도 어디서 무슨 일이 일어나는지 모두 헤아리고 있었을 텐데.

프리케는 공작의 편지를 읽는 순간 미묘한 기분을 느꼈다. 중간부터 공작은 노골적으로 자신의 요청을 드러내고 있었다.

「나는 아르메리아 영애가 내 딸아이를 진심으로 좋아했던 것을 알고 있소. 사람이 주고받은 교감은 그리 쉽게 사라지지 않는다고도 알고 있소. 영애는 누구보다도 귀족다운 귀족이오.」

중간의 몇 줄만 읽었는데도 기분이 저조해졌다. 조부는 물었다.

"뭐라고 쓰여 있느냐, 프리케?"

"우리가 신경 쓸 일은 아니에요. 할아버지."

크로커스 공작이 구차해 보였다. 그는 크로커스가 어떤 상태에 빠졌는지 아직도 실감하지 못한 모양이었다. 크로커스는 공작가였으나 평민보다도 못한 취급을 받고 있었다. 모든 귀족들은 그들을 보고 침을 뱉거나 돌을 던졌다. 이런 상황에서 프리케를 구슬리려는 편지를 보냈다는 것이 웃겼다. 리리엘은 이런 얄팍한 말재간에 넘어갔을까. 아니, 넘어갔다면 칼레스 왕자와 순순히 약혼식을 올렸겠지.

"공작도 참, 주책이구나."

프리케는 말없이 편지를 벽난로 안에 집어넣었다. 불길이 편지를 바로 잡아먹었다. 이 편지를 빌미로 크로커스가에 이것저것 요청을 할 수도 있었으나 그렇게 하지는 않았다. 이제 아르메리아가는 크로커스가와 비교도 되지 않는 가문이었다. 그들과 굳이 엮일 필요는 없지 않은가.

"걱정 마세요. 할아버지. 별문제는 없을 거예요."

"프리케 넌 늘 훌륭했지. 리리엘 크로커스와 어울려 잠시 타락했던 시절이 있었지만, 정신을 차려 다행이구나."

아르메리아와 크로커스는 서로를 소 닭 보듯 하는 관계였다. 프리케가 리리엘과 기적적으로 친구가 된 후, 조부는 못마땅한 얼굴을 했다. 다시 생각해보면 조부는 크로커스가에 어느 정도 열등감을 가지고 있던 것 같다. 그 열등감이 해소된 지금 누구보다도 기쁜 얼굴을 하고 있으니까. 그는 처음부터 리리엘을 마음에 들어 하지 않았다. 리리엘이 프리케를 타락시킬 거라고 외쳤다. 별다른 이유는 없었다. 리리엘을 만난 이후 프리케가 자기 고집이 생겨 그런 것이리라. 프리케는 순종적인 소녀였다.

"프리케, 넌 답답하거나 힘들지 않니?"

"난… 잘 모르겠어."

"넌 자유롭게 네 감정에 몸을 맡길 필요가 있어."

리리엘의 말 중 도움이 되는 것들도 많았다. 잘 걸러 듣는다면 리리엘의 조언은 분명히 도움이 되었다. 프리케는 처음으로 조부에게 대들었다. 그 후 차차 조부와 협상하는 법도 배웠다. 리리엘이 어디서 무얼 하고 있는지는 아무도 몰랐다. 공작 부부는 리리엘이 근신 중이라고 했으나 프리케가 아는 리리엘은 그렇게 얌전히 있을 성격이 아니었다. 공작 부부가 왜 자신을 방 안에 있게 하는지도 모르면서 나선다면 모를까. 그러나 그런 일들은 전해지지 않았다.

그랬기에 프리케는 막연히 생각했다. 리리엘은 어쩌면 공작가가 아닌 다른 곳에 있는 게 아닐까. 왜냐하면 공작이 프리케와 칼레스의 결혼을 훼방 놓고 싶었다면 편지 대신 좀 더 간단한 방법을 취했을 것이기 때문이다. 리리엘을 칼레스 로벨리아에게 직접 데리고 간다거나.

시간은 금방 흘러갔다. 일주일에 두 번 만나 두 사람은 차를 마셨다. 그나마 이야기다운 이야기가 오가게 된 것은 한 달도 더 지난 시점에서였다.

"웃기는군…."

칼레스 로벨리아는 들어오자마자 프리케의 앞에 서서 그렇게 말했다. 프리케는 그가 숨을 쉴 때마다 느껴지는 진한 알코올 냄새를 맡을 수 있었다. 음주를 한 것이 확실했다. 프리케는 정석적으로 대답했다.

"몸이 좋지 않아 보이세요. 앉아서 쉬는 편이 좋아 보여요."

"그대는, 그렇게 생각하지 않나."

프리케는 뒷골목에 잘못 들어가 무뢰한들을 만났을 때를 제외하고는 남자가 이렇게 엉망으로 취한 꼴을 본 적이 없었다. 칼레스의 눈은 충혈되어 있었다. 눈물이라도 고인 걸까. 그의 눈동자는 일렁거렸다. 다른 의미로 웃기기는 했다.

약간의 시간이 지나서야 크로커스 공작 부부는 엘쟈네스 윈터나이트가 정말로 자신들과 의절했다는 사실을 깨달은 것 같았다. 프리케는 리리엘이 그들을 빼닮았다는 것을 느꼈다. 시간이 지나면 용서받을 것이라고 생각하는 성품이며 이기적인 점까지.

사실 로벨리아는 아마릴리스의 반 속국이나 마찬가지였다. 아마릴리스 황제가 워낙 능수능란하고 교묘하게 정치를 이어나가 눈치챈 이가 적었을 뿐이다. 물론 눈치챘다고 해도 할 수 있는 일은 없지만.

크로커스 공작 부부를 받아주려는 귀족은 아무도 없게 되었다. 사교계에서 크로커스 공작 부인이 우두커니 서 충격에 빠진 얼굴로 주위를 둘러보는 모습을 보지 못한 이는 없었다. 그게 웃기기는 했다. 한순간에 모든 것을 다 잃은 사람들이 자신들의 처지를 알아채지 못했다는 게. 프리케는 걱정스러운 얼굴로 칼레스의 이마에 손을 가져갔다. 물론 프리케의 눈동자에는 온기한 점 없었다.

"전하, 역시 쉬는 게 좋겠어요."

"아직 취하지 않았어. 프리케 아르메리아 영애. 말해봐."

왕자는 비틀거리며 그녀의 눈을 마주했다. 어떤 감정도 없는 저 눈. 술 냄새가 강하게 끼쳤다. 프리케는 약간 인상을 찌푸렸으나 불쾌하지는 않았다.

"그대는 나와 결혼하는 게 정말로 괜찮은가."

"영광일 따름인걸요."

"아니. 그걸 말하는 게 아냐. 솔직하게 말해봐. 그대가 뭘 느끼는지."

칼레스 왕자는 프리케의 어깨에 이마를 기댔다 가까스로 일어났다. 눈동자에는 초점이 없었다. 칼레스 왕자가 리리엘을 사랑한다는 사실은 온 로벨리아가 다 알았다. 사랑이라는 감정이 그토록 강렬한 것일까? 정략결혼을 할 약혼녀를 만나기 전 술을 마시고 싶을 만큼? 프리케는 툭 내뱉었다.

"적당히 하세요, 전하."

칼레스 왕자는 그녀의 입에서 나오리라고 생각하지 못했던 냉랭한 어투에 놀란 듯했다. 술에 취해서 무엇을 느끼는지조차도 모르겠지만. 프리케는 이 남자가 프리케와 동질감을 나누고 싶어 한다는 사실을 눈치채면서부터 불쾌해하고 있었다. 칼레스 왕자에게 프리케는 리리엘을 아는 사람이었을 것이다. 혹은 리리엘의 친우로 알고 있거나. 프리케는 칼레스에게 말했다. 물론 실수할 만한 말을 꺼내지는 않았다.

"전하와 다르게 저는 이 결혼에 대해 불만이 없어서요."

"불만이 있는 건 아니야…."

"그렇다면 제게 무엇을 원하시죠?"

칼레스 로벨리아는 늘 완벽했다. 노력에 의해 다져진 것들이었다. 그의 단 하나뿐인 실수이자, 그의 인생을 바꿔놓은 치명적인 실수는 리리엘을 사랑한 것뿐이었다. 프리케는 칼레스의 눈을 들여다보았다. 사랑에 상처받아 방황하고 있는 남자. 로벨리아에서 가장 고귀한 남자가 왜 이렇게까지 바뀌었을까. 그녀는 물었다.

"사랑이 대체 뭐죠?"

"영애는… 해본 적이 없나?"

"상대가 없었다는 게 맞는 말이겠네요."

프리케의 조부는 프리케가 남자를 만나는 것을 엄격히 통제했다. 프리케 역시도 남자를 만나 괜히 문제를 일으킬 생각은 없었기에 그 뜻에 따랐다. 이성으로 인해 많은 걸 잃은 남자가 눈앞에 있는데 교훈을 얻지 못하는 게 더 이상했다. 프리케는 잠시 냉정하게 생각했다. 프리케가 리리엘을 나쁘다고 말하고, 리리엘과 친우가 아니라고 말하면 칼레스는 곧바로 프리케를 적으로 돌릴 것이다.

칼레스 로벨리아는 아카데미에 다닐 때 스트레스로 종종 앓았다. 그는 부모에게 직접적인 원망을 돌리는 대신 엘쟈네스를 괴롭히는 것을 보며 침묵했다. 엄밀히 말하자면, 가해 행위였다. 그는 자신이 사랑하는 대상을 미워하지 못했다. 쓸데없이 정이 많고 마음이 약했다. 대신 그가 어떤 감정도 가지고 있지 않은 대상에게는 가혹하기까지 했다. 그는 엘쟈네스 크로커스에게 자신이 무슨 짓을 했는지도 잘 기억하지 못했다. 괜히 적으로 돌릴 필요는 없다. 그러면.

"전하와 저는 정말로 원하는 게 비슷한 것 같네요."

프리케는 달콤한 말을 내뱉었다.

"우리 둘 다 리리엘을 그리고 있죠."

칼레스 로벨리아는 심신이 약해진 상태였다. 아니. 그는 듣고 싶은 것만 듣고, 보고 싶은 것만 보려는 경향이 강했다. 칼레스는 직접 데여봐야만 자신이 잘못했다는 것을 알아차리는 사람이었다. 칼레스가 프리케의 어깨를 잡았다.

"그대도 마찬가지군."

칼레스의 눈이 빛나고 있었다. 그는 약혼식 당시 프리케가 리리엘을 버린 것을 보지 못했나? 리리엘은 자신의 편을 들어달라며 사람들을 붙잡고 요청했다. 그중 프리케가 있었다. 프리케는 리리엘에게서 곧바로 뒤돌아섰다. 그랬을지도 모른다. 약혼녀에게 배신당한 충격에 빠져 있었을 테니. 프리케는 그저 차분하게 고개를 끄덕여줄 뿐이었다.

"역시, 내가 생각하는 것과 그대가 생각하는 것은 같았어."

물론 프리케가 칼레스의 생각을 알 리 없었다. 단지 그가 이야기하면 들어주고, 그가 추억을 하면 맞장구를 치면 되었다. 그것만으로도 칼레스 로벨리아는 안심하는 기색이었다. 한마디로, 그가 리리엘을 잊을 무렵까지는 감정의 쓰레기통 역할을 한다는 이야기였다. 프리케는 칼레스 로벨리아의 말을 받아주었다. 그도 프리케가 자신의 말을 건성으로 듣고 있다는 사실을 알았을 것이다. 그러나 이야기를 들어줄 상대가 절실했으리라. 칼레스 주변 사람들은 당연히 칼레스가 리리엘 이야기를 할 때마다 펄쩍 뛸 테니.

시간이 지나자 칼레스와 프리케가 함께 보내는 시간이 더 길어졌다. 그는 이제 차를 두세 잔 마시고 돌아갔다. 칼레스와 프리케는 점점 가까워졌다. 물론 칼레스의 입장에서. 프리케는 칼레스에게 우아하게 말했다.

"전하, 저와 대화를 나누는 게 즐거우신가요?"

"그대는 아닌가?"

"물론 저도 그렇죠."

주고받는 대화 사이로 진심이 섞여들었다. 프리케는 사람과의 대화가 얼마나 무서운 것인지 알지 못했었다. 칼레스와 대화를 주고받을수록 그와 가까워지게 되었다. 가끔씩 사소한 것들을 보며 칼레스를 떠올릴 때도 있었다. 결혼 상대이니 잘 지내는 것은 나쁘지 않다. 프리케는 그렇게 생각했다.

시간이 좀 더 지나자 칼레스는 심각한 우울증을 겪게 되었다. 그는 듣는 사람들이 질릴 만큼 심각한 자기 비하를 했다. 프리케는 그 말을 상투적으로 받아주었다. 진지하게 듣지 않았다. 그저 적당한 공감 반응을 보여주고 표정을 지으면 되었다. 칼레스는 테이블에 고개를 처박고 끊임없이 우울해했다.

"나는, 왕위를 이어받을 자격이 없는 쓰레기군."

"어째서요, 전하?"

"그대는 내 이런 못난 모습이 보이지 않나."

프리케는 그의 말에 반박하지 않았다. 중요한 건 이것이었다. 들어주는 것. 시간이 더 지나자 칼레스는 이제 분노에 차 리리엘을 헐뜯었다. 프리케가 리리엘을 내놓고 같이 비방하는 것은 용납되지 않았다. 칼레스는 자기 자신만이 가장 불행하다고 여기는 것 같았다. 끔찍할 정도의 사랑에 빠졌다 거절당한 것이니. 프리케는 턱을 괴고 그의 이야기를 들었다.

"어떻게 교육을 받으면 약혼식 자리에서 약혼식을 파기한다고 할 수 있지? 마법 전쟁 이후 그런 사례는 듣도 보도 못했어. 크로커스 공작은 자녀 교육을 어떻게 시키는지 의문이군."

"혁명 사상을 외쳤던 아이니까요."

"미쳤지. 그 이야기를 들어줬더니 선을 넘어버렸어. 내가 그 말들을 다 받아주는 게 아니었는데."

프리케는 식은 차를 한 모금 마셨다. 칼레스의 말은 리리엘을 자신이 받아주었다는 뉘앙스였지만, 실제로는 리리엘에게 결코 거역하지 못한 것이었다. 리리엘은 칼레스에게 바라는 게 없었고, 칼레스는 리리엘이 눈물을 흘리거나 자신을 밀어내는 것조차 두려워할 만큼 리리엘을 사랑했다. 프리케는 테이블을 툭 두드리며 칼레스의 이야기를 들었다. 뒤늦게 관계의 우위를 독점했다며 착각하고 싶어하는 저 모습이 오히려 안쓰러울 지경이었다. 남들은 칼레스 로벨리아가 이렇게 심각한 후유증에 시달린다는 것을 알고 있을까.

"전하가 이런 생각을 가지고 있다는 걸 궁의 사람들도 아나요?"

"모르지. 어느 누구도 나에 대해서 알지 못해."

로벨리아의 국왕은 이제 빠른 은퇴를 바라고 있었다. 아마릴리스 황제는 로벨리아 왕실을 압박해갔다. 황제가 로벨리아 왕실을 압박할수록 피해를 입는 것은 크로커스가였다. 물론 황제는 그들이 심각한 타격을 입고 몰락할 만큼의 압박은 가하지 않았다.

프리케가 볼 때, 그 행동들은 고양이가 쥐를 가지고 노는 것처럼 비쳤다. 배가 부른 고양이는 단지 즐거움을 위해 쥐를 가지고 논다. 적당히 쥐를 짓누르고 죽음의 위협을 가하지만 절대 절망하게 만들지는 않는다. 고양이는 쥐가 도망치려고 발악하는 것을 보며 즐긴다. 쥐가 괴로워하는 것을 유희거리로 삼는 것이다.

국왕은 자신이 감당할 수 없을 만큼의 강자가 자신을 짓누르자 견디지 못했다. 얼마 전 회의에서는 3년 내로 칼레스 왕자에게 왕위를 물려주고 싶다는 말을 했다고도 한다. 프리케는 턱을 괴었다.

"어머나. 안타까운 일이네요."

"가만히 보면 그대는 정말 성격이 나쁜 것 같군."

"제가요?"

"모든 것을 다 알면서 한마디 던지는 게 아니었나."

프리케가 칼레스 왕자에 대해 아는 것만큼은 아니지만 칼레스 왕자도 프리케를 충분히 관찰할 시간이 있었다. 그녀는 리리엘의 친우라고는 도저히 믿기지 않을 만큼의 정치적 식견이 있었다. 만약 프리케 아르메리아가 남자로 태어났다면 로벨리아의 정치판을 크게 흔들었을 것이다. 동시에 그녀는 사람들의 심리에 대해서도 능했다. 사람들의 세밀한 심리에 대해 무지한 리리엘이 정치적으로 현명하게 활동한 것이 믿겨지지 않았는데, 그 뒤에 프리케가 있었던 모양이다. 칼레스는 그렇게 판단했다. 프리케는 픽 웃었다.

"인정해요."

조부의 오랜 억압은 프리케를 얌전한 숙녀로 만들었지만 동시에 부작용도 가져다주었다. 프리케는 엘쟈네스를 되새길 때마다 사람이 어떻게 저렇게 바르게 자랄 수 있는지에 대해 생각하고는 했다. 프리케는 말했다.

"그러고 보면, 윈터나이트 대공비는 대단하다는 생각이 들어요."

"마법 능력이? 혹은 결혼을 잘 해서?"

"둘 다 아니에요. 간단해요. 그녀는 저처럼 삐뚤어지지 않았잖아요."

그렇게 말하는 프리케는 그 누구보다도 우아하고 선량한 영애처럼 보여서, 칼레스의 말문을 잃게 할 정도였다. 프리케는 리리엘의 많은 친우 영애들이 엘쟈네스를 신경 썼다는 것을 알고 있었다. 아카데미 시절에 묻어두고 있었지만 이제는 추억이 되어버린 기억들이 되살아났다.

"우리는 리리엘의 기숙사 방에 방문할 때마다 은근히 위층 계단을 바라보았어요."

"왜?"

"기숙사 대청소가 끝난 후, 크로커스 영애였던 대공비 각하의 방이 리리엘 방 바로 위층으로 배정되었거든요. 그녀가 졸업하기 전이었을 거예요."

"아아."

"기억나죠? 리리엘이 언니가 자신을 미워할 거라고 했던 그때요."

"그랬었지."

"사실 엘쟈네스 크로커스의 패션이나 옷, 말투 같은 것에 대해 동경심을 느끼는 영애들도 있었거든요. 남다르기 싫어서 그런 내색을 하지 않았을 뿐이죠. 다른 사람들이 싫어하는 사람에 대해 괜히 옹호 발언을 했다 소외당하기는 싫잖아요. 더군다나 리리엘 크로커스와 사이가 나쁜 사람인데."

"여자들은 그런 생각을 했군."

"남자들이 어땠는지는 나중에 말해줘요. 우리는 그때 위층 계단에서 그녀가 내려오기를 내심 바랐어요. 입으로 내뱉지 않아도 알 수 있었죠."

엘쟈네스는 그때 크로커스가의 임시 후계자 업무도 수행하는 중이었다. 가끔씩 외출을 하기 위해 내려온 엘쟈네스를 보는 것은 영애들의 은밀한 즐거움이었다. 모두가 공범이었다. 그녀의 드레스와 후계자다운 걸음걸이. 손에 든 소품들. 그런 모습을 동경하는 영애들이 정말 많았다. 그 사실을 감추려고 더 엘쟈네스에 대해 막말을 한 영애들도 있을 것이다. 시간이 지나고 나이가 드니 그런 생각이 들었다.

"우리는 좀 더 서열을 확실히 하는 편이라서."

"하긴. 귀부인들은 서로의 친목을 다지는 사교계에서 주로 활동하고, 그 남편들은 수직 관계가 명확한 정치계에서 주로 활동하니까요."

"란제크 카멜리아가 엘쟈네스 크로커스 이야기를 하는 걸 싫어했어."

"이건 처음 듣는 이야기인데요?"

란제크 카멜리아는 졸업 후 아카데미에 잠시 취업했었다. 카멜리아가의 친척에게 외부의 업무를 배우는 과정이라고 들었는데.

"생각해보니 윈터나이트 대공비가 졸업할 때 그분도 나갔네요."

"병신이 되기 싫은 놈들은 알아서 입을 다물었지."

"어머나. 전하, 말이 거칠어요."

"이 표현 외에는 다른 어떤 말도 할 수 없어."

란제크 카멜리아는 이제 칼레스 왕자를 지지하지 않았다. 두 사람의 사이가 멀어진 것이 로벨리아 왕실의 근심거리라고 들었다. 솔직히 프리케도 란제크 카멜리아의 마음을 몰랐었다. 아무리 보아도 그는 리리엘에게 더 관심을 가졌던 듯했기 때문이다. 란제크 카멜리아조차 그 자신의 마음을 알지 못했을 것이다. 리리엘에게 절교 선언을 한 이후, 프리케는 리리엘 주변의 많은 사람들을 피했다. 그래서 란제크 카멜리아에 대한 소문도 거의 듣지 않았다. 프리케가 알게 된 것은 그가 사실 윈터나이트 대공비를 사모했을지도 모른다는 소문이었다. 여러 정황과 증거가 많았지만 허구일 가능성도 있었고. 소문에 휩쓸려 타인을 잘못 판단한 결과가 리리엘의 약혼식 때 드러나지 않았는가. 그래도 흥미롭기는 했다.

"아무도 카멜리아 백작이 대공비 각하에게 관심이 있다고 생각하지 않았나요?"

"글쎄. 이 세계에서는 가장 직위가 높은 귀족의 말이면 속은 몰라도 겉으로는 진실로 받아들여야 해서."

"결국 그렇게 생각하는 사람이 있었는지 모르겠다는 말이잖아요."

"정답."

두 사람은 가볍게 웃고 말았다. 프리케는 자신이 얼마 전부터 이상해졌다는 사실을 느끼고 있었다. 칼레스의 이야기를 듣는 일이 즐거워졌던 것이다. 칼레스가 그녀를 배려하며 말하는 법을 배워서 그럴지도 모르겠다. 많은 시간을 같이 보냈는데 서로에 대해 알지 못한다면 그게 더 이상한 것일지도 모른다. 프리케의 조부는 기분 좋게 웃으며 손녀를 잘 키웠다는 말을 늘어놓았다. 뭐든 좋았다. 프리케가 손해만 보지 않으면 상관없다.

프리케는 그렇게 생각했으나 상황은 그렇게 흘러가지 않았다. 칼레스 로벨리아가 갑작스레 술에 많이 취해 돌발적으로 아르메리아가를 찾아온 날, 프리케는 충격을 받고 말았다.

"전하, 어쩐 일이에요."

"응? 뭐지…."

칼레스는 프리케에게 처음 사적인 말을 했던 때보다 더 취한 상태였다. 그는 프리케를 바라보았다. 이내 칼레스의 손이 프리케의 긴 머리칼 끝을 스쳤다.

"금발이 아니야."

칼레스의 눈은 프리케의 눈동자를 보다 떨어졌다.

"녹색 눈동자가 아니야."

"전하, 들어가서 쉬는 편이 좋겠어요."

"너는 리리엘이 아니야."

프리케는 그 말을 들은 순간 끔찍한 감정을 느꼈다. 칼레스는 미소 지으며 고개를 저었다. 술에 취한 그도 이상했고, 분노하는 프리케 자신도 이상했다. 칼레스는 말했다.

"너는 리리엘의 친우지. 그렇지?"

"언제는 아니었나요."

프리케는 심장을 잡아먹으려는 분노를 가라앉히며 대답했다. 란제크는 그 말에 안심한 것처럼 쓰러졌다. 고용인들은 서둘러 다가와 칼레스 왕자를 마차에 태웠다. 다행히 보는 눈이 적어 소문이 퍼지지는 않을 것 같다. 설마 로벨리아 왕가가 칼레스 왕자의 약혼식이 실패했단 사실이 잊히지도 않은 때에 아르메리아가와 혼담을 주고받을 것이라고 생각하는 사람은 없었기 때문이다. 세간의 시선에서 아르메리아 가문은 자유로웠다.

프리케는 왜 자신이 칼레스 로벨리아에게 이런 감정을 느끼는지에 대해 생각해보았다. 그녀는 칼레스를 좋아했다. 인간적으로. 칼레스 로벨리아는 나쁜 사람이 아니었다.

'적어도 내게서 도피하지는 말아야지. 칼레스 로벨리아.'

프리케는 오만했다. 프리케는 그 순간 느꼈다. 그녀는 칼레스 왕자에게 너무 많이 접근했다. 프리케는 그에 대한 정보들을 많이 알고 있었다. 어렸을 때의 애칭. 왕궁에서의 생활. 리리엘에 대한 감정. 그녀의 경계선은 흐려졌고 이성으로는 결코 움직이지 않을 마음이 제멋대로 동하게 되었다. 칼레스를 사랑한다고? 머저리라고 생각했던 남자를? 어이가 없었다. 동시에 짜증스러웠다. 프리케가 어릴 적 인내심을 잃고 울었을 때, 조부는 프리케를 독방에 가두었다. 그 후로 프리케의 인내심은 늘었다. 프리케는 단지 생각할 뿐이었다.

리리엘 크로커스는.

왜.

그녀를 이렇게 만드는가.

"프리케. 칼레스 왕자께서 방문한다고 하신다."

"알겠어요. 할아버지."

프리케는 방문 밖에서 목소리를 낸 조부에게 얌전하게 대답했다. 칼레스 왕자가 찾아온 지 몇 주 후의 일이었다. 칼레스 왕자는 그날 이후 프리케에게 찾아오지 않았다. 술에 취해 한 행동을 후회하고 있을까. 알 수 없었다. 프리케는 왜 리리엘이 그녀를 이렇게 만드는지에 대해 생각했다. 프리케는 리리엘이 많은 이득을 가져다준다는 사실을 알고 있었다. 그럼에도 불구하고 리리엘의 이기심에 질려 절교했지만. 그전까지 프리케는 리리엘의 추종자와도 같았다. 리리엘의 생각보다도 프리케는 욕심이 많은 여자였다.

"프리케, 아리타가 내게 리본을 주었어."

"잘되었구나, 리리엘. 우정의 표시야?"

"그래서 나도 주는 편이 좋겠다고 생각했어. 아리타에게는 나를 뜻하는 녹색 리본을 주어야 할까?"

프리케는 리리엘을 만난 후 그녀를 닮고 싶다고 생각했다. 리리엘의 자유로운 아름다움은 프리케를 매료시켰다. 게다가 리리엘은 타인에게 함부로 질투를 하지 않는 성격이었다. 그런 점은 무척 장점이었다. 리리엘은 결코 타인에게 나쁜 마음을 먹지 않았다. 프리케는 그런 리리엘의 선량함을 닮고 싶다고 생각했다.

그러나 리리엘의 곁에 있는 것은 너무나도 괴로운 일이었다. 리리엘에게는 이미 가장 친한 친우, 아리타 왕녀가 있었다. 프리케는 리리엘을 만나며 왜 사람들이 리리엘에게서 못 헤어나는지 알 것 같다고 생각했다. 마치 개미지옥 같았다.

"응? 프리케?"

리리엘의 주변에는 리리엘을 사랑하는 사람들이 많았다. 리리엘은 그 사람들을 모두 나름대로 사랑해주었으나 딱 필요한 만큼의 관심만 주었다. 사람들이 리리엘에게서 지쳐 떠나가지 않을 정도의 관심. 리리엘에게서 떠나려고 할 때쯤에 리리엘은 프리케에게 굉장히 잘해주었다.

리리엘 주변에 있는 영애들이 받는 관심은 프리케보다 더 적었다. 그러나 리리엘의 태도를 보며 막연히 기대를 가지게 되는 것이다. 사실 리리엘은 그녀들을 굉장히 좋아한다는. 다만 너무 바쁠 뿐이라는. 리리엘의 남자 추종자들도 똑같은 방식으로 길들여졌다. 리리엘이 고의로 그런 것이라면 그녀는 소름 돋을 정도로 좋은 두뇌를 가진 것이리라.

"사육."

프리케는 허공을 향해 중얼거렸다. 프리케는 리리엘의 인간관계에 대해 굉장한 질투심을 느꼈다. 리리엘의 곁에 있는 것은 불타는 지옥 속에 있는 것 같았다. 도대체 그녀는 왜 리리엘에게서 벗어나지를 못하는가.

아리타 왕녀가 시집을 가자 리리엘은 프리케를 가장 친한 친우로 삼았다. 그 사실을 알고 있었다. 알고 있었는데도 리리엘과 가장 친한 친우가 되었다는 사실이 너무나도 달콤해 벗어날 수 없었다. 리리엘은 프리케를 분노하게 했다. 늘. 그리고 칼레스 로벨리아의 일도, 리리엘이 프리케를 분노하게 했다. 아리타 로벨리아도 로벨리아였으니 로벨리아 가문이 프리케를 질투로 미치게 한다고 보아도 되리라. 리리엘은 왜 그녀를 이렇게 만드는 것일까.

프리케는 약속 장소에 가서 칼레스를 마주했다. 칼레스는 야윈 얼굴을 하고 있었다.

"…오랜만이야. 영애."

"그러네요, 전하."

프리케의 대꾸는 다소 냉랭했다. 오늘은 칼레스의 말을 들을 기분이 아니었다. 그녀 자신의 생각만으로 머릿속이 복잡했다. 그녀는 정말 칼레스를 사랑하는 것일까. 아니기를 바랐다. 이 순간에도 그에게 시선이 갔지만. 아니기를 바랐다. 칼레스는 말했다.

"할 말이 있어."

"나중에 해주세요, 전하."

"중요한 거야."

프리케는 그의 말을 듣고 싶지 않았다. 따지고 보면 칼레스나 리리엘이나 프리케에게 끊임없이 이야기를 하고 이것저것 쏟는 것은 같았으니까. 그러나 칼레스가 말하는 것이 더 빨랐다.

순간 프리케는 눈을 크게 떴다. 칼레스의 말은 프리케를 놀라게 하기에 충분한 것이었다. 그가 낮은 목소리로 한 말에 프리케는 자신도 모르게 그를 살펴보게 되었다. 대체 어떤 일이 있었기에. 그가. 프리케는 칼레스를 바라보며 되물었다.

"전하가, 여성 공포증을 가지게 되었다고요…?"

"그래."

칼레스는 쓴웃음을 지으며 대꾸했다. 프리케의 머릿속에 가장 먼저 떠오른 것은 복잡한 정치적 상황들이었다. 로벨리아의 국왕이 여자를 안지 못한다는 사실이 알려지면 돌이킬 수 없을 만큼 권위가 추락할 것이다. 더군다나, 프리케와 칼레스의 결혼식 날짜를 잡기 위해 로벨리아 왕가와 아르메리아가는 합의를 진행하고 있었다. 프리케는 침착하게 물어보았다.

"언제부터요?"

"그대에게 추태를 부린 날부터."

"저를 볼 때는 아무렇지 않아 보이는데요?"

무례하다는 사실을 알면서도 프리케는 손을 내밀어 그를 만져보았다. 그는 별다른 반응이 없었다. 순간 가슴이 떨렸다. 그것은 프리케만의 감정이었다. 그랬기에 프리케는 감정을 억누르며 말했다.

"괜찮으신 것 같아요."

"접촉해도 괜찮은 여자는 그대뿐인 것 같아."

칼레스는 왕궁에 시녀들을 전혀 두지 못하고 있다고 말했다. 왕비조차 만나지 못하는 모양이었다. 그는 여자를 만나면 구토하거나 떨리는 손을 주체하지 못했다. 심리적 요인 같았다. 그럴 만도 할 것이다. 칼레스는 남쪽을 가장 크게 흔들리게 한 스캔들의 주인공이었다. 그것도 비극적 주인공. 사랑한다고 여겼던 여자가 무려 약혼식에서 그를 사랑하지 않는다고 했는데 충격을 받지 않을 리가 없었다.

프리케는 미소를 지을 수도, 짓지 않을 수도 없었다. 입꼬리는 어색했다. 칼레스는 여성 자체가 혐오스러워 견딜 수 없다고 말하면서도 프리케는 다르다고 말했다. 물론 칼레스는 그녀를 사랑하지 않았다. 하지만 그래도 이건 충분히 좋은 상황이 아닌가. 사랑하는 남자가 다른 여자에게 눈을 돌리지 못하는 것이니까.

위안은 전혀 되지 않았다. 그의 안에서 리리엘의 존재는 사라지지 않았다. 칼레스의 마음속에 있는 여자는 리리엘뿐이었다. 그 사실이 끔찍했다. 칼레스의 마음을 가지는 것을 포기했으나 신경 쓰지 않을 수가 없었다.

칼레스 로벨리아는 이로써 완전히 망가졌다. 프리케는 인간이 사랑 때문에 겪을 수 있는 후유증의 한 단계를 보았다. 로벨리아 왕실 일원들이 칼레스의 증상을 알아차리기까지는 얼마 걸리지 않았다.

아르메리아 가문은 칼레스가 유일하게 받아들이는 여자가 프리케라는 사실을 들이밀며 협상을 요구했다. 결과는 성공적이었다. 프리케는 문득 칼레스에게 물었다.

"저 때문에 손해를 보는데, 상관없나요?"

"손해는 아버지가 감당할 몫이지. 내가 그대에게 친절하게 굴진 않았으니. 더 보상을 해도 상관없어. 그리고 내가 그대에게 못할 짓을 하고 있는 것 같았어."

칼레스는 쓸데없이 친절했다. 그의 말 한마디에 프리케가 천국과 지옥을 오간다는 건 모르겠지. 누군가가 숨을 틀어막는 것 같았다. 갑작스럽게 조부가 한 말이 떠올랐다. 프리케는 말을 돌리며, 웃음을 터뜨렸다.

"리리엘과 어울린다고 했을 때 할아버지께서 하신 말씀이 있어요."

"무엇이지?"

"제가 타락할 거라고 했어요."

칼레스는 고개를 미미하게 끄덕였다. 프리케의 조부가 한 우려에 공감할 수 있었기 때문이다. 프리케는 리리엘과 지나치게 어울리지 않았다. 그녀는 귀족 영애의 표본이었고, 가장 예법에 능숙했으며, 어떨 때는 고리타분하기도 했다. 당연히 프리케의 조부가 걱정했을 것이다. 프리케가 리리엘에게 물들면 어떻게 될지 상상도 하고 싶지 않았을 테니까. 그녀가 반항을 할까 우려하기도 했겠지. 프리케는 웃었다.

"그 말은 맞았다는 생각이 들어요."

프리케는 사랑을 하게 되며 한 인간을 이토록 미워할 수도 있다는 사실을 알았다. 눈을 감으면 리리엘이 떠올랐다. 그녀는 크로커스 공작가에서 단 한 발자국도 나오지 않는다고 했다. 크로커스 공작 부부는 다른 귀족들에게 치이고 힘이 없어진 상황에서도 그녀를 보호하고 있었다. 너는 참 좋겠구나. 너를 사랑하는 사람들이 이토록 많으니. 조부는 프리케가 리리엘에게 어떤 형태로든 영향을 받을 거라고 외쳤다. 차라리 조부가 우려한 혁명 사상과 사교계에 대한 혐오증을 배우며 타락하는 것이 나았을 것이다. 프리케는 귀족이라기에는 너무 추악했다.

칼레스 로벨리아는 말했다.

"그대는 그녀와 다르고, 그녀에게 영향을 받지 않았어. 그대야말로 그녀에게 가장 영향받지 않은 사람일 거야."

아니. 달라요. 나만큼 그녀에게 영향을 받은 사람도 없을 테니까. 프리케는 말을 삼켰다. 얼마 전 크로커스 공작 부부는 윈터나이트로 몰래 서신을 전하려다 경고장을 받았다고 했다. 그들은 엘쟈네스 윈터나이트가 리리엘을 용서하면 모든 것이 잘될 거라고 생각하는 걸까. 아니면 그저 막연히 기대감을 가지는 걸까. 알 수 없었다. 프리케는 정말로 엘쟈네스 윈터나이트가 부러웠다.

"엘쟈네스 윈터나이트는 어떻게 미움을 떨쳐내고 그녀의 길을 가게 되었을까요."

중얼거리는 말에 칼레스는 대답하지 못했다. 그는 리리엘을 떨쳐내지 못하고 방황하는 중이었으니.

엘쟈네스 윈터나이트는 크로커스가 혈육들에게 정말로 신경을 쓰지 않는 것 같았다. 용서가 최고의 복수라는 말이 있었다. 프리케는 그 말이 사실이라고 생각했다. 윈터나이트 대공비가 얼마나 대단한지에 대한 소문이 가끔씩 남쪽까지 들려왔다. 그녀가 윈터나이트 사람들이 가장 사랑하는 마님이라는 식의 이야기도 들려왔다. 몇몇 귀부인들은 남자를 잘 만나 팔자가 폈다고 말했고, 몇몇 영애들은 로벨리아에서는 기도 못 펴던 사람이 아마릴리스에서 기세등등하다며 헐뜯었다.

다 아니었다. 엘쟈네스 윈터나이트는 그럴 만한 가치가 있는 여자였다. 사람들의 욕설은 엘쟈네스에게 닿지 않았다. 그녀는 그녀의 길을 걸어갔다.

"오늘은 이만 헤어져요."

프리케는 칼레스에게 먼저 헤어지자는 말을 건넸다. 차를 마신 후였다.

"이렇게 일찍?"

"전하도 들어가셔야죠."

"기분이 좋지 않아 보이는데. 괜찮은 건가?"

"피곤해서 그래요. 내정 업무 중 늘어진 게 하나 있거든요."

"내가 눈치가 없었군."

그는 깊게 묻지 않고 프리케의 의견을 받아주었다. 타인이 본다면 칼레스 역시도 프리케에게 편안한 애정을 가지고 있다는 사실을 알 수 있었을 것이다. 그러나 프리케는 알지 못했다. 프리케는 당장 전속 시녀에게 돈을 주고 믿을 만한 정보상을 알아오게 했다.

수도에서 가장 값비싼 정보상은 프리케의 말에 곧바로 찾아왔다. 여자인지 남자인지 알 수 없는 복면을 쓴 정보꾼이 나타났다. 프리케는 여기서 멈출 수 있다는 사실을 알고 있었다. 멍청한 짓을 그만둘 수 있는 좋은 기회였다. 하지만 프리케는 멈추지 않았다.

"리리엘 크로커스에 대한 정보를 가져다줘요. 최근 근황을 모조리. 대신 나는, 아르메리아 가문의 가보 중 하나를 넘기겠어요."

조부가 미처 찾지 못한 아르메리아의 가보 하나가 프리케의 손에 있었다. 마법 전쟁 이전에 만들어진 어떤 물건이었다. 프리케는 작은 단추들을 꾹꾹 눌렀으나 네모난 물건은 움직이지 않았다. 차라리 정보상에 가져다주는 편이 나을 것이다. 대가로 지불할 물건을 본 정보꾼은 앞으로 열 번의 최고급 의뢰를 더 받아주겠다고 말했다.

정보가 온 것은 바로 하루 뒤였다. 프리케는 서류를 받아들었다. 리리엘 크로커스에 관한 기밀 사항이 모조리 나열되어 있었다. 서류를 읽던 프리케는 순간 숨 쉬는 것을 멈추었다.

'바우르스 남작과 결혼.'

간단한 문장이었다. 프리케는 숨 쉬는 것마저도 잊어버린 채 충격에 휩싸였다. 사교계에서 질 낮은 남자로 유명한 바우르스 남작과 리리엘이 엮여서? 아니었다. 그러면 리리엘이 결혼해서? 그것도 아니었다. 프리케는 단순한 사실에 놀랐다. 크로커스 공작 부부가, 리리엘을 지독히도 사랑하는 모양이었다.

"정말… 가관이네…."

프리케는 웃음소리를 내며 몸을 떨었다. 바우르스 남작가는 누구도 예상하지 못한 선택지였다. 또한 리리엘을 안전하게 보호해줄 수 있는 곳이기도 했다. 바우르스 남작의 쓰레기 같은 평판이 리리엘의 평판이 내려가는 것을 멈출 것이다. 변방에 있어서 로벨리아 왕실의 입김마저도 닿지 않는 곳. 프리케는 바로 알아차렸다. 리리엘은 차기 바우르스 남작이 될 것이다.

어떻게. 리리엘은 이렇게 행복하게 살 수 있는 것인가.

어떻게. 혼자서만 불행하지 않겠다는 듯. 이 모든 것들의 가치조차 모르는 리리엘이!

리리엘이 미워 견딜 수 없었다. 동시에 프리케는 자신이 아직도 리리엘을 좋아한다는 사실을 깨달았다. 이 애증을 견딜 수가 없었다. 프리케는 엘쟈네스 윈터나이트와 달랐다. 그녀는 구차하고 더러웠다. 귀족의 긍지 따위는 없었다. 그것은 프리케의 조부가 프리케에게 주입한 가짜였다.

아아. 리리엘. 리리엘. 크로커스가의 영원한 꽃. 프리케는 그 순간 결심하게 되었다. 프리케는 즉시 종이에 무언가를 휘갈겼다. 정보상에게 전할 메시지였다. 그것은 곧바로 전달되었다.

"프리케. 프리케."

프리케는 정신을 차렸다. 칼레스 로벨리아가 그녀의 앞에 앉아 있었다. 칼레스는 물었다.

"무슨 일이라도 있나?"

"별다른 일은 없어요, 전하."

"생각에 몰두한 것 같은데."

이런 순간에는 기분이 좋았다. 칼레스 로벨리아가 그녀의 눈치를 보고 그녀와 교감하려고 하는 순간. 칼레스가 그녀에게 길들여진 것 같아서 좋았다. 프리케 그녀 자신이 칼레스에게 길들여졌듯 칼레스도 프리케에게 길들여졌으면 좋겠다고 막연히 생각했기 때문이다.

시종이 차를 들여왔다. 칼레스의 여성 혐오증은 더 심해졌다. 이제 그는 여자와 눈도 마주치지 못했다. 공식적인 자리에서는 환약을 먹었다. 그러면 사람의 모습이 모두 물에 탄 물감처럼 이상하게 번져 비교적 괜찮아진다고 했다. 프리케는 우연히 떠오른 듯 말했다.

"리리엘은 어떻게 지내고 있을까요?"

칼레스의 얼굴이 굳었다. 프리케 스스로도 자신이 멍청한 년이라고 생각했다. 이렇게 칼레스에게 상처를 주는 것보다 화기애애하게 지내는 편이 리리엘을 잊는 데에 좋을 텐데. 그러나 칼레스에게 상처를 주고 싶었다. 갈기 갈기 찢고 싶다. 그가 리리엘을 잊지 못했다는 사실을 확인하고 싶기도 했다. 그에게 있어서 프리케 자신보다 리리엘이 아직도 우선이라는 사실을 듣고 싶었다. 이 자기 파괴 충동을 어떻게 해야 할까. 칼레스는 고개를 저었다.

"하지 말아줘."

"무엇을요?"

"나는 이제 리리엘 크로커스의 이야기를 하고 싶지 않아."

그녀를 사랑해서요? 삐딱한 질문을 삼켰다. 사랑은 프리케를 비이성적으로 만들었다. 이제는 조금 이해할 수 있었다. 리리엘이 왜 그렇게 제멋대로 굴었는지. 미친 짓을 했는지. 칼레스는 프리케에 대한 호의로 말하고 있었다. 그 사실에 더 가슴이 아팠다. 차라리 칼레스는 조금 더 일찍 프리케에게 말해주었어야 했다. 리리엘의 이야기를 하고 싶지 않다고. 그랬다면 결과가 조금이라도 달라졌을 텐데.

"프리케?"

"그러면 그렇게 해요, 칼레스."

칼레스 왕자를 리리엘이 했던 것처럼 칼이라고 부르지 않는 것은 프리케의 마지막 자존심이었다. 싱긋 웃는 프리케를 칼레스가 조금 이상하다는 시선으로 바라보았다. 그는 프리케를 만나며 리리엘에 대한 기억을 많이 이겨 냈다. 물론 여성 공포증이 생기게 되었지만. 그래도 프리케만은 괜찮았다. 좋은 여자다. 칼레스는 이 말을 한 적이 없다는 생각이 들어 곧바로 말했다.

"그대는 정말로 좋은 여자야."

"고마워요."

그 말을 조금 더 일찍 해주지 그랬어요.

프리케는 이미 정보상에게 의뢰를 넣은 후였다. 프리케의 계획을 완벽하게 실행해줄 사람이 필요했다. 이왕이면 신분이 불안정한 용병이라면 더 편하고 뒤탈 없을 테지. 아무것도 하지 않고 참았어야 한다는 생각이 들기도 했으나 그랬다면 프리케가 미쳐버렸을지도 모른다. 프리케는 리리엘이 미웠다. 이 애증을 어쩔 수 없었다. 가끔 프리케 자신이 정말로 사랑하는 사람은 리리엘이 아닌가 하는 생각도 들었다.

정보꾼은 그날 밤에 찾아왔다. 이번 정보꾼도 검은 복면을 쓰고 있어 성별을 가늠할 수 없었다. 목소리마저도 남자인지 여자인지 헷갈릴 정도였으니까.

"말씀했던 자를 데려왔습니다."

그들은 돈으로 따질 수 없는 가치의 물건을 주고 고용해도 아깝지 않은 자들이었다. 정보 길드의 사람들은 정말로 유능했다. 백금발과 갈색 피부, 붉은 눈동자를 가진 남자가 자신만만하게 프리케에게 말했다.

"귀족 영애가 나를 불렀다는 이야기를 들었어. 나는 비밀을 지키지. 무엇이든 말해봐. 나도 제법 많은 돈을 받았거든."

프리케는 그의 질 낮은 수작에 넘어가지 않았다.

얼굴조차 붉히지 않는 차분한 여자를 보던 카밀은 수작 걸기를 순순히 포기했다. 그는 여성의 마음을 움직이는 데 재능이 있다고 했다. 대다수의 사람들은 용병 카밀에게 자신의 바람난 아내를 유혹해 파멸시키라거나, 고위 귀족 여자를 꼬여내 약점을 잡게 해달라는 식의 의뢰를 맡겼다. 이만큼 많은 돈을 받고 움직인 것은 처음이었기에 카밀도 내심 긴장한 상태였다.

프리케는 그동안 서류를 정리해왔다. 리리엘의 성격, 식습관, 사상, 행동거지 등등. 두툼한 서류가 카밀의 품 안에 떠넘겨졌다. 카밀은 여자에 관한 정보를 보았다.

"정보가 너무 많은데?"

"당신이 해야 할 건, 조금 색다른 의뢰니까."

카밀은 이 의뢰가 결코 쉽지 않겠다는 생각을 하며 프리케를 보았다. 역시 비싼 의뢰는 까다롭다는 생각을 하며.

프리케는 리리엘에 대해 너무나도 잘 알고 있었다. 어쩌면 프리케는 리리엘에게 애정을 다 받지 못해 결핍을 느낀 걸지도 모른다. 그 점이 리리엘을 증오하게 했을지도 모른다. 답은 알 수 없었다. 다만 프리케는 리리엘이 이 모든 상황에 대해 인지하지 못하고 있다는 데 초점을 맞추었다.

리리엘은 전혀 고통스러워하지 않고 있었다. 그녀는 그저 나가지 못해 불행하다고 생각하고, 억지로 늙은이와 결혼해 불행하다고 생각하고 있었다. 아직까지도. 로벨리아가 엉망이 되고 크로커스 공작가가 거의 다 쓰러졌는데도 문제점을 모르고 있었다. 프리케는 리리엘 또한 자신처럼 불타는 지옥에 있기를 바랐다.

"그녀에게, 공감 능력을 가르쳐."

"뭐라고?"

카밀은 세상에서 가장 해괴한 말을 들었다는 듯 되물었다. 프리케는 그의 반응에 휘말리지 않고 말을 이었다.

"그리고 사회성을 가르쳐."

"대체 왜 그러는 거야? 어라, 이 여자는."

리리엘 크로커스를 모르는 사람은 남쪽에 이제 없었다. 카밀은 초상화 속의 리리엘을 알아보았다. 그의 눈이 크게 뜨였다. 리리엘은 부족함 없이 자라 타인의 눈치를 살피지 않았다. 눈치를 살피는 쪽은 언제나 타인이었으니 당연한 것이리라. 또한 제멋대로이기도 했다. 원하는 것은 모두 손에 넣었던 탓에 모든 것이 자신의 뜻대로 움직이리라고 생각하고 있었다.

실제로도 로벨리아라는 국가 하나가 리리엘에 의해 흔들렸으니 결코 틀린 판단은 아니었다. 이대로 내버려두면 리리엘은 남작가에서 편히 지내다 바우스 남작위를 이어받고, 행복한 삶을 살 것이다. 프리케는 그것을 도저히 용납할 수 없었다. 프리케가 행복하지 않아도 좋았다. 그러니 리리엘은 불행했으면 했다.

"다른 국가로 가는 편이 좋겠지. 신분증은 내가 만들어주겠어. 아마 델피늄 쪽이 좋을 거야. 의뢰 대상이 델피늄을 동경하니까. 당신은 그녀를 타인에게 공감할 줄 아는 정상적인 사람으로 만들면 돼. 보통 사람처럼 만들어."

"이런 이상한 의뢰는 처음 받아보는데. 대체 이렇게 해서 아가씨가 얻는 게 뭐지?"

카밀은 본능적으로 그가 맡은 일이 자신을 불행하게 하리라는 사실을 예감했다. 그는 결코 몰랐을 것이다. 훗날 그가 리리엘을 사랑하게 될 줄. 알에서 깨어난 새처럼 날갯짓을 하고 발전해나가는 모습을 좋아하게 될 줄. 그리고. 리리엘의 파멸과 사랑하는 상대와 영영 가까워질 수 없는 자신 때문에 불행하게 될 줄. 몰랐을 것이다.

프리케는 입술을 끌어올렸다. 우아하고 힘없는 미소였다.

"그저, 내 만족일 뿐이야."

카밀은 정말로 이상한 의뢰라고 말하며 의뢰를 받아들였다. 정보꾼은 다행이라고 했다. 값비싼 의뢰였기에 카밀이 의뢰를 받아들이지 않을 경우 입막음으로 그를 죽일 계획을 세우고 있었기 때문이다. 평범한 귀족 영애가 살인을 운운하게 될 줄 누가 알았겠는가.

카밀은 바우르스 남작에게 접근해, 건물을 숙소로 사용하게 해주면 많은 돈을 지불하겠다고 했다. 탐욕스럽고 어리석은 남작은 제안을 받아들였다. 카밀의 보고서에 적힌 내용이었다. 의뢰는 순조롭게 진행되는 모양이었다.

카밀은 리리엘이 그의 말을 주의 깊게 듣고 있다는 중간보고를 해왔다. 그리고 그녀를 델피늄으로 이끌어 본격적인 작업에 착수할 것이라는 내용의 보고서도 보냈다. 이제 칼레스는 프리케를 향해 웃기 시작했다. 들켜도 상관없었다. 프리케는 이미 칼레스에게 사랑받을 생각을 버린 후였으니. 카밀은 리리엘을 꼬여내는 데 성공했다.

'함께 델피늄의 정문을 통과.'

짧은 쪽지가 왔다. 크로커스 공작은 용병들과 떠나버린 리리엘을 쫓지 않았다. 델피늄은 범죄자마저도 받아주었다. 그곳에서 도망자를 찾는 일은 쉽지 않았다. 귀족의 권위가 먹히지 않았기에 타국의 귀족들이 가서 누군가를 찾는다고 사람을 풀어봤자 도움이 되지는 않았다.

프리케는 공작이 리리엘을 포기했다는 사실을 직감했다. 동시에 바우르스 남작은 크로커스 공작의 분노를 맞게 되었다. 아무리 나락으로 떨어졌어도 크로커스 공작가는 공작가였다. 바우르스 남작이 불안에 떨며 잠조차 자지 못한다는 말이 들려왔다. 정보꾼은 프리케에게 말했다. 바우르스 남작의 하녀를 죽여 입막음을 하는 편이 좋겠다고. 그녀가 많은 것들을 알고 있었기 때문이다.

프리케는 첫 살인을 저지르게 되었다. 바우르스 남작가가 가난해지자 떠났던 하녀는 강도의 손에 죽음을 맞이하게 되었다. 프리케의 의뢰였다. 아르메리아 가문은 구성원들의 귀족다움을 강조했다. 아르메리아가 일원은 누구보다 우아해야 하고, 차분해야 하고, 결코 이성을 잃는 일이 없어야 했다. 프리케의 조부가 다가와 어깨를 두드렸다.

"잘해내고 있더구나."

"감사해요, 할아버지."

조부의 억압에 대한 반발이 이제야 터져 나온 것일지도 모른다. 프리케는 귀족이라고 할 수 없었다. 칼레스 왕자의 애정을 받을 자격도 없었다. 스스로를 놓으니 차라리 행복해졌다. 아무것도 모르는 칼레스는 프리케가 요즘 편해 보인다고 말했다. 프리케는 칼레스를 결코 믿지 않았다. 그가 프리케에게 남긴 상흔은 컸다. 만일 프리케가 대화를 시도했다면 이야기가 달라졌을지도 모른다. 알면서도 프리케는 그렇게 하지 않았다. 프리케는 이제 지옥 속에서 살고 있었다. 곧 리리엘이 내려올 것이다. 자신이 저지른 죄의 무게를 감당하지 못하고 프리케처럼 괴로워하며 살게 되겠지.

"결혼 날짜가 잡혔어."

"좋네요. 언제쯤인가요?"

"일단 내 즉위식부터 해야 할 것 같은데."

칼레스는 설명을 시작했다. 프리케가 사랑하는 남자. 프리케는 겉으론 차분하고 담담했으나 속은 썩어 문드러진 상태였다. 누구도 그것을 알지 못했다. 칼레스는 미래에 대해 말하며 프리케와 대화를 나누었다. 그는 아직도 여성을 무서워했다.

리리엘의 잘못 때문에 두 사람이 고통받는다고? 리리엘을 괴물처럼 키운 데에는 칼레스와 프리케 역시도 한몫 거들었다. 그들은 리리엘이 어떤 행동을 해도 절대로 싫다고 말하지 않기 때문이다. 리리엘을 직접적으로 학습시킨 것은 두 사람이었다.

점차 프리케는 무뎌져갔다. 시간이 흐르고 난 뒤에는 죄책감조차 느끼지 않게 되었다. 칼레스 왕자는 아직도 환각제에 의존하고 있었다.

칼레스가 국왕이 되자 아마릴리스의 간섭이 비교적 줄어들었다. 크로커스 공작도 요하네스 크로커스로 바뀌었다. 요하네스 크로커스. 어쩌면 피해자일지도 모르는 남자. 칼레스와 프리케는 어쩔 줄 모르는 그를 도와주었다. 이것은 프리케만의 속죄였다. 이것으로 프리케의 죄가 씻기지는 않겠지만.

"호의에… 감사드립니다."

전대 크로커스 공작 부부도 엉망으로 살고 있었다. 요하네스 크로커스는 그 가운데 바르게 큰 남자였다. 프리케는 그를 볼 때마다 엘쟈네스를 떠올렸다. 그는 자랄수록 엘쟈네스와 닮아갔다. 다른 점은 더 큰 포용력이었을 것이다. 그는 자신을 괴롭게 만드는 가족조차도 포용하고 이해하고자 노력하고 있었다. 칼레스는 그런 점을 높이 평가했다. 프리케는 아무 생각도 하지 않았다. 일에 몰두하고 인형처럼 살다 보면 시간이 흘렀다.

프리케의 조부가 갑작스럽게 심장 마비로 사망했으나 그것도 잠시였다. 아르메리아가의 누구도 슬퍼하지 않았다. 프리케의 아버지는 무엇을 해야 할지 모르는 눈치였다. 지금까지는 조부가 모든 것을 다 해결했으니까.

프리케의 동생이자 후계자인 바센이 옛날 요하네스가 했던 것처럼 열심히 활동하고 있었다.

프리케는 창밖을 바라보았다. 그리고 혼잣말을 내뱉었다.

"리리엘 크로커스."

봄비가 내리고 있었다. 델피늄에도 비가 내리고 있을까. 리리엘이 달라졌다는 소식이 들렸다. 동시에 카밀의 보고서에 어떤 애정이 드러나기 시작했다. 조만간 그에게 경고를 내려야겠지. 일단은 이 비를 보고 싶었다. 메마른 땅이 젖어가는 모습이 좋았기 때문이다.

빗속에서 때 이른 나비가 날고 있었다. 비를 맞아 무거워진 날개로 나비가 나뭇잎에 매달렸다. 나비는 용케도 떨어지지 않고 그 자리에 있었다.

"내가 불행하듯이, 너도 행복하지 마."

프리케의 조부는 프리케가 리리엘 때문에 타락할 것이라고 말했다.

그 말은 현실이 되었다. 프리케는 타락했다. 만일 프리케가 죽는다면 그 영혼은 불구덩이에 처박힐 것이다. 나뭇잎이 비에 흔들리자 다시 나비가 애처롭게 빗속을 날아갔다. 프리케는 창문을 열었다. 봄비는 그치지 않은 채 계속해서 내렸다.

————————◆————————

마지막 이야기

어디서부터 이야기를 시작해야 좋을지 모르겠다. 성인이 된 남자는 빈손을 내려다보았다. 이것은 결코 특별한 이야기가 아니었다. 그저. 사람들이 동경할 만한 높은 신분의 사람들이 나오는 이야기에 불과했다. 똑똑. 누군가가 노크했다.

"공작님. 차를 들이겠습니다."

"들어와."

그는 놓았던 펜을 다시 쥐었다. 오늘도 처리해야 할 서류가 많았다. 그럼에도 불구하고 집중을 할 수가 없었다. 그가 아주 오래전 잊어버렸다고 생각한 이름이 그를 어지럽혔기 때문이다. 엘쟈네스 윈터나이트.

10년이 넘는 세월이 지났고, 이제 요하네스는 크로커스 공작이 되었다. 모두가 비난하던 크로커스가의 추문도 이제는 흘러간 이야기였다. 그는 왕궁에서 내려온 서류를 내려다보았다. 서류에는 크로커스가의 접근 금지령이 말소되었다는 내용이 쓰여 있었다. 이제 잘 기억나지도 않는 그때, 엘쟈네스가 그들에게서 뒤돌아섰다. 요하네스의 시간은 그때부터 멈춰 있었다.

"윈터나이트라…."

지난 세월 동안 윈터나이트는 크로커스가의 접근을 결코 허용하지 않았다. 그것이 끝났다. 이제 크로커스가 일원들은 그녀에게 접근할 수 있게 되었다. 그러나 요하네스가 그 사실을 가족들에게 알릴 일은 없을 것이다. 전대 크로커스 공작 부부와 엘쟈네스가 만나 좋을 것이 없었다. 그 사실을 요하네스 자신도 잘 알고 있었다.

이제 어떻게 해야 할까. 그는 고민했다.

✄

"거짓말이야! 내 딸이 나를 거부할 리 없어요!"

어머니가 애처롭게 외쳤다. 고용인들은 마님이 정신이 나갔다며 혀를 차다 요하네스를 발견하고 황급히 입을 다물었다. 요하네스는 자신이 당연하다고 믿고 자라왔던 것들이 모두 틀렸다는 사실을 그때 깨달았다. 아버지, 크로커스 공작은 침통한 얼굴로 말없이 앉아 있었다. 아카데미를 채 졸업하지도 못한 요하네스는 두 사람의 눈치를 살폈다. 두 사람은 요하네스가 있다는 사실조차 눈치채지 못한 것 같았다.

"그만해."
"하지만, 그 애가 정말로 우리와 의절했을 리 없잖아요."

모든 것이 엉망이었다. 리리엘은 방 안에서 나오지 못하고 있었고, 사람들은 수군거리며 크로커스 일가를 헐뜯었다. 요하네스에게는 사실 뚜렷한 기억이 없었다. 그는 어느 순간부터 세뇌당했다고 한다. 크로커스가에 파견된 조사관이 그렇게 말했다. 요하네스의 입장에서, 모든 일은 갑작스러운 변화들이었다. 가장 사랑받던 둘째 누님인 리리엘은 사람들에게 조금씩 미움을 받다가 약혼식에서 큰 실수를 해 완전히 몰락해버렸다.

사실 약혼식의 기억은 가물가물했다. 왕궁에서 무언가가 폭발했던 것이 기억난다. 사람들은 비명을 지르며 뛰어다녔다. 아비규환 속에서 들려오던 그 발소리들. 이후 눈을 뜨고 일어나자 침대 위였다. 기력을 약간 회복한 요하네스는 조사관에게 물었다.

"제 친우는 무사한지 궁금합니다. 그는 평민 출신입니다."
"요하네스 크로커스 영식. 정말로 아무것도 기억하지 못하시는군요."

조사관이 말끝을 흐렸다. 그는 요하네스가 거짓을 내뱉는 것이 아니라는 사실을 알고 있었다. 이후 들은 소식은 놀라운 것이었다. 요하네스가 친우라고 불렀던 소년은 테러 마법사였다고 한다. 믿지 못하는 요하네스에게 조사관은 그와 언제 만났는지, 무엇을 같이 했는지를 떠올려보라고 했다.

"아무것도… 기억나지 않습니다."

헬. 지옥을 뜻하는 단어. 지옥이라는 이름을 가진 그의 친우, 아니 친우라고 생각했던 테러 마법사는 언제부터인가 그의 곁에 있었다. 자연스럽게 많은 시간을 보냈다고 생각했는데 그런 적이 없었다. 요하네스는 헬과 수업을 같이 들은 적이 없었다. 평민이면서 수석을 차지했는데도 헬에 관한 소문은 퍼져 나가지 않았다.

조사관의 말에 따르면, 테러 마법사는 에너지석이 로벨리아에서 난다는 것을 발견하고 왕궁에 와 로벨리아 국왕을 세뇌시켰다고 했다. 그리고 국왕으로 하여금 에너지석 가공 장치를 왕실에 설치하게 했다고 한다. 고위 귀족들의 의견은 여기에서 나뉘었다.

국왕은 자의가 아니었으나, 크로커스 공작은 자의로 국왕의 계획에 동참했다. 절반의 귀족들은 크로커스 공작에게 죄가 있다고 외쳤고, 나머지 절반의 귀족들은 그 역시 어쩔 수 없는 상황에 의해 몰아세워진 피해자라며 공작을 두둔했다. 그러나 대다수의 귀족들이 의혹의 눈길을 거두지 못하고 있었다. 처음부터 에너지석 사태의 배후에 크로커스가 있었다고 주장하는 이들도 많았다.

크로커스가의 혐의가 완전히 풀리기까지는 1년이라는 시간이 걸렸다. 그전까지 크로커스가 일원들은 밖에 떳떳하게 나가지 못했다. 피해 보상 청구 금액을 지불하느라 공작가의 재산 절반이 사라졌다. 크로커스 공작과 공작 부인은 늘 큰소리를 내며 다투었다.

"당신이 아이를 잘못 교육시킨 거잖아!"
"말조심해요! 당신은 가주면서 자녀의 행실에 대해 신경 쓴 적은 한 번도 없어. 그러니 아이가 이 지경이 된 거겠죠!"

공작 부인은 도자기 화병을 집어던졌다. 요하네스는 잠시 아카데미를 쉬었다. 아니, 쉴 수밖에 없었다. 몸 상태가 좋지 않은 것은 둘째 치고 사람들의 눈총이 따가웠기 때문이다. 크로커스 공작 부부는 리리엘을 아이라고 부르고 있었다. 그녀는 이미 성년을 훌쩍 넘겼는데도. 요하네스는 귀를 막았다. 설상가상으로 리리엘은 답답하다는 이유로 밖에 멋대로 나와 사람들의 이목을 끌고는 했다. 그런 날에 부부의 다투는 소리는 더 커졌다.

고심하고 또 고심하던 공작은 리리엘의 혼처를 결정했다. 요하네스는 아무것도 알지 못했다. 어른들은 요하네스에게 아무것도 알 필요가 없다고 말했기 때문이다. 아이였을 때는 그 말에 따랐다. 어른들이 리리엘을 과도하게 사랑하는 것을 그러려니 받아들였고, 어른들의 뜻에 따라 엘쟈네스를 외면했다.

그 결과는 이것이었다. 리리엘은 크로커스 공작가에 지대한 피해를 끼쳤고, 엘쟈네스는 가문과의 연을 끊고 떠나갔다. 요하네스는 지금의 이 상황이 왜 시작된 것인지, 어떻게 된 것인지 알기 위해 애썼다. 알아야만 했다.

"바우르스 남작에게 거래를 청했다."

크로커스 공작은 요하네스가 제법 어른스러워졌다는 사실을 알았다. 소년의 눈빛은 진지했고 뺨은 약간 야위었다. 그는 요하네스에게 많은 업무들을 가르치기 시작했다. 업무에 관해 배우면 배울수록 요하네스가 깨닫는 것들이 많아졌다. 우선.

"첫째 누님은 정말로 이걸 혼자 다 해내셨습니까…?"

요하네스가 가장 먼저 가진 의문점은 그것이었다. 아카데미에 다닐 때는 막연히 엘쟈네스가 많은 일을 한다고 생각했을 뿐이다. 제대로 후계자 수업을 받자 요하네스가 당연하게 넘겼던 것들이 상상을 초월할 정도로 명확히 보였다. 한 사람이 할 만한 양이 아니었다.

공작은 처음으로 요하네스의 눈을 피했다. 그는 요하네스의 눈에 담긴 의아한 감정을 마주 볼 수 없었다. 공작은 자신의 죄책감을 회피하고 싶어 했다. 거기에 엘쟈네스는 가문의 내정을 맡았다고 들었다. 내정 살림 역시도 만만히 볼 것이 아니었다. 작은 가문이라면 모를까, 후작가 이상부터 내정 살림은 바깥일보다 더 복잡하고 방대해지게 되었다. 최소한의 수면 시간만 가지며 하루 종일 일에만 몰두해도 엘쟈네스처럼 성과를 거두기가 어려웠다.

요하네스는 생각했다. 이것은 무언가 잘못된 일이라고.

그때 사고가 다시 한 번 터졌다. 바우르스 남작가에 보낸 리리엘이 웰 용병 남자와 도망쳤다는 것이다.

"아버지, 사람을 붙일까요?"

"…됐다."

요하네스는 이해하지 못했다. 바우르스 남작가는 리리엘이 몸을 숨기기에 최적화된 장소였다. 다른 국가들과 가까운 변방이었기에 왕실의 입김이 들어갈 수 없었고, 바우르스 남작은 죽을 날을 잡아놓은 것이나 다름없는 늙은이였다. 리리엘이 그곳에서 1, 2년만 버텼다면 다시 화려한 영광을 되찾을 수도 있었을 텐데.

사실 그랬다. 요하네스는 리리엘이 하는 것은 모두 옳다고 생각했으나 정작 리리엘을 제대로 이해한 적은 한 번도 없었다. 공작과 공작 부인은 리리엘을 찾지 않았다. 이것은 그들이 리리엘에게 줄 수 있는 마지막 기회였다.

많은 일들이 생기고, 크로커스 공작가의 이미지가 조금씩 나아질 때쯤 요하네스는 성년식을 올렸다. 크로커스 공작 부부는 이제 싸움조차 하지 않았다. 그러기에 그들은 너무 지쳐 있었다. 본래라면 크로커스 공작가의 후계자인 요하네스의 성년식은 화려하게 열렸을 것이나, 그럴 수 없었다. 공작 부인은 눈물을 훔쳤다.

"미안하다, 얘야."

요하네스는 엘쟈네스와 달랐다. 그는 공작 부인의 말을 차분히 듣는 대신 그녀의 초라해진 얼굴을 바라보았다. 또한, 요하네스는 리리엘과도 달랐다.

그는 공작 부부를 원망하지 않았다. 그는 쉬는 시간이 날 때마다 인간의 심리에 대해 연구한 책을 들여다보았다. 모르는 것들이 많았기 때문이다. 요하네스는 아직도 알지 못했다. 무엇이 문제였을까. 왜 크로커스가는 이렇게 몰락한 것일까.

시간은 점점 빠르게 흘러갔다. 몇 년 전이었다면 결코 상상하지 못했을 새로운 소식들이 들려왔다. 칼레스 왕자가 결혼했다. 상대는 리리엘의 친우인 프리케 아르메리아였다. 요하네스는 프리케가 칼레스 왕자를 볼 때마다 상처받은 연약한 눈을 한다는 것을 알고 있었다.

칼레스 왕자는 이상하게 요하네스에게 호의적으로 대했다. 크로커스 가문이 몰락하지 않은 것은 칼레스 왕자 덕분이었다. 두 사람의 결혼식에 요하네스와 크로커스 공작 부부도 참관했다. 사람들은 수군거렸다.

"아르메리아 영애는 좋을까요? 친우의 남자와 결혼하는 거잖아요."

"부덕한 리리엘 크로커스 영애 이야기는 꺼내지도 마세요."

"어쨌든 다들 행복해 보이지는 않네요."

가장 행복한 얼굴로 웃어야 할 프리케의 표정은 애매모호했고 그녀의 미소는 엷었다. 칼레스 왕자는 하객석을 둘러보았다. 누군가를 찾기라도 하듯이. 요하네스가 칼레스 왕자에게 아직 리리엘을 잊지 못한 것이냐고 물어본 적이 있었다. 그는 잊지 못했다고 답했다. 그리고 덧붙였다. 그의 감정은 사랑에서 다른 것으로 변질되었다고. 칼레스 왕자는 가끔 요하네스를 죽이고 싶다는 눈으로 보았다. 어떨 때는 가련한 사람을 보듯 동정의 눈길로 보았다.

마침내 첫눈이 내리던 겨울날, 요하네스는 크로커스 공작이 되었다. 그는 기록하기 시작했다. 모든 것에 관련된 이야기를. 첫 장의 내용은 크로커스 공작 부부에 관한 것이었다.

크로커스 공작, 이제는 전대 크로커스 공작이 된 요하네스의 아버지는 가족들에게 표현을 잘 하지 못하는 아버지와 누구보다도 고상한 어머니 사이에서 자라났다. 요하네스는 사람이 자라온 환경이 그 사람을 만든다는 사실을 심리에 대해 공부하며 알게 되었다.

크로커스 공작은 외동으로 자랐으나 완벽해야 한다는 부담감에 시달리게 되었다. 이유는 그의 부모가 너무나도 완벽했기 때문이었다. 요하네스의 조부는 인성을 제외하고서 크로커스 공작 중 가장 성공적인 정치가라고 평가받았고, 요하네스의 조모는 예법 교본에 나올 것처럼 완벽한 사람이었다.

반면 공작은 어릴 때부터 실수투성이였다고 한다. 아무도 그를 혼내지 않았으나 공작은 타인과 자신을 비교하며 우울감에 빠지고는 했다. 그는 그렇게 성인이 되었고, 크로커스 공작위를 이어받은 후 요하네스의 어머니, 전대 크로커스 공작 부인과 결혼하게 되었다. 요하네스는 한 줄을 덧붙였다.

「마음의 상처를 가진 아이는, 자라서 마음의 상처를 가진 어른이 된다.」

남쪽에서 심리학은 그렇게 깊게 연구된 학문이 아니었다. 필요하지 않았기 때문이다. 남쪽에서는 무조건 솔직한 것이 미덕이었다. 또한 자신의 내면에 관심을 기울이는 사람도 많지 않았다. 요하네스는 마법 전쟁 이전에 쓰였다는 고서 몇 권을 읽어보았으나 용어를 이해할 수 없어 그만두었다.

전대 크로커스 공작 부인 역시 문제가 있는 사람이었다. 그녀는 아카데미에서 높은 성적을 거두고 똑똑했으나 타인에게 지나치게 의존하는 경향이 있었다. 공작 부인은 자신의 의견을 제대로 내세우지 못했다. 그녀는 타인이 자신의 문제를 결정해줄 때 가장 안정감을 느꼈다.

크로커스 공작 부부는 그래서 사이가 좋았을 것이다. 공작은 자신에게 의존하는 공작 부인을 보며 열등감을 이겨냈고, 공작 부인은 자신을 손에 쥐고 마음대로 흔들려고 하는 공작을 보며 이성적 호감을 느꼈다. 문제는, 그것이 당장의 해결책에 지나지 않는다는 점에 있었다. 요하네스는 크로커스 공작이 이전에 처리한 안건들에 대한 보고서를 훑어보았다.

〈무역 협정 조약〉
〈로벨리아 사절단의 인수인계〉

크로커스 공작이 주로 맡아 한 안건들은 화려하게 보이고 타인에게 존경받기 쉬웠으나 정작 크로커스가에는 도움되지 않는 것투성이였다. 공작은 가까이 있는 가족보다 멀리 있는 대중에게 인정받기를 원했다. 전혀 알지 못했다. 요하네스에게 있어서 크로커스 공작은 온화한 성정을 가지고, 다소 바쁜 아버지 정도로 인식되었기 때문이다. 크로커스 공작의 온화한 성품은 타인에게 비난받고 싶지 않다는 자기 방어 심리 기제에서 기인한 것이었다.

크로커스 공작 부부 사이에서 엘쟈네스가 태어났을 때 집안은 평화로웠다. 그러나 리리엘이 태어나자 집안은 발칵 뒤집혔다. 갓 태어난 아기의 몸이 너무나도 약했기에. 아기는 세상에서 가장 예쁜 초록색 눈동자를 가지고 있었으나 눈이 뜨이는 일은 잘 없었다. 작은 몸은 늘 불덩이처럼 뜨거웠다. 요하네스는 그때가 어땠는지 알지 못한다. 태어나지 않았으니까. 다만, 사람들의 증언을 토대로 추측할 뿐이었다. 요하네스는 그 당시를 한 줄로 서술했다.

「부모님은 둘째 누님을 향한 사랑에 빠졌다.」

엘쟈네스의 성격은 내향적이었다. 그녀는 사람들과 어울리는 것을 좋아하기는 했으나 피로함을 더 느끼는 체질이었다. 또한 순종적인 편이기도 했다. 어느 날 요하네스에게 술을 마신 크로커스 공작 부인이 털어놓은 적이 있었다.

"엘쟈는 너무 나를 닮았어. 그게… 너무 싫었어."

그녀는 곧 알아듣지 못할 말을 횡설수설하더니 눈을 감고 요하네스의 말에 대답하지 않았다. 정말 슬픈 사실은, 요하네스의 네 가족 모두가 악인이 아니었다는 것이다. 그러나 가해자였다.

크로커스 공작 부인은 누군가에게 많은 관심과 애정을 받고 싶어 했다. 그 결과는 타인에게 의존적인 그녀의 성격으로 드러났다. 엘쟈네스는 어머니를 사랑했으나 그리 살가운 아이는 아니었다. 반면, 리리엘은 눈을 뜨고 어머니를 보자마자 작은 손으로 그녀를 붙잡고 꺄르르 웃었다고 한다. 죽을지도 모르는 아이라는 말에 공작의 마음 역시도 움직였다. 요하네스는 막연히 추측했다.

「부모님이 둘째 누님을 사랑한 이유 중 하나는, 둘째 누님을 사랑하는 자신들의 모습을 즐겼기 때문일지도 모른다.」

요하네스는 그렇게 쓰고 잠시 손을 멈추었다. 나중이야 어떻든 당초 둘의 관심과 애정은 그런 이유에서 시작된 것이었다. 물론 후계자인 요하네스가 태어나며 리리엘은 잠시 잊혔지만. 공작 부부의 문제점은 리리엘과 엘쟈네스에게서도 그대로 나타났다.

리리엘은 과할 정도의 애정과 관심을 당연하다는 듯 받으며 자라왔다. 그런 리리엘에게서 하루아침에 모든 것을 거두어 가면 어떻게 될까. 크로커스 공작 부부는 무책임했다. 그들은 리리엘이 겪을 상실감을 고려하지 않았다.

요하네스가 모든 일에 대한 자세한 내막을 듣게 된 것은 바로 얼마 전이었다. 상세한 일의 전말은 알 수 없지만 테러 마법사의 핏줄에게서 크로커스가의 선조가 마법을 훔쳐 왔다고 한다. 세간의 사람들은 엘쟈네스가 치유의 마법을 거두어 갔다고 생각했으나 사실이 아니었다. 엘쟈네스가 리리엘에게서 빼앗아 간 것은, 리리엘이 그토록 외치던 '특별한 마법'이었다고 한다. 요하네스는 그것이 사람을 매료시키는 힘이라는 사실에 대해 최근에서야 알게 되었다.

그러나 매혹의 마력과는 관계없이, 리리엘은 공작 부부에게 요구하고 받아내기만 하는 행동을 보였다. 크로커스 공작 부부는 타인이 자신을 미워하는 것을 견디지 못하는 사람들이었다. 두 사람 모두 자존감이 낮았기 때문이다. 어린 리리엘은 두 사람이 리리엘에게 가지는 보상 심리를 이용했다. 그녀는 공작 부부에게 많은 것을 요구하고, 아무것도 돌려주지 않았다. 리리엘은 그런 방식 외에는 소통하는 법을 배우지 못했다.

「둘째 누님 역시도 어떤 시각에서는 피해자였다.」

요하네스는 아카데미에서의 일들을 떠올려보았다. 성인이 되자 이제 알 수 있었다. 가만히 있던 엘쟈네스에게 먼저 찾아가고, 말을 걸어 반응을 이끌어내는 것은 항상 리리엘이었다. 리리엘은 엘쟈네스에게 관심조차 받지 못할까 봐 두려워했다. 이제는 그렇게 평가할 수 있게 되었다. 마지막으로. 그는 잠시 망설이다 마지막 줄을 적었다.

「첫째 누님은 강한 분이셨다.」

요하네스는 이제 윈터나이트로 떠나기 전의 엘쟈네스보다도 나이가 많았다. 인정했다. 로벨리아의 귀족들은 가해자였다. 사람들은 서로 동조하며 엘쟈네스를 악녀라고 깎아내렸고, 그녀의 옷이나 장신구가 사치스럽다는 등의 이유를 들며 그녀를 비난했다. 엘쟈네스는 그저 평범한 귀족 여성일 뿐이었다.

리리엘이 가진 현혹의 마법은 대중의 군중 심리와 동조 심리에 어우러져 광대하게 퍼져 나갔다. 무수한 사람들이 한 사람에게 돌을 던진 것이나 다름없는 일이었다.

요하네스는 자기 자신을 떠올려보았다. 그는 리리엘의 말을 믿고 엘쟈네스를 어려워했다. 멋대로 엘쟈네스를 평가하고 그녀를 꺼렸다. 엘쟈네스 또한 그 기색을 알아차렸을 것이다.

한 집단의 사람들은 자신들에게 맞추지 않는 이를 적으로 간주하고 공격한다. 리리엘의 주변 귀족들은 모두 어렸다. 억압된 교육은 그들의 무의식적 분노를 쌓이게 했다. 사실 엘쟈네스가 아니어도 상관없었을 것이다. 많은 젊은 귀족층에게는 미워할 대상이 필요했다.

단지 그게 다였다. 그 과정에서 타인에게 전혀 맞추려 하지 않던 엘쟈네스가 눈에 띈 것뿐이었다. 엘쟈네스의 문제가 아니다. 그녀는 그저 그녀만의 삶을 산 것이니까. 잘못된 것은 모난 시선으로 그녀를 평가하고 재단한 젊은 귀족층이었다.

"요하네스! 요하네스!"

상념에 잠겨 있던 요하네스는 밖에서 들려오는 목소리에 정신을 차렸다. 유령처럼 비통한 목소리의 주인공은 전대 크로커스 공작 부인, 요하네스의 어머니였다. 요하네스는 한숨을 쉬었다.

"오늘도군."

요하네스가 밖으로 나가자 공작 부인이 서 있었다. 그녀는 잠옷을 입은 채 머리를 풀고 맨발로 서 있었다. 으스스한 몰골로 서 있던 공작 부인은 실성한 사람처럼 웃었다.

"엘쟈네스는 어디로 갔니? 통 보이지를 않는구나."

"누님은 윈터나이트에 계세요."

"윈터나이트라고? 어디서 들어본 것 같은데. 아차, 내 정신을 봐. 차를 마실 시간인데 손수건을 가져오지 않았구나. 사라, 가서 엘쟈네스를 데려오렴. 이런, 내가 포크를 들고 있던가?"

그녀는 횡설수설했다. 요하네스는 겁먹은 눈으로 공작 부인을 바라보는 시녀에게 고개를 끄덕였다. 최근에 나타난 증상이었다. 공작 부인은 몽유병에 시달리고 있었다. 그녀의 꿈에서 리리엘은 존재하지 않는 모양이었다. 시녀들은 공작 부인이 나가지 못하도록 막았으나, 요하네스에게 가는 것만은 막지 않았다.

공작 부인의 패턴은 대개 두 가지였다. 엘쟈네스를 데려왔다며 웃거나, 엘쟈네스가 없다며 찾거나. 그녀가 리리엘에게 베푼 것들은 모두 엘쟈네스의 것이 되어 있었다. 전대 공작 부인은 리리엘의 자리에 엘쟈네스를 끼워 넣었다. 엘쟈네스에게 잘 대해주지 못한 것을 후회하는 것일까. 아니면 리리엘을 지워버리고 싶은 것일까. 요하네스는 공작 부인을 잡았다. 10년이 넘게 흘러 그녀의 얼굴에 이제 세월의 흔적이 나타나고 있었다.

"일단 방으로 가요, 어머니."

"그런데 요하네스. 정말 많이 큰 것 같구나. 키도 크고. 꼭 그이가 젊었을 때를 보는 것 같아. 하지만 너는 나를 버리지 말거라."

공작 부인이 눈을 갑자기 부릅떴다. 시녀는 무섭다고 생각했으나 요하네스는 그녀를 가련하게 생각했다. 가엾은 어머니. 공작 부인은 다음 날이 되면 자신이 잠꼬대를 했다는 사실조차 알지 못했다. 그녀는 늘 입버릇처럼 자신은 잘 지낸다고 말하고는 했다. 그 시절로 돌아가고 싶은 걸까. 요하네스는 그녀를 부축한 뒤 방으로 들어갔다. 10년이 넘는 세월이었다. 그동안

단 한 번도 잘 지낸 적이 없었다. 리리엘이 떠난 뒤로는 더 고통스러운 나날들이 이어졌다.

요하네스는 전대 윈터나이트 대공 부부를 단 한 번 보았을 뿐이었다. 리리엘의 약혼식장에서 요하네스는 쓰러져 있었기에 두 사람을 보지 못했다. 그를 지킨 것은 윈터나이트 대공이었다. 다시 생각해보면 대공은 한 번 테러 마법사에게 지배당했던 요하네스가 다시 지배당하는 것을 막으려고 했던 것 같다. 귀로 어마어마한 굉음을 들었다. 무수한 대중의 목소리들을 들었다. 절규. 비통함. 기쁨. 환호. 좌절. 그 후는 쓰러져서 잘 기억나지 않는다.

요하네스가 전대 윈터나이트 대공 부부를 만난 것은 그들이 떠나기 직전이었다. 그들은 누워 요양 중인 요하네스를 미묘한 눈으로 바라보았다. 작은 체구를 가진 전대 대공비가 한숨을 쉬었고 냉랭한 전대 대공은 별다른 말을 하지 않았다. 크로커스 공작 부부는 그들을 무척 어려워하며 쩔쩔맸다. 그랬던 기억이 난다.

"그래도 엘쟈는 우리를 잊지 않을 거야."

크로커스 공작 부인은 그렇게 중얼거렸다. 자기 자신에게 하는 다짐 같았다. 그녀는 관계의 약자라고 생각했던 엘쟈네스가 자신을 거절하고 떠나는 상황을 참지 못했다. 처음에 크로커스 공작 부부는 전대 대공 부부가 두려워 엘쟈네스에게 연락하지 못했다. 게다가 윈터나이트 대공의 눈빛은 또 어떠했나. 부부가 엘쟈네스에게 편지를 보내게 된 것은 칼레스 왕자의 결혼식 직후였다. 시간이 지났으니 엘쟈네스 또한 미움을 잊었을 거라고 생각했기 때문이다.

"편지를 보냈단다."

"누님에게요?"

"그래. 답장을 기다리고 있어."

크로커스 공작 부인은 혼잣말을 하듯 요하네스에게 말하고 콧노래를 흥얼거렸다. 결과는 좋지 않았다. 공작 부인이 보낸 편지는 그대로 되돌아왔다. 그뿐만 아니라, 로벨리아의 왕실에서 경고장이 왔다. 더 이상 아마릴리스에 빚을 지게 하지 말라는 내용이 적혀 있었다.

요하네스는 엘쟈네스를 떠올렸다. 성인이 되어 본 엘쟈네스는 그가 생각했던 것보다 훨씬 좋은 가족이었다. 한때 크로커스가의 두 영애는 로벨리아의 쟁쟁한 화젯거리였다. 성녀 리리엘. 악녀 엘쟈네스. 10년이 지나자 두 사람에 대한 평가는 완전히 뒤바뀌게 되었다. 그뿐만이 아니다. 카멜리아 백작은 아직까지도 결혼하지 않고 있지 않은가. 두 사람이 사라지자 사람들은 빈자리를 추억하게 되었다. 리리엘은 잊혔고, 엘쟈네스는 아직까지도 추억되었다. 많은 사람들은 자신들이 그때 왜 그랬는지에 대해 후회하고 있었다.

얼마 전 가문 간의 자리로 인해 만나게 된 한 영애는 가만히 미소 지으며 요하네스에게 이렇게 말했다.

"제가 그때 왜 그렇게 가혹했는지 모르겠어요. 영식도 윈터나이트 대공비 각하와 연락을 하지 않으시나요?"

"네, 그렇습니다."

"그래요. 우리는 너무 어렸어요. 변명하려는 건 아니지만, 그랬어요. 사실 저는 리리엘 크로커스 영애가 계속해서 추억되리라고 생각했어요. 그녀는 많은 사랑을 받았잖아요. 하지만 시간이 지나고 보니, 정작 추억되는 사람은 엘쟈네스 영애더라고요. 민감한 말이라면 미안해요. 영식에게는 왠지 말하고 싶었어요. 영식은 크로커스 중에서도 가장 크로커스답지 않은 분이니

278

까요."

  사람들은 엘쟈네스가 사교계에 다닐 때 입던 옷들을 입으며 그녀를 떠올리기도 하고, 엘쟈네스의 우아한 화법과 몸짓을 흉내 내기도 했다. 그녀가 리리엘 대신 수습해온 자선 행사를 떠올리며 그녀를 기리기도 했다. 리리엘 크로커스 주변에 있던 고위 귀족들은 결코 이런 날이 오리라고 생각하지 않았을 것이다. 사람들은 그들의 눈치를 보며 입을 다물었다. 모든 것을 리리엘의 공으로 돌렸다. 누구도 리리엘의 행적이 드러나리라고 생각하지 못했다. 세월이 흐르자, 많은 진실은 드러나게 되었다.

  크로커스 공작 부부는 말하지 않아도 내심 달마다 편지함을 들여다보고는 했다. 리리엘과 엘쟈네스의 소식이 오지는 않을까 기다리는 눈치였다. 시간이 지나자, 부부는 죄책감을 가지는 것 같았다. 전대 공작이 술에 많이 취했을 때 요하네스에게 단 한 번 말한 적이 있었다.

  "리리엘에게는 해줄 수 있는 것을 다 해주었다. 그런데, 그 아이에게는 아무것도 해주지 않았어. 그 점이 가장 걸려."

  후회하십니까? 요하네스는 그렇게 물을 필요조차 없었다. 이미 공작의 눈빛이 말하고 있었다. 그가 후회하고 있노라고. 양심은 살아 있었다. 많은 이들은 더 이상 자신들의 행동을 합리화하지 못했다. 그들이 한 여자에게 어떤 짓을 한 건지 깨달을 때마다, 그들은 죄책감 어린 얼굴로 고개를 숙였다. 그 영향일지도 모르지만, 죄난 아카데미에 새로운 과정이 생겼다고 늘었다. 서로의 개성을 존중하는 예절 수업. 그것을 만든 이는 왕비인 프리케 로벨리아였다. 그녀는 요하네스에게 쓸쓸한 얼굴로 자신은 이 수업을 속죄하기 위해 만들었다는 말을 했다. 속죄의 대상이 누구인지까지는 알 수 없었다. 다만 그녀도 행복하지는 않아 보였다.

　요하네스는 이제 무엇이 문제였는지, 왜 이런 일들이 생겨났는지 알았다. 보다 객관적인 시선으로 많은 사람들을 바라볼 수 있었다. 엘쟈네스가 곁에 있을 때 그녀의 가치를 아는 이는 없었으나, 그녀가 떠나자 많은 이들이 그녀를 그리워하게 되었다. 요하네스 또한 마찬가지였다. 후회는 해도 소용없었다. 있었던 일을 없앨 수는 없으니까. 다만 요하네스는 고민할 뿐이었다. 이제 그가 어떻게 해야 할지.

　이제 크로커스가의 윈터나이트 접근 금지령이 사라졌으니 요하네스는 아마릴리스나 윈터나이트에 자유롭게 갈 수 있을 것이다.

　'하지만 가서 무엇을 해야 하는가.'

　엘쟈네스를 만날 생각은 없었다. 뻔뻔한 짓이라는 걸 그도 알고 있었다. 몰상식한 일은 하고 싶지 않았다. 대신 그는 종이에 한 단어를 썼다.

「윈터나이트.」

　요하네스의 답은 정해져 있었다. 그는 너무 오랫동안 방황해왔다. 성인이 되면 가족들에 대해 이해하고 포용할 수 있을 것이라고 생각했으나 그런 종류의 일이 아니었다. 어른이 되어도 그는 여전히 길 잃은 아이 같았다. 아직까지도 모르는 것이 많았다.

　아니. 그저 떠나버린 첫째 누님의 자취를 따라가고 싶다고 생각했다. 만나지 않아도 그녀를 먼발치에서 볼 수 있다면.

　약혼식에서 일어난 사고들과 리리엘이 만들어낸 치부들은 이제 지나간 일이 되었다. 그러나 그 일들은 늘 요하네스의 안에서 반복되고 있었다.

　요하네스는 간소한 짐을 챙겼다. 크로커스의 이미지가 아예 바닥에 추락했을 때 많은 고생을 했다. 여행에 대해 걱정되지는 않았다. 북쪽의 치안은 정말 안전하다는 말을 듣기도 했다. 요하네스는 집사를 부르려다 말았다. 요하네스가 윈터나이트에 다녀온다고 말하면 크로커스 공작 부부가 어떻게든 엘쟈네스를 찾아갈 것이다. 두 사람은 엘쟈네스에게 여전히 어떤 희망을 품고 있었다. 그들의 후회조차도 이기적이었다.

요하네스는 자리에서 일어났다. 줄을 당기자 시녀가 고개 숙였다.

"부르셨습니까, 공작님."

"외출 준비를 할 거야. 한 달이 넘을 것 같군."

"알겠습니다."

요하네스는 공작이 된 이후 한 번도 밖에 나가지 않았다. 사교계에도 잘 출입하지 않는데 여행이라니. 시녀는 의문을 가라앉히고 그의 말에 따랐다. 요하네스는 최소한의 짐이 든 단출한 가방을 집어 들었다. 바깥은 깜깜했다. 차라리 잘되었다. 어두울 때 출발하는 것이 이목을 끌지 않아 더 좋을 것이다. 한 달 정도는 자리를 비워도 상관없었다. 급한 소식이 있다면 칼레스 로벨리아가 그를 부를 것이다. 이제 가을이 되어 공기가 쌀쌀했다. 요하네스는 안개 낀 크로커스 공작가를 나섰다.

※

"어서 오세요. 무엇이 필요하신가요?"

"나무산딸기. 가장 높은 나무에 있던 것으로요."

아마릴리스에 도착하기까지 일주일가량이 걸렸다. 요하네스는 아마릴리스 남부의 시장에 도착한 참이다. 사람들의 발음은 딱딱했고, 모든 것을 짧게 발음하는 습관이 있었다. 요하네스가 살아오며 보지 못한 광경들이 펼쳐져 있었다. 남쪽의 자유로운 분위기와는 달랐으나 북쪽의 시장은 동화 같은 어떤 분위기가 있었다. 미사여구 없이 직설적으로 솔직하게 말하는 남쪽과 달리 북쪽은 우아한 미사여구를 집어넣었다. 과일을 팔던 여자가 요하네스에게 말했다.

"우울한 눈을 가진 신사분. 찾으시는 게 있나요?"

"잘 모르겠습니다."

여자는 물건을 말한 것이겠지만, 요하네스에게는 다르게 들렸다. 그는 무엇을 찾기 위해 온 것일까. 요하네스는 아마릴리스에 도착하기 위해 마차를 타고, 워프 게이트로 이동하고, 말을 타는 과정을 반복했다. 북쪽에 올수록 나뭇잎이 작아지는 것이 보였다. 점차 싸늘해지는 공기가 코끝을 스쳐 지나갔다. 아마릴리스에 도착했다는 것조차 믿지 못하는 실정이었다. 요하네스는 결국 말했다.

"윈터나이트에 방문하러 온 것 같습니다."

"어머나. 그랬군요."

여자의 머리칼은 남쪽에서 볼 수 없는 옅은 갈색이었고, 눈 역시도 옅은 푸른색이었다. 그녀는 고개를 끄덕였다. 북쪽 사람들은 모두 이렇게 색소가 옅은 것일까. 남쪽에서는 흔치 않은 녹색 눈동자를 가진 사람이 이곳에는 많았다. 리리엘의 눈동자가 특별하다고 말하던 사람들이 알면 놀랄 텐데. 그는 쓴웃음을 지었다. 여자는 이어 말했다.

"오해하지는 말아요. 왠지 공허해 보여서 물어본 것이니까요. 물건을 팔기 위해서 말을 건 것은 아니었어요. 어쨌든, 지금 윈터나이트로 가는 건 최상의 선택이라고 말하고 싶네요."

"어째서입니까?"

"겨울맞이 축제가 열리니까요. 윈터나이트에서 가장 큰 축제이기도 하죠. 구경거리가 많아 매우 즐거울 겁니다. 후회 없는 선택이 될 거예요."

"설명해주셔서 감사합니다."

"고민이 있는 거라면 풀리길 바라요. 제 동생이 직장 문제로 신사분처럼 고민하는 눈빛을 하더니 결국 이도저도 잘되지 않아 집에만 있게 되었거든요. 그래서 말을 건 거예요. 당신에게 축복을."

요하네스는 감사 인사를 전한 뒤 뒤돌아 걸어갔다. 윈터나이트로 가는 워프 게이트는 현재 만석이었다. 각종 여행자들이 몰려들어 자리가 없다는 것이다. 할 수 없었다. 말이나 마차를 타는 편이 좋겠다. 마침 여러 사람이 타는 마차 하나에 자리가 났다는 소식이 들렸다. 비용을 지불한 그는 마차에 올랐다.

그때 요하네스는 바깥을 바라보다 눈을 크게 떴다.

"적갈색…!"

오래전에 봤던 것보다 어두운 적갈색 머리칼의 여자가 인파 사이로 지나가고 있었다.

그가 예상하지 못한 일이 이 자리에서 일어나고 있었다. 요하네스는 벌떡 일어섰다. 마차가 아주 컸기에 부딪칠 일은 없었다. 사람들은 각자의 지정석에 앉을 수 있었고, 좁지는 않았다. 당장 달려 나가서 잡아야 할까. 아니. 그가 이런 생각을 할 처지는 되나? 요하네스의 눈동자가 흔들렸다. 그의 생각을 멈춰준 것은 옆자리에 앉아 있던 중년의 남자였다.

"윈터나이트 대공비 각하를 따라 한 염색이로군."

윈터나이트 대공비를 따라 한 염색. 요하네스는 다시 한 번 말을 되새겼다. 염색한 머리. 다시 보니 적갈색 머리칼의 뿌리 부분은 옅은 금색이었다. 요하네스는 자리에 앉았다. 중년의 남자는 제법 친근하게 말을 걸었다.

"억양을 들으니 남쪽 사람 같더군. 혹시 사귀던 아가씨가 적갈색 머리칼이기라도 했나?"

"…비슷합니다."

"그래. 놀랄 만도 했겠군. 지금 윈터나이트에서는 저런 색상으로 염색을 많이 한다네. 비 각하 때문이지. 그런데 자네는 어디에서 왔나?"

"로벨리아에서… 왔습니다."

"로벨리아라고?"

중년의 남성이 순간 놀란 얼굴을 했다. 이내 그의 얼굴에 반가움과 호의가 퍼져 나갔다. 진정으로 우러나오는 감정이었다. 그는 자신도 모르게 요하네스의 어깨에 팔을 두르고 말했다.

"이런 반가울 데가! 그곳은 윈터나이트 대공비 각하의 고향이 아닌가! 간만에 귀한 손님이 왔군."

남성은 요하네스의 손을 잡고 흔들었다. 그는 정말로 기뻐하는 기색이었다. 요하네스는 동요를 드러내지 않고 물어보았다.

"윈터나이트 대공비 각하가 그렇게 존경할 만한 분입니까?"

"당연하지. 아마릴리스에 사는 사람 중 윈터나이트를 존경하지 않는 사람이 어디 있겠는가. 거기에 그분처럼 귀족다운 분도 흔하지 않을 거라네."

"예법에 능숙한 사람을 말하는 겁니까?"

"아. 남쪽에서 온 사람들은 잘 알아듣지 못하더군. 쉽게 설명하자면, 사람으로서 가져야 할 기품과 우아함, 책임감 등을 가진 사람을 우리는 귀족답다고 생각한다네. 실제로 북쪽의 귀족들은 모두 그런 사람들뿐이지. 내가 자네를 눈여겨본 것도 자네에게 그런 점이 느껴져서였네."

남자가 껄껄 웃었다. 이곳은 로벨리아와 정말 달랐다. 요하네스의 기억 속 엘쟈네스는 늘 사람들에게 비난받고 있었다. 사람들은 엘쟈네스를 손가락질하며 그녀가 틀렸다고 외쳤다. 이제 잘 기억나지 않는 아카데미 시절에도 엘쟈네스 이야기가 나오면 사람들은 부정적인 반응을 보이고는 했다. 그렇기에 남자의 반응이 정말로 생소했다. 그는 자랑스럽다는 듯 윈터나이트 대공비에 대해 말을 늘어놓고 있었다.

"사실 우리는 모든 윈터나이트를 존경하기에, 다른 분이 왔어도 이렇게 환영했을지도 모른다네. 하지만 비 각하는 정말로 흠모할 만한 분이지. 우리는 그녀의 차분함과 고상함, 그 안에 숨어 있는 상냥함을 사랑한다네. 로벨리아에서도 크로커스 공녀로서 두각을 드러냈다고 알고 있네. 어땠는가? 아, 자네가 아는 대로 말해주면 되네. 세세하게까지는 몰라도 상관없으니."

"무척이나. 화려한 분이었습니다."

엘쟈네스가 나타나면 귀부인들은 부채를 들고 호의적인 웃음을 지었고, 엘쟈네스를 싫어하던 젊은 귀족들도 넋을 잃고 그녀의 모습을 바라보았다. 엘쟈네스를 싫어하는 사람들은 그녀를 좋아하지 않기 위해 더욱 강하게 그녀를 적대시했다. 자기 자신의 마음이 기울어지고 있다는 사실을 깨달아서였을 것이다. 엘쟈네스의 화려한 드레스 자락이 아른거리는 듯했다.

요하네스는 리리엘처럼 사교계에 잘 나가지 않았지만 딱 한 번 엘쟈네스가 사교계에서 춤추는 모습을 본 적이 있었다. 그녀는 정령처럼 드레스 자락을 팔랑이며 움직였다. 빙글 돌 때마다 사람들은 입을 다물지 못했다. 그녀의 목에서 빛나던 화려한 보석들. 빛을 발하던 그것들이 영원처럼 빛나던 무도회장. 그래. 화려한 사람이었다. 그녀를 적대시하던 사람들의 그림자가 그녀의 빛을 더 밝게 만들었다. 남자는 손뼉을 쳤다.

"내 그럴 줄 알았지. 사실 내 부인이 비 각하를 열렬히 좋아한다네. 나는 뒤따라 그분을 좋아하게 되었지. 내가 북쪽 사람치고는 말이 좀 많네. 남쪽 사람들도 내 수다는 견디질 못하더군. 내 이름은 마키라네. 마법 전쟁 이전의 단어 중 하나에서 가져왔다는데 뜻은 모르지. 자네의 이름은 어떻게 되나?"

"요한입니다."

요하네스는 줄여서 말했다. 마키는 껄껄 웃으며 어감이 좋은 이름이라고 말했다. 그는 요한을 발음하려고 했으나 요하네스처럼 부드러운 발음을 내지 못하자 결국 적당히 포기하고 말았다.

"남쪽 사람들의 발음은 참 신기하단 말이야. 뭐, 요새야 남쪽 북쪽 구별이 거의 사라졌다고 하지만 그래도 발음 차이는 있거든. 우리는 대공 각하의 이름을 루카렌이라고 발음하는데 윈터나이트를 방문하는 남쪽 사람들은 렌을 '르으에엔' 하고 부드럽게 발음하더군. 신기할 정도야."

"저희도 북쪽 사람들을 신기하게 여깁니다."

"하긴, 남쪽의 영애 몇을 본 적이 있는데 북쪽 발음을 가진 남자가 멋지다고 칭찬하더군. 아, 내 이야기는 아냐. 내 가게에 자주 오는 기사님들의 이야기지."

마키는 이야기를 능수능란하게 끌어가는 재주가 있었다. 요하네스는 그의 말을 경청하고 있는 자신을 느낄 수 있었다. 그는 껄껄 웃으며 말했다.

"우리 가게의 명물이 커다란 호박파이인데 보통 사람들이 먹기에는 너무 많아서 말이야. 대개 기사들이 사 가지. 아, 가끔 윈터나이트의 기사들도 온다네. 몇몇은 앉은자리에서 호박파이를 혼자 다 먹는다더군."

"윈터나이트의 기사들이라면?"

"영지에 파견된 기사가 아닌, 윈터나이트 기사단의 기사들을 말하는 걸세."

윈터나이트 기사단의 기사들. 그들은 대공과 대공비의 지휘 하에 테러 마법사로부터 사람들을 지켰다. 요하네스는 잘 기억나지 않는다. 나중에서야 리리엘 때문에 크로커스 기사단과 윈터나이트 기사단이 마찰을 빚은 경험이 있다는 말을 어렴풋이 들었을 뿐이다.

사람의 마음은 어떻게 이렇게 간사한가. 리리엘을 찬양하던 무리들마저도 이제는 리리엘을 마구 헐뜯고 짓밟았다. 리리엘 스스로가 한 일에 돌아온 대가였다. 그럼에도 불구하고 기분이 좋지는 않았다. 요하네스에게 가족들은 제대로 자라지 못한 어린아이처럼 보였다. 물론 그것이 그들이 저지른 일을 정당화하는 것은 아니었다. 그들은 가해자였다.

마키는 말을 잇고 있었다. 마차는 출발한 상태였다. 이쯤 되면 누군가가 마키에게 조용히 대화하기를 권해야 하나 누구도 나서지 않았다. 그의 이야기가 흥미진진했기 때문이다. 마키는 호박파이 대회 이야기를 하며 요하네스를 웃기려고 시도했다. 그는 요하네스의 잔잔한 웃음이 그가 지을 수 있는 최대한의 웃음이라는 사실을 이제야 깨달은 것 같았다.

"자네는 웃음이 없는 편이군."

"그런 것 같습니다."

마키는 남자를 훑어보았다. 귀족처럼 보이기도 했으나 남자의 손에는 굳은살이 박여 있었다. 고생을 많이 한 사람만이 가질 수 있는 손. 검푸른 머리칼은 단정했고 검은 눈은 차분했다. 학자로 보이지는 않았다. 그렇다고 해서 기사로도 보이지 않았다. 그는 조용히 창밖을 바라보거나 마키의 말에 대답하고는 했다.

"웃지 않은 지 꽤 되었나?"

"그럴지도 모르겠군요."

요하네스의 삶은 늘 타인의 것이었다. 어릴 적부터는 리리엘의 동생으로 살았고, 엘쟈네스와 리리엘이 떠난 후에는 전대 공작 부부를 위해 크로커스 공작으로 살았다. 불만은 없었다. 나쁘지도 않았던 것 같다. 분명히 가끔씩 즐겁기도 했기 때문이다. 그러나 환하게 웃은 기억은 없었다. 애초부터 웃은 적이 없었다. 마키는 그가 특이한 남자라고 생각했다. 그는 요하네스의 어깨를 친근하게 툭 건드렸다.

"너무 걱정 말게. 겨울맞이 축제에서 즐거운 일이 생길 테니. 길거리 공연을 보는 것만으로도 즐거울 걸세. 내가 운영하는 빵집에 와도 좋고. 주소를 적어줄 테니 언제든 오게."

요하네스는 고개를 끄덕였다. 역시 기품이 느껴지는 남자였다. 마키는 그렇게 생각했다. 윈터나이트에 도착한 마차는 총 세 곳을 들렀다. 사람들은 대개 두 번째에 내렸다. 요하네스는 어디로 가야 할지 알 수 없었다. 그는 가장 마지막에 내렸다.

비가 조금씩 오고 있었다. 공중에 요하네스의 숨결이 하얗게 흩어졌다. 추운 날씨였다. 요하네스가 도착한 곳은 숲과 가까운 곳이었다. 어딘가로 가서 묵어야 할 것 같다. 요하네스는 주위를 둘러보았다. 다행히 주변에 묵을 만한 여관이 많이 있었다. 요하네스는 커다란 전나무들을 둘러보다 가장 괜찮아 보이는 여관에 들어갔다. 무뚝뚝한 여주인이 요하네스에게 말했다.

"어서 오십시오."

"하룻밤을 묵고 싶습니다."

"겨울맞이 축제 기간이라 방이 비쌉니다."

"가격은 상관없습니다."

그러자 여주인은 남아 있는 방을 다시 한 번 체크했다. 요하네스는 그녀가 요하네스를 돈이 없는 사람 취급하려고 방이 비싸다는 이야기를 하는 줄 알았으나 그녀는 그저 사실을 이야기한 것에 불과한 듯했다. 2층의 방 하나를 구했다. 몸을 녹여야 할 것 같았다. 다소 기온이 서늘했기 때문이다. 비가 와 잠시 추워진 모양이었다. 여관에는 이상할 정도로 사람이 없었다. 요하네스는 물었다.

"다른 사람들은 없습니까?"

"야시장이 열리기에 낮에는 사람을 보기 힘듭니다."

그녀는 무뚝뚝하게 대꾸했다. 필요한 정보를 알아낸 요하네스는 주위를 둘러보았다. 커다란 벽난로가 있었다. 소파가 많은 것을 보니 손님들을 위해 만들어진 것 같았다. 요하네스가 입은 검은 긴 코트는 그다지 젖지 않았다. 앉아도 될 것 같다. 요하네스는 다가갔다. 그리고 그곳에 선객이 있는 것을 발견했다. 검은 머리칼과 바다빛 눈동자. 열 살 남짓의 소년이 말했다.

"엘리샤. 비가 그치지 않을 것 같아."

"걱정하지 마, 오빠."

요하네스는 확신 어린 높은 목소리를 듣고 다가갔다. 소년이 말하는 상대는 너무 작아 소파의 등받이에 가려졌던 어린 소녀였다. 소녀의 머리칼은 단발에서 약간 긴 길이였다. 끝이 곱슬거리는 적갈색의 머리칼. 엘쟈네스가 이곳에서 사랑받는다는 것은 사실인 듯했다. 어린 소녀가 빙긋 미소 지었다.

"비는 곧 그치게 될 거야."

마법 같은 말이었다. 요하네스는 두 아이를 보고 있었다. 아이들의 부모가 어디 있냐거나 왜 아이들이 여관에 자연스럽게 앉아 있는지에 대한 의문은 들지 않았다. 그때 두 아이가 요하네스를 발견했다. 작은 소녀가 먼저 인사했다.

"안녕, 오빠."

"엘리샤. 누굴 말하는 거야?"

"당연히 저 오빠지."

"왜 오빠인데?"

"잘생기면 다 오빠랬어. 줄리가."

두 아이가 대화를 나누는 사이 요하네스는 당황스러움을 감추지 못했다. 요하네스를 가리킨 소녀는 깜찍하게도 소파에서 종종거리며 내려오더니 요하네스를 잡았다. 소년은 놀란 얼굴로 눈을 크게 뜨고 있었다. 요하네스가 다섯 살 남짓 되어 보이는 저런 소녀에게 오빠라고 불릴 나이였던가. 잠시 고민하는 사이 소녀는 귀엽게 또랑또랑 말했다.

"우리는 축제를 보러 왔어. 밤거리는 너무 위험하니까 같이 가줘, 오빠."

그것은 정말로 갑작스러운 제안이었다. 물론 요하네스가 보통의 여행자였다면 부모는 어디 있는지, 무엇을 하는 사람인지 물으며 두 아이의 부모를 찾기 위해 애썼을 것이다. 하지만 윈터나이트 기사 중 누군가가 요하네스를 알아볼 위험이 너무 높았다. 크로커스 공작 부부가 억지로 엘쟈네스에게 접근하려 했다 어떤 꼴을 당했는지 그는 잊지 않았다. 소녀가 말했다.

"응? 오빠."

하지만 두 아이를 데리고 있다면 그것도 나름대로의 문제가 될 수 있었다. 요하네스는 두 아이를 훑어보았다. 두 아이 모두 피부가 하얗고 깨끗했다. 머릿결에는 윤기가 흘렀고 뺨에는 복숭앗빛이 돌았다. 잘사는 집의 아이이거나, 귀족 가문의 아이인 것이 분명했다. 요하네스가 고의적으로 두 아이를 납치했다고 비칠 수도 있는 상황이었다. 당연히 아이의 말을 들어야 할이유가 없었다. 그 순간, 소녀가 요하네스를 꼭 껴안았다. 아이는 밝게 웃으며 요하네스를 올려다보고 있었다. 그 눈에 실린 것은 온전한 호의였다.

"부탁해!"

요하네스는 아이의 말을 거절할 수 없게 되었다. 미친 짓이라는 걸 알지만. 그에게 순수한 호의를 가지고 부탁하는 아이를 밀어낼 수가 없었던 것이다. 처음에는 놀란 얼굴을 했던 소년도 곧 무언가 생각하더니 소녀의 말에 고개를 끄덕였다. 좋은 생각이라고 여기는 눈치였다. 소년은 요하네스에게 자기소개를 했다.

"저는 테오도르고, 얘는 엘리샤예요. 아저씨는 이름이 뭐예요?"

오빠라는 호칭도 당황스러웠지만 아저씨라는 호칭은 더더욱 그랬다. 요하네스는 아직 아저씨라고 불릴 나이가 아니었다. 요하네스와 결혼하고 싶어 하는 영애들이 얼마나 많던가. 요하네스는 아직 결혼 적령기였다. 그런생각은 사실 소용이 없었다. 자기변명일 뿐이었다. 요하네스는 대답했다.

"요한."

"어! 아저씨. 아니 요한. 남쪽 사람이에요?"

"알아보기 쉽나?"

"북쪽 사람들은 이런 억양 잘 못 쓰는걸요."

무뚝뚝한 여주인은 아이 둘이 그녀의 가게에서 노닥거리든 이야기를 하든 신경 쓰지 않는 것 같았다. 요하네스는 아이들에게 물어보았다.

"너희는 어디에서 자는데?"

"아무 데서나요!"

"뭐?"

"그럼 난 오빠 방에서 잘래."

아무 데서나 자는 것도 문제였지만 요하네스의 방에서 두 아이가 자는 것도 문제였다. 여관 여주인은 아이들이 뭐라고 하든 그녀의 할 일을 하고 있었다. 결국 항복한 것은 이번에도 요하네스였다. 요하네스는 대답했다.

"그렇게 해."

"정말요? 우와 신난다."

소년, 테오도르가 장난꾸러기같이 웃었다. 요하네스는 아이와 통 인연이 없었다. 얼마 남지 않은 친우들 중 아이를 가진 사람도 없었다. 그랬기에 아이들과 함께하는 이 시간이 어색했다. 바깥의 비가 그쳤다. 요하네스는 엘리샤에게 말했다. 아이에게 맞춰주기 위한 노력이었다.

"정말로 비가 그쳤네."

"응. 그칠 거였으니까."

"그칠 거였다고?"

"나는 알아. 언제 비가 그칠지. 언제 오빠가 돌아가고 싶어 하는지."

엘리샤의 상상이라고 생각했으나 마지막 말은 제법 의미심장하게 들렸다. 다섯 살 이전의 아이들은 자신의 세계에 빠져 있다는 이야기를 들었다. 하지만 그냥 지나가기 어려운 말이었다. 요하네스는 물었다.

"내가 돌아가고 싶어 할 때가 있을까?"

"찾던 걸 찾으면 돌아가게 될 거야. 아. 엄마가 말했는데. 수수께끼의 뭐였더라, 테오 오빠?"

"해답!"

"맞아. 해답을 찾으면 될 거야."

기묘한 아이라는 생각이 들었다. 어쩌면 엘리샤는 마법사일지도 모른다.

그렇게 생각하자 납득할 수 있었다. 그래서 두 아이가 자유롭게 오갈 수 있던 것이 아닐까. 마법사를 걱정하는 일만큼 쓸데없는 짓은 없으니까.

그런 의미 없는 생각을 하던 요하네스는 한숨을 쉬었다. 그는 축제를 구경하려던 것이 아니었다. 하지만 두 아이가 축제 구경을 같이 가자고 부탁을 했으니 어쩔 수 없었다. 요하네스는 혹시나 싶어 엘리샤에게 물어보았다.

"축제 야시장에 가고 싶어?"

"음. 그것도 보고 싶고 다 보고 싶어!"

"계획은 어떻게 되는데? 돈이라든가."

순간 두 아이가 충격에 빠진 얼굴로 요하네스를 쳐다봤다. 두 아이 모두 순수한 어린아이다운 얼굴로 입을 벌리고 있었다. 요하네스는 직감했다. 돈이 없구나. 계획도 없구나. 급격히 자신들끼리 소곤거리는 아이들의 모습에 요하네스는 말했다.

"일단은 계획을 세우는 게 좋겠다."

여행자용 팸플릿에는 이번 축제에 열리는 무수한 즐길거리에 대한 글이 실려 있었다. 겨울을 물리친 소녀에 대한 설화가 나왔다. 요하네스는 두 아이와 자신의 방에서 팸플릿을 들여다보고 있었다. 아이들은 손가락으로 설화를 가리켰다. 테오도르가 외쳤다.

"나 이거 알아! 이건 진짜랬어."

"실제 있었던 일인가?"

"초대 윈터나이트 대공의 이야기예요. 증거가 되는 유물이 많이 나왔다고 할머니가 말했어요."

요하네스는 테오도르의 입에서 나온 말에 잠시 흔들렸다. 대체 아이의 부모와 조부모는 어떤 사람들이란 말인가. 요하네스는 당황하지 않고 테오도르와 시선을 맞추며 물어보았다.

"할머니는 어떤 분이신데?"

"고고학자요!"

"고고학자가 뭔지 아니?"

"잘은 몰라요. 옛것들을 탐구한다는 것만 알아요."

이 정도 교육을 받은 아이들이 평민의 아이일 리 없었다. 지금이라도 아이들을 보내야 하는 것이 아닐까, 생각하던 요하네스는 포기했다. 아이들이 팸플릿에 나온 내용을 보며 무척 즐겁게 웃고 있었기 때문이다. 테오도르와 엘리샤의 웃음은 밝았다. 요하네스는 물었다.

"너희는 원터나이트에 살아?"

"그런 셈이야, 오빠!"

"주변 영지나 원터나이트에 산다는 뜻이겠지. 그런데 축제를 본 적이 없어?"

"위험해서 가족들이 안 된다고 했어요."

테오도르가 착실하게 대답했다. 두 아이 모두 말하는 게 똑 부러졌다. 요하네스는 불꽃놀이에 관한 글과 정식으로 열리는 겨울을 몰아낸 소녀 연극 대회에 관한 글을 훑었다. 아이들은 가면과 사탕을 판다는 이야기를 보며 신이 나 어쩔 줄을 몰랐다. 요하네스 스스로도 왜 아이들에게 이렇게 약한 모습을 보이는지 알 수 없었다. 한참을 생각하다 이유를 찾아냈다. 요하네스는 짧게 내뱉었다.

"아."

"왜요?"

"왜?"

"아무것도 아니야."

요하네스는 누군가에게 진심 어린 애정을 받아본 적이 없었다. 리리엘이 있을 때는 리리엘의 동생이라는 존재로, 크로커스 공작이 되었을 때는 크로커스가의 가주라는 존재로 여겨졌다. 사람들은 요하네스에게 많은 것들을 요구했다. 요하네스가 노력했던 것처럼 요하네스를 알려고 노력하는 사람은 없었다. 요하네스는 진심으로 부딪쳐오는 사람들에게 약했다. 그것은 어쩔 수 없었다.

겨울맞이 축제의 규모는 엄청났다. 본래는 이렇게 크지 않았으나 10년간 남쪽 관광객이 늘어나면서 축제의 규모가 커졌다고 한다.

"신기하네."

"뭐가요?"

"규모가 커서?"

그새 요하네스와 친해졌다고 테오도르가 바로 앞에서 물었다. 바다를 떠올리게 하는 빛깔의 눈동자가 그를 담고 있었다.

남쪽에서 가장 인기 있는 축제는 델피늄의 밤거리 축제였다. 델피늄에는 홍등가가 번성했다. 가장 많은 규모의 자본이 오가는 곳이어서일지도 모른다. 더 신기한 점은, 델피늄에서는 성매매가 합법이라는 사실이었다. 사람들은 폭력이나 암거래가 오가지 않느냐고 물었으나 그런 문제가 생긴 적은 없었다.

델피늄의 밤거리 축제는 성인들이 한 번쯤 다녀와야 한다고 알려진 축제였다. 꼭 성적 관계를 누군가와 맺지 않아도 볼거리가 풍부했기 때문이다. 한쪽에서는 성매매가 이루어졌고 한쪽에서는 고대인들의 특이한 성 풍습에 대한 강의가 이루어졌다. 그런 식의 자극적인 축제도 아닌데 이렇게 규모가 크다는 점이 신기했다. 물론 아이들에게 밤거리 축제에 대해 말할 생각은 없었다. 고개를 갸웃거리던 아이들은 곧 요하네스의 말에서 관심을 돌렸다. 엘리샤가 말했다.

"난 결정했어. 가서 가면을 살 거야. 아빠가 가진 거랑 똑같은 소녀 가면을 가질 거야."

"그럼 난 연극을 구경할래."

요하네스는 두 아이의 말에 그저 따르기로 했다. 사실 윈터나이트에서 해야 할 일을 알 수 없었다. 엘쟈네스를 만나고 싶던 것이 아니라면 왜 윈터나이트로 찾아온 것일까? 두 아이가 이야기를 나누는 동안 요하네스는 눈을 감았다. 잠시 잘 생각이었다. 피곤했는지 곧바로 잠이 몰려왔다. 그리고 악몽이 순식간에 요하네스를 덮쳤다.

"내가 뭘 잘못했는지 모르겠어."

어둠 속에서 크로커스 공작의 모습이 나타났다. 그는 회한 어린 얼굴로 좌절하고 있었다. 요하네스는 모든 상황을 가장 객관적으로 보는 사람일 것이다.

두 사람은 리리엘을 과도하게 사랑했다. 그 사랑이 리리엘을 좀먹었다. 리리엘에게는 엘쟈네스와 달리 사랑만 주었다고 생각했는데 어디부터 잘못된 것일까. 크로커스 공작은 두 손으로 눈을 가렸다.

"나는 엘쟈네스가 태어났을 때 너무 기뻤다. 사랑하는 딸이었고 많은 걸 안겨주고 싶었어. 그런데 결국은 이 꼴이야. 엘쟈는 떠났어. 돌이킬 수가 없어."

요하네스가 어떻게 할 수 있는 영역이 아니었다. 크로커스 공작 부인은 울고 있었다. 그녀는 어린아이처럼 떨고 있었다.

"내가 사랑받지 못한 만큼 엘쟈에게 사랑을 주려고 했어. 하지만 잘 되지 않았어. 내가 생각났으니까. 자꾸 나처럼 보여서 미운데 내가 어떻게 그 애를 사랑해. 아아, 엘쟈. 내가 잘못했다 내가."

그만해. 요하네스는 팔을 휘저었다. 식은땀이 맺혔다. 가장 불행해진 것은 크로커스 공작 부부였다. 그들은 죗값을 치르고 있었다. 무지와 어린 시절의 결핍으로 인해 두 사람이 만들어낸 죄. 자녀들의 결핍. 두 사람은 끝없이 후회했다.

그들은 요하네스에게 넋두리하듯 자신의 이야기를 하고는 했다. 속죄하고 싶은 것이리라. 하지만 그는 고해 성사를 듣는 사제가 아니다. 요하네스는 늘 두 자매의 뒤에 가려져 있었다.

"저는 윈터나이트 대공비께 너무나도 무례했어요."

"사실 제가 사모했던 건 윈터나이트 대공비 각하였습니다."

"세월이 지나고 나니 악행과는 별개로 리리엘 크로커스 영애는 빛났다는 생각이 들어요. 그녀만큼 검을 잘 쓰고 자유로운 사람은 그 이전에도, 이후에도 없었죠. 물론 끝은 몰락이었지만요."

"영식은 두 누이들에 대해 어떻게 생각합니까?"

요하네스는 리리엘을 안쓰럽게 여기는 동시에, 요하네스의 인생을 나락에 처박아버린 원인 제공자라는 사실을 인지하고 있었다. 또한 요하네스는 엘쟈네스에게 죄책감을 가지고 있었다. 그는 가족들에게 완벽한 가족이 되어주지 못했다.

몸이 흔들렸다. 눈을 뜨자 두 아이의 순수한 얼굴이 시야에 가득 찼다.

"오빠가 일어났어!"

"요한. 저녁이에요. 빨리 축제를 구경하러 가요."

어느새 날이 어두워져 있었다. 요하네스는 몸을 일으키고 얼마 없는 간소한 짐을 챙겼다. 나갈 시간이었다. 축제가 시작될 시간이기도 했다. 여관 주인에게 마차를 불러달라고 요청하자 곧 마차가 도착했다. 마차가 축제의 거리로 달렸다. 도착하기까지는 얼마 걸리지 않았다.

요하네스는 바깥을 바라보았다. 적갈색 머리를 가진 여자가 온통 거리에 가득했다. 엘쟈네스와 비슷한 옷차림을 한 여자도 있었다.

"다들 윈터나이트 대공비 각하로 분장한 겁까?"

마차를 몰던 마부는 요하네스의 질문에 고개를 끄덕였다.

"윈터나이트 축제 때 유명인으로 분장하면 액운을 막아준다는 속설이 있소. 작년은 니콜라이 황제 폐하였지."

"윈터나이트 대공비 각하처럼 염색하는 것이 유행하는 게 아닙니까?"

"그것도 맞소."

요하네스의 말에 무어라 물어야 할 아이들은 조용했다. 그것이 의아해 요하네스는 엘리샤와 테오도르를 바라보았다. 두 아이는 얌전히 앉아 있었다. 축제 생각에 들뜬 모양이었다. 요하네스는 두 아이에게 말했다.

"내리자."

"네."

두 아이가 동시에 대답하며 마차에서 폴짝 뛰어내렸다. 요하네스는 테오도르와 엘리샤가 다치지 않을까 염려했으나 둘 다 운동 신경이 좋은지 넘어지지 않았다. 아이라고는 믿을 수 없는 균형 감각이었다.

곳곳에는 적갈색 머리칼의 여자들이 가득했다. 물론 적갈색 머리칼의 남자들도 많았다. 저 멀리에서 크림색 웨딩드레스를 입은, 적갈색 머리칼의 여자가 지나갔다. 분장이라는 걸 확연히 알아볼 수 있는 모습이었다. 그러나 그 모습이 이상하게 마음에 걸렸다. 지나가던 여자가 자신의 연인에게 말했다.

"비 각하가 결혼할 때 실제로 크림색 웨딩드레스를 입었대."

"왜? 웨딩드레스 입고 싶어?"

"무슨 그런 말을 해. 그냥 성대한 결혼식이었다니까 궁금한 거지."

여자는 얼굴이 붉어진 채 연인을 애교스럽게 살짝 쳤다.

요하네스는 갑작스럽게 멈추어 섰다. 엘쟈네스의 결혼이 좋게 시작되지 않다는 것이 다시 떠올랐기 때문이었다.

그때, 요하네스는 아카데미에서 공부를 하고 있었다. 요하네스가 들은 소식은 리리엘이 청혼서를 받았다는 것 정도였다. 크로커스 공작 부부는 그 이야기를 하며 왜 그리 자신들이 무심했는지에 대해 한탄했다. 그들은 엘쟈네스에게 한 번도 미안함을 느낀 적이 없었다. 리리엘이 괴물이라고 외친 남자에게 엘쟈네스를 보내면서도 어떤 양심의 가책도 느끼지 못했다.

"그때 결혼식에라도 갔어야 했는데."

크로커스 공작 부인이 힘없이 중얼거린 적이 있었다. 아카데미에 다닐 때에는 그 말을 이해하지 못했다. 정략결혼을 하는 귀족이 가지는 두려움과 외로움, 슬픔 등을 헤아리기에 요하네스가 너무 어렸던 것이다. 결혼이라는 것을 쉽게 생각하기도 했다.

시간이 지나자 알게 되었다. 가족들은 그녀에게 너무 잔인했다. 엘쟈네스는 그들에게 복수하지 않았다. 원망을 쏟지도 않았다. 그저 단호하게 크로커스를 끊어냈을 뿐이었다. 엘쟈네스는 사감을 가지고 그들에게 복수할 수 있었다. 더 잔인한 벌을 내릴 수 있었는데도 그렇게 하지 않았다. 요하네스는 그녀가 어떤 사람인지 새삼 더 알고 싶다는 생각을 했다.

아니. 이제는 어떻든 좋았다. 그는 단지 엘쟈네스가 어떻게 지내는지 알고 싶었다. 사실은 그것을 알고 싶었다.

휘황찬란한 것들이 많이 있는데도 아이들은 뛰지 않고 요하네스 옆에 붙어 있었다. 요하네스는 그것이 신기해 물어보았다.

"너희는 뛰지 않아?"

"사람이 많은걸요. 야시장이 열리는 곳에서 뛰다 인파에 휩쓸리면 길을 잃어버리기 쉬워요."

테오도르가 또랑또랑하게 말했다. 말투는 열 살 남짓의 아이와 다를 게 없었지만 그 안에 담긴 판단력은 냉철한 것이었다. 테오도르는 야시장이 열리면 많은 인구 이동이 뒤따른다는 사실을 알고 있었다. 도대체 두 아이의 부모와 조부모는 어떤 교육을 시켰기에 이런 걸까. 테오도르가 황족이라고 해도 놀라지 않을 자신이 있었다.

"앗! 연극이야!"

엘리샤가 가리켰다. 요하네스는 두 아이를 데리고 준비 막바지에 다다른 연극 무대로 갔다. 연극이 곧 시작될 것이다. 요하네스는 두 아이에게 궁금한 것을 물어보았다.

"부모님이 걱정하시지 않아?"

"걱정하지만 괜찮아."

"부모님을 찾아갈 생각은 없어?"

"우리도 우리 몸은 지킬 수 있어요. 무슨 일이 생겨도 걱정 없어요."

테오도르가 대답했다. 요하네스는 주위를 둘러보았다. 다시 살펴보아도 두 아이를 뒤따르는 기사들은 없었다. 호위 병력 또한 없었다. 정말로 숨겨둔 한 수가 있는 것일까.

이내 무대의 막이 올랐다. 아직 성인이 되지 못한 소녀가 걸어 나와 무릎을 꿇었다.

"부탁이에요. 제발 추위를 멈춰주세요."

그러자 차가운 미남 형상을 한 겨울이 걸어 나와 냉랭하게 그녀를 내려다보았다. 연극의 내용은 대개 비슷비슷했다. 겨울을 여왕으로 묘사하거나, 노파로 묘사하는 등 세세한 것이 다를 뿐 큰 틀은 같았다.

소녀는 모진 추위를 버티며 모두를 지키려 애쓰지만 사람들은 소녀를 모질게 비난하고 돌을 던진다. 소녀 때문에 겨울이 시작되었다고 믿었기 때문이다. 미워할 대상. 분노를 표출하기 위해 필요한 인물.

아, 순간 가슴께가 아파왔다. 소녀는 엘쟈네스와 지나치게 닮았다. 요하네스는 연극을 보며 생각했다. 사람들이 정말로 소녀 때문에 겨울이 찾아왔다고 믿었을 리가 없다. 겨울이 길어진 만큼 그들은 겨울에 대해 민감한 반응을 보였을 것이다. 그들은 그저 오랜 고통을 짊어져줄 희생양 하나가 필요했을 뿐이었다.

요하네스는 그렇게 느꼈다. 연극 무대 위에 있던 조연 하나가 외쳤다.

"마녀를 처형하라!"

이 연극이 다른 연극과 다른 점은, 소녀가 사람들에게 살해당한다는 것이었다. 사람들은 가련한 소녀를 살해한다. 두 달이 지나 겨울이 끝나가고 있었다. 요하네스는 자신도 모르게 손을 들어 올리다 말았다. 요하네스는 이 연극이 불편했다. 엘리샤와 테오도르는 눈을 반짝이며 즐겁게 보고 있었으나 요하네스는 조금도 즐겁지 않았다.

소녀가 죽고 겨울이 끝나자 사람들은 눈물을 흘린다. 자신들의 행동을 후회하고 속죄하나 소녀는 돌아오지 않는다. 사람들의 눈물이 땅에 떨어지자 하얀 꽃들이 피어났다. 잔혹성과 어떤 특이한 철학을 담은 이 연극은 연극 대회에서 준우승을 했다고 한다. 연극의 제목은 〈어리석음〉이었다.

'어리석음.'

로벨리아에 있던 리리엘의 추종자들이 가장 많이 한 말이었다. 요하네스는 리리엘을 이해했으나 그 극한의 이기적임은 이해하지 못했다. 어떻게 하면 자신이 괴물이라고 부르며 거절했던 남자를, 언니의 남자를 사랑한다고 말할 수 있을까. 리리엘의 추종자들은 그렇기에 자신들을 어리석다고 말했다.

매혹의 마법이 발휘된 사람도 있었으나 군중 심리에 동조한 사람도 상당수 있었다고 들었다. 요하네스 역시 그리 다르지 않았다. 요하네스도 리리엘을 존경했으니까. 동경하던 리리엘의 추악한 모습은 요하네스를 충격에 빠지게 했다.

마지막으로 나온 연극은 우승을 차지했는데 소녀의 감정을 슬프게 표현한 예술적인 내용이었다. 벙어리 소녀는 말을 하지 못한다. 몸짓과 눈빛으로 호소하고 연기할 뿐이다. 그 여운으로 눈물을 흘리는 사람들이 많았다. 아직 어린 테오도르와 엘리샤까지도 그 연극을 보고 울고 있었다. 요하네스는 손수건을 내밀었다.

"울지 마."

"네. 자, 엘리샤."

테오도르는 자신의 눈물을 닦고 요하네스의 손수건으로 엘리샤의 눈물을 닦아주었다. 엘리샤는 손수건을 잘 접어서 들고 있었다.

이제 어떻게 해야 할까. 요하네스는 돌아다니며 아이들에게 과일 사탕을 사주고, 이곳저곳을 구경시켰다. 마지막은 불꽃놀이가 있다고 했다. 아이들은 가면에 정신이 팔려 요하네스의 시선을 보지 못하고 있었다. 여러 화려한 가면들은 테오도르와 엘리샤의 시선을 사로잡았다. 돈은 요하네스가 냈다. 두 아이 모두 돈이 없었기 때문이다. 가격이 그리 비싸지도 않고, 공작 앞으로 나오는 돈은 어마어마했으니 크게 신경 쓰이지는 않았다. 길거리에 지나다니는 어린아이들 중 엘리샤처럼 적갈색으로 염색한 아이들이 많이 보였다. 부모의 손을 잡고 나온 아이들이었다.

밤거리가 제법 쌀쌀했으나 테오도르와 엘리샤는 추운 기색을 보이지 않았다. 곳곳에 전나무가 놓여 있었고, 작은 등불들이 빛났다. 붉은 열매와 금빛 리본들은 전나무에 장식되어 있었다. 커다란 모닥불 주변에서 춤을 추는 사람도 있었다. 모든 사람이 흥겨워 보였다. 아이들은 춤을 출 생각이 없어 보였다. 의견을 묻자 엘리샤는 어깨를 으쓱했다.

"그런 건 집에서도 많이 추는걸."

그러던 중 요하네스의 눈에 문득 강연이 들어왔다. 현재의 윈터나이트 대공 부부에 대해 설명하는 장면이었다. 요하네스의 망설임을 알기라도 한 듯 테오도르가 물었다.

"가고 싶어요?"

"그런 것 같아."

"오빠, 그럴 때는 확실하게 그렇다고 대답하는 거야."

"그래. 가고 싶어."

요하네스는 발걸음을 옮겼다. 강사는 윈터나이트 대공에 대해 설명하며 그가 얼마나 미남인지 얼마나 영지에 충실한지에 대해 알리고 있었다. 그래. 윈터나이트 대공이 확실히 미남이긴 했다. 그러니 눈이 높은 리리엘이 넋을 잃은 것이겠지. 기억이 가물가물할 때, 그가 미남이라고 생각했던 것도 같다. 사실 요하네스는 그날 이후 약혼식 때의 기억에 관해서는 떠올리지 않으려고 애썼다. 생각하면 리리엘을 미워하게 될 것 같았기 때문이다. 테러 마법사가 마법을 달라고 요청하자 리리엘은 고개를 저으며 말했다.

"그 사람들을 죽여도 좋아."

사실은. 기억하고 있었다. 요하네스를 사랑한다고 믿었던 리리엘은 요하네스를 가리키며 죽여도 상관없다고 답했다. 요하네스의 몸속에 억지로 들이밀어졌던 무서운 것을 토해내자 가장 먼저 도망갔다. 크로커스 공작 부부 또한 그랬다. 요하네스는 그들에게 어떤 의미였을까. 가끔 그런 생각을 했다. 요하네스는 가족들에게 아무것도 아닌 것 같다는. 요하네스를 챙긴 것은 정말로, 윈터나이트 대공 부부 둘뿐이었다. 뒤늦게 크로커스 공작 부부가 사과했으나 이미 때는 늦은 후였다. 결국 요하네스도 자라지 못했다. 성년을 훌쩍 넘겨 이제 성인 남성이 되었으나 요하네스는 늘 그때를 떠올리고 있었다. 요하네스가 마음만 먹는다면 리리엘을 찾을 수 있을 것이다. 하지만 요하네스는 그러지 않았다.

리리엘에게 이렇게 묻지 않을 자신이 없었기 때문이다.

누님, 누님은 정말로 저를 사랑하셨나요.
단 한 번이라도 저를 동생이라고 생각한 적이 있나요.
그날 정말로 제가 죽기를 바라셨나요.

리리엘이 무책임하게 떠나버린 후 크로커스 공작가는 몰락하고 말았다. 책임을 져야 할 리리엘은 없었다. 리리엘의 죄를 떠맡게 된 것은 크로커스 혈족들이었다. 제정신을 차린 크로커스 국왕은 리리엘이 약혼식에서 자신의 아들에게 약혼식을 파기하겠다며 망신 준 것도 모자라 대공을 사랑한다고 외쳤다는 사실을 결코 용서하지 않았다. 그는 크로커스 공작가마저도 로벨리아 왕실을 나약하고 우습게 보았기에 생긴 일이라고 생각했다.

칼레스 로벨리아가 국왕이 되기 전까지 크로커스 공작가는 숨을 죽이고 살았다. 그들은 에너지석을 찾기 위해 고용된 인력처럼 부려졌다. 명백한 모욕이었으나 항의할 수는 없었다. 이전처럼 공작이 여러 안건에 입김을 불어넣을 수 없었다. 가장 괴로웠던 것은 사람들의 악의 어린 시선이었다. 공작은 더 이상 회피할 수 없자 문제를 마주했다. 그는 요하네스에게 지나가듯 말했다.

"엘쟈네스도. 이것을 겪었겠구나."

사실을 말하는 담담한 어조였다. 요하네스는 그가 엘쟈네스의 상황을 직접 겪으며 자신의 행동에 대해 다시 생각하게 되었다는 것을 깨달았다. 엘쟈네스는 단 한 번도 울거나 힘들다고 호소하지 않았다. 이미 가족들에 대한 미련이나 기대가 없어진 후라서 그랬을 것이다. 엘쟈네스는 크로커스 일원들이 자신의 상황에 결코 공감하지 않으리라는 사실을 알고 있었다. 누구도 나서지 않으리라고 생각했을 것이다.

몇 달 쉬다 다시 돌아간 아카데미에서 요하네스를 반기는 사람은 없었다. 리리엘을 빼고 요하네스에게 무엇이 남았나. 리리엘이 없어지자 요하네스의 친구들도 사라졌다. 요하네스에게 접근하는 학생들이 몇 있었으나 정신에 이상이 있는 사람들뿐이었다. 그들은 테러 마법사에게 심취되어 세상을 정복하고 싶어 했다. 정작 요하네스가 헬에 대해 기억하는 것은 거의 없는데도.

크로커스가 그나마 숨을 돌리게 된 것은 프리케와 칼레스 덕분이었다. 두 사람이 요하네스에게 잘 대해주는 것이 리리엘 때문이라는 사실을 알면서도 거절할 수 없었다. 그 호의마저도 너무나도 절실했다.

아주 처음에는 크로커스가에서 완전히 뒤돌아선 엘쟈네스를 원망하기도 했다. 크로커스 공작 부부는 엘쟈네스의 이야기를 꺼내며 어두운 얼굴로 손을 떨었으니까.

많은 세월이 지나자 알 수 있었다. 용서를 받아주는 것은 피해자의 몫이었다. 엘쟈네스는 용서하기를 원하지 않았다. 그것으로 되었다. 엘쟈네스가 그들의 사과를 받고 싶었다면 한 번이라도 나타났을 것이다. 그녀는 그것조차 원하지 않았다.

"북쪽에서 비 각하를 모르는 분은 없을 겁니다!"

갑작스럽게 강사가 소리쳤다. 사람들은 환호로 답했다. 로벨리아의 귀족들이 리리엘에게 했던 것처럼 홀린 반응이 아니었다. 그들은 순수한 경의를 표시하고 있었다. 옆에 있던 테오도르가 같이 손을 들어 올렸다. 엘리샤는 테오도르를 따라 작은 손으로 박수를 쳤다. 사람들은 엘쟈네스에 대해 이야기하기 시작했다. 그녀의 귀족다움과 타고난 고상함을 찬미했다.

요하네스는 이제 알고 있었다. 엘쟈네스는 충분히 매력적인 여성이었다. 다만 남쪽의 분위기와는 크게 맞지 않았을 뿐이다. 활달하고 밝은 미인을 선호하는 남쪽 사람들에게 엘쟈네스가 와닿지는 않았을 것이리라. 물론, 그렇다고 해서 그녀가 악녀라고 매도당할 필요는 없었다.

10년 전 요하네스의 시각에는 상당한 왜곡이 섞여 있었다. 요하네스는 그가 주입당해온 개념들과 객관적 사실을 잘 구별하지 못했다. 그랬기에 궁금했다. 대체 엘쟈네스는 어떤 사람이었을까. 강사는 그녀의 상냥함에 대해 이야기하고 있었다. 윈터나이트에서 열리는 축제이니 당연히 윈터나이트 대공 부부에 대해 이야기하는 거겠지.

요하네스는 아이들을 데리고 노점상으로 걸어갔다. 펜던트들은 요하네스가 평소 접하는 것들에 비해 터무니없이 싸구려였으나 축제에서는 그 무엇보다도 값지게 빛났다. 엘리샤가 하나를 집었다.

"난 이걸 가질래, 오빠."

"그럼 전 이거요."

요하네스는 물건 두 개의 값을 치렀다. 거스름돈은 가지라고 말하자 노점상은 금세 싱글거렸다. 그는 노점상에게 엘쟈네스에 대해 물어보았다.

"윈터나이트 대공비 각하는 어떤 사람입니까?"

"아, 타지에서 오신 분이군요."

"네. 각하라고 부르는 점이 특이하더군요."

"좋은 분이지요."

노점상은 순수하게 웃었다.

"저는 그분을 존경합니다. 그분이 윈터나이트 대공비이기에 앞서, 배울 만한 점들이 많기 때문입니다. 그분은 가장 자애롭고 현명한 분입니다. 원터나이트 영지의 겨울을 좀 더 낫게 만든 분이기도 하지요. 물론 생활 형편을 낫게 만들어줘서 그런 것만은 아닙니다. 그분의 인품을 존경합니다. 사실 윈터나이트가 모두를 존경하지만요."

그도 이렇게 말하고 있었다. 사람들이 말할 때마다 그들이 품은 애정이 보였다. 리리엘을 향한 대중들의 광기와도 같은 사랑과 전혀 다른 감정이었다. 사람들은 엘쟈네스를 존경했다. 또한 엘쟈네스를 사랑했다. 로벨리아 사람들이 모두 엘쟈네스를 알았듯이, 아마릴리스 사람들도 모두 엘쟈네스를 알았다.

요하네스는 멍하니 노점상을 바라보았다. 리리엘이 자신의 애정 결핍으로 인해 엘쟈네스에게 피해를 끼친 일이 없었다면, 엘쟈네스는 로벨리아에서도 이렇게 사랑받았을까. 요하네스는 아직까지도 무의식적으로 사랑받고 관심받는 역할은 리리엘의 것이라고 단정하고 있었다. 그러나 아니었다. 엘쟈네스 또한 사랑과 관심을 받을 수 있는 사람이었다. 요하네스의 얼굴을 보던 노점상은 뒤통수를 긁었다.

"실없는 소리를 했나 봅니다. 아, 이걸 받아 가십시오."

"무엇입니까?"

요하네스는 노점상이 건네는 것을 얼떨결에 받아 들었다. 펜던트 안에는 네 개의 이파리를 가진 클로버가 들어 있었다. 노점상은 인상 좋게 웃었다.

"행복을 가져다준다는 네잎클로버입니다. 사실 정말로 효과가 있는지는 저도 모릅니다. 마법 전쟁 이전에는 네잎클로버가 많지 않아 네잎클로버는 행운을 가져다준다는 속설이 있었다고 하더군요. 손님이 이곳을 여행하는 동안 축복이 있길 빕니다."

요하네스는 말없이 펜던트를 받아 들었다. 뭐라고 답해야 좋을지 알 수 없었다. 그저 약간 고개를 숙여 호의에 답할 뿐이었다. 요하네스의 얼굴이 크게 어두워 보이는 것도 아닌데, 이곳에서 만난 사람들은 요하네스를 배려

했다. 그는 충동적으로 노점상에게 물었다.

"제가 불행해 보입니까?"

"아닙니다. 하지만 행복해 보이지도 않아서요. 윈터나이트 축제에 와서 그렇게 초연한 얼굴을 하는 손님은 흔치 않지요."

노점상에게서 뒤돌아 자리를 떠나온 후에 요하네스는 생각했다. 그랬던가, 하고. 요하네스에게는 목적이 없었다. 축제를 즐기러 온 것이 아니었고 노는 것에 썩 큰 관심도 없었다. 테오도르와 엘리샤는 어른들이 무슨 이야기를 하든 즐거워하는 기색으로 놀았다. 두 아이는 요하네스에게 무엇을 받은 뒤 고개를 꾸벅 숙이며 인사하는 것을 잊지 않았다.

"고맙습니다."

"감사합니다."

로벨리아의 귀족들이었다면 이런 인사를 하지 않았을 텐데. 요하네스는 물었다.

"감사 인사를 하는 이유가 있어?"

"무언가를 받았을 때에는 당연히 하는 거예요!"

"신분이 어떻든 상대가 누구든 내가 받은 것에 대해 인사를 하는 게 예의랬어."

두 아이는 대답했다. 그러고 보니 요하네스는 감사 인사를 한 적이 없었다. 단 한 번도. 그녀가 얼마나 힘들게 일하는지에 대해, 자신을 구해준 것에 대해. 아주 바쁜 시절에도 찾아가면 같이 차를 마셔주던 일에 대해 감사하다고 말하지 않았다. 그는 사소한 예의조차 지키지 않았다.

곧 불꽃놀이가 시작될 시간이었다. 본래는 전나무 등불들을 초라하게 만들어 열리지 않았으나 올해만 예외라고 했다. 그랬기에 윈터나이트에 유독 사람이 몰린 것이라는 말도 들었다. 요하네스는 테오도르와 엘리샤를 따라 거리를 돌아다녔다. 마침내 세 사람은 불꽃이 잘 보일 만한 자리에 도착했다. 이미 사람들이 많았다. 모두가 들뜬 음성으로 대화하고 있었다.

"잘 보아둬. 다시 열리지 않을지도 모른다니까!"

"네가 말 안 해도 그렇게 할 거야. 아, 이제 시작인가."

"저길 봐!"

하늘에 떠오른 것은 불꽃이 아니었다. 밤하늘에 작은 따스한 빛 하나가 떠올랐다. 요하네스는 그것을 올려다보았다. 빛 몇 개가 떠올랐다. 누군가가 외쳤다.

"등불이다!"

수만 개의 등불들이 일제히 하늘로 날아오르고 있었다. 밝고 따뜻한 빛들이 하늘을 가득 채웠다. 아름다운 광경이었다. 요하네스는 그것을 올려다보았다. 하늘로 떠오른 등불들은 일정 거리에 다다랐을 때 안에 부여된 파괴의 마력에 의해 저절로 소멸할 것이라고 했다. 검은 밤하늘이 순식간에 황홀하게 밝아지는 기적이 펼쳐지고 있었다. 누군가가 말했다.

"비 각하를 위해 올리는 거래!"

"정말?"

"황실에서 직접 주관했다던데."

"그동안 조용히 지나갔던 비 각하의 탄생일을 기념해서라는데?"

많은 사람들이 하늘을 보며 박수를 쳤다. 사람들은 따뜻한 얼굴로 엘쟈네스에 대한 이야기를 나누었다. 북쪽 사람들은 윈터나이트 대공비의 이야기를 꺼내며 고개를 끄덕였다. 남쪽의 여행자들은 사람들의 반응에 동조하고 어울렸다. 수많은 사람들이 엘쟈네스를 축복해주고 있었다. 등불들이 너울거리며 점차 하늘 위로 올라갔다. 올라가는 속도가 느렸기에 아직까지 밝은 빛은 사라지지 않았다.

이것들은 본래 크로커스가 가족들이 엘쟈네스에게 해주었어야 할 것들이었다. 누구도 엘쟈네스의 생일을 알지 못했다. 아니, 알지만 굳이 아는 척하지 않았다.

이 겨울의 땅 사람들이 엘쟈네스를 사랑했다. 요하네스는 주위를 둘러보았다. 윈터나이트의 모든 주민들이 그녀를 향해 따뜻한 얼굴을 하고 있었다. 그의 누님은 모든 사람들에게 사랑받고 있었다. 사람들은 대공과 대공비의 애틋한 사이에 대해 이야기했고, 그녀를 아껴주는 윈터나이트 저택의 일원들에 대해 이야기했다. 아아, 그 순간 요하네스는 깨달았다. 그는 그저 엘쟈네스가 보고 싶었다는 것을. 갑작스럽게 혈육의 정이 살아났냐는 비난을 들어도 좋았다. 그저 엘쟈네스가 어떻게 사는지 궁금했으니까. 요하네스는 엘쟈네스가 행복하기를 바랐다. 그 바람이 이미 이루어졌다는 것을 알게 되자 가슴이 먹먹해졌다.

"왜 그래, 오빠?"

요하네스가 가만히 서 있자 엘리샤가 물었다. 요하네스는 하늘을 올려다보다 다시 정면을 바라보았다. 눈물은 나지 않았다. 그저 그를 괴롭혀왔던 오랜 숙제가 끝났다는 느낌이 들었을 뿐이었다. 요하네스는 늘 한 사람의 인생을 망가뜨렸다는 죄책감에 시달렸다. 아니, 이 복잡한 감정을 어떻게 설명해야 좋을지 알 수 없었다. 등불들이 까마득한 하늘 위로 사라지고 나서야 불꽃놀이가 시작되었다. 요하네스가 엘쟈네스 같은 상황을 겪었다면 결코 다시 일어서지 못했을 것이다. 실제로도 요하네스는 엘쟈네스의 반절도 되지 않는 사람들의 태도를 겪은 후 타인을 만나지 않게 되지 않았던가. 아무것도 모르는 테오도르가 하늘을 가리켰다.

"저거 봐, 엘리샤! 저거 봐요!"

요하네스는 아이의 손끝을 바라보았다. 밤하늘 위에 주홍색의 불꽃이 피지고 있었다. 엘리샤는 그 광경을 바라보고 있었다. 가만히 있을 때의 엘리샤는 그 나이답지 않게 얌전하게 보였다. 어디서 많이 보았다고 생각했는데. 엘쟈네스와 닮았다. 요하네스는 소녀의 검은색 눈동자를 보며 생각했다. 들뜬 기색 하나 없이 진지한 얼굴이었다.

요하네스가 엘쟈네스를 처음 보게 된 것은 엘쟈네스가 버베나에서 돌아온 직후였다. 막 걸어 다닐 시절의 요하네스는 눈을 동그랗게 떴다. 처음 보는 사람이었기 때문이다. 요하네스가 울음을 터뜨리기 직전 엘쟈네스는 요하네스에게 사탕 한 개를 건네주었다. 그리고 눈을 마주치며 웃었다. 밝고 환한 미소는 아니었으나 그 눈빛과 표정을 보며 왠지 따스하다고 생각했다.

갑작스럽게 떠오른 일이었다. 요하네스 자신조차도 떠올려내지 못했던 오래전의 기억. 그는 어떻게 이것들을 감당해야 좋을지 알 수 없었다. 하늘에 불꽃들이 수놓아졌다. 그는 이곳에 와서 처음 만난 두 명의 아이와 불꽃을 바라보고 있었다.

"예쁘네."

"그치, 오빠?"

엘리샤가 방긋 웃었다. 자세히 뜯어보면 뜯어볼수록 엘쟈네스와 닮은 아이였다. 아이는 요하네스를 올려다보았다. 아주 어린아이였지만 엘리샤는 어린아이처럼 느껴지지 않았다. 묘하게 성숙한 분위기 때문일까. 아이가 물었다.

"오빠는 어떤 사람이야?"

"나는."

요하네스는 말을 골랐다. 요하네스는 크로커스의 공작이었다. 그는 크로커스였다. 처음부터 그랬고, 지금도 그랬다. 요하네스는 자신에 대한 말을 한 단어로 줄였다.

"죄인이야."

"죄인? 죄를 지었어?"

"그렇기도 하고 아니기도 해."

그가 크로커스로 살아가는 이상 다른 가족들의 죄는 그에게 넘겨질 것이다. 요하네스는 속죄하며 살아왔다. 앞으로도 타인에게 요하네스는 죄인으로 비칠 것이다. 물끄러미 요하네스를 바라보던 아이가 말했다.

"오빠가 짓지 않은 죄까지 짊어지려고 할 필요는 없어."

정말로 어린아이답지 않은 말이라, 요하네스는 엘리샤를 바라보았다. 말의 내용과는 달리 목소리는 맑고 앳되었기에 엘리샤가 말했다고 믿을 수 있었다. 엘리샤는 말했다.

"그 사람이 지은 죄는 그 사람의 몫이야. 우리 엄마가 그랬어."

엘리샤는 차분했다. 테오도르는 엘리샤의 말에 끄덕이기도 했으나 깊은 의미까지는 이해하지 못하는 눈치였다. 엘리샤는 물었다.

"오빠가 지은 죄는 커?"

"사실 잘 모르겠어."

"오빠는 많이 후회해? 많이 괴로웠어?"

"10년 동안. 계속 그랬어."

아이는 빙긋 웃었다.

"그러면 됐어."

작은 엘리샤의 말은 어쩐지 마법처럼 느껴져서, 말을 이을 수가 없었다. 그에게 누구도 그러면 됐다고 말해주지 않았다. 요하네스는 닿을 사람 없는 용서를 늘 빌었다. 가족들의 몫까지. 쓸데없는 책임감이라고 해도 좋았다. 요하네스가 할 수 있는 일은 그것이 전부였다. 엘리샤는 요하네스에게 말했다.

"기서 오빠 인생을 살아."

"내 인생이라고?"

"응. 오빠 자신을 위해 살아야지. 계속 다른 사람을 위해 살았잖아."

아이는 요하네스를 꿰뚫어본 것처럼 대답했다. 요하네스 자신을 위한 삶이라. 그런 것은 살아본 적이 없어서 모르겠다. 요하네스 자신이 주체가 되어 살아가는 삶인가. 요하네스는 자신의 이런 면모가 전대 크로커스 공작 부인과 닮았다는 사실을 깨달았다. 물론 차이점은 있었다. 요하네스는 다른 가족들의 의견에 따르고 그들을 위해 사는 것을 교육받으며 살아왔으니까. 여전히 전대 크로커스 공작 부부는 요하네스가 자신들의 뜻에 따르기를 바랐다. 많이 참회했으나 그들은 근본적으로 바뀌지 못했다. 부모님은 지금 요하네스에게 자신들이 무슨 짓을 하는지조차 알지 못할 것이다. 요하네스는 엘리샤에게 물었다.

"내가. 그렇게 할 수 있을까."

"그건 오빠의 몫이지. 앗, 불꽃놀이 끝났다. 난 갈래."

"벌써, 엘리샤?"

"부모님이 걱정하고 계셔, 테오 오빠."

엘리샤는 테오도르의 손을 잡았다. 두 아이는 금세 인파 사이로 사라져버릴 것 같았다. 아이들끼리만 다니면 위험할 텐데. 요하네스가 손을 뻗기 전 테오도르가 말했다.

"괜찮아요. 곧 집사와 기사들이 데리러 올 거거든요."

아이는 그렇게 말했다. 테오도르와 엘리샤는 많은 사람들을 보다 누군가를 발견한 듯 이내 손을 흔들었다. 요하네스의 시력으로는 보이지 않았다. 두 아이는 정말로 가야겠다는 듯 요하네스를 지나쳤다. 마지막으로 지나칠 때 엘리샤가 방긋 웃으며 말했다.

"내 말 꼭 기억해, 외삼촌."

요하네스가 그 말뜻을 깨달았을 때 두 아이는 이미 사라진 후였다.

10년이 넘는 세월 동안 방황했던 남자는 눈을 크게 떴다. 다시 생각해보니 테오도르는 윈터나이트 대공을 닮은 외모를 가지고 있었다. 엘쟈네스가 가져간 매혹의 마법을 엘리샤가 물려받았다면. 여관 여주인이 왜 아이 둘을 내버려뒀는지 납득할 수 있었다. 그는 방금 조카들을 만났다. 윈터나이트에

312

도착한 후 하루 동안의 시간이 마치 꿈처럼 느껴졌다. 요하네스의 손에 들린 네잎클로버 펜던트가 이것이 현실이라고 말할 뿐이었다.

"꿈이… 아니었어."

그는 용서받았나. 이토록 쉽게 용서받은 것인가.

엘리샤는 말했다. 그 사람이 지은 죄는 그 사람의 몫이라고. 크로커스 공작 부부의 죄는 크로커스 공작 부부의 몫이었다. 리리엘의 죄는 리리엘의 몫이었다. 요하네스는 단지 요하네스 자신의 죄를 속죄하면 되었다. 아이는 그러면 됐다는 한마디로 요하네스의 오랜 방황을 멈춰주었다.

요하네스 자신을 위한 삶을 살라는 말의 여운이 오래도록 남았다. 문득 그런 기분이 들었다. 요하네스는 이제 자유로웠다. 엘쟈네스는 그를 용서했다. 엘쟈네스를 보러 갈 수는 없지만, 이제 적어도 과거를 끊임없이 되새길 필요는 없을 것이다.

리리엘의 약혼식 때부터 멈춰 있던 그의 시계가 돌아가기 시작했다. 결핍되고 상처받은 부부가 아이들을 결핍된 사람으로 키워냈다. 애정을 거의 받지 못한 엘쟈네스는 악녀라고 불리며 지탄받았고, 과도한 애정을 받으며 자라난 리리엘은 성녀라고 불리다 돌이킬 수 없는 실수들을 저질렀다.

그 사이에 이도저도 아니었던 요하네스도 있었다. 요하네스는 그저 가족 구성원으로 존재하면 충분한 아이였다. 크로커스 공작 부부는 은연중에 요하네스를 그렇게 취급했다. 악인은 없었다. 정말로 나쁜 마음을 먹은 이는 없었다. 그러나 돌이킬 수 없을 만큼 크게 저질러버린 일은 어쩔 수 없었다. 리리엘은 공작 부부의 애정이 진짜 애정이 아니라는 사실을 알았기에 애정 결핍이 도리어 심했다. 그녀는 자신이 저지른 일들에 대한 책임을 지지 못하고 끝내 달아나버렸다.

엘쟈네스가 떠난 후 크로커스가의 죄를 짊어진 사람은 요하네스였다. 그가 성년이 되고 크로커스 공작이 되고 결혼 적령기가 될 때까지 이어져온 속죄의 시간들은 끝이 났다.

정말로. 이제는 무엇을 해야 할까. 이제 가족들을 향한 동정심으로 그들에게 이입하는 것은 그만둘 것이다. 엘리샤의 말을 듣고서야 요하네스가 스스로를 지나치게 고통스럽게 만들었다는 사실을 깨달았다.

"사실은."

엘쟈네스를 만나 미안하다고 말하고 싶었다. 그리고 감사하다고 말하고 싶었다. 엘쟈네스가 어떤 사람인지 알아가고 싶다고 생각했다. 잘 모르는 첫째 누님을 알고 싶다고 간절히 생각했다. 요하네스는 그런 욕심이 이기적이라는 사실을 알았다. 용서받은 것만으로도 좋다. 만족하며 살아가자. 요하네스는 처음에 왔던 것처럼 조용히 되돌아가기로 했다.

그는 문득 내뱉었다.

"다행이다."

검은 밤하늘에 새하얀 입김이 퍼져갔다. 겨울 축제의 따스한 분위기가 요하네스를 비춰주었다. 사람들은 즐거운 얼굴을 하고 있었다. 그들은 대공비 이야기를 할 때마다 까르르 웃고 있었다. 그 모습만 보아도 엘쟈네스가 북쪽에서 사랑받는다는 걸 느낄 수 있었다. 정말로 다행이다. 그녀가 생각보다 더 잘 지내고 있다는 사실에 감사했다. 아직까지도 정리되지 않은 일들이 많지만. 어쩐지 후련한 느낌이기도 했다. 남쪽의 이 여행자는 가장 밝은 별을 보며 걷고 있었다. 처음 왔을 때와 달리 비는 오지 않았다. 하늘은 맑게 개어 있었다. 요하네스는 처음으로 생각했다. 공기 중에 울려 퍼지는 목소리는 낯설게만 느껴졌다.

"행복해져야겠다."

성인이 된 이후 낮아진 목소리가 들렸다. 그는 이제 전대 크로커스 공작 부부에게 휘둘리지 않을 것이다. 리리엘을 기억하고 추억하며 양심의 가책을 느끼지 않을 것이다. 요하네스는 오랫동안 노력했다. 이제는 정말로 크로커스의 다른 일원들에게서 분리되어야 할 때였다.

요하네스는 할 수 있을 것이다. 물론 다른 크로커스가의 일원들이 저지른 짓에 대해 어느 정도 책임져야 하기는 하리라. 다만 더 이상 그 일들을 요하네스 자신의 죄처럼 여기며 불안에 떨지는 않을 것이다.

리리엘. 엘쟈네스. 크로커스 공작가. 윈터나이트. 요하네스가 기록하는 이 이야기는 10년 전부터 지속된 일에 대한 마지막 이야기가 되겠지. 요하네스는 저 멀리에 보이는 윈터나이트 대공성을 바라보았다. 막연히 생각했다. 그가 아직 갈피를 잡지 못하기는 했지만 아직은 때가 아니었다. 긴 세월이 흐른 후, 요하네스와 엘쟈네스가 훨씬 더 나이가 들었을 때 그는 이곳에 다시 찾아올 것이다. 주름이 생겨가는 얼굴로 두 사람은 이야기를 나눌지도 모른다. 엘리샤와 테오도르도 성년을 넘겼겠지. 두 아이와 만났던 이야기를 건네며 가볍게 웃을지도 모른다. 지나간 일들에 관해 대화를 나눌 수도 있겠지. 그때는 가슴속에 담아둔 모든 말을 하리라. 오랜 회한과 방랑. 그리고 크로커스가에 관한 이야기들을. 언젠가 엘쟈네스는 그 이야기를 들어줄지도 모른다. 그러지 않아도 좋았다. 지금 당장은 그렇게 멋대로 상상하고 싶었다.

요하네스는 걸어갔다. 전나무길 위의 별들이 그를 축복해주었다.

악녀는 변화한다 3

초판 1쇄 발행 2019년 5월 25일

지은이 누노이즈
발행인 박영규
총괄 한상훈
편집장 김기운
기획편집 김혜영 정혜림 조화연 **디자인** 이선미 **마케팅** 신대섭

발행처 주식회사 교보문고
등록 제406-2008-000090호(2008년 12월 5일)
주소 경기도 파주시 문발로 249
전화 대표전화 1544-1900 **주문** 02)3156-3681 **팩스** 0502)987-5725

ISBN 979-11-5909-964-9 04810
ISBN 979-11-5909-957-1(세트)
책값은 표지에 있습니다.